Wunder auf Samtpfoten

Die schönsten unbekannten Katzenerzählungen aus vier Jahrhunderten

mit 28 wunderschönen Illustrationen

und eine tiefgründige

Kulturgeschichte der Katze

von Ulrich Taschow

AVOX VERLAG

avox fantasia

1. Auflage 2015

Katzenerzählungen herausgegeben, ins Deutsche übersetzt und frei bearbeitet von Ulrich Taschow
Coverbild und Backcoverbild: Ulrich Taschow
„Lügen haben Katzenbeine" und „Kulturgeschichte der Katze" von Ulrich Taschow
Illustrationen: Ulrich Taschow, Adrienne Ségur, Virginia Frances Sterrett, Leonardo da Vinci, Philippe de Champaigne, William Hogarth und Unbekannt, teilweise bearbeitet und koloriert von avox media
Umschlaggestaltung: avox media
Satz und Layout: Avox Verlag
www.avox-verlag.de, info@avox-verlag.de
Printed in Germany 2015
ISBN: 978-3-9369-7915-2

Unseren lieben Katzen
Sina und Rienchen in Liebe
gewidmet

Sie ist der Hausgeist; sie richtet, herrscht, begeistert alle Dinge in ihrem Reich; vielleicht ist sie eine Fee, ist sie ein Gott.

Charles Baudelaire

Inhalt

Illustrationenverzeichnis

Anna und ihre wundersamen Kätzchen

Illustrator unbekannt

Das Kätzchen und das Mäuschen

Illustration: Ulrich Taschow

Kater Rosaurus und die kleine Prinzessin

Illustrator unbekannt

Die weiße Katze

Illustrationen: Adrienne Ségur

Blondine und der verzauberte Fliederwald

Illustrationen: Virginia Frances Sterrett

Seltsame Freundschaft einer Katze, eines Kaninchens und eines Perlhuhns

Illustration: Ulrich Taschow

Lügen haben Katzenbeine

Illustration: Ulrich Taschow

Kleine Kulturgeschichte der Katze

Illustrationen: Leonardo da Vinci

Illustration: Philippe de Champaigne

Illustration: William Hogarth

Anna und ihre wundersamen Kätzchen

Frei bearbeiten von Ulrich Taschow
nach der Erzählung von Rudolph Müldener

Mitten in einem tiefen Wald wohnte einst ein armer Holzfäller mit seiner kleinen Tochter Anna und ihren beiden Kätzchen, welche Anna allzeit nur ihre lieben Kinderchen nannte. Vater und Tochter liebten einander sehr und lebten lange Jahre glücklich miteinander. Das kleine Häuschen war von einem wunderschönen Garten umgeben, der unmittelbar an den dunklen Wald angrenzte. Die neunjährige Anna bewirtschaftete den Garten ganz allein, pflanzte bunte Blumen, ein wenig Gemüse und einige Kräuter, die ihre beiden Kätzchen ganz besonders liebten. Und wenn die Zugvögel von weit her über den großen, dunklen Wald geflogen kamen, erstaunten sie nicht wenig, wenn sie diese strahlende Insel inmitten der rauschenden Bäume erblickten. Und so ließen sie sich zur großen Freude Annas gern für einige Stunden dort nieder.

Annas Vater war nicht immer ein Holzfäller in einer ärmlichen Hütte gewesen, sondern lebte während seiner Jugend als Graf Ferdinand de Helicour in einem wunderschönen, prächtigen Schloss. Von diesem Vorleben ihres Vaters wusste die kleine Anna allerdings rein gar nichts, da ihr Vater sie mit dieser traurigen Geschichte nicht unglücklich machen wollte.

Als Graf Ferdinand gerade so alt gewesen war wie die kleine Anna, hatte ein grausamer Feind das gemütliche Ländchen seiner Eltern überfallen, ihr Schloss niedergebrannt und alles verwüstet, was er auf seinem Wege fand. Die arme Mutter starb in dem schrecklichen Flammenmeer und nur der kleine Ferdinand und sein Vater wurden wie durch ein Wunder von einem treuen Diener gerettet. Doch als wären der schlimmen Schicksalsschläge noch immer nicht genug, wurde Ferdinands Vater kurz darauf zu Unrecht beschuldigt, Geheimnisse des Königs an den Feind verraten zu haben. Unglücklicher Weise glaubte der König seinen falschen Beratern, den Feinden des Grafen Helicour. Und so warf man den alten Mann ins Gefängnis, wo er kurz darauf vor lauter Kummer starb. Seinem Sohn, dem jungen Grafen Ferdinand de Helicour, wurden darauf sämtliche Güter seiner Eltern entrissen, so dass er mit seinen neun Jahren, obwohl ein Graf, nun völlig mittellos und auf sich allein gestellt dastand. Zwar hatte er noch reiche Verwandte, doch wollten die nichts von ihm wissen, da sie den Zorn des Königs fürchteten.

Was sollte der junge Graf Helicour nun anfangen? Er hatte viele Bücher gelesen, konnte recht gut reiten, kannte die Sterne und Planeten am Himmel wie kein anderer, und spielte überdies auch wunderschön Klavier und Geige. Doch praktische Dinge, mit denen man sein täglich Brot verdienen konnte, hatte er nicht gelernt. So zog er als ein Bettler durch das prächtige Land, das einstmals seiner Familie gehört hatte und geriet nach einigen Wochen in einen tiefen dunklen

Wald, aus dem er nicht mehr herausfand. Mehrere Tage und Nächte irrte er verzweifelt umher, bis er sich eines Abends voller Trauer und tiefer Erschöpfung ins weiche Moos legte, um nimmermehr aufzuwachen. In dieser mondhellen Nacht wollte es jedoch das gütige Schicksal, dass ein armer Holzfäller auf seinem Nachhauseweg den dichten Wald durchstreifte und verwundert den gut gekleideten Jüngling auf dem kalten Erdboden im Mondschein liegen sah. Als er bei dem Knaben noch einen schwachen Atem spürte, trug er die leblose Gestalt eilends zu sich nach Hause.

Der Holzfäller lebte mit seiner Tochter Una, einem wunderschönen, liebreizenden Mädchen, ganz allein im Walde, da seine Frau bei ihrer Geburt gestorben war. Schon nach wenigen Stunden erholte sich der arme Graf Helicour von seiner schweren Erschöpfung und erblickte verwundert die Tochter des Holzfällers, die er im ersten Moment für einen Engel im Himmel ansah. Denn dort glaubte er sich bereits angekommen. Vom ersten Augenblick verspürte beide eine seltsam tiefe Zuneigung zueinander. Unas und des Grafen Liebe wuchs Jahr für Jahr. Und als der arme Holzfäller kurz nach dem siebzehnten Geburtstag seiner Tochter plötzlich starb, heiratete der Graf Ferdinand nach der Trauerzeit seine liebe Una. Schon ein Jahr später wurde ihnen ein kleines Töchterchen Namens Anna geboren. Das junge Paar lebte mit Anna trotz des zurückgezogenen Lebens glücklich und zufrieden, da sie sich in jeder Hinsicht selbst genügten. Ferdinand arbeitete wie sein Schwiegervater als Holzfäller, ging täglich tief in den Wald, um erst zum Sonnenuntergang in sein kleines Häuschen zurückzukehren, wo Frau und Töchterchen schon voller Ungeduld auf ihn warteten. Una und

Anna hatten Ferdinand sehr lieb, da er allezeit so gut und herzlich zu ihnen war. Und obgleich Una wusste, dass ihr Mann ein Graf und sie mithin eine Gräfin war, so sprach sie nie davon, da sie wusste, wie schwer ihm die Erinnerungen an sein früheres Leben auf der Seele lagen. Und deshalb erfuhr die kleine Anna auch von der Mutter nichts von seinem traurigen Schicksal.

So lebten der Holzfäller und seine Frau glücklich und zufrieden bis zu Annas siebentem Lebensjahr. Da aber wurde ihre liebe Mutter plötzlich gefährlich krank und starb binnen weniger Tage. Das war ein entsetzlicher Schlag für den armen Ferdinand, der sich fühlte, als hätte man ihm das Herz herausgerissen. Der armen Anna ging es nicht anders.

Voller Verzweiflung begrub Ferdinand ganz allein seine arme Una in der dunklen Erde und lange Zeit hatte er weder Lust noch Kraft zur Arbeit. Einzig die Not und tiefe Liebe zu seiner Tochter brachte ihn schließlich dazu, seinem Tagwerk wieder nachzugehen. Doch nun musste er sein liebes Kind den ganzen Tag allein lassen. Wer sollte sich um sie kümmern, sie unterrichten, mit ihr spielen, wenn er im Wald war? Wer sollte Anna so lieben, wie Una sie geliebt hatte?

Auch wenn der Vater auf alle mögliche Weise versuchte, Anna die Mutter zu ersetzen, konnte es so nicht weiter gehen. Anna brauchte jemand, der ihr Gesellschaft leisten, sie pflegen und versorgen würde, wenn sie einmal krank wäre. Immer wenn der Vater an diese Dinge dachte, rollten ihm dicke Tränen über die rauen Wangen.

Anna langweilte sich in der Tat grässlich und unternahm alles, um sich auf irgendeine Weise zu unterhalten. Sie räumte die Stube auf, wie es Mutter früher tat. Dann las sie in den Büchern, aus denen der Vater ihr das Lesen beigebracht hatte. Und war schönes Wetter, so ging sie zuweilen spazieren, besuchte ihren Vater bei der Arbeit, und sprach mit den Tieren, die sie im Walde traf und die sich ihr gegenüber aus irgendeinem unerfindlichen Grund immer ganz zutraulich zeigten. Abends aber saß sie zumeist in einer Ecke mit Stricken beschäftigt und dachte dabei sehnsüchtig an jene glückliche Zeit, in der ihre Mutter sie darin unterrichtet hatte. In diesen traurigen Augenblicken musste die kleine Anna immer heftig weinen.

Dem Vater bereitete die Einsamkeit, zu welcher sein armes Kind verurteilt war, großen Kummer, und er tat alles, um Anna etwas Unterhaltung zu verschaffen. Eines Tages, als er wie jeden Mittag im Wald mutterseelenallein sein karges Mittagsmahl verzehrte, vernahm er hinter sich plötzlich ein leises Scharren. Und als er sich erschrocken umdrehte, da stand doch mitten im grüne Grase eine kostbare, über und über mit Gold besetzte Kiste, aus der ein leises Klagen hervordrang. Vorsichtig hob Ferdinand den Deckel empor und wollte seinen Augen kaum trauen. In dem mit tiefrotem Samt ausgekleideten Kästchen lagen zwei herzallerliebste junge Kätzchen, ein schwarzes und ein weißes, und schauten ihn mit himmelblauen Augen freundlich blinzelnd an. Verwundert drehte er sich nach allen Seiten, rief laut in die rauschenden Bäume, in der Hoffnung, dass sich vielleicht der Besitzer der Katzen zeigen wollte. Doch endlich musste er sich verwundert eingestehen, dass er ganz allein im Wald war. So hob er sacht das Kästchen mit den Kätzchen empor. Im selben Moment vernahm er ein sanftes Rauschen wie von einem Seidenkleid. Und als er sich nach dem Geräusch umschaute, da war ihm doch tatsächlich, als höre er ein leises Seufzen, das ihn augenblicks an seine liebe Una erinnerte. Voller schwerer Gedanken und gleichzeitig auf eine geheimnisvolle Weise erleichtert, trat er den Heimweg an. War es wirklich seine liebe Frau gewesen, die ihm da erschienen war oder aber eine gute Fee, die seinem einsamen Töchterchen Anna ein paar liebe Spielgefährten zur Seite geben wollte?

Als er sich dem Haus näherte, kam ihm Anna bereits entgegengelaufen. Und da er schelmisch noch im Gehen den Deckel des Kästchens hob, stieß sie einen ahnungsvollen Freudenschrei aus, der ihrem Vater das erste Mal seit dem Tod seiner lieben Frau wieder ein zaghaftes Lächeln in das müde Antlitz zauberte.

Ach, war das eine Freude, wie seine Tochter tagein tagaus mit den jungen Kätzchen spielte, denen ihr Vater die Namen Miez und Peterle gab. Die niedlichen Tierchen verschafften Anna in ihrer Einsamkeit nicht nur eine allerliebste Unterhaltung, sondern wurden schon bald ihre besten Freunde und Gefährten, obgleich Anna sie immer nur ihre lieben Kinderchen nannte. Sie sprangen um sie herum und liefen einem Ball nach, den Anna auf dem Boden rollte, kletterten die rauen Wände der Holzhütte hinauf, kugelten sich im weichen Heu hin und her oder versuchten unter Annas Rock zu kriechen. Bei diesen und ähnlichen Spielen verging Anna der Tag wie im Fluge. Und ehe sie sich's versah, kam schon der Vater von der Arbeit nach Hause und ließ sich von seinem Töchterchen vergnügt die neuesten Erlebnisse mit Miez und Peterle berichten.

Eines Tages, als der Vater wieder auf Arbeit war, hielt Anna eine förmliche Rede an ihre Kätzchen.

„Kinderchen“, sagte sie ernst: „Es kann nicht immer so fort gehen, allezeit nur mit Spielen. Jetzt muss auch einmal etwas gelernt werden. Ihr seid nun alt und klug genug dazu.“

Seltsam! Fast war es, als hätten die lieben Tierchen augenblicks begriffen, was ihre kleine Freundin ihnen da gesagt habe. Denn beide riefen gleichzeitig: „Miau! Miau!“ und rieben ihre Köpfchen an Annas Gesicht und Händen. Und als sie dies sah, traten ihr unwillkürlich Tränen in die Augen, denn sie erinnerte sich gerührt daran, wie ihre Mutter einst ganz ähnlich zu ihr gesprochen hatte, als sie und Vater anfingen, ihr lesen und schreiben beizubringen. Miez und Peterle schauten sie verwundert und kurz darauf verständnisvoll an, drückten ihre feuchten Näschen an ihre Wangen, ganz so als wollten sie sagen: ‚Wir wissen wie elend Du Dich fühlst, liebe Anna. Doch mach Dir keine Sorgen. Wir werden immer für Dich da sein!'

So trocknete Anna tapfer ihre Tränen und erteilte ihren lieben Kätzchen die erste Lektion. Zuerst lehrte sie ihnen aufrecht zu sitzen, wie es auch viele Hunde tun. Und es dauerte gar nicht lange, da beherrschten die Kätzchen diese schwierige Übung, anfangs nur, indem sie sich dabei ein wenig zittrig an die Wand lehnten. Doch ein paar Tage später saßen Miez und Peterle bereits ganz frei, worüber sich der Vater sehr verwunderte.

Nach dieser ersten Lektion folgte eine zweite, weitaus schwierigere, worin es namentlich Miez sehr weit brachte. Anna zeigte ihnen einen Ball, ging darauf in das Haus und versteckte ihn an einer besonders schwierigen Stelle, ohne dass die Kätzchen ihr folgen durften. Es dauerte keine fünf Minuten, da kam Miez bereits mit dem Bällchen im Maul aus dem Haus gerannt. Als der Vater nach Hause kam, sah er wieder die Fortschritte der Kätzchen und lobte Anna wegen ihrer Geduld und die Kätzchen wegen ihrer großen Gelehrsamkeit. Was er nicht wusste, war, dass Miez und Peterle all diese Dinge aus reiner Liebe zur kleinen Anna taten. Und das wohl keiner sonst sie zu diesen und ähnlichen Kunststückchen hätte verleiten können.

Übrigens lernte Anna mit ihren Kätzchen um die Wette. Denn ihr guter Vater benutzte insbesondere die langen heimeligen Winterabende, um sie in allen Dingen zu unterrichten, die er wusste. Denn er hoffte sehnlichst, mit Anna dereinst den Wald verlassen zu können, damit sie endlich unter Menschen käme, wo sie ihr Wissen gebrauchen könnte. Das kluge Mädchen machte dabei weitaus mehr Fortschritte, als manches Kind, das regelmäßig die Schule besuchte. Denn Anna lernte aus Neugier und Liebe in einem Bruchteil der Zeit, was andere Kinder in Zwang und Mühen selbst in vielen Jahren nicht schafften.

Nachdem die Kätzchen ordentlich aufrecht sitzen und versteckte Dinge zu finden gelernt hatten, sollten sie nun versuchen, ein Stückchen Brot erst mit dem Mund und dann mit den Vorderpfoten aufzufangen, um es darauf hin zu verspeisen. Schließlich ließ Anna Miez auch noch auf drei Pfötchen durch die Stube laufen, ganz so als ob das eine Pfötchen wund wäre.

Es war gar wunderlich anzusehen, mit welchem Geschick und welcher Anmut und Leichtigkeit die lieben Tierchen in kürzester Zeit all diese schwierigen Aufgaben bewältigten. Und diese kleinen Wunder erinnerten Annas Vater unwillkürlich wieder daran, auf welch geheimnisvolle Weise er die Kätzchen einst im Walde gefunden hatte. Sollten Miez und Peterle tatsächlich von einer guten Fee ausgesetzt worden sein? Waren sie gar Zauberkätzchen?

„Ganz hübsch! Sehr gut gemacht!“, rief Anna glücklich: „Aber nun muss Peterle das Pferd spielen und Miez den Reiter.“

Kaum gesagt, bestieg Miez vor den Augen des Vaters doch tatsächlich Peterles Rücken. Und dieser marschierte derart gravitätisch daher, als ob er ein Pferd von edelster Rasse sei, obgleich die Kätzchen doch noch nie in ihrem Leben ein Pferd gesehen hatten.

So lehrte die gute Anna ihren Kätzchen noch hunderte weiterer erstaunlicher Kunststücke, bis sie zuletzt wirklich nicht mehr wusste, was sie ihnen noch beibringen sollte. Trotzdem dachte sie weiter angestrengt nach. Und als ihr Vater am Abend wieder nach Hause kam, rief sie ihm ganz fröhlich entgegen:

„Papa, jetzt habe ich etwas Neues für meine lieben Kinderchen! Ich werde sie lehren, den Vögelchen künftig nichts mehr zuleide zu tun. Schon oft habe ich Miez und Peterle ausgezankt, weil sie den Vögelchen nachstellten. Sie sollen so friedlich werden, wie Du und ich es sind. Denn das Töten ist ein großes Verbrechen, selbst wenn es nur eine Ameise wäre. Das sagt mir mein Herz!"

Gerührt zog der Vater sein liebes Töchterchen an sich und eine dicke Träne rollte seine Wange herab. Denn augenblicks erkannte er wieder das gute Herz seiner lieben Una, das auch in der kleinen Anna schlug:

„Nun, meine liebe Anna. Ich würde mich sehr freuen, wenn Du es mit Deinen Kätzchen so weit bringst. Denn die Vöglein würden es Dir von ganzem Herzen danken. Doch zweifle ich sehr, dass Dir dieses schwierige Vorhaben gelingen wird. Denn, liebes Kind, ein wildes Tier, insbesondere eine Katze, kann seine Natur nur sehr schwer verleugnen. Du kannst es versuchen, aber ich fürchte sehr, dass dieser Versuch misslingen wird!"

Anna hingegen war ganz unbesorgt, dass sie ihre lieben Kinderchen dazu bringen würde, die Vögelchen unbehelligt zu lassen. Und, wahrlich, sie sollte Recht behalten. Es dauerte keine zwei Tage, da waren Miez und Peterle schon so weit:

Für den Anfang hatte Annas Vater zwei zahme Waldtauben gefangen, die Anna jeden Morgen mit Brotkrumen fütterte. Diese wurden für die Zeit des Unterrichts in einen Käfig gesteckt, der sich in Miezis und Peterles Nähe befand. Anna blieb jedoch in der Nähe, um aufzupassen. Wenn sich nun eines der im Käfig herum trippelnden Vögelchen dem Drahtgitter näherte, so streckten die Kätzchen rasch die Krallen aus, um das Vögelchen zu packen. Doch im selben Augenblick ergriff Anna deren Pfötchen und schaute ihnen ernst und traurig ins Gesicht, ganz so als wolle sie sagen: ‚Die Vöglein haben genauso ein Recht zu leben und sich jeden Tag an der schönen Welt zu erfreuen wie Ihr. Was würdest Du, Peterle, sagen, wenn ich Deine Miezi töten würde, und was Du Miez, wenn ich dies mit Deinem Peterle täte? Wie traurig wäret Ihr, wenn Ihr Euren liebsten Gefährten nicht mehr bei euch hättet?'

Die Kätzchen schauten Anna ganz verwundert an, dann rollten sie ihre Augen, fingen gar jämmerlich zu miauen an und versuchten davonzulaufen. Doch Anna zwang sie, eine Weile noch bei dem Vogelbauer zu verbleiben. Am nächsten Tag wiederholte sie das Schauspiel, setzte Miez und Peterle ganz dicht an den Käfig und schaute, was da kommen würde. Ihre Kinderchen setzten sich, als wäre es das Normalste von der Welt, ganz artig hin, lehnten ihre Köpfchen aneinander und schauten ruhig den Täubchen beim Fressen zu.

Annas Kinderchen waren so gesittet und ruhig, dass nicht einmal ihre Schwanzspitzen wackelten. Und daran erkannte Anna, dass ihre Kätzchen auch diese schwierige Lektion bereits gelernt hatten. Fröhlich klatschte sie in die Hände und als dies die Kätzchen sahen, freuten sie sich ebenso, da sie nun ihre Begierden zu beherrschen vermochten und derart ihrer geliebten Freundin eine weitere große Freude bereiten konnten.

Nun ward der Vogelbauer geöffnet, und damit gelangten die Täubchen tatsächlich unmittelbar in Miezis und Peterles Nähe. Doch noch immer geschah nicht das Geringste. Die Vögel, die anfangs noch recht ängstlich gewesen waren, flogen nun unbekümmert in der Stube hin und her, näherten sich den Katzen ohne die mindeste Furcht, ja setzten sich zuweilen gar auf Miezis und Peterles Kopf und Rücken, ohne dass diese nach ihnen gegriffen oder ihnen sonst ein Leid zugefügt hätten. Anna aber freute und bedankte sich sehr bei ihren Kätzchen. Dem Vater hingegen erschien das Ganze mittlerweile wie ein einziges großes Wunder und er lobte die Geduld und Sanftmut seines Töchterchens und die Gelehrsamkeit der Kätzchen. Tatsächlich unternahmen Miez und Peterle auch im Freien nicht den geringsten Versuch, einen der Vögel im Wald und Garten zwischen ihre Krallen zu bekommen.

Wie nun aber alles im Leben einmal ein Ende hat, der größte Schmerz wie auch die größten Freuden, so war es auch im Leben der kleinen Anna. Denn das große Glück, welches das liebe Kind tagein tagaus in ihrer Waldeinsamkeit genoss, ging gar plötzlich zu Ende, und Unglück, Kummer und Leid hielten Einzug. Ihr herzensguter Vater wurde nämlich ernstlich krank, so dass er nicht mehr zu arbeiten vermochte. Und so kam es, dass er und sein geliebtes Kind in tiefe Armut und Mangel gerieten. Hunger zu leiden und selbst das Nötigste zu entbehren, fiel der herzensguten Anna nicht schwer. Jedoch die endlosen Leiden ihres treuen Vaters mit ansehen zu müssen, brach ihr fast das Herz. Was den guten Mann neben seiner schweren Krankheit am meisten beunruhigte, war der Gedanke, was aus seiner lieben Anna einst werden sollte, wenn er starb? Diese Überlegungen bereiteten dem armen Mann den allergrößten Schmerz.

Außer dem Doktor kam nur noch einer, um den Kranken zu besuchen. Und dieser schweigsame Mann brachte dem Vater ab und an ein wenig Geld, wovon Vater und Tochter sich dann eine Zeit lang wieder ernähren und den Doktor bezahlen konnten. Anna war der Besucher sehr unheimlich, obwohl er dem Vater zu helfen schien. Sie wusste selbst nicht warum, und ging ihm deshalb, wann immer er kam, aus dem Wege.

Seit der Krankheit ihres Vaters hatte Anna keine Freude mehr an dem Unterricht ihrer lieben Kinderchen. Doch bat sie der Vater dennoch zuweilen, Miez und Peterle einige ihre Kunststücke vorführen zu lassen. Als Anna merkte, dass sie ihrem armen Vater damit eine Freude bereiten konnte, zwang sie sich zu dieser Unterhaltung, wann immer der Kranke es begehrte. Allerdings tat ihr Vater nur so, als ob er Freude an den Kunststücken der Kätzchen fände. Denn er wollte seinem armen Mädchen ein wenig Zerstreuung verschaffen. Noch mehr aber fürchtete er, dass Miez und Peterle die ihnen beigebrachten Kunststücke aus Mangel an Übung wieder verlernen konnten. Denn insgeheim hoffte er, dass sich Anna einst mit der Gelehrigkeit der Tiere ihr täglich Brot verdienen könne, wenn er dereinst im dunklen Grab läge. Und dabei erinnerte er sich immer der geheimnisvollen Umstände seines ersten Zusammentreffens mit diesen bezaubernden Kätzchen und vertraute auf das Schicksal.

Sein Vorgefühl, dass er bald sterben würde, bestätigte sich. Der arme Kranke wurde von Tag zu Tag schwächer und der Doktor, der ihn aufgrund der großen Entfernung nur von Zeit zu Zeit besuchen konnte, schüttelte regelmäßig immer verzagter den Kopf, wenn er nach einigen Tagen wieder nach ihm sah. Als Annas Vater sein Ende kommen fühlte, rief er sein liebes Töchterchen zu sich ans Bett:

„Mein liebes gutes Kind, ich werde nun sterben und dahin gehen, wo Deine liebe Mutter auf mich wartet. Deshalb auch ängstige ich mich nicht vor dem Tod. Doch eine andere Furcht peinigt mich sehr, nämlich, was aus Dir, liebes, armes Kind nach meinem Tode werden soll. Unaufhörlich habe ich zu Gott gebetet, dass er Dich und Deine Wege beschütze. Ich vertraue auf seine Barmherzigkeit. Er gibt allen seinen Geschöpfen ihr täglich Brot und wird auch Dich nicht verlassen. Drum, meine liebe herzensgute Anna, wenn ich tot bin, nimm Deine kleinen Kätzchen und gehe mit ihnen zu den Reichen und Angesehenen im Lande. Bitte dort ganz bescheiden um die Erlaubnis, ihnen Miez' und Peterles Künste zeigen zu dürfen. Deine Kinderchen werden Dir helfen und dadurch wirst Du ganz gewiss Dein Auskommen finden. Gott, so hoffe ich, wird Dir auf Deinem ferneren Lebenswege, an meiner statt beistehen. Nur noch eins“, sprach der kranke Mann mit immer schwächer werdender Stimme: „Bewahre diese beiden Dinge treulich auf.“ Damit überreicht er Anna ein kleines, in ein grünes Seidentuch eingewickeltes Bündel: „In der Brieftasche hier befinden sich wichtige Papiere, die Dir dereinst vielleicht von großem Nutzen sein können. Und dieses Bild ist das Porträt Deines Großvaters, meines lieben Vaters. Gott sei seiner armen Seele gnädig ..."

Schluchzend nahm Anna die persönlichen Gegenstände an sich, die der sterbende Vater ihr gegeben hatte, küsste ihn auf den bereits erkalteten Mund und starrte stumm vor Schmerz und Verzweiflung auf den toten Körper ihres über alles geliebten Vaters. Länger als einen Tag blieb sie so reglos und ganz allein bei den sterblichen Überresten sitzen, bis endlich der Arzt kam, der den Vater nicht hatte retten können. Für den Toten war sein Kommen vergeblich, aber seinem Töchterchen gewährte er doch einigen Trost. Der brave Doktor traf die nötigen Anordnungen für das Begräbnis des armen Holzfällers. Er schickte einige Leute, welche die Leiche in den engen Sarg legten und hierauf in das finstere Grab versenkten. Und nun blieb die arme Waise mit ihrem Schmerz allein zurück. Sie weinte ganze Tage lang. Und in diesen schlimmen Stunden war es ihr, als ob ihre Kätzchen mit ihr trauerten, so bekümmert schauten sie ihre Herrin an. Sie liebkosten Anna in ihrer Traurigkeit mehr, als sie es sonst getan hatten. Und wenn sie sich abends ganz allein in dem alten Haus zu Bett legte, dann kuschelten sich Miez und Peterle von beiden Seiten ganz dicht an sie, als wollten sie Anna damit sagen: ‚Du bist nicht allein. Wir beschützen Dich!'

Zuletzt aber versiegten die Tränen des armen Kindes doch. Und nachdem einige Wochen seit dem Tode ihres lieben Vaters verflossen waren, fand sie endlich wieder ein wenig Trost in ihren verbliebenen Lieblingen Miez und Peterle.

Nur wusste sie nicht, von was sie leben sollte, die Früchte des Gartens reichten allein nicht aus, um sie über den nahenden Winter zu bringen. Und die wenigen Vorräte waren bereits aufgebraucht.

Zu diesem Zeitpunkt kam plötzlich der Mann, dessen Kommen Anna während der Krankheit ihres Vaters immer so unangenehm gewesen war, mit einer Karre vor das Haus, und lud alles, was er an Möbeln fand, darauf. Unglücklicherweise trat der harte Mann dem Kätzchen Miez dabei dermaßen stark auf das Pfötchen, dass es schlimm zu bluten begann. Anna wusch das Pfötchen ab und band sorgsam ein leinenes Läppchen darum.

Den Mann scherte dies überhaupt nicht. Stattdessen rief er dem zutiefst verwirrten Mädchen zum Abschied nur zu: „Das Geld, welches ich Deinem Vater zuweilen brachte, war der Kaufpreis für die Gegenstände, die ich jetzt mit mir nehme. Sie gehören alle mir. Und nun leb wohl ..." Und damit blieb Anna allein in dem leeren Häuschen zurück.

Was konnte sie nun anderes anfangen, als dem Rat ihres verstorbenen Vaters zu folgen? So beschloss Anna, noch eine letzte Nacht in dem Häuschen zu verbringen, und am andern Morgen für immer mit ihren Kinderchen in die weite Welt zu gehen. Und nachdem sie in dieser letzten Nacht beinahe kein Auge geschlossen hatte, trat sie am andern Morgen ihre große Reise an.

Das Wetter war rau, denn es war bereits Herbst. Von Zeit zu Zeit fiel der Regen in so starken Güssen vom Himmel herab, wehte der Wind dermaßen heftig, dass das arme Kind kaum mehr weiterzugehen vermochte und ihre Kätzchen sich jammernd an sie schmiegten. Der Anfang ihrer Reise versprach also nichts Gutes. Zudem wusste Anna nicht, wohin sie ihre Schritte wenden sollte. Immer schwerer wurde das Gehen. Doch im Moment ihrer allergrößten Verzweiflung kamen ihr plötzlich die Worte des sterbenden Vaters in den Sinn: „Ich vertraue auf Gottes Barmherzigkeit. Er gibt allen seinen Geschöpfen das täglich Brot und wird auch Dich nicht verlassen!“ So kniete sie unter einer alten knorrigen Eiche nieder. Und während der Regen in Strömen niederging, betete sie leise:

„Lieber Vater im Himmel verlass mich und meine Kinderchen nicht, und leite unsere Schritte. Gib, dass wir zu guten Menschen gelangen.“

Durch dieses Gebet augenblicks gestärkt, erhob sich die tapfere Anna und schritt trotz des Unwetters entschlossen weiter. So liefen sie alle drei, von Zeit zu Zeit ausruhend, den ganzen Tag, bis sie am späten Abend an ein Bauernhaus gelangten, das etwas seitwärts vom Wege lag. Ängstlich klopfte Anna an die verwitterte Tür, um ein Nachtquartier zu erbitten. Ein bärtiger Bauer erschien im Halbdunkel und als er sie erblickte, knurrte er mürrisch: „Wir nehmen kein Bettelpack ins Haus. Marsch ..., fort mit Dir ...“

Anna bat flehentlich, ihr doch in dieser schlimmen Regennacht ein Plätzchen in der Scheune zu vergönnen. Der hartherzige Bauer wollte jedoch nichts davon wissen, und Anna gerade die Tür vor der Nase zuschlagen, als die Bäuerin mit einem Lichtlein aus dem Dunkel des Hauses trat:

„Geht man so mit Christenmenschen um“, schimpfte sie mit ihrem Manne, nahm Anna bei der Hand und wies ihr freundlich ein Plätzchen auf dem Heuboden zu. Und da Anna vor Hunger und Kälte zitterte, gab sie ihr auch noch ein Stückchen Brot und eine alte Pferdedecke zum Zudecken.

Anna verteilte das Brot unter ihren treuen Kinderchen, die sie den ganzen Weg lang auch nicht eine Minute im Stich gelassen hatten. Und da sie sehr müde war, so schlief sie in dieser Nacht sehr gut. Am nächsten Morgen untersuchte sie zunächst Miezis krankes Pfötchen und fand, dass sich dieses schon bedeutend gebessert hatte.

Noch bevor sich die drei wieder auf den Weg begeben konnten, kam die Bäuerin, die eine gute, sanfte Frau war, mit einem kleinen Frühstück. Und als sie die Katzen erblickte, fragte sie, wozu sie diese mit sich führe? Ganz offen erzählte Anna, dass die Katzen ihre Kinderchen seien und gar viele Kunststücke darzubieten wüssten. Bei diesen Worten begannen Miez und Peterle augenblicks mit ihren ersten Übungen. Die Bäuerin war dermaßen entzückt, dass sie sofort ihren Mann und ihre Kinder herbeirief. Unter diesen befand sich auch ein sechsjähriger Junge, der, als er einige Kunststücke gesehen, seinem Vater barsch zurief:

„Diese Katzen muss ich haben!“

Der Bauer, der seinem Jungen jeden Wunsch erfüllte, verlangte augenblicks von Anna eine der Katzen. Und als die sich weigerte, versuchte sein verzogener Sohn doch tatsächlich, ihr das arme Peterle mit Gewalt zu nehmen. Die arme Waise fing jämmerlich zu weinen an und flehte, ihr doch nicht das Einzige zu nehmen, was ihr in der Welt noch lieb und teuer sei. Der habsüchtige Bauer jedoch meinte:

„Eine Katze für ein Nachtquartier. So lautet unser Geschäft. Im Übrigen weiß ich nicht, warum Du so herum jammerst. Ein so wertloses Tier wie eine Katze kannst Du ja alle Tage wieder auf der Straße auflesen und ihm Kunststücke beibringen."

Mit diesen Worten riss er Anna das kleine Kätzchen aus den Händen. Peterle schrie jämmerlich und fuhr mit seinen Krallen dem bösen Bauern heftig ins Gesicht, dass dieser augenblicks stark zu bluten begann. Vor lauter Schreck ließ er das Kätzchen fallen, um kurz darauf wütend nach einem Dreschflegel zu greifen, um damit das arme Peterle totzuschlagen. Im allerletzten Moment warf sich die gute Bäuerin dazwischen, verpasste ihrem Mann eine derart schallende Ohrfeige, dass dieser nach hinten auf die Erde fiel. Und der erschrockenen Anna rief sie zu:

„Schnell, eile Mädchen, mach dass Du fortkommst!"

Anna ließ sich dies nicht zweimal sagen und rannte, verfolgt von den übelsten Schimpfworten des Bauern und seines Jungen, über die Wiesen in die Freiheit.

Ach wie froh war sie, dieser großen Gefahr glücklich entronnen zu sein. Und gewarnt durch dieses Erlebnis, nahm sich vor, nie wieder vor derartigen Leuten die Kunststücke ihrer Kätzchen zu zeigen. Hatte der Vater ihr nicht geraten, mit den Kätzchen nur zu reichen, angesehenen Leuten zu gehen? Gewiss hatte er gute Gründe für diesen Rat. Nur, wo sollte sie reiche Leute finden, die ihr und den Kätzchen Zutritt zu ihrem Haus gewähren würden?

Mehrere Tage irrte Anna ziellos umher, ohne dass sie auf etwas anderes als auf armselige Bauernhäuser und Strohhütten gestoßen wäre. Mit großer Mühe nur erlangte sie des Abends ein Obdach und mit noch größerer Mühe verschaffte sie sich durch Betteln ein wenig Brot für sich und ihre Lieblinge, um nicht zu verhungern. Das arme Mädchen befand sich fürwahr in einer traurigen Lage. Endlich erreichte Anna bei Sonnenuntergang ein prachtvolles Anwesen, in dem sie reiche Leute zu finden hoffte. Freudig klingelte sie am Tor, doch fuhren ihr zwei wütend bellende Hunde entgegen. Voller Sorge riss sie Miez und Peterle an sich, um fortzurennen, als im selben Augenblick ein Knecht erschien, die Hunde harsch zurückrief und die Kleine mit gütiger Stimme fragte, was sie denn begehre? Anna war erleichtert und bat ihn, bei der Herrschaft nachzufragen, ob sie die Kunststücke ihrer Katzen gegen eine kleine Belohnung zeigen dürfe.

Der Knecht fand Wohlgefallen an Anna und ihren Kätzchen und trug ihre Bitte den Herrschaften vor, doch leider ohne Erfolg. Da er das kleine Mädchen aber nicht so mittellos gehen lassen wollte, führte er Anna heimlich in die Küche, gab ihr etwas zu essen und bat sie dann neugierig, den Anwesenden einige Kunststücke der Katzen zu zeigen.

Miez und Peterle gaben sich trotz der vielen Entbehrungen der langen Reise die allergrößte Mühe und die Dienerschaft war sichtlich entzückt. Unversehens wurden Anna und ihre Kätzchen mit den allerschönsten Leckerbissen und Komplimenten verwöhnt. Und nicht nur das, jeder von ihnen steckte dem erstaunten Mädchen auch noch ein wenig Geld in die Tasche, so dass sie das erste Mal in ihrem Leben für eine gewisse Zeit ein kleines Auskommen hatte. Zu guter Letzt brachte der gute Knecht sie auch noch im Dunkeln bis zum nächsten Dorf, wo sie zum ersten Male seit Antritt ihrer Reise mit ihren Kinderchen für das empfangene Geld in einem gemütlichen weichen Bette schlafen konnte.

Am andern Morgen schien die Sonne hell ins Zimmer und der Himmel war strahlend blau ohne das kleinste Wölkchen. Und Anna schöpfte wieder ein wenig Hoffnung, dass ihre Reise doch noch ein gutes Ende finden könne. So begab sie sich freudig auf den Weg. Doch während des ganzen Tages zeigte sich kein Haus, in welchem sie die Künste ihrer Kinderchen hätte vorführen können. Erst mitten in der Nacht erreichte sie todmüde ein altes Schloss. Die Kräfte der armen Anna waren dermaßen erschöpft, dass sie keinen Schritt mehr weiterzugehen vermochte. So ließ sie sich nur trostlos auf der Treppe des Schlosses niedersinken. Weder hatte sie den Mut zu klingeln, aus lauter Furcht erneut abgewiesen zu werde, noch die notwendige Kraft, um die Kunststücke ihrer Kätzchen zu zeigen.

Ja, Anna war zum Sterben müde. Wie oft hatte sie nicht schon gedacht, dass der Tod das Beste für sie sei, weil dann das Leid endlich ein Ende hätte. Hatte der Vater nicht kurz vor dem Sterben zu ihr gesagt: „Ich gehe jetzt dahin, wo Deine Mutter auf mich wartet!“ Wenn sie nun stürbe, würde sie gewiss auch wieder zu Mutter und Vater kommen. Dieser Gedanke gewährte ihr einigen Trost und ließ ihr den eigenen Tod und das kalte, finstere Grab weniger furchtbar erscheinen. Doch dann dachte sie wieder an ihre lieben Kätzchen Miez und Peterle, die ohne sie ganz allein im Leben dastehen würden. Nein, sie konnte ihre besten Freunde nicht im Stich lassen!

Während Anna mit diesen schweren Gedanken ganz trostlos vor der Schlosstür lag, kam zufälligerweise ein Diener vorbei, der wie jeden Abend zu später Stunde gemütlich sein Nachtpfeifchen rauchte. Und als er dort das arme Mädchen mit seinen lieben Kätzchen in den Armen liegen sah, empfand der gute Mann augenblicks innigstes Mitleid, so dass er zu seiner Herrin eilte, um ihr von seinem ungewöhnlichen Fund zu berichten.

Die gute Baronin von Mirabeau, die selbst zwei kleine Kinder hatte, und ein wahrhaft barmherziges Herz besaß, ließ augenblicks das arme Mädchen und seine Kätzchen in ein sauberes Zimmer führen und ein gemütliches Bett bereiten. Und schon bald lag Anna, die vor lauter Müdigkeit

nicht einen Bissen essen konnte, und kaum wusste, wie ihr geschah, mit Miez und Peterle in tiefem Schlaf.

Am andern Morgen konnte die Baronin es kaum erwarten, das kleine Mädchen mit den süßen Kätzchen wiederzusehen. Und als die ersten Sonnenstrahlen in die wunderschönen Zimmer des alten Schlosses fielen, bat sie ihre Dienerin, die ungewöhnliche Reisegesellschaft sanft zu wecken, die Kleine anzukleiden und dann alle freundlichst zu ihr zu führen. Schon bald tippelte Anna schüchtern den langen, mit vielen bunten Bildern und funkelnden Spiegeln behangenen Flur an unzähligen Zimmern vorbei, bis sie endlich einen weit geöffneten, hellen Raum betrat.

Die Baronin saß mit ihrem Gemahl und den Kindern bereits erwartungsvoll beim Frühstück und lud nun auch Anna herzlich dazu ein. Die Kleine sah ganz allerliebst aus in dem wunderschönen blauen Spitzenkleidchen, dass man ihr gegeben hatte. Miez und Peterle wichen noch immer besorgt keinen Schritt von Annas Seite. Dieser rührende Anblick versetzte alle Anwesenden in das allergrößte Verzücken. Und dem guten Diener, der das arme Mädchen in der Nacht auf der Schlosstreppe gefunden hatte, rollten dicke Tränen der Rührung über seine rauen Wangen. Die Kinder hingegen sprangen von ihren Stühlen, streichelten die Kätzchen und lockten sie mit lauter Leckereien von der reichen Tafel. Und noch bevor Miez und Peterle auch nur eines ihrer Kunststückchen zum Besten geben konnten, waren sie bereits in den Herzen aller angekommen.

Die Baronin ließ Anna neben sich setzen und bat sie, ihr zu erzählen, wer sie sei, woher sie kam und zu welchem Zwecke sie sich auf die Reise begeben hätte. Anna erzählte offen und ehrlich alles so, wie es sich zugetragen hatte. Der Baron und die Baronin waren zutiefst gerührt von der traurigen Geschichte der kleinen Anna. Und die gute Frau spürte dabei eine gar seltsame Regung in ihrem Innersten, die sie sich kaum zu erklären wusste. Das fremde Mädchen schien ihr seltsam vertraut. Ja, wenn sie in ihr Antlitz blickte, Annas freimütigen, unschuldigen Blick und ihre sanften Bewegungen betrachtete, meinte sie gar einen lieben Menschen wiederzuerkennen. Doch wollte ihr nicht einfallen, wer?

Als die kleine Anna mit wachsendem Feuer davon zu erzählen begann, was Miez und Peterle für gar wundersame Kunststücke zu vollbringen vermochten, waren die Kinder außer Rand und Band, so dass der Baron und die Baronin ihren kleinen Gast augenblicks um eine Vorstellung bitten mussten. So machte sich die kleine Anna mit ihren Katzen an die Arbeit. Bereits die ersten Kunststücke wie das Aufrechtsitzen, das Auffangen von Brot, das Laufen auf drei Pfötchen, das Reiter- und Pferdespiel zwischen Miez und Peterle sowie das Wiederauffinden versteckter Dinge ließen die Kinder vor Freude jauchzen und springen. Und die Baronin lachte wie lange nicht mehr über die herzallerliebsten Kunststücke. Kaum wollte sie glauben, was sie da mit ihren eigenen Augen sahen.

„Komm meine liebe Miez“, sagte Anna: „Tu mir nun bitte den Gefallen und leg Dich hin, ganz so als ob Du schlafen würdest. Peterle wird dann so lange Deine Stirn berühren, bis Du aufwachst und mit ihm zu spielen beginnst.“

Kaum gesagt, taten die lieben Tierchen, als hätten sie Annas Worte verstanden, buchstäblich das Aufgetragene.

„Zum Fest tanzen die Menschen gern. Und was tun Miez und Peterle, wenn sie fröhlich sind?“

Miez und Peterle stellten sich auf die Hinterbeine und begannen nach der Melodie eines von Anna gesungenen Liedchens im Zimmer auf und ab zu tanzen. Rudolf und Lucy, die Kinder des Barons, waren darüber dermaßen außer sich vor Freude, dass sie gleich mit durch den Raum tanzten.

Doch mitten in diesem ausgelassenen Treiben flatterte plötzlich ein gelber Kanarienvogel ins Zimmer. Die Kinder erschraken heftig, sahen sie doch vor ihrem geistigen Auge ihr Hänschen bereits im Maul der Katzen verschwinden. Doch Anna versicherte ihnen, dass keinerlei Gefahr für ihr Vögelchen bestände, ihre Kinderchen im Gegenteil die allerbesten Freunde jeglichen Federviehs seien. Und noch während sie dies sprach, setzte sich wie als Beweis der Kanarienvogel zutraulich auf Peterles Kopf und zwitscherte der gegenüber sitzenden Miez lustig ins Gesicht.

Da endlich begriffen der Baron und die Baronin, dass sich hier gerade eben etwas ganz Besonderes vor ihren Augen ereignete und die kleine Anna kein gewöhnliches Mädchen war. Die Katzen verstanden ihre kleine Herrin nicht nur aufs Wort, sondern taten Dinge, die sie noch nie bei anderen Tieren gesehen, geschweige denn für möglich gehalten hatten. Dies verwunderte sie umso mehr, als Anna diese Kunststücke und den verständigen Umgang mit ihren Kinderchen als völlig normal betrachtete.

Nach dem Frühstück lud die Baronin Anna tief bewegt zu einem Spaziergang durch den wunderschönen Schlosspark ein. Unterwegs fragte sie Anna alle möglichen Dinge, um ein Bild von ihrem Verstand und ihren Ansichten zu gewinnen. Danach aber staunte die Baronin nur noch mehr, denn die Kleine verfügte für ihre gerade einmal neun Jahre nicht nur über große Lebensweisheit, sondern wusste auch Dinge durch ihren lieben Vater, die man in keiner Schule lernen konnte.

Zurück im Schlosse begann Anna ihre Sachen zu packen, um ihre Wanderung fortzusetzen. Erschrocken bemerkten

Rudolf und Lucy, dass sie auch ihre lieben Kätzchen mitnehmen wollte. Hatten sie doch tatsächlich geglaubt, dass ihre Eltern die Katzen gekauft und zu ihrem Vergnügen von Anna hätten trainieren lassen. Nun fingen die Kinder gar jämmerlich zu weinen an.

„Die Kätzchen gehören zu Anna", sagte die Baronin ernst: „Kommt und verabschiedet Euch von ihnen."

„Nein, lass doch Anna und die Kätzchen im Schlosse bleiben", bettelte Lucy.

Da beugte sich der Baron zu Anna herab und sprach mit ruhiger, väterlicher Stimme: „Würdest Du denn bei uns bleiben wollen, mein gutes Kind?"

Nur für einen kurzen Moment befragte Anna ihr Herz, während sie liebevoll an ihren Vater dachte. Dann antwortete sie leise aber entschieden „ja"...

Die Baronin seufzte erleichtert auf, da sie Anna bereits sehr lieb gewonnen hatte und sie nur äußerst ungern mutterseelenallein in die Fremde hätte gehen lassen. Lucy und Rudolf jedoch fassten ihre neue Freundin augenblicks bei den Händen und stürmten jubelnd aus dem Zimmer, um Anna das gesamte Schloss, ihr Spielzeug und alle Schönheiten und Geheimnisse des Anwesens zu zeigen.

Anna spürte, dass sie nicht nur bei sehr guten und lieben Menschen angekommen war, sondern dass sie sich an dem Ort befand, den ihr Vater für sie bestimmt hatte. Dieses Gefühl war höchst seltsam und dennoch fühlte Anna tief im Innersten dessen Wahrheit.

Nachdem nun Annas Verbleiben auf dem Schlosse bestimmt war, traf die Baronin augenblicks Vorkehrungen, ihr hübsche neue Kleider zu verschaffen, in denen sie ganz allerliebst aussah. Lucy und Anna wurden rasch innige Freundinnen. Sie spielten nicht nur zusammen, die zehnjährige Lucy unterrichtete Anna auch in Französisch, das sie selbst erst kürzlich zu lernen begonnen hatte. Und die kleine Anna fühlte sich auf dem Schlosse nach wenigen Tagen bereits wie zu Hause und so glücklich, wie man sich wenige Wochen nach dem Tode des geliebten Vaters nur fühlen kann. Täglich mussten die Kätzchen ihre Kunststücke vorführen, was Miez und Peterle aber wirklich sehr gern taten. Und dass es ihnen auf dem Schloss nicht schlecht erging, müssen wir wohl nicht extra betonen. Annas Kinderchen erhielten die allerschönsten Leckerbissen, wie sie diese nie zuvor zu fressen bekommen hatten, und wurden die Lieblinge aller Schlossbewohner, groß und klein.

Bekam die Familie Besuch oder wurden irgendwelche Feste gefeiert, von denen es sehr viele gab, waren Annas Kätzchen häufig der Höhepunkt des Tages. Und fragte dann der ein oder andere Besucher neugierig, wer denn die süße Kleine sei, entgegneten der Baron und die Baronin immer, sie wäre eine liebe Verwandte der Familie, die, da nun Vater und Mutter gestorben seien, bei ihnen wohne. Und dies war nicht einmal gelogen, denn die Baronin hegte in der Tat verwandtschaftliche Gefühle für die kleine Anna.

Eines Abends, als der Baron beim Kerzenschein mit Anna wieder einmal über ihre Vergangenheit sprach, fragte er: „Hast Du nicht wenigstens ein kleines Andenken von Deinen lieben Eltern, mein gutes Kind?“

Hierauf erzählte nun Anna das erste Mal von dem Porträt ihres Großvaters und der Brieftasche, die ihr der Vater auf dem Sterbebette übergeben hatte.

In der Hoffnung, Anna auf irgendeine Weise helfen zu können, bat der Baron, doch diese Gegenstände einmal sehen zu dürfen. Anna, die Porträt und Brieftasche, wie es ihr Vater wollte, gar wohl aufbewahrt hatte, da die darin enthaltenen Papiere ihr in der Zukunft sehr nützlich sein könnten, eilte diese zu holen. Doch kaum hatte der Baron einen Blick auf das Porträt geworfen, so rief er verwundert aus: „Wie? Was? Das Porträt des Grafen Helicour, des ehemaligen Ministers des Königs? Und der soll Dein Großvater gewesen sein?"

Ungläubig schüttelte der Baron den Kopf und sagte: „Nein, Anna ... Nein, doch nein. Das muss ein Irrtum sein!"

Doch die Baronin, die unbemerkt den Raum betreten, und von hinten gleichsam auf das Bildnis des Großvaters gestarrt hatte, stieß einen tiefen Seufzer aus, stürzte urplötzlich auf Anna zu und umarmte sie voller Inbrunst:

„Mein liebes Kind, mein gutes Mädchen. Nun fällt es mir wie Schuppen von den Augen. Nun endlich verstehe ich, warum ich vom ersten Augenblick an ein so warmes Gefühl für Dich empfand."

Tränen des Glücks und der Rührung stürzten aus ihren Augen. Anna war zutiefst verwundert und wusste kaum, wie sie sich in dieser Situation verhalten sollte. Doch die Baronin fuhr leidenschaftlich fort:

„Meine liebe Anna, ich kannte Deinen Vater! Ach, und wie ich ihn kannte ... Als meine Eltern, der Graf und die Gräfin Mirabeau, überraschend in meinem fünften Lebensjahr kurz hintereinander starben, kam ich zu der Familie Deines Großvaters, der mich bis zu meinem neunten Lebensjahr wie seine eigene Tochter aufzog. Du musst wissen, dass Dein Großvater der Cousin meines Großvaters war. Du und ich, wir sind also beide nahe Verwandte! Dein lieber Vater, der Graf Ferdinand de Helicour und ich, waren als Kinder die allerbesten und unzertrennlichsten Freunde. Und als über Deine Familie das grausame Schicksal hereinbrach, in dessen Folge Dein Großvater und Deine Großmutter starben, und Dein Vater kurz darauf spurlos verschwand, zerriss es mir fast das Herz. Ja, bis zum heutigen Tage kann ich ihn nicht vergessen! Keine Woche vergeht ohne einen Gedanken an meinen lieben Ferdinand aus Kindertagen ... Und nun steht seine kleine Tochter vor mir. Bei Gott, das ist kein Zufall. Wahrlich ein gütiges Schicksal hat uns beide zusammengeführt!“

Nun kamen auch Anna Tränen der Rührung und selbst der Baron wischte sich verstohlen eine Träne von seiner Wange. In diesem denkwürdigen Augenblick vernahm Anna plötzlich unmittelbar neben sich ein sanftes Rauschen wie von einem Seidenkleid, die Kerzen flackerten kurz auf und ihre Kinderchen Miez und Peterle miauten gar herzzerreißend, als hätten sie irgendjemand erkannt. Doch da war keiner. Alle schauten verwundert auf die Katzen.

Als die ersten Gefühlsstürme verflogen waren, öffnete der Baron endlich die Brieftasche und fand darin einen versiegelten Umschlag, den er auf Annas Bitten erbrach. Wie zu erwarten, enthielt er mehrere Dokumente, auch eine Geburtsurkunde, die Anna unzweifelhaft als die Tochter des vor zwölf Jahren plötzlich spurlos verschwundenen Grafen Ferdinand de Helicour auswiesen. Die kleine Anna war die Letzte, die den Namen und Titel der Gräfin Helicour tragen durfte. Da der Baron Mirabeau überdies wusste, dass die Unschuld des einst fälschlich angeklagten Ministers Helicour einige Jahre nach dessen Tode im vollen Umfang entdeckt worden war, war es für ihn in der Folge ein Leichtes, die einst beschlagnahmten Güter der Familie Helicour vom König wieder zurückzugewinnen. Voller Freude übergab er diese seiner Enkelin und einzigen Erbin, der kleinen Anna de Helicour. Auf diese Weise wurde aus dem armen verlassenen Waisenkind über Nacht eine wohlhabende Gräfin.

Die kleine Anna wusste in der ersten Zeit gar nicht, wie sie mit diesen mehr als überraschenden Wendungen in ihrem Leben umgehen sollte. Und da sie keinen Sinn für Reichtümer hatte, und auch ohne jeglichen Besitz völlig glücklich war, bestand ihre einzige Sorge darin, dass sie das Schloss der Baronin und ihrer Familie nun verlassen müsse, um auf das Schloss ihres Großvaters, des Grafen Helicour zu ziehen.

Doch diese Sorge war ihr schnell genommen. Alle wollten von ganzem Herzen, dass Anna bliebe und freuten sich, dass Anna ebenso fühlte! Und als wenige Tage später die kleine Gräfin Anna de Helicour ihren zehnten Geburtstag feierte, da sagte die Baronin im Kreise ihrer Lieben:

„Meine liebe, gute Anna. Du weißt, wie sehr wir Dich bereits am ersten Tag Deines Hierseins, ohne zu wissen, wer Du bist und woher Du kommst, wie ein Familienmitglied in unser Herz geschlossen haben. Nun wissen wir, dass Du auch im Blute zu unserer Familie gehörst. Im Angedenken an Deinen lieben Vater, den Grafen Ferdinand de Helicour, schwöre ich hiermit feierlich, dass Dir nie wieder irgendein Leid geschehen soll! Dafür sorgen wir, die Baronin und der Baron Mirabeau, Rudolf und Lucy, Deine Familie.“

„Ja, das schwören wir“, stimmten alle ein.

Und die kleinen Kätzchen Miez und Peterle, die der guten Anna soviel Glück gebracht hatten, schmiegten sich zärtlich schnurrend an sie, als wollten sie sagen: ‚Siehst Du, Anna. Wir wussten von Anfang an, dass das Glück auf Dich wartet. Nur konnten wir Dir dies leider nie sagen, da Du unsere Sprache nicht verstehst.'

Am Abend ihres zehnten Geburtstags, den Anna mit vielen lieben Gästen auf allerschönste Weise beging, stahl sie sich für einen Moment gemeinsam mit ihren Kätzlein von der lauten Gesellschaft weg in den stillen Park. Anna hatte das Bedürfnis allein zu sein, um die innere Erregung der letzten Monate und Wochen in sich ausklingen zu lassen. Die untergehende Sonne blinzelte mit ihren letzten Strahlen verträumt im dem Geäst der großen Kastanien, die Vöglein waren schon alle verstummt, und nur ein paar Zikaden zirpten noch betörend ihr einschläfernden Lieder in die laue Abendluft. Anna lag im Grase, in den Armen ihrer treuen Gefährten Miez und Peterle, und dachte voller Liebe und Hingabe an ihren guten Vater und ihre liebe Mutter. Wie gern hätte sie diesen heute erzählt, wie glücklich ihre kleine Tochter nun war, dass sie sich keine Sorgen mehr zu machen brauchten, da sie nun glücklich zu Hause angekommen war. Und während ihr kleines Herz so voller Sehnsucht pochte, da erschienen doch plötzlich zwei schemenhafte Gestalten keinen Meter vor ihr auf der glitzernden Wiese. Über ihren Häuptern tanzten tausende Sterne und ihre Gewänder schienen wie aus reinstem Licht. Tief berührt erkannte Anna ihre Eltern …

„Meine liebe gute Anna, erschreck nicht", sprach ihr Vater, während er sich sanft über sie beugte: „Alles ist gekommen, wie es kommen musste."

Und ihre Mutter strich ihr liebevoll über die Stirn: „Mein kleiner Augenstern, sei frohgemut. Immer waren wir bei Dir und werden uns dereinst in einer besseren Welt für immer wiedersehen. Und nun sei glücklich und genieße gemeinsam mit Miez und Peterle das Leben. Denn alles, alles ist gut ..."

Das Kätzchen und das Mäuschen

von Otto Heinrich Graf von Loeben

Die Mutter der hübschen, freundlichen Helene hatte einen neuen Laden gemietet, um darin ihr Zuckergebäck und anderes Konfekt zu verkaufen. Seit ihr Mann gestorben war, verdiente sie auf diese Weise den Lebensunterhalt für sich und ihre Tochter. Zwar blieb unterm Strich nicht viel übrig, doch war Helenes Mutter sparsam und hatte ihrer Tochter auf diese Weise bis heute ein gutes Leben ermöglicht. Die Wohlhabenden im Städtchen wie auch die Reisenden kauften gern bei ihr, um des freundlichen Gesichts und des anmutigen Verhaltens ihrer entzückenden Tochter wegen. Helene saß tagein tagaus immer hübsch gekleidet im Laden, wog alles fein ab und bot die Waren den Kunden an, während die Mutter daheim die Backwaren und das Zuckerwerk fabrizierte. Auch wusste Helene den Kindern, die in ihren Laden kamen, gar artige Geschichtchen zu erzählen, während ihre Mütter und Kindermädchen die hübschen schimmernden Waren im Laden betrachteten. Die Junggesellen im Orte aber fanden Helenes Augen noch süßer und strahlender als das kristallenste Zuckerwerk in ihrem Laden und ihre Lippen noch lieblicher als die süßen Kirschen im hellen Glase.

Helene jedoch war über alles sittsam und bescheiden. Oft, wenn arme Kinder mit sehnsüchtigen Augen durch die spiegelhellen Fenster in den Laden hereinschauten, nahm Helene ein paar Zuckerbrote und vergoldete Nüsse, und gab sie ihnen. Wiewohl allerhand Gelegenheit dazu war, ließ sich Helene in keinerlei Liebeleien ein. Denn sie hatte ihre Hand einem braven Tischler Namens Gottfried versprochen, der ihr in wahrer Liebe treu ergeben war. Auch Helene liebte ihn schon lange, eigentlich seit ihrer Kindheit, und erst spät gewagt, ihm ihre Gefühle mitzuteilen. Doch leider konnten Helene und Gottfried nicht heiraten, da er noch nicht genügend Geld für den Hausstand zusammen hatte. Deshalb beschloss Gottfried, sich in einer benachbarten Stadt als Geselle das nötige Geld zu verdienen. Beim Abschied schenkte er Helene ein Kätzchen mit dem schönen Namen Sina. Einst hatte es seiner alten Großmutter gehört, weshalb es ihm immer sehr lieb gewesen war. Nun aber wollte er Sina nicht mit in die fremde Werkstatt nehmen, da er den Spott der anderen Gesellen fürchtete.

„Behalten wollte ich Sina doch sehr gern“, sagte der ehrliche Gottfried: „Denn immer wenn ich ihr Gutes tat und sie streichelte, sagte meine liebe Großmutter zu mir: ‚Ei freu Dich, dass Du die Kätzchen so gern hast. Denn dies bedeutet, dass Du einst eine gute Frau bekommen wirst.‘ Und wie Du siehst, Helene, hat mir die Großmutter doch ganz richtig prophezeit!“

Helene lachte glücklich. Sie und ihre Mutter konnten das Kätzchen sehr gut gebrauchen. Denn der einzige Makel, der auf dem gut gelegenen netten Laden lag, rührte von einer unbeschreiblichen Menge Ratten und Mäusen her, die, gleichsam recht listig, erst nachdem alle Köstlichkeiten aufgestellt waren, aus unbekannten Schlupfwinkeln hervorkamen, und ihren Lustwandel durch das Zuckerwerk, die eingemachten Früchte, Gewürze und die feinen Mehlwaren nahmen. Das Kätzchen Sina erhielt daher seinen Ehrenplatz neben Helene auf dem Ladentisch. Und dies gefiel auch den Leuten. Denn Sina saß so ehrbar neben dem hübschen Jungfräulein, putzte sich das ein oder andere Mal possierlich, dass man nicht wusste, was man süßer in dem Lädchen finden sollte, Sina, die artige Helene oder die allerliebsten Zuckersachen?

Indessen wollten der Mäuse noch immer nicht entscheidend weniger werden. Gerade eben betrachtete Helene traurig eine frisch durchgenagte Konfektschachtel, als ein junges Männergesicht mit markanten Zügen, auf dem Kopf ein scharlachrotes Barett, unter welchem die kohlrabenschwarzen Haare und die großen blitzenden Augen sich gar wundersam hervorhoben, zur Fensterscheibe herein blickte. Neugierig betrachtete er das liebliche Mädchen, auf dessen Antlitz sich sanfte Wehmut malte, da ihr der Verlust des Konfekts und die damit verlorengegangenen Einnahmen der Mutter sehr zu Herzen gingen. Das glatte Häubchen von Goldspitzen saß ihr so gar zierlich auf dem Haupt, und die blauumwundenen Zöpfe des weichen Haars glitten darunter reich im Nacken nieder. Unter dem schwarzen Ausschnitt mit den perlenartigen Schnüren klopfte das unschuldige Herz in seiner kindlichen Ahnungslosigkeit. Das Kätzchen Sina schlich einstweilen, märchenhaft, wie die Hüterin eines geheimen Grals, auf weichen Pfötchen über den Ladentisch hin und her.

Der Fremdling draußen hielt einen aufgeschlagenen Kasten mit allerhand kleinen schimmernden Waren und Wässerchen in länglichen Gläsern vor sich. An der Seite hing ihm eine Zitter herab, über die er nur leicht mit der einen Hand streifte, um damit seinen Gesang zu begleiten. Sofort sammelte sich eine Menge Kinder und Neugierige um ihn:

„Ihr Mäuschen und ihr Ratten all',
Hört ihr den Schall?
Hervor, hervor all' überall!
Das ist des Rattenfängers Weise.
Ihr Schönen und ihr Knaben all'!
Hört ihr den Schall?
Hervor, hervor all' überall!
Das ist des Rattenfängers Weise."

Mehrere Hausfrauen hatten sich dem Rattenfänger genähert und nannten ihm ihr Zuhause. Indem die zunächst Wohnende ihm voranging, klinkte der Fremdling im Vorbeigehen die Ladentür auf, sah mit den funkelnden Augen und dem roten Barett herein und sprach zu Helene:

„Bei dem zuckersüßen Vorrat gibt's gewiss nicht wenig Ratten und Mäuse. Die bann' ich Euch alle weg, schöne Jungfrau! Ist's Euch recht, so bin ich zum Feierabend wieder hier und zeig' euch meine Kunst."

Helene, überrascht von der Dreistigkeit des Rattenfängers, stand glühend rot vor ihm da und antwortete:

„Ihr habt's wohl getroffen, Herr. Wir haben unsere liebe Not mit den Ratten und Mäusen. Und es gibt hier Arbeit für einen geschickten Rattenfänger. Drum mögt Ihr zum Feierabend wiederkommen."

Der seltsame Bannkünstler ging nun den Hausfrauen weiter nach. Und Helene wunderte sich über sich selbst, warum ihr bei seiner Erscheinung so unheimlich und doch auch zum Glühendrotwerden geworden sei? Im Innersten aufgewühlt, räumte sie hie und da in den zierlichen Glaskästen auf, und dachte vor sich selbst entschuldigend, was für Freude die Mutter doch haben würde, wenn die gefräßigen Ratten und Mäuse aus dem Laden verschwänden. Und im Stillen hoffte sie dabei, dass der Rattenfänger die Tierchen bei lebendigem Leibe wegführen würde, da sie das Töten, und seien es nur Ratten und Mäuse, generell nicht mochte.

Zur bestimmten Zeit kam der Rattenfänger wieder, setzte seinen Kasten mit den Kramwaren auf den Ladentisch, und sagte zu Helene, mit den schwarzen Augen magisch in ihren blauen Blick hineinleuchtend:

„Zeigt mir nun, Ihr gar schöne Jungfrau, einen Ort an, wohinein ich die unartigen Gäste festbannen soll. Allesamt und allzu gleich werden sie dahinein verschwinden. Und seid unbesorgt. Wie ich es in Euren Gedanken lese, soll ihnen ansonsten kein Haar gekrümmt werden. Wenn dem Rattenfänger sein rechter Lohn gegeben wird, kommen sie nimmer wieder. Sagt mir nun geschwind den Ort. Und ich empfehle Euch, seid mild und ohne Falsch. Und selbst wenn ihr noch so im Streit mit einer Nachbarin sein solltet, so wünschet ihr die Rattenplage doch bitte nicht in ihre Haushaltung hinein."

„Ei pfui, wer sollte so etwas tun", erwiderte Helene entrüstet: „Hat doch jedes Haus seine eigene Plage. Aber da hinter dem Gewölbe ist ein alter Keller. Der Kaufmann, dem der Laden vor uns gehörte, hatte mancherlei Fässer darin gelagert. Uns aber ist er zu nichts nütze. Da möget Ihr das Rattenvolk hinein verbannen, so Ihr das wirklich könnt."

Helene wollte eine Leuchte anzünden, damit sie der Rattenfänger mit sich in den Keller nähme wie der Bergmann sein Grubenlicht. Allein jener sagte, dass er kein Licht benötige. Sein Handwerk betreibe er immer im Finstern.

Das Mädchen war sehr verwundert, doch zeigt sie ihm den Eingang und blieb in der Tür stehen, die aus dem Ladengewölbe in den Keller führte. Der Rattenfänger stieg hinunter, von wo sie ihn dumpfe unverständliche Sprüche murmeln hörte. Dann pfiff er hell und schneidend, dass es Helene schien, als klirrten die Gläser und Gewölbe. Darauf hörte sie ein widerliches Durcheinanderpfeifen und dann war plötzlich alles still. Der Tausendkünstler blieb aus irgendeinem Grund noch eine Weile unten, kam dann wieder zum Vorschein und sprach zu Helene:

„Es ist nun alles gebannt, was Ratte heißt und Maus bis auf dieses kleine weiße Mäuschen hier. Das ist gar zu allerliebst, das müsst Ihr schönes Jungfräulein, zu Eurer Lust und Kurzweil behalten!"

Helene betrachtete verwundert die weiße Maus, die der Rattenfänger in der Hand hielt. Das schneeweiße Tierchen mit seinen kleinen Rubinaugen gefiel ihr sehr wohl. Unerklärlicher Weise begehrte sie es sehr heftig zu haben und wusste doch gar nicht, wo es hin tun, damit es vor der Katze Sina sicher sei, die auffallend geschäftig um Helenes Füße schlich. Da fiel ihr ein, dass sie das Mäuschen unter eines der Zuckergläser tun könne. Aber der Rattenfänger zog aus seiner Kiste eine feine gläserne Glocke hervor. Und wie Helene sie ihm abkaufen wollte, stellte sich der unheimliche

Mann mit seinen blitzenden Augen darüber derart beleidigt, dass sie fast aus Furcht die Glasglocke von ihm als Geschenk annahm und die Maus darunter tat.

„Hütet das Tierchen nur vor der gefräßigen Katze da!“, sprach der Rattenfänger abfällig, und sprühte einen feurigen Blick auf Gottfrieds Sina, die unruhig mit dem Schwanz hin und her wedelnd, im Kreis um den kristallenen Zwinger der weißen feenhaften Maus herumschlich.

„Am liebsten wär es mir, meine Schöne, Ihr gebet das garstige Raubtier mir. Ich würd mich schon recht darum kümmern!“

„Wehe, nein“, rief erschrocken Anna: „Sie ist mir mehr als lieb!“

Die Maus unterdessen lief unter der Glocke hin und her, schaute kritisch auf die Katze. Und so oft sie das Glas berührte, klang es ganz eigenartig und wunderbar, gleich dem Tone, wenn in der Ferne ein geschliffen Glas zerspringt.

„Was bin ich Euch für Eure Arbeit schuldig“, fragte Helene, das Auge auf das neue Spielzeug gerichtet.

„Jetzt im Augenblick will ich nichts von Euch haben“, sprach der Rattenfänger: „Denn sollte sich herausstellen, dass ich die Ratten und Mäuse nicht recht vertrieben hätte, so wäret Ihr betrogen. Aber binnen einiger Zeit komm’ ich wieder und frage bei Euch nach, ob ich gut gebannt habe. Dann erst sollt Ihr mir meinen gerechten Lohn zahlen!“

Helene wurde wieder glühend rot und wollte dem zudringlichen Menschen seinen Lohngroschen aufdrängen. Er aber sah sie mit flammenden Blicken an, vor denen das sanfte Veilchenblau ihrer Augen sich unter den rosigen Lidern verbarg, rührte die Saiten seiner Zitter wieder, und sang dazu:

„Wo Spiegelfenster schimmern,
Und Zuckerbrötchen flimmern,
Sieht's zauberhaftig aus,
Gern wohnt' ich in dem Lädchen,
Bei'm allerschönsten Mädchen,
Ging' nimmer mehr heraus
Aus dem kristallnen Haus."

Verlegen und beklommen hatte sich Helene bei diesen Worten nach den Schränken im Gewölbe umgewandt, um einiges Naschwerk für die weiße Maus zu holen. Da klinkte der Fremde bereits die Tür leise wieder zu, warf von draußen noch einmal seine funkelnden Blicke unter dem roten Barett und dem pechschwarzen Haar ihr durchs Fenster zu. Dann verschwand er im Gewirr der Gasse.

Helene bog sich mit Brust und Armen über die Tafel, worauf die Glocke stand. Als sie diese mit dem Zuckerwerk versehentlich berührte, um es der Maus darunter zuzuschieben, ertönte ein wunderleises Klingen, das ganz seltsam in ihrem Herzen schmerzte.

Das Kätzchen hatte sich währenddessen ganz dicht vor die Glasglocke gesetzt, blickte unverwandt auf die weiße Maus und schnurrte dabei, als wolle es Helene erinnern, dass es nun Zeit sei, nach Hause zu gehen, um der Mutter beim Spinnen zu helfen. Doch konnte sich Helene gar nicht von der Betrachtung des weißen Mäuschens losreißen. Wie verzaubert blickte sie in das Glas und fand es gar zu schön, wie das Mäuschen beim Erklingen des Glases tanzend in die Höhe sprang, mit den kleinen Pfötchen am Zuckerwerk knisterte, und die rubinroten Äugelein im

Köpfchen herumdrehte. Bei all dieser kindlichen Lust an diesem neuen Spielwerk im Gewölbe, fühlte sich Helene auf irgendeine unerfindliche Weise dennoch so, als hätte sie etwas Verbotenen getan. Und aus diesem Grunde auch dachte sie, dass sich die Mutter vielleicht nicht wie sie, über das Mäuschen freuen würde. Und so zog sie es fürs Erste vor, die Maus im Laden in ihrem durchsichtigen Zauberschloss übernachten zu lassen, und stattdessen die Katze mit nach Haus zu nehmen, damit die der Maus nichts antun könne. Helene nahm die sich heftig dagegen sträubende Katze auf den Arm, schaute noch einmal nach der Maus in dem niedlichen Feenhaus, und schloss den Laden schüchterner als gewöhnlich zu.

Zu Hause saß die Mutter fleißig am Spinnrad. Helene setzte sich still neben sie und begann ebenfalls zu spinnen. Die Mutter unterließ nicht, wie jeden Abend nach dem Verdienst des Tages zu fragen, und Helene hub an:

„Ihr werdet Euch freuen über den heutigen Tag, Mutter. Denn ich bringe die gute Botschaft, dass ein Rattenfänger da gewesen ist und die Ratten und Mäuse alle vertrieben hat."

„Dies ist wohl kaum möglich in der kurzen Zeit, es sei denn, dass er sie gebannt habe", sprach die Mutter: „Doch dies ist Zauber- und Teufelswerk."

Die alte Frau hatte bei diesen Worten so bedenklich dreingeschaut, dass es Helene schien, als wäre es ihr nicht recht, dass die Mäuse gebannt worden seien. Daher antwortete sie, der Rattenfänger habe im Keller ein so lockendes Gift aufgestellt, dass die Ratten und Mäuse hervorgekommen und alle gleich tot gewesen seien. Was er mit ihren Überresten gemacht habe, wisse sie nicht. Das Gewölbe jedenfalls sei gänzlich gesäubert.

„Ein einzig weißes Mäuschen", fügte sie schüchtern hinzu, „ist nicht umgebracht worden. Der Rattenfänger hat's mir gebracht und unter ein gläsernes Glöcklein gestellt. Das klinget nun so fein den ganzen Tag, wenn's Mäuslein springet. Und es ist ein gar zu niedlich Tier, recht wie ein ganz kleines Hermelin."

„Das wäre ja zu schön", rief die Mutter erbost, „im Zuckerladen eine Maus zu halten! Ist der Verdienst nicht schon gering genug, dass wir damit auch noch ungeladene Gäste damit durchfüttern müssen!"

„Überlege doch", sagte Helene: „Allen Leuten, insbesondere den Müttern und Kindern wird das weiße Mäuschen gefallen. Und sie werden noch lieber in den Laden kommen. Ja, ich möchte wetten, dass mancher mir ein Zuckerplätzchen mehr abkauft, nur um es dem feinen Mäuschen zum Naschen zu geben."

„Du hast an dem Kätzchen hier genug", sprach die Mutter, „und sollst nicht auf neue Torheit sinnen. Bloße Kurzweil können wir nicht verkaufen. Und fällt einmal ein kleines Naschwerk ab, so gib es lieber den armen Kindern oder dem Kätzchen Deines Bräutigams. Aber verschenke nichts an diese nichtsnutzige weiße Maus!"

Helene jedoch schmeichelte so lange um die Mutter herum, bis diese endlich schwieg, und nur noch dachte: ‚So sei es denn. Helene wird ja doch wohl gleich allen andern Kindern des Spielzeugs in wenig Tagen überdrüssig sein.'

Als die Mutter, nach der Haussitte, vorm Auslöschen des Lichts sich von Helene den Abendsegen lesen ließ, schwebten die Mädchenaugen ungewöhnlich zerstreut über dem aufgeschlagenen Buch, und zwar nicht nur aus Mangel an Andacht, sondern weil Helene sich bewusst geworden war, dass sie das erste Mal in ihrem Leben ihre Mutter belogen hatte. Am liebsten wäre sie jetzt ihrer Mutter um den Hals gefallen, um ihr freimütig die Unwahrheit zu bekennen. Dann aber fiel ihr ein, dass sie die Mutter daraufhin wegen der weißen Maus noch viel mehr schelten würde, die weiße Maus aber doch gar zu hübsch sei, als sie wegzugeben. Und so verlas sich Helene immer aufs Neue und wurde von der Mutter wegen ihrer Zerstreutheit getadelt.

In der Nacht aber träumte Helene, sie stände zur Morgenzeit vor dem Laden, um ihn wieder aufzuschließen. Und wie sie so hineintrat, saß da der Rattenfänger auf dem Ladentisch und spielte die Zitter. Er sah sehr schön aus und blickte Helene verliebt an. Erschrocken wollte sie davonlaufen. Er jedoch sprang von der Tafel herunter, umfing sie liebkosend, küsste sie heftig und sagte:

„Was wundert's Dich denn, dass ich hier bin? Ich habe ja einen Ring von Dir am Finger, und das Gewölbe gehört nun mir wie Dir. Wir wollen ein vergnügtes Leben darin führen."

Helene erwiderte: „Wo denken Sie hin. Ich bin ja mit Gottfried versprochen."

Der Rattenfänger jedoch antwortete: „Das hat nichts zu sagen. Er soll Dir nichts zu Leide tun. Gottfried kommt nimmer wieder, wenn Du mir treu bist!"

Entsetzt fuhr Helene empor und hätte aufgeschrien, wenn sie nicht im Mondschein das Angesicht der neben ihr schlummernden Mutter gesehen hätte. So warf sie sich lange unruhig hin und her. An Schlaf war nicht mehr zu denken.

Am nächsten Morgen nahm sich Helene vor, nicht weiter an den albernen Traum, wie sie ihn nannte, zu denken. Munter ging sie durch die frische gesunde Herbstluft unter den goldenen Bäumen ihres Gärtchens nach dem Markte hin, schloss den Laden auf und sah nach der weißen Maus. Über das Glasgehäuse gebeugt, die Brust an die gläserne Wand gedrückt, ward ihr sehr eigentümlich zu mute. Immer wenn sich die Maus bewegte, schlug ihr Herz im Busen rascher hin und her. Und wenn die Glocke ihren Ton gab, schien sich jener Klang wie ein Blitz durch alle Nervenstränge ihres Körpers zu verströmen, bis hin in die Stirn, und langsam von den Ohren in die Seele hinein zu verklingen. Der Traum der letzten Nacht trat ihr, seines Schreckens entkleidet, wie ein brennendes Bild vor den Sinn. Das rote Barett, die blitzenden Augen des Fremden flammten vor ihr auf. Und eine süße Angst hielt sie gefangen, von der sie sich vollständig umschlossen fühlte, ohne dass sie dagegen ankämpfen konnte und wollte. Es war ihr plötzlich, als sei es nicht nur ein Traum gewesen, dass der zauberhafte Fremdling da im Laden hauste. Sie dachte an sein reizendes Zitterspiel und an die glühenden Blicke, die sein Spiel begleiteten. Und als am Abend die Mutter ihr erzählte, wie Gottfrieds Kätzchen ihr in den Laden nachfolgen wollte und den ganzen Tag über in der Stube so unruhig gewesen sei, war Helene recht ungehalten darüber. Ja, es ging ihr nicht nur wenig zu Herzen, es war ihr sogar regelrecht lästig, wie das arme Tier sie umschmeichelte, zu ihren Füßen saß und leise schnurrte.

Wie ein unechter Funke, der, statt gelöscht zu werden, in der Seele genährt, immer weiter um sich greift, um gar bald eine Flamme im Inneren des Menschen zu werden, so wuchs auch Helenes Seelenangst und Herzensbeklommenheit mit jedem Tage zu einem wahren Flammenmeer. Hätte sie der Mutter gleich den wahren Hergang mit dem Rattenfänger erzählt, so wäre sie jetzt weniger schüchtern gewesen, ihr eine Unruhe zu schildern, die ihr selbst so fremdartig schien. Doch stattdessen gab sich Helene nur noch mehr diesem Zustand gefangen. Der in ihr Inneres listig eingedrungene teuflische Geist gaukelte ihr vor, wie schwer es ihr fallen würde, das liebliche Dasein im freundlichen Laden nun bald ganz aufgeben zu müssen, um ein einförmiges Leben in der reizlosen Wohnung Gottfrieds zu beginnen. Und dann funkelten die Blicke und Töne des rätselhaften Fremdlings lockend durch Helenes Seelennacht und beleuchteten flüchtig eine andere, fantastische Zukunft. Das Spiel mir der weißen Maus gab ihr mancherlei feenhafte Gedanken und Ahnungen ein. Und wenn sie der möglichen Rückkehr des Fremdlings mit dem scharlachroten Barett nachsann, ward es ihr gar schauerlich und liebesbang zugleich im sonst so stillen und harmlosen Busen. Träumerisch stand sie vor den Käufern im Laden, vergriff sich oft wenn sie die geforderten Waren fassen wollte, hatte kein Auge darauf, wenn unter der Hand manche kleine Naschware unbezahlt verschwand. Und nicht selten musste sie von den ehrlichen Leuten erinnert werden, die Bezahlung anzunehmen.

Wenn Bekannte in ihren Laden kamen und Helene in diesem abwesenden Zustand fanden, sagten sie zumeist:

„Das liegt an Meister Gottfried, dass Ihr so verträumt dasteht. Es ist nunmehr an der Zeit dass er endlich zurückkommt und sein süßes Zuckernüsschen aus dem Laden holt."

Bei diesen und ähnlichen Worten wandte sich Helene mehr erblassend als errötend ab, und ihr armes Herz klopfte wie ein Hammer gegen den verschämten Busen.

Gottfried hatte unterdessen fleißig gearbeitet in der Fremde, sich einen guten Notpfennig zurückgelegt, und freute sich, dass er schon bald mit Gottes Hilfe in seine Vaterstadt zurückkehren konnte, um dort als tüchtiger Meister sich und seine liebe Helene zu ernähren. Deshalb war er noch flinker und fröhlicher bei der Arbeit als zuvor. Alles ging ihm gut von der Hand, in der Werkstatt wurde seine Arbeit gelobt, so dass der Meister sich kaum von ihm trennen konnte.

Doch seit einigen Tagen war Gottfrieds Heiterkeit durch eine Beängstigung besonderer Art getrübt. Ohne dass er den eigentlich den Grund dafür angeben konnte, war eine heftige Unruhe über Helene in ihm, die ihm manch schlaflose Nacht bereitete. Er träumte, er sehe sie schneeweiß und ganz verändert als Leiche daliegen. Und um den Sarg waren lauter Rosenkreuze geschlungen, Gottfried fragte die Umstehenden, weshalb es keine Lilien wären? Da antworteten die ihm, weil die Lilien die Unschuld und die Rosen glühende Liebe bedeuteten. Und diesen Traum, mit nur etwas veränderten Umständen, hatte Gottfried dreimal. Nicht, dass er beim Erwachen geglaubt hätte, Helene sei ihm untreu geworden. Denn so wie er Helene die Treue bewahrte, so kamen ihm auch keine Zweifel an ihrer Sinnesart. Vielmehr war es ihm, als müsste Helene ein großes Herzeleid widerfahren sein. Und darüber ängstigte sich Gottfried im Stillen über die Maßen.

Da nun die Weihnachtsfeiertage näher rückten, so gedachte Gottfried, sich auf den Weg zu Helene zu begeben. Auch wollte er ihr die gute Nachricht bringen, wie sie nun in gar kurzer Zeit ihren Haushalt anfangen und Hochzeit halten könnten. Von dem zurückgelegten Notpfennig nahm Gottfried etwas weg und kaufte dafür ein feines Ringlein und ein kleines silbernes Kettlein für Helene als Braut- und Weihnachtsgeschenk zugleich. So begab sich Gottfried auf den Weg. Und wie er nun im Freien und auf der großen Straße lief, und die beschneiten Büsche im Wald ihre Silberflocken auf ihn niederschütteten, ward ihm um vieles wohler. Er freute sich auf sein Liebchen und auf das treue Kätzchen Sina, und stellte sich bereits vor, wie gern es ihn umschmeicheln würde am warmen Ofen. Und wie die Sonne so frühlingsmild über dem Schneefeld leuchtete und die Vögel im Walde fröhlich sangen, ward auch sein Sinn wie ein munteres Vögelein, das sich an den Sonnenstrahlen erfreute. Und glücklich sang er ein Wanderlied ins weite Himmelsblau:

„Frisch auf mein Herz! sei wohlgemut,
es geht zur Liebsten hin.
Die Liebste ist Dir treu und gut,
Und hat Dich wohl im Sinn.
Ob's noch so kalt von oben weht,
im Walde tiefer Schnee.
Wer warm und treu zur Liebsten geht,
weiß nichts von Winterweh'.

Drum Herz, schlag' froh, wie's hier im Wald
die muntern Vöglein tun!
In Liebesarmen wirst Du bald
wie sie im Baume ruhn."

Am Abend, als Gottfried schon von Ferne die Lichter seiner Heimatstadt übers Feld blinken sah, und oben darüber die goldenen Sterne, war Helene gerade mit anderen Mädchen bei der Nachbarin zum Spinnen. Dabei wurden mancherlei märchenhafte und gespenstische Dinge erzählt, unter anderem auch von einer weißen Maus:

„Höre Helene. Meine Großmutter hat ein schönes altes Buch von allerhand Wunderdingen und Zaubereien, daraus wir des Sonntagabend von Zeit zu Zeit vorlesen. In dem Buche steht auch eine Geschichte von einer Maus. Das ist aber keine hübsche weiße Maus gewesen wie Deine, sondern eine rote Maus, die einer schlafenden Magd zum Munde herausgekrochen war. Und dies hat einem Knecht im Hause gegolten, den sie durch ihre Zauberei zu verbotener Liebe bewegen wollte. Die rote Maus ist nichts anderes gewesen als ihr Herz, das sie im Schlaf zu ihrem Liebsten hin gesandt hat. Und darum ist sie auch ganz leblos gefunden worden, wann immer man sie im Schlafe anrührte. Und als man sie eines Abends, da sie auf der Bank hinter dem Ofen neben dem übrigen Gesinde eingeschlafen, beim Namen gerufen hatte, und die rote Maus wieder zum Vorschein gekommen war, ist sie starr und tot geblieben und nicht wieder ins Leben zurückgekehrt. Denn ihr Herz war noch nicht wieder in ihre Brust zurückgekehrt."

Mehrere der jungen Spinnerinnen lachten über die Geschichte und schimpften das Mädchen aus, dass es nichts Besseres zu erzählen gewusst habe. Die Erzählerin hingegen rief aus: „Lacht nicht! Ich wollte wohl lieber, ich hätte etwas Anderes erzählt, denn seht Ihr nicht, wie Helene bleich geworden ist und wie sie zittert. Sie fürchtet sich nun vor der weißen Maus."

Helene hatte wirklich die Spindel aus der Hand fallen lassen und bebte an allen Gliedern. Die Gestalt des Rattenfängers schwebte furchtbar vor ihren Augen. Und sie entsetzte sich über die Gedanken, die ihr bei der Geschichte von der roten Maus in den Sinn gekommen waren.

„Eine weiße Maus ist ja etwas ganz anderes", sagte die Nachbarin beruhigend: „Sei doch nicht kindisch, Helene, wie konntest Du nur so erschrecken!"

„Oh", sagte eine andere: „Die Maus ist vielleicht auch rot. Und dass sie weiß aussieht, ist nur ein Blendwerk des Teufels, der Euch zuckersüß eine Nuss kandiert. Doch der Kern ist faul und das bitterste Gift. Drum bring die weiße Maus lieber weg, Helene!"

„Das will ich auch tun! Gott steh mir bei!“, rief Helene wie atemlos, warf Spindel und Werg beiseite, nahm ihre Leuchte und lief augenblicks nach Haus.

Als sie die Mutter vor dem Abendsegen sitzen sah, das Kätzchen ehrbar neben ihr, warf sich Helene laut und kindlich weinend in ihre Arme, bekannte alles, was ihr widerfahren war, und wie sie sich vor der Rückkehr des Fremdlings mit den verführerischen Augen und der Sirenenstimme fürchte, und bat die Mutter, noch in dieser Nacht mit ihr ins Gewölbe zu gehen, um die weiße Maus zu verjagen.

Da nahm die Alte entschlossen die Katze auf den Arm, Helene musste die Leuchte und die Schlüssel tragen. Sie öffneten das Gewölbe, schlossen leise hinter sich wieder zu, und furchtsam nahte sich Helene dem durchsichtigen Mäuseturm, während die Mutter mit schwankender Hand ihr leuchtete.

„Oh, haltet noch einen Augenblick ein“, sagte Helene flüsternd: „Seht nur noch einmal hinein, wie süß die Kleine ist!“

Die Rubinäugelein im Kopfe der weißen Maus betörten die kindische Helene von neuem und die Glasglocke umstrickte sie wieder mit ihrem gar wunderlichen Sirenengesang.

Die Mutter jedoch setzte Gottfrieds Katze auf die Tafel, und hob die Glasdecke über der Maus empor, welche pfeifend nach dem Finger der Alten in die Höhe sprang.

„Oh, nimm doch nur die Katze weg!“, rief Helene bang „und lass das hübsche Mäuschen wenigstens entkommen! Hätt’ ich’s doch nur einem artigen Kinde geschenkt!“

Aber die Katze sprang, als die Maus frei war, von der Tafel herunter, setzte sich dicht an die Tür, schlug heftig mit dem Schwanze, um das Mäuschen nicht entkommen zu lassen.

Mit einem herzerweichenden Schrei sank Helene erbleichend zu Boden. Denn die Glasglocke war wie von Zauberhand zersprungen, die Maus mit einem Satze von der Tafel herunter, und unter den Ziegelsteinen des Fußbodens verschwunden. Im letzten Augenblick war es Helene so, als habe die Maus die Farbe gewechselt und ganz feuerrot geglüht, gleichsam als sei ihr weißer Glanz nur der Schaum einer im Innern kochenden Flamme gewesen. Die Mutter hob Helene auf, nahm sie sacht bei der Hand und führte sie zum Gewölbe hinaus, damit die beklemmte Brust frische Luft schöpfen konnte. Dann nahm sie die Leuchte, schlug dreimal ein Kreuz im Laden und eilte gleichfalls hinaus.

Bei der Eile, mit der die Mutter mit Helene noch so spät aus dem kleinen Haus geeilt war, hatte sie es in der Aufregung offen stehen und die Lampe im Kämmerlein brennen lassen. Gottfried, der in der Zwischenzeit angekommen und eingetreten war, wurde augenblicks ganz wundersam und höchst bang zu Mute. Schon schossen ihm dicke Tränen aus den Augen, als ob sie das Licht in seinem Blick für immer verlöschen wollten. Die Bedeutung seines Traums, seine ganze Seelenangst der letzten Zeit, trat mit erneuter Gewalt vor ihn hin. Von der Myrte, die im Fensterlein stand, schien ihm ein Zweig wie von Helenes Totenkranz abgebrochen. Und er fürchtete, dass die alte Mutter zu später Stunde noch einmal ausgegangen sei, um Helenes Gruft mit grünen Kränzen zu schmücken, oder aber dass sie zum Begräbnis bei Fackelschein an Helenes Sarge stand. Die Rosen, die er im Traum gesehen hatte, schienen ihm plötzlich die Jungfrauen der Stadt zu sein, die still Helenes Sarg umgaben, und das Feld umher sei voller Lilien aus weißem Schnee.

Da setzte sich Gottfried still in den Sessel der Mutter, faltete fromm seine Hände über dem Tisch, auf dem die einsame Lampe stand, und betete aus tiefstem Herzen demütig und inbrünstig zu Gott, dass er ihm diesen schweren Stein vom Herzen nehmen und ein Wunder vollbringen solle!

Und wie er noch so da saß, und aus dem Dunkel seiner Herzensnot zum ewigen Licht emporblickte, da schwebte das bleiche liebliche Mädchen, wie vom Tode auferstanden, an der Mutter Hand ins Zimmer. Und ohne aufzuschreien oder ein Wort zu sagen, streckte sie ihre Arme dem lieben Bräutigam entgegen, der mit sanfter Wehmut vor ihr stand.

„Ich bin gerettet!“, rief Helene und reichte ihm die Hand. Und wie die Mutter sagte: „Erhole Dich erst einmal, mein armes Kind“, da weinte Helene sanft, lächelte die Mutter an und sprach:

„Mir ist schon wieder frei ums Herz, denn Gottfried hat gewiss für mich gebetet.“

„Ja, das habe ich aus ganzem Herzensgrund“, antwortete Gottfried: „Und nun bist Du mir und dem Leben zurückgeschenkt! Das fühle ich.“

Darauf erzählte Helene Gottfried alles, was in seiner Abwesenheit geschehen war, und fand die allerliebenswürdigste Verzeihung bei ihm. Beider Herzen schlugen nun wieder frisch und frei, und alle verbrachten wunderschöne und gesegnete Feiertage miteinander.

Gottfried hatte das Gewölbe des kleinen Ladens mit Helene zum Heiligabend sehr lieblich mit grünem Buchsbaum, mancherlei Figuren und Dekorationen geschmückt. Und alle Leute beeilten sich, ihren Bedarf zur Bescherung und zum Weihnachtsfest in Helenes Laden zu kaufen, worin sie nun zum letzten Mal im Glanze der Wachskerzen und Lichter, selbst recht wie eine süße Christfreude saß. Sina, das liebe Kätzchen, schnurrte zufrieden und schlummerte gar manche Stunde, als könnte nichts mehr diese wundersame Harmonie stören.

Da sich das Kätzchen am Tage von Gottfrieds unerwarteter Ankunft so gar emsig geputzt, und auch davor der unheimlichen Maus gegenüber so wissend verhalten hatte, ging seitdem jeder davon aus, dass Sina prophetische Gaben besäße. Und so wurde sie noch mehr als zuvor hoch in Ehren gehalten.

Eines Tages, als Helene vom Markte kam und an ihrem Laden vorüberging, stand da der Rattenfänger davor und versuchte hineinzusehen. Helene erschauerte und versuchte unbemerkt vorüberzugehen. Allein der Fremde hatte sie bereits im Spiegel der blitzenden Fensterscheibe erkannt.

„Wohlan, Helene. Da bin ich, wie besprochen und fordere nun meinen verdienten Lohn!"

Helene zog ihre Geldtasche heraus und wollte ihm reichen, was er fordern würde.

„Hab ich gut gebannt?", fuhr er fort mit feurigen Augen: „so gebt mir, schöne Helene, einen Kuss von Euren heißen Lippen."

Da stieß ihn Helene fort, eilte vorüber und rief: „Darauf soll euch mein Mann Gottfried antworten. Die dunklen Augen des Rattenfängers blitzten ihr zornig nach, er murmelte einige Zaubersprüche ins Gewölbe und ward seitdem in der Stadt nicht mehr gesehen. Von dem Tage an aber gab es in dem Laden noch mehr Ratten und Mäuse, als je zuvor und manch einem schien, als wären alle Ratten und Mäuse der Stadt dahin verbracht. Kein Krämer oder Kaufmann konnte es mehr darin aushalten.

Als Helene Gottfried erzählte, wer ihr begegnet sei, antwortete der:

„Fürchte Dich nicht, liebes Herz. In Deiner Brust schlägt ein treues Vergissmeinnicht, das bannt alle schnöde Zauberei und lässt ihr keinen Eingang frei. Die weißen Mäuschen aber sind doch sehr niedliche Geschöpfe, und nicht alle verführerische Zauberdinger. So es Dich freut, wollen wir wieder ein weißes Mäuschen anschaffen. Ich will ihm auch ein Ziergärtlein schnitzen mit einem Milchbrunnen und Bäumchen von Rosinenstengeln. Auch sollen dort weiße und bunte Blumen stehen. Und um den Garten lass ich Wasser fließen, darinnen das Mäuschen lustig baden kann."

Helene aber schlug nur die lieben blauen Augen zu Gottfried auf, legte ihm die Hand aufs Herz, und sprach:

„Ich will keine weiße Maus wieder, Gottfried, und wäre sie noch so hübsch. Aber schon bald wird es ein anderes weißes Mäuschen geben, in dem mein und Dein Herze schlägt. Ich spüre es bereits. Und Gott wird es in seinem Himmelslichte gedeihen lassen."

Da freute sich Gottfried sehr, suchte ein schönes wohlgewachsenes Holz zu einer Wiege, und machte sich noch am selben Abend an die Arbeit. Helene hingegen spann fleißig Garn zu weichem blanken Leinen. Und als die Wiege fertig war, und die Leinwand gewoben, da träumte schon bald darauf ein süßes Kind in der Wiege. Und die Eltern nannten es dankbar ihr allerliebstes kleines weißes Mäuschen.

Kater Rosaurus und die kleine Prinzessin

Frei bearbeiten von Ulrich Taschow
nach der Erzählung von Amalie von Seebach

Die Überraschung

Die kleine Prinzessin Marie war sechs Jahre alt. Und wie die meisten Prinzessinnen, führte sie ein wahrlich glückliches Leben. Alle Welt war ihr gut und jedermann bemühte sich, ihr eine Freude zu bereiten. Täglich wurden ihre besten Freundinnen eingeladen, mit denen sie in einem schönen Wagen spazieren fuhr, wohin auch immer sie wollte. Marie hatte die allerschönsten Spielsachen, unter anderem eine Puppenstube, welche so groß war, dass nicht nur ihre Puppen, sondern auch deren Besitzerin, nebst zwei ihrer Freundinnen darin Platz fanden. Sofa, Stühle und der Tisch waren so eingerichtet, dass die Kinder sie gemeinsam mit ihren Puppen selbst benutzen konnten. Und oft wurden dort größere und kleinere Feste gefeiert oder auch nur leckere Schokolade getrunken. Der kleine Hund Joly durfte bei solchen Gelegenheiten ebenfalls hinein und erhielt einen Ehrenplatz auf dem Sofa, von wo aus er mit wahrhaft menschlicher Grazie vornehm Biskuit fraß. Wenn er sich zuweilen vergaß und sich allzu gefräßig zeigte, ermahnte ihn die Prinzessin allerdings oder drohte ernst mit dem Finger.

Maries Puppen waren von ganz verschiedener Größe und Art, sehr hübsch anzusehen und hatten alle ihre besondere Garderobe. Es gewährte den Kindern große Freude mit den Puppen zu spielen, sie zu kämmen und neu anzuziehen. Doch irgendwann wurden der kleinen Prinzessin all diese Püppchen und Spielsachen langweilig. Und auch ihre Freundinnen wussten nicht mehr, was sie noch spielen sollten. Lange überlegten sie hin und her. Schließlich schlug Lisi, die beste Freundin der Prinzessin, vor, Hochzeit zu spielen. „Ja, fein", rief die Prinzessin: „Wir werden meine Prinzessinnenpuppe Fridoline mit der Bauernpuppe Edgar verheiraten. Das wird lustig, denn meine Mama wird sich über diese unstandesgemäße Heirat bestimmt sehr ärgern."

Die Kinder nahmen den Vorschlag mit Jubel an. Mademoiselle Gogo, das Kindermädchen, hatte das Zimmer noch während dieses denkwürdigen Gesprächs eines Besuchs wegen verlassen müssen und die Kinder gebeten, recht leise zu spielen. Nun, bei der Hochzeitszeremonie macht man ja gewöhnlich auch keinen Spektakel. Da man sich zur Hochzeit aber schmückt und den Kindern keine passenden Kleidungsstücke zur Verfügung standen, zogen sie den Puppen der Prinzessin die Kleider aus und staffierten sich selbst damit.

Jetzt konnte die Hochzeit beginnen. Das Hündchen Joly musste sich als Trauzeuge auf die Hinterpfoten stellen, die Kinder postierten sich feierlich vor dem Hochzeitspaar Fridoline und Edgar, als sie plötzlich ein gar seltsames Geräusch, genauer gesagt, ein lautes Poltern, Miauen und Winseln aus dem Kamin vernahmen. Da dieser im Sommer immer verschlossen war, damit der Wind nicht so hindurchfaucht, konnten die Kinder nicht sehen, wer oder was das Geräusch verursachte. Deshalb fürchteten sie sich sehr und flüchteten schreiend aus dem Zimmer. Der kleine Hund Joly dagegen verfiel in ein derart fürchterliches Gebell, sprang ohne Sinn immer wieder gegen die verschlossene Kamintür, dass über den großen Lärm endlich Mademoiselle Gogo ins Zimmer geeilt kam.

Als die Kinder von dem Spektakel im Kamin erzählten, schüttelte sie bedenklich den Kopf, denn sie wusste nicht so recht, ob sie den Kamin öffnen sollte oder lieber nicht. Immerhin konnte ja eine Eule oder ein Uhu versehentlich hineingeflogen sein. Diese Vögel aber haben große Schnäbel und pflegen oft gefährlich um sich zu hacken. Vielleicht war es aber auch eine Fledermaus, die Mademoiselle Gogo ganz besonders fürchtete, da ihr einmal eine im Haar hängengeblieben war. Vielleicht aber war ja auch nur der Schornsteinfeger beim Putzen in den Kamin gefallen? Dann aber musste sie ihn augenblicks heraus helfen ...

Alle Kinder standen still um den Kamin und warteten gebannt auf Mademoiselle Gogos Lösungswort.

Da plötzlich hörten sie ein leises quietschendes Klagen. Ach, die Töne waren so schwach und Hilfe erflehend, dass sich augenblicks das Mitleid bei den Kindern regte. Und Mademoiselle Gogo begriff, dass dieses arme klagende Geschöpf nicht der Schornsteinfeger sein konnte. Zumindest hatte sie noch nie derlei Geräusche von ihm vernommen.

Lisi riss geschwind den Kamin auf und erblickte erstaunt ein herzallerliebstes kleines Kätzchen in dem schwarzen Ruß. Es konnte kaum 14 Tage alt sein und gefiel den Kindern ungemein. Es war ein buntes Zypernkätzchen mit einem langen Schwanz, den es anmutig hin und her bewegte, kurzen Ohren, die es klug zu spitzen wusste und ein Fellchen, so weich und glatt wie Seide.

Die Hochzeitsfeier war augenblicks vergessen, die Prinzessin griff sich das Kätzchen, und dieses schnurrte gar lieblich, um zu zeigen, wie sehr es sich in ihrem Schoss wohl fühlte. Die Kinder holten Milch herbei und es leckte dieselbe mit seinem rosaroten Züngelchen. Man sah es ihm an, wie gut ihm die Milch schmeckte. Die Kinder hatten sich um die Prinzessin herum gekauert, um den kleinen Ankömmling genauer betrachten zu können. Alle waren entzückt, nur nicht Joly, der augenblicks voller Eifersucht, das Kätzchen anbellte und zu beißen versuchte, so dass Mademoiselle Gogo ihn notgedrungen vor die Tür bringen musste.

Als ihre Freundinnen nach Hause gingen, streichelte die Prinzessin noch lange ihren neuen Hausgenossen, betrachtete ihn liebevoll und ließ sich auch nicht davon abbringen, ihn abends neben sich in ihr Bett zu legen. Jetzt endlich wusste sie, was ihr die ganze Zeit gefehlt hatte. Ein lebendiges, warmes, kuschelweiches Kätzchen war doch etwas anderes als ihre langweiligen Wachspuppen, die nichts von alleine machten und immer nur schwiegen. Mit diesen Gedanken fiel sie in einen tiefen Schlaf. Wir wollen diese günstige Gelegenheit nutzen, um zu erzählen, wie der kleine Gast eigentlich in den Kamin gekommen war.

Wie das Kätzchen in den Kamin kam

Kätzchens Mutter war nun niemand anders als die stadt- und schlossweit bekannte wie beneidete Hofkatze Mies Mies, und sein Vater der sehr ehrenwerte Hofkater Murr. Beide

Eltern erfreuten sich einer sehr einträglichen Anstellung bei der Küche des Herzogs und der Herzogin, den Eltern der kleinen Prinzessin, und erhielten tagtäglich eine reichliche Besoldung in Form von Küchenabfällen, die sie einzig mit dem eingebildeten Hofraben Kaspar zu teilen hatten. Mies Mies fand indessen noch nebenbei Gelegenheit, manche verhungerte Stadtkatze zu unterstützen, da sie ein sehr gutes Herz hatte. Aber der Kater Murr und der Hofrabe Kaspar wollten das nicht leiden und verscharrten alles, was sie nicht fressen konnten, lieber in der Erde, als es anderen Tieren zu geben. Man hätte nun meinen sollen, dass bei so reichlicher Kost ein harmonisches Familienleben in der Katzenfamilie herrschte. Doch dem war leider nicht so. Murr machte nämlich seinem Namen alle Ehre, denn er war ein mürrischer und launenhafter Gesell, dem das leiseste Piepsen seines jungen Nachwuchses bereits zu den schlimmsten Wutanfällen reizen konnte. Und dann wehe dem Kätzchen, welches sich gerade in Reichweite seiner schrecklichen Pranken befand. Mies Mies kannte diese und andere drohende Gefahren ihres Mannes und versuchte deshalb wo sie nur konnte, ihre Kinder vor ihm zu beschützen. Als sie merkte, dass sie schwanger war, überlegte Mies Mies angestrengt, wo sie ihre Kinder vor dem mürrischen Murr geschützt zur Welt bringen könnte. Das Schicksal wollte es, dass sie just bei diesen Überlegungen zufälligerweise ein Gespräch des Schlossverwalters mit der Schlossmagd belauschte.

„Jungfer Käthe, höre Sie. Die Hofkatze Mies scheint mir schwanger zu sein. Und Sie wissen ja, dass ich keine jungen Kätzchen im Schloss dulde, da sie die allerwiderwärtigsten Unreinlichkeiten verursachen. Jüngst hatte ich mehrere Katzenhaare in meiner Suppe und zwei auf meinem schwarzen Samtkragen."

„Wie recht Sie haben, Herr Flitz! Und dann dieses widerliche Geheule des Nachts ..., kein Auge kann man dabei zumachen."

„Wohl wahr! Geb Sie mir also nur Bescheid, wenn es so weit ist. Dann werde ich Mies Mies ihre Brut im Fluss ersäufen."

Man kann sich wohl denken, wie heftig da der armen Hofkatze das Herze schlug. Die Stunde ihrer Mutterschaft stand kurz bevor. In ihre traurigen, sorgenschweren Gedanken vertieft, schlich sie auf einem vorragenden Haussims an den Fenstern der fürstlichen Gastzimmer vorüber und bemerkte plötzlich erstaunt ein offenes Fenster, das wohl der Wind aufgerissen hatte. Im Fremdenzimmer aber stand ein wunderschönes Himmelbett mit blauseidenen Vorhängen, worin schon die höchsten Fürsten und Fürstinnen geschlafen hatten.

‚Ach wie herrlich', dachte Mies Mies: ‚Dieses Himmelbett muss sich ganz vortrefflich zum Wochenbette eignen, so weich und sanft, wie ich es mir für meine jungen Kätzchen nur wünschen kann.' Schon schlüpfte sie zum Fenster hinein, sprang auf das Bett, wühlte mit ihren Pfoten eine Art Nest zwischen Kopfkissen und Federbett, und sah sich bald von drei allerliebsten Kätzchen umgeben, die sie auch während neun Tagen ungestört säugte. Nur ein Mal täglich verließ sie ihre Kinder, um selbst ein wenig Nahrung aufzunehmen. Dies tat sie aber nur des Nachts, damit niemand sie und ihren Aufenthaltsort erspähen konnte.

Da die Kätzchen bis zu ihrem neunten Lebenstag blind zu sein pflegen, wachte Mies Mies in dieser Zeit besonders aufmerksam auf ihre Kinder und erwartete stündlich, dass ihnen das Licht aufgehen werde. Bereits hatte sie fleißig die geschlossenen Augen geleckt, um ihnen das Aufschlagen derselben zu erleichtern, als sie eines Tages ein grässliches Geräusch an der Zimmertür vernahm. Ein Schlüssel wurde ins Schlüsselloch gesteckt, das Schloss gedreht, die Tür ging auf und herein trat die entsetzlich dicke Schlossmagd mit einem furchtbaren Besen in der Hand. Mies Mies befahl ihren Kindern ganz still zu sein. Noch hoffte sie, die Hofmagd würde nur kehren und nicht das Bett machen. Ängstlich blinzelte sie durch die Spalten des Vorhangs und verfolgte jede Bewegung des ungebetenen Besuchers. Aber ach, oh weh. All ihr Hoffen blieb vergeblich. Denn es waren Gäste angekündigt, weshalb die Fremdenzimmer und Betten in Ordnung gebracht werden mussten. Schon riss eine kräftige Hand die blauen Vorhänge auseinander und das weiche Federbett in die Höhe.

„Igitt, was ist das! Widerliche Katzenbrut!“, schrie die Schlossmagd voller Ekel.

Nicht nur betrachtete sie gemäß ihrem reinlichen Wesen die Zweckentfremdung des Bettes als eine wahre Untat und persönliche Beleidigung, sie erinnerte sich zugleich der Worte des Schlossverwalters Flitz. Und so erhob sie gewaltigen Lärm, schrie und tobte gegen die arme Katze, und rief mit lauter Kehle nach dem Verwalter.

Mies Mies ließ sich aber nicht so leicht einschüchtern, machte wahre Tigeraugen, zischte, knurrte, pustete, zeigte der Magd einen furchtbaren Katzenbuckel und schien sich bereits zu einem gewaltigen Sprung nach dem Gesicht der selbigen zu rüsten. Dabei bewegte sie ihren Schwanz wie eine Löwin und zeigte ihre spitzen, scharfen Zähne wie ein Leopard. Diese wahre Mutterliebe schien der Schlossmagd derart furchteinflößend, dass ihr unversehens ganz angst und bange wurde, ihre Augen sich schrecklich weiteten und sie voller Panik aus dem Zimmer floh.

Frau Mies Mies war indessen nicht so dumm, nicht zu wissen, dass die Magd schon bald mit dem Schlossverwalter als Beistand zurückkommen würde. Dann aber wäre es um ihre lieben Kleinen geschehen. Also beschloss sie augenblicks ihre Kätzchen wegzutragen und ihnen ein anderes Unterkommen zu suchen. Ein Tierchen nach dem anderen trug sie im Maul aufs nahe Dach, und als die Schlossmagd und Herr Flitz in die Kammer traten, fanden sie das Bett leer. Da dieses aber nicht sonderlich reinlich aussah, und der Schlossverwalter sich an seinen erklärten Feinden nicht mehr rächen konnte, tat er sich mit dem Besen stattdessen an der armen Käthe gütlich, die deshalb erneut schreiend aus dem Zimmer rannte.

Mies Mies war unterdessen schon damit beschäftigt, die Kätzchen vom Dach in eine nahe Bodenkammer zu tragen, wo sie sich eines alten Strohsacks erinnerte. Zwar waren die Kleinen dort nicht so weich und vornehm gebettet wie zuvor, doch zumindest sicher vor weiteren Störungen. Während die Mutter das zweite Kind in Sicherheit brachte, lag das dritte Kätzchen ganz allein auf dem windigen Dache. Da es bis jetzt noch blind gewesen war, wusste es nicht, wo die Mutter es hingebracht hatte. Das Kätzchen fror und ihm war ganz unheimlich zu Mute. Da plötzlich berührte ein letzter

Strahl der untergehenden Sonne das Tierchen, suchte dessen geschlossene Augen, welches sich darob unerwartet öffneten. Zum ersten Male erblickte das Kätzchen das Licht der Welt, verfiel darüber in ein ungeheures Niesen und geriet durch diese Bewegung wiederum ins Rollen. So kullerte es vom Dach herab, fiel auf einen Giebel, und wäre von da ganz bestimmt auf den steinigen Schlosshof gefallen, wenn nicht ein rußiger Kaminschacht das Kleine gütig aufgenommen hätte. So fiel es stattdessen den langen Schornstein hinab, auf die weiche Asche des Kamins und kam von dort in der Prinzessin gute, liebevolle Hände.

Die Katzentaufe

Kätzchens Ankunft war eine große Freude für die Kinder und besonders für Prinzessin Marie. Wenn sie früh aufwachte und das kleine Tierchen nicht neben sich fand, musste man es ihr sofort ins Bett bringen, wo sie ihm das Frühstück gab, welches aus Milch und Biskuit bestand. Das Hündchen Joly, welches seit dem ersten Tage sehr eifersüchtig war, und das Kätzchen bei jeder Gelegenheit beißen wollte, wurde dann immer aus dem Zimmer geschickt. Kätzchen fühlte sich auch bald heimisch in dem blauen mit Sternen besäten Zimmer. Man merkte es ihm an, dass es in einem fürstlichen Himmelbett zur Welt gekommen war. Denn nichts erschien ihm zu gut, um es nicht nach Katzenart zu benutzen. Das heißt, es zerkratzte die wertvollsten Vorhänge, Kleidungsstü-

cke und Möbel, zerbiss gar manches Schlummerkissen und plünderte immer aufs Neue die zahlreichen Kisten und Kästchen seiner Herrin.

Die Prinzessin störte dies nicht. Ganz im Gegenteil wollte sie nur noch mit ihrem kleinen Kätzchen spielen. Vergessen stand die schöne große Puppenkönigin in der Ecke, seit acht Tagen war ihr Haar nicht gebürstet und geflochten, ihre Kleidung nicht gewechselt worden. Gabriele, die Balldame, lag ebenso lang schon im Himmelbett im Nachthemd und niemand dachte daran, ihr nur ein einziges Mal die Augenlider aufschlagen zu lassen, unter welchen doch so schöne blaue Glasaugen ruhten. Und unter dem Tisch lag noch immer die Prinzessinenpuppe Fridoline in ihrem Hochzeitskostüm, die ihr schönes Puppenbett dem Miezekätzchen hatte räumen müssen. Die Puppenstube befand sich in größter Unordnung, weil Kätzchen alles darin herumgeworfen hatte. Der Kronleuchter war zertrümmert, die hübschen Möbel zerbrochen und die kleine Uhr aus Marzipan sah aus wie Vogeldreck, da Miezekätzchen gar häufig daran zu lecken pflegte. Kätzchen durfte sich wirklich alle möglichen Freiheiten herausnehmen. Wenn die Herzogin zum Beispiel mit ihrem weiten Schleppkleid durch das Zimmer ging, sprang es auf die Schleppe und ließ sich unbemerkt spazieren fahren. Wenn die Prinzessin mit ihrem Spitzenseidentuch wedelte, haschte Kätzchen danach und verhedderte sich mit seinen kleinen Krallen darin.

Mademoiselle Gogo pflegte während des Ankleidens der Prinzessin in einem Lehnsessel Platz zu nehmen. Eines Tages hüpfte das Kätzchen auf die Lehne. Und als Mademoiselle Gogo aufgrund der Zappeleien der Prinzessin unzufrieden den Kopf schüttelte, so dass ihre roten Mützenbänder hin und her wackelten, meinte das Kätzchen, sie wollten mit ihr spielen. Schwuppdiwupp, war es auf Mademoiselle Gogos Kopf gesprungen und hatte die roten Schleifen in den Krallen. Das Kindermädchen fiel dabei vor Schrecken fast in Ohnmacht, kippte mit dem Sessel nach hinten und die Prinzessin konnte sich vor Lachen kaum halten, als sie Mademoiselle Gogo auf dem Fußboden liegen sah. Aber das war auch gar nicht nötig, denn die gute Mademoiselle lachte kurz darauf von ganzem Herzen mit.

Der kleine Hund Joly pflegte sein Essen immer neben dem Kamin in Prinzessins Zimmer einzunehmen. Und obgleich Kätzchen schon ganz gesättigt war, naschte es ständig auch von Jolys Futter. Wenn nun das arme, zurückgesetzte Hündchen sich zurecht darüber ärgerte, zu bellen anfing und das Kätzchen wegjagen wollte, begann dieses zu fauchen und mit seinen Samtpfötchen derbe Ohrfeigen auszuteilen, so dass Joly jedes Mal das Schwänzchen einzog und unter das Sofa flüchtete. So war also mit der Ankunft des Kätzchens die schöne Zeit für das Hündchen vorbei.

Kätzchen war überdies auch noch sehr unreinlich und pflegte, anstatt die Katzentoilette zu benutzen, lieber die schönen Teppiche zu verunreinigen. Mademoiselle Gogo versuchte dann mit einer Rute das Kätzchen zu strafen, was aber die Prinzessin gewöhnlich verhinderte. Und wenn alle Welt sich wegen des Gestanks die Nase zuhielt, meinte Marie immer, es sei der blühende Flieder oder die Heckenrosen, die da so stark vom Garten her hochdufteten. Und da gab es tatsächlich manche Leute, die das zu glauben schienen.

Eines Tages hatte Marie wieder ihre Freundinnen zur Schokolade eingeladen und alle freuten sich, bei dieser Gelegenheit mit dem Kätzchen spielen zu können. Die Mädchen bliesen eine Marabu-Feder im Zimmer umher und Kätzchen haschte danach. Dann kullerten sie Bälle, ließen ein Spielzeugmäuschen mit einem Uhrwerk umherlaufen, banden eine kleine Puppe an einen Bindfaden und ließen sie tanzen. Kätzchen machte die wunderlichsten Sprünge bei diesen Spielen und legte eine wahre Katzengrazie an den Tag. Eine berühmte Tänzerin soll eine Katze als Vorbild für ihre Bewegungen genommen haben. Und in der Tat hätte das Kätzchen jedem der Kinder die beste Tanzstunde geben können. Zuletzt setzten die Kinder der Miez auch noch einen Federhut auf und zogen ihr einen Puppenüberrock an. Selbst das ließ sich das Kätzchen gefallen.

Da fragte Lisi plötzlich: „Wie heißt das Tierchen überhaupt?"

Alle stutzten und waren erstaunt, dass Kätzchen noch keinen Namen hatte.

„Kann es nicht weiterhin einfach nur Kätzchen heißen?", fragte die Prinzessin.

„Oh nein, das wäre ja so wie wenn wir uns alle gegenseitig nur Mädchen nennen würden. Wenn dann jemand den anderen ruft, weiß keiner, wer eigentlich gemeint ist."

„Du hast recht", sagte Prinzessin Marie: „Dann sollten wir es aber ordentlich taufen."

„Ja, das wäre ein gar zu hübsches Spiel", rief Lisi.

„Das ist prächtig! Das ist allerliebst!", riefen nun auch die anderen Kinder und die Prinzessin klatschte vergnügt in die Hände.

„Wir kleiden Kätzchen in die Anziehsachen der Wickelpuppe", sagte Diane.

So musste das Kätzchen nun notgedrungen die Babykleidung anlegen und wurde zu allem Überfluss, weil es so zappelte, auch noch auf dem rosa Atlaskissen festgebunden. Verständlicherweise schien es sich dabei nicht sonderlich behaglich zu fühlen. Indessen war es gehorsam und lag ganz still, während sich die Kinder für die Taufe putzten.

„Wie soll das Kätzchen heißen?“ fragte Lisi.

„Krallkätzchen!“, rief Jenny schnell.

„Oh nicht doch“, erwiderte die Prinzessin: „Das würde ja Kätzchen an seinen größten Fehler erinnern.“

„Schwanzelius“, meinte Diane, „wegen des schönen Schwanzes, den es so anmutig zu bewegen weiß.“

„Scheckchen“, sagte Amelie: „Kätzchen ist ja so scheckig wie die jungen Kastanien, die wir zuweilen aus den grünen Schalen holen.“

„Nein, all diese Namen sind seinem edlen Wesen nicht würdig“, schüttelte die Prinzessin unwirsch den Kopf.

„Ich dächte ...“, meinte Lisi nach längerem Überlegen, „wir nennen das Kätzchen Röschen, wegen seines hübschen rosaroten Schnäuzchens.“

„Ja“, sagte die Prinzessin, „dieser Name ist schon ganz gut, wenn Kätzchen nur kein Kater wäre. Doch Röschen ist ein weiblicher Name. Außerdem kann das gute Tier, wenn es vielleicht später einmal groß und dick wie Murr der Hofkater ist, wohl schwerlich Röschen genannt werden.“

„Nun“, sagte Lisi, „so sollten wir es denn Rosaurus taufen. So lang es jung ist, rufen wir es Röschen. Und wird es alt und hässlich, nennen wir es Saurus.“

Die Prinzessin wandte noch kurz ein, dass ja der Name Saurus ein wenig zu sehr wie Sau und Ruß klang, was schmutzige Worte seien. Die Kinder erinnerten sie aber daran, dass Kätzchen ja tatsächlich aus dem Ruß des Kamins gekommen war. Und so willigte Prinzessin Marie schließlich in den Namen ein. Die Taufe konnte also beginnen. Die Paten stellten sich im Kreise auf. Joly wurde glücklicherweise die Demütigung der Teilnahme an der Taufe seines Feindes erspart und er durfte weiterhin im Lehnstuhl schlafen.

Lisi begann:

„Rosaurus, Du sollst nicht wie die andern Katzen, arme kleine Vögel verspeisen.

Du sollst sie nicht aus ihren Käfigen herausreißen mit grausamer Blutgier, worüber die Kinder, denen sie gehören, dann so bitterlich weinen.

Du sollst nicht die jungen Vögelchen aus den Nestern holen, dass die armen Eltern piepsen und klagen über ihre unglücklichen Kinder.

Rosaurus, Du sollst auch nicht die weißen Mäuschen verfolgen, die bei Nacht lustwandeln und sich durch ihre roten Äugelein und hellen Fellchen im Dunkeln verraten.

Rosaurus, Du sollst die andern Mäuse ungestört knuspern lassen an Wurst und Speck, an Zucker und Biskuit.

Deine Taufpaten versprechen, Dich recht gut zu erziehen und Dir immer so viel Biskuit und Braten zu geben, dass Du gar nicht an lebendige Leckerbissen zu denken brauchst.

Kurz und gut, Du sollst Dich durch die Liebe und Fürsorge Deiner Paten aus einem wilden Raubtier in eine edle, sanftmütige Schoßkatze verwandeln.“

So weit war Lisi mit ihrer Rede gekommen, als sie plötzlich unerwartet unterbrochen wurde.

Jenny, die während der Rede den kleinen Katzen-Täufling auf dem Arm gehalten hatte, meinte, dass es doch wohl schön sei, wenn der Balg etwas schrie. Denn dies hatte sie einmal bei einer Taufe in der Kirche gesehen. Also beugte sie sich in scheinbarer Freundlichkeit über ihn, fuhr mit der

Hand unter das lange Schleppkleid und kniff dem armen Kätzchen recht tüchtig in den Schwanz. Kaum war dies geschehen, stieß das Tierchen einen durchdringenden Schrei aus, sprang in höchster Wut in Jennys Gesicht, biss ihr in die Nase und schlug ihr zugleich beide Vorderkrallen in die Wangen, so dass Jenny vor lauter Schreck das Kissen samt Katze fallen ließ.

Das war Kätzchen gerade recht, es schlüpfte aus den seidenen Fesseln und ergriff die Flucht. Da es mit dem lange Taufkleid aber schwerlich laufen konnte, schlug es dabei mehrere Purzelbäume.

Über den Lärm erwachte Joly, bemerkte sofort den Vorteil gegenüber seinem Konkurrenten, und stürzte bellend dem armen Tierchen nach. Kätzchen sprang jedoch samt Taufkleid auf einen Stuhl und gab dem wütenden Joly mit seinen Pfoten aus den schön gestickten Ärmelchen heraus zwei derbe Ohrfeigen, dementsprechend Joly heulend aus dem Zimmer kroch. Rosaurus aber floh weiter, blieb mit der Schleppe an einem Türriegel hängen, so dass diese abriss. Darauf riss er sich mit Krallen und Zähnen das Taufjäckchen vom Leib und floh aller Banden entrissen aus dem Raum. Niemand wagte dem wilden Tier zu folgen, da sie dessen Verzweiflung fürchteten. Doch bald schon lachten sie über den unerwarteten Ausgang der Taufe. Nur Jenny nicht, denn sie weinte und hielt sich dabei ihre blutende Nase.

Mademoiselle Gogo war bereits bei dem ersten Lärm herbeigeeilt und erschrak zu Tode, als sie Jennys verunstaltetes Gesicht erblickte. Und während sie Jennys Wunden mit frischem Wasser auswusch, schimpfte sie mit den Kindern wegen ihres Spiels:

„Mit einem armen Tier treibt man keine Scherze. Und die Taufe ist eine heilige Handlung und nicht eigentlich für Katzen gedacht."

An diesem Tag hatten die Kinder noch viel über den Vorfall zu plaudern. Nur die Prinzessin war sehr unruhig, beteiligte sich nicht an den Gesprächen und konnte es kaum abwarten, dass ihre Freundinnen abgeholt würden. Sie wollte nämlich nach ihrem kleinen Kätzchen suchen, sich bei ihm entschuldigen und es fest ans Herz drücken. Doch so sehr sie auch bis zum Dunkelwerden suchte, sie fand es nicht. Gewiss hatte sich das Kätzchen in seiner Angst sehr gut versteckt und würde erst zur Abendbrotzeit wieder zum Vorschein kommen. Jedoch kam es nicht. Die Prinzessin rief mit der allersüßesten Stimme, kroch erneut unter Betten und Kommoden, leuchtete in Kamine und große dunkle Schränke. Aber Rosaurus war nicht zu sehen.

Lange konnte sich Prinzessin Marie nicht entschließen ins Bett zu gehen. Sie meinte nämlich, Kätzchen könnte nicht schlafen, wenn es nicht wie gewöhnlich neben ihrem Kopfkissen oder zumindest in seinem Puppenbettchen läge. Mademoiselle Gogo bestand aber darauf. So weinte Marie lange bittere Tränen, bis sie endlich vor lauter Müdigkeit und Kummer in ihrem Bettchen einschlief. Im Traum aber glaubte sie unaufhörlich, den kleinen Rosaurus miauen zu hören.

Das Katzenkonzert

Rosaurus war in seiner Angst über Jenny, die ihn gekniffen, über Joly, der ihn verfolgt, und über das Geschrei der Kinder, welches ihn erschreckt hatte, in raschem Lauf durch alle fürstlichen Zimmer geeilt, um so viel Raum wie möglich zwischen sich und seine Feinde zu bringen. Im letzten Zimmer entdeckte er im Kamin eine kleine Öffnung und war just hineingeschlüpft, heilfroh sich in Sicherheit zu wissen. Zufrieden setzte sich Rosaurus auf seine Hinterbeine, schlang den Schwanz um seinen Körper und begann zu schnurren, was Katzen immer zu tun pflegen, wenn sie über das Leben nachdenken. Es war dunkel im Kamin, nur von hoch oben drang ein schwacher Lichtschein durch die Schornsteinöffnung und erweckte in Rosaurus jenes Streben nach oben, das Bedürfnis der Seele, sich immer höher und höher zu schwingen, welches dem Katzengeschlecht so sehr angeboren ist. So versuchte Rosaurus mit seinen scharfen Krallen die schwarzberußten Wände des Kamins zu erklimmen. Und siehe da, das kluge Tier, welches bis dato nur auf weichen Teppichen gewandelt war, konnte klettern. Ja, Rosaurus kletterte und kletterte wie eine wilde Waldkatze immer weiter dem herrlichen Licht entgegen, bis er endlich oben anlangte.

Dieses Ende seiner dunklen Höhle bildete zugleich den Beginn eines neuen Lebens. Rosaurus saß auf dem Dach, über sich den strahlend tiefblauen Himmel, zu seinen Füßen die Welt, das heißt der Schlosshof und ein Teil der Stadt. Die letzten Strahlen der untergehenden Sonne ließen die blechernen Dachrinnen in wunderbarer Pracht erglänzen. Hier und da flatterte noch ein verspäteter Vogel durch die warmen Abendlüfte. Der Hofrabe saß auf dem Balkon und krächzte sein Abendlied, während der Hofhahn sein letztes Kikeriki in den Äther schickte, um seinen weit verstreuten Hühnern eine Gute Nacht zu wünschen. Rosaurus saß baff vor lauter Staunen und tiefstem Entzücken auf dem Dach und wusste gar nicht, was er über all die Schönheiten dieser Welt, die sich ihm erstmalig erschlossen, fühlen und denken sollte!

Da sah er aus einem Bodenfenster drei Gestalten hervorkriechen, bei deren Anblick sein Herz heftig zu schlagen begann. Er hatte diese Gestalten noch nie gesehen. Er wusste nicht, wie sie hießen. Es waren keine Menschen, denn sie gingen nicht auf zwei Füßen. Es waren auch keine Hunde, obgleich sie auf allen Vieren einherschritten. Und dennoch spürte er eine tiefe innere Nähe und Verwandtschaft zu ihnen. Urplötzlich durchzuckte ihn wie ein Blitz die Erkenntnis: Es waren Wesen höherer Art! Ja, es mussten Katzen sein. Kaum vermochte er sein Auge von ihnen zu wenden, ihre anmutigen Bewegungen übten einen unwiderstehlichen Reiz auf ihn aus. Die kleinen Kätzchen sprangen an der Mutter empor. Diese legte sie sanft mit der großen Samtpfote auf den Rücken, spielte in freundlicher Herablassung mit ihnen und leckte schließlich deren Fell. Dieses ist nämlich die Art und Weise, wie die Katzen die Reinlichkeit pflegen. Und für Rosaurus bildete dieser Anblick eine ernste Ermahnung. Ach, wie schrecklich sah er aus! An seiner einen Pfote hing noch der Spitzenärmel des Taufkleides, der übrige Körper war geschwärzt vom Ruß des Kamins. Rosaurus streifte den Ärmel ab und begann nun auch sich zu lecken, indem er jedoch die Katzenfamilie immer im Auge behielt und dann und wann durch ein zartes Miau ihre Aufmerksamkeit auf sich zu lenken suchte. Plötzlich erblickte die große Katze ihn, stutzte für einen Augenblick, setzte sich auf die Hinterbeine und sah ihn unverwandt an. Dann plötzlich näherte sie sich Rosaurus mit größter Gemütsbewegung! Augenblicks fühlte er sich von zwei zärtlichen Armen umschlossen und begann zu ahnen, dass seine Mutter ihn ans Herz drückte. Ja tatsächlich, es war Mies Mies, die Hofkatze, welche den verlorenen Liebling nach vierzehn Tagen bitterer Tränen endlich wiedergefunden hatte. Gerade heute führte sie ihre beiden zurückgebliebenen Kinder zum ersten Mal in die Welt ein. Jetzt, da sie sehen konnten, hatten sie nichts mehr von ihrem mürrischen Vater und auch nichts von dem bösen Hofraben zu befürchten. Ach, war das eine große Wiedersehensfreude! Wie glücklich fühlte sich Rosaurus! Wie hübsch spielte es sich mit seinen Geschwistern! Welch zierliche Sprünge wurden von den drei jungen Kätzchen aufgeführt! Die Mutter hatte ihre große Freude daran und schaute mit würdiger Miene dem muntern Treiben zu. Plötzlich drängten die Kleinen sich ängstlich um die Mutter, denn aus einem Bodenfenster leuchteten ein Paar unheimliche Augen, die sie mit Furcht erfüllten. Dafür gab es aber keine Ursache, da es sich um niemand anderen als Murr, den schwarzen Hofkater handelte, der zum vollkommenen Familienglück noch gefehlt hatte. Auch mit ihm gab es eine rührende Erkennungsszene, dann setzte sich der Kater neben Mies Mies. Und während die beiden Alten plauderten, spielten die Kleinen von Neuem und freuten sich des Lebens.

Als die Kleinen Hunger verspürten, führte Mies Mies sie alle nach der Bodenkammer, wo sie auf dem alten Strohsack von den Küchenabfällen eine leckere Mahlzeit anrichtete. Rosaurus allerdings fand nicht den geringsten Geschmack an diesen, rümpfte vielmehr die Nase, da er am prinzesslichen Tische weitaus besseres gewohnt war. Doch als nur noch ein Stückchen übrig war, siegte endlich der Hunger auch über Rosaurus' feinen Gaumen und er fraß den Rest mit einem Haps auf. Im selben Moment erhielt er jedoch unerwartet eine derbe Ohrfeige von Murr, der nach Katzensitte gewöhnlich den letzten Bissen verzehrte. Rosaurus nahm diesen Schlag sehr übel, da er an solch unwürdige Behandlung nicht gewöhnt war. Und im Stillen gedachte er der köstlichen Leckerbissen und süßen Milch in Prinzessins Zimmer und war schon drauf und dran, seine Familie wieder zu verlassen, als plötzlich ein herrlicher Gesang ertönte. Er kam von Mies Mies, die eine wunderschöne Altstimme besaß. Unmittelbar darauf stimmte Murr mit seinem guten Bass ein. Und bei diesem herrlichen Duett konnten sich auch die drei kleinen Kätzchen nicht mehr zurückhalten. Obwohl zuvor noch nie gesungen, bildeten sie mit ihren Sopranstimmchen einen erhabenen Chor. Es war eine derart feierliche Musik, dass Rosaurus augenblicks Tränen der Rührung in die Augen traten. So etwas Schönes hatte er noch nie am Hofe gehört. Und als er im herrlichen Mondenschein, so nah dem Himmel mit seiner Familie mit weit geöffneten Mündern und erhobenen Häuptern in der sinnesbetörenden Musik verschmolz, war es ihm, als ob er in jenem Moment das Paradies auf Erden geholt und den eigentlichen Sinn seines Lebens gefunden habe.

Doch sollte dieser Gesang leider gar fürchterlich enden. Aus dem nahen Schornstein tauchte ein schwarzes entsetzliches Wesen auf. Es war ein Schornsteinfeger, der wegen des Katzenspektakels von der Herrschaft aufs Dach geschickt worden war. Wütend schwang er eine furchtbare Keule und

schrie gewaltig. Dann schleuderte er diese mitten unter die Katzenfamilie, die in ihrer künstlerischen Begeisterung auf solche Störung keineswegs gefasst war. Unter lautem Jammergeschrei flohen sie nach allen Seiten, das weiße und schwarze Kätzchen blieben verwundet auf dem Dach liegen. Rosaurus jedoch entkam glücklich und fand auch den altbekannten Schornstein, wo er geschickt hinabsprang. Leise schlich er in das fürstliche Zimmer der Prinzessin und legte sich allein in das Puppenbett. Der Schrecken saß ihm noch tief in den Gliedern und bis zum Morgengrauen fand er keinen Schlaf: ‚Ja, hier lebt es sich doch besser als auf dem Dach. Hier ruht es sich besser als auf dem alten Strohsack. Und die Hofspeisen schmecken ebenfalls besser als die Küchenabfälle', dachte Rosaurus und nahm sich vor, nunmehr für immer bei der Prinzessin zu bleiben, und nur dann und wann Spaziergänge auf das Dach zu wagen, um sich dem einzigartigen Genuss der herrlichen Konzerte hinzugeben.

Groß war der Prinzessin Freude, als sie am andern Morgen Rosaurus in dem Puppenbett liegen sah. Doch wie sah er aus? Sein ganzes Fell war schwarz vom Ruß des Kamins wie auch das schöne Puppenbett und der Prinzessin weißes Nachtkleid. Marie hätte zu gern gewusst, wo ihr Katerchen gewesen war.

Katzenerziehung und Entführung

Nach diesem schrecklichen Erlebnis schien sich Rosaurus nun doch wider Erwarten zu einem recht liebenswürdigen Katerchen zu entwickeln, auch wenn die kleine Prinzessin nicht allzu sehr zu seiner Erziehung beitrug. Dafür erwarb sich Mademoiselle Gogo umso mehr Verdienste um Rosaurus' Bildung. Eines Tages hatte er sich auf den Samtsessel gelegt, den die Prinzessin beim Unterricht immer einnahm, und schien sehr süß zu schlafen, denn er schnarchte laut. Als nun die Prinzessin ihn so leise und zart wie möglich vom Stuhl herunterzuschieben versuchte, und ihm dabei auch noch liebe Worte ins Ohr flüsterte, hieb das böse Tierchen plötzlich mit seinen scharfen Krallen zu. Vier blutige Streifen blieben auf Maries weißen Arm zurück. Da ergriff Mademoiselle Gogo eine kleine Rute und schlug Rosaurus recht derb auf die Pfoten. Der Kater schrie laut auf und floh unter das Sofa. Und da er ein sehr kluges Tier war, legte er sich seitdem nie wieder auf Maries Samtsessel. Auch kratzte er sie nie wieder, selbst dann nicht, wenn die Prinzessin während des Unterrichts unruhig mit den Füßen hin und her schaukelte und dabei versehentlich das ein oder andere Mal heftig den armen Rosaurus in die Seite oder auf sein Schwänzchen trat.

Zuweilen hörte das Katerchen dabei so aufmerksam zu, als ob es alles verstünde, was die Lehrer lehrten. Nur bei dem Klavierunterricht wurde es ihm unheimlich zu Mute. Und so sah man oft, dass sich Rosaurus mit seinen kleinen Pfoten die Ohren zuhielt, wenn Prinzessin Marie die Tasten drückte. Vielleicht war ihm die Musik nur zu laut, oder aber es lag an einigen falschen Tönen, die seinen durch etliche Katzenkonzerte so gebildeten Ohren weh taten. Je stärker die Prinzessin jedenfalls das Klavier malträtierte, desto lauter begann Rosaurus zu miauen und musste dann regelmäßig aus dem Zimmer gebracht werden.

Auch eine andere üble Angewohnheit musste der junge Kater noch ablegen. Er liebte nämlich vor allem zu klettern. Und da es im fürstlichen Zimmer weder Bäume, noch Mauern, noch Dächer gab, um seinem angeborenen Klettertrieb Genüge zu tun, sprang er gern auf die Tische. Da stieß Rosaurus im kühnen Sprung manch hübschen Gegenstand herunter, wobei es ihm ganz einerlei war, ob eine schöne vergoldete Tasse, ein kostbares Kristallglas oder ein sonstiges Kunstwerk auf diesem Weg zu Grunde ging. Mademoiselle Gogo musste ihm also erst noch den richtigen Kunstsinn vermitteln. Leider setzte sie dabei weniger auf seinen angeborenen guten Katzengeschmack als vielmehr auf seine große Abneigung gegen die Rute. Und diese Abneigung rührte weniger von dem physischen Schmerz, den Rosaurus empfand, als vielmehr von seiner verletzten Katzenehre.

Einstmals, als Rosaurus auf der Prinzessin Schreibtisch gesprungen war, ihre Schreibfedern zerrissen, ein kostbares in Leder gebundenes Album zernagt und zuletzt noch das Tintenfass umgeworfen hatte, war Mademoiselle Gogo ganz besonders ausdauernd mit der Rute vorgegangen. Da war es für Rosaurus' Katzenehre dann doch zu viel gewesen und so musste nun auch das Kindermädchen einmal büßen. Zuerst sprang das Katerchen Mademoiselle Gogo in die Haare, trommelte von da ein wenig auf ihrer Stirn herum. Und als ihr dies nicht sonderlich zu gefallen schien, versuchte er sie stattdessen mit seinen Krallen aufzuheitern, was ihm auch wirklich prächtig gelang. Denn die Kratzer an ihrem Hals und auf den Wangen waren selbst nach sieben Wochen noch gut zu erkennen. Wie auch immer, von diesem Zeitpunkt an herrschte denkwürdiger Weise eine Art Waffenstillstand, vielleicht sogar Frieden zwischen Mademoiselle Gogo und Rosaurus. Das Kindermädchen behandelte das Katerchen jedenfalls seitdem mit einigem Respekt, wenngleich vielleicht auch nur aus Angst vor dessen Pfoten. Und Rosaurus hatte nun endlich ein Plätzchen in Maries Zimmer gefunden, wo er keinen Schaden mehr anrichten konnte, nämlich auf der Fensterbrüstung. Dort saß er viel und leckte sich sein Fell. Danach glänzte er wie Samt und legte den Schwanz auf anmutige Weise um den Körper. Denn er hatte den Grundsatz, dass wenn man in guter Gesellschaft lebe, man auch anständig gekleidet und in guter Haltung sein müsse. So blickte Rosaurus hinaus in die Welt. Und wenn er seine ausgedehnten Spaziergänge auf dem Schlosshof und in den Straßen und Gassen der Stadt unternahm, blieben alle Vorübergehenden stehen und sagten:

„Ach, seht doch nur das hübsche Kätzchen der Prinzessin!"

Ja, Tag für Tag zeigte er mehr und mehr seine große Begabung für Hofmanieren, die für einen wahren Hofkater in der Tat unerlässlich sind. Schon nach wenigen Wochen beherrschte er den Ton der feinen Welt wie im Schlaf, miaute gepflegt, wenn Gäste kamen, stahl nicht wie zuvor die Leckerbissen vor aller Augen vom Tisch, sondern wartete vielmehr artig, bis die Gäste aus dem Zimmer gegangen waren, so dass keiner ihm mehr beim Stehlen zusehen konnte.

So hätte nun Rosaurus' Leben auf angenehmste Weise Tag für Tag weitergehen könne. Doch leider schläft das Schicksal nie: Als einstmals Maries Freundinnen wieder zu Besuch kamen und dem Katerchen durch diverse Streicheleinheiten den gebührenden Respekt zollten, blitzte in Jenny, die noch immer die Spuren seiner Zähne und Krallen im Gesicht trug, ein schon lange gehegter böser Gedanke auf: „Wenn ich mich nur an dem abscheulichen Tier rächen könnte. Noch heute soll er für seine Frechheiten büßen!"

Rosaurus mochte ihre üblen Absichten ahnen, denn er entfernte sich augenblicks von der Runde und ließ sich den ganzen Abend nicht mehr blicken.

Als die Kinder nun abgeholt wurden, war Jenny die erste. Und als sie sich im Vorzimmer anziehen wollte, siehe, da hatte sich doch Rosaurus ausgerechnet in ihren Mantel eingewickelt und schlief so fest und süß, dass er nicht einmal von Jennys drohender Störung träumte.

„Du widerliches Tier", flüsterte Jenny leise vor sich hin: „Endlich hab ich dich!" Und geschwind wie der Wind, ohne dass Rosaurus auch nur das kleinste hilferufende Miau von sich geben konnte, steckte sie ihn in ihr Handköfferchen und trug ihn mit sich fort.

‚Das ist doch eine wahrhaft gute Tat, die ich hier vollbringe', dachte sie im Gehen spöttisch, ‚denn seitdem Rosaurus bei Marie wohnt, dreht sich alles nur noch um das dumme Tier und keiner achtet mehr auf mich und meine schönen Puppen! Ach, wie ich diesen Kater hasse!'

Jennys Weg führte im nahegelegenen Schlosspark über eine Brücke: „Ha, wie wäre es, wenn ich Rosaurus gleich hier ins Wasser werfe? Dann ist es ein für alle mal aus mit ihm ...!"

Als die Prinzessin vor dem Schlafengehen ihren Rosaurus vergebens suchte, dachte sie noch unbeschwert: ‚Ach, gewiss wird er wieder durch den Kamin auf das Dach zu seinen Geschwistern geklettert sein', da sie nämlich über die Hofmagd von dem Katzenorchester gehört hatte, das der Schornsteinfeger an jenem Abend so unsanft störte. Augenblicks ließ sie dem Schornsteinfeger befehlen, ihren Rosaurus und seine Geschwister nie wieder zu erschrecken. Dann legte sie sich ohne Sorgen nieder, in der Hoffnung, Rosaurus am andern Morgen wieder zu sehen. Diese Erwartung sollte jedoch leider nicht in Erfüllung gehen.

Gefangenschaft und Flucht

In einer engen Straße lebte in einem kleinen Häuschen eine arme Familie. Sie bewohnte ein niedriges rauchgeschwärztes Hinterstübchen. Vater, Mutter und Kinder waren in Lumpen gehüllt. Der Vater lag auf einem Strohsack, welcher des Nachts als Familienbett diente. Den ganzen Tag hatte er bereits in jenem Dämmerzustand verbracht, den der Genuss geistiger Getränke, vereint mit der Trägheit des Körpers und der Verstimmung der Seele, hervorzubringen pflegt. Ob er nicht arbeiten konnte oder wollte, wusste er selbst nicht mehr. Auch die Mutter arbeitete nicht, sondern saß auf einer hölzernen Bank mit ihrem dreijährigen Töchterchen Hanne auf dem Schoß, das ebenso schmutzig und ungekämmt war, wie sie selbst. Ein anderes kleines Mädchen von acht Jahren kauerte im Winkel und weinte, weil sie in eine Glasscherbe getreten war. Das arme Kind musste nämlich immer barfuß laufen, weil die Eltern ihr keine Schuhe kaufen konnten. Dieses kleine Mädchen hieß Dorothea und wurde gewöhnlich Dorte genannt.

„Mich hungert so sehr", klagte Dorte: „Wäre nicht mein kranker Fuß, so hätte ich uns schon längst etwas zu Essen heim gebracht."

„Wilhelm braucht viel mehr Zeit als Du, um etwas zusammen zu betteln. Wie kommt das nur?", fragte die Mutter ihre Tochter.

„Er kann sich nie ein Herz nehmen, die Leute anzubetteln. Da schiebt er mich immer vor. Er stiehlt viel lieber."

„Halts Maul, Mädchen!", schrie der Vater erbost: „Wenn's jemand hört, dann kommen wir alle ins Gefängnis!"

„Ich wollte ja nur, dass Ihr es hört“, sagte Dorte: „Auf mich hört Wilhelm ja nicht. Und ich fürchte immer, dass er sich selbst und uns alle noch ins Unglück bringen wird.“

„Wir armen Leute“, erwiderte der Vater, „haben das Recht, ebenso gut zu leben wie die Reichen. Und wenn die uns nichts geben, so nehmen wir's uns eben.“

„Ich habe neulich in der Schule ein Verschen gelernt, das ich immer befolgen will: ‚Du sollst nicht lügen und nicht stehlen, und was Du findest, nicht verhehlen.‘“

„Auf diese Weise wirst Du aber nicht sehr reich werden, Dorte“, antwortete die Mutter.

„Und doch brachte ich neulich einen ganzen Taler mit nach Hause. O, wie der glänzte! Prinzessin Marie hatte ihn mir geschenkt, als es im Winter so kalt war und ich vor Hunger so bitterlich weinte.“

„Ich weiß wohl, dass Du am besten weinen kannst, wenn Du Hunger hast!“

Schickt ihr mich deshalb so oft mit leerem Magen zum Betteln aus?“

„Ja“, antwortete der Vater grob: „Du bezwingst die Leute immer mit Deinen Tränen. Der Wilhelm aber mit seinem Verstand. Das ist ein kluger Kopf, der es noch weit bringen wird.“

„Ja, bis zum Gefängnis“, antwortete Dorte: „Dies hat neulich ein dicker Herr gesagt.“

„Was? Wer ist der Schändliche, der so etwas über meinen guten Wilhelm zu sagen wagt?“, schimpfte die Mutter.

„Ich kenne ihn nicht. Es war am letzten Sonntag ..., wo der gute Junge 12 Groschen mit nach Hause brachte.“

„Ja, Vater, die er sich mit Lügen verdient hatte.“

„Wie denn das?“, fragte die Mutter neugierig.

„Er hatte sich an einer Straßenecke aufgestellt, wo viele Leute vorübergehen. Dort tat er so, als ob er weine und nach etwas suche. Kam nun ein Mitleidiger vorüber und fragte, was ihm fehle, so jammerte Wilhelm, dass er einen Groschen verloren habe, mit dem er Medikamente für seine arme kranke Mutter kaufen sollte. Nun werde er Schläge erhalten, wenn er nach Hause käme. Mancher Vorübergehende schenkte ihm daraufhin einen Groschen. Sobald sich aber dieser Spender entfernt hatte, begann Wilhelm von Neuem mit seiner Geschichte.“

„Sehr gut“, rief der Vater: „So ein Teufelsjunge!“

„Ja, und wie gut er weinen kann! Selbst wenn ich Hunger habe und mit leerem Magen betteln gehen muss, kann ich es nicht so gut.“

„Wie Du so redest, Dorte, merke ich, dass Du ein sehr dummes Mädchen bist und immer bleiben wirst“, antwortete die Mutter sorgenvoll.

„Da möchte ich lieber ein dummes Mädchen bleiben, als dass es mir so schlimm geht wie Wilhelm an jenem Tage.“

„Nun, wie erging es ihm denn?“, fragte der Vater ein wenig ängstlich.

„Ein dicker Herr, der ihm schon einmal einen Groschen geschenkt hatte, kam zufällig denselben Weg wieder zurück. Da Wilhelm ihn nicht erkannte, begann er abermals um den verlorenen Groschen zu weinen. Da gab der Herr ihm eine Ohrfeige und sagte: „Ich hoffe, dass Dich diese Ohrfeige einst vor dem Gefängnis retten wird!“

In dem Moment ging die Haustür auf und herein trat Wilhelm mit einem sehr vergnügten Gesicht. Unter der Jacke hielt er etwas verborgen. Und erst als er sich versichert hatte, dass niemand Fremdes im Zimmer zugegen war, zog er stolz ein Handköfferchen aus grünem Samt hervor.

Bei diesem Anblick erhob sich der Vater von seinem Lager, die Mutter rückte näher an den Tisch. Und auch Dorte und die kleine Hanne blickten mit neugierigen Augen nach dem erbeuteten Köfferchen auf dem Tisch, da sie etwas Essbares darin zu finden hofften. Wilhelm erzählte, er habe das Köfferchen einem kleinen Mädchen auf der Brücke im Park aus den Händen gerissen.

„Die war vielleicht überrascht, die dumme Pute!", lachte Wilhelm böse: „Und wie sie schrie!"

Geschwind öffnete er den Deckel und heraus kam der völlig verwirrte Rosaurus. Auf einen feindseligen Angriff gefasst, machte er augenblicks einen gewaltigen Katzenbuckel und begann zu knurren und zu fauchen. Die Kinder lachten.

„Nun", meinte der Vater: „Da hättest Du aber wirklich etwas Besseres erwischen können als so einen widerlichen Straßenkater."

Glücklicherweise fand sich neben dem Kater auch noch ein Fünfgroschenstück, einige Semmeln, Äpfel und kandierte Früchte darin, die man sogleich untereinander verteilte und verzehrte.

Rosaurus fühlte sich ganz und gar nicht behaglich in dieser Umgebung, war er doch an den prachtvollen fürstlichen Palast gewöhnt. Auch verschmähte er die Brotkrümel, welche Dorte ihm anbot, und machte ein ganz philosophisches Gesicht. Vielleicht dachte er gerade an die köstlichen Biskuits und Leckerbissen im Schloss, denn kurz darauf brach er in ein gar klägliches Miauen aus.

„Was sollen wir nur mit der Katze anfangen, Wilhelm?“, sprach die Mutter ernst: „Wir haben ja schon für uns nicht genügend zu essen und zu trinken. Also wirf das unnütze Tier zum Fenster hinaus!“

„Das arme Wesen“, meinte Dorte mitleidvoll: „Gewiss ist es gewohnt, gut verpflegt zu werden und wird sich deshalb auf der Straße unbehaglich fühlen. Wir wollen es bis morgen früh behalten, dann trag ich es in irgendein vornehmes Haus, wo man es gewiss gern aufnehmen wird."

„Nein, nein!", rief Wilhelm: „Die Katze gehört mir und bleibt hier! Ich weiß schon, was ich mit ihr anfangen werde. Morgen kommt der Wanderzoo in unsere Stadt. Und da bringe ich sie dem Zoodirektor, der sie als Braten an seinen großen Löwen verfüttern kann. Wenn ich auch kein Geld dafür bekomme, den freien Eintritt soll mir die Katze schon verschaffen. So kann ich mir wenigstens die Affen ansehen. Von ihnen kann man nämlich sehr gut das Stibitzen lernen. Auch gibt es dort genügend gefüllte Taschen – also ein gutes Jagdrevier für geschickte Jungen wie mich."

Dorte und ihre Schwester Hanne jammerten sehr über den bösen Plan ihres Bruders, doch konnten sie ihn nicht im Geringsten von seinem Vorhaben abbringen. In dieser verwegenen Gesellschaft musste Rosaurus nun die Nacht zubringen, schlummerte jedoch glücklicherweise in Dortes Schoß so sanft wie in seinem Puppenbettchen.

Am andern Morgen waren alle bereits sehr früh munter, denn Mutter und Vater gingen in den Wald, um Holz zu stehlen. Wilhelm und Dorte hingegen machten sich für die Schule fertig. Dorte wusch und kämmte vorher auch noch das Schwesterchen. Dann gab sie Rosaurus ihre eigene Milch zu trinken, nahm sich selbst nur Wasser, während Wilhelm noch lange auf seinem Strohsack liegen blieb.

Als die Kinder endlich auf dem Schulweg waren, meinte Dorte: „Ach, wie es mich freut, dass Hannchen heute nicht ganz allein zu Hause bleiben muss."

„Wer ist denn bei ihr?", fragte Wilhelm verwundert.

„Na das Kätzchen ...“

„Potztausend! Das hab ich ganz vergessen!“ Augenblicks rannte Wilhelm zurück, riss die Tür auf und schrie: „Hanne, wenn Du mein Kätzchen auch nur anrührst, kriegst Du Prügel!“

Hannchen nickte zwar, dachte aber dennoch im selben Moment, sich nicht im Geringsten danach zu richten. Denn sie war ein sehr unfolgsames Kind, da sie niemand zum Gehorsam erzogen hatte. Man brauchte ihr nur etwas zu verbieten, so bekam sie gleich Lust, es zu tun. Als sie sich also allein mit dem Katerchen sah, ging sie deshalb auch sofort auf dasselbe zu, um es zu streicheln. Rosaurus ließ sich das wohl gefallen und schnurrte. Dann nahm sie ihn auf den Arm und trug ihn im Zimmer umher. Als die Kleine merkte, dass Rosaurus gern zum Fenster hinaus sehen wollte, stieg sie bereitwillig auf einen Stuhl, machte die Fensterflügel weit auf und ließ den Kater sich auf das Fensterbrett setzen, um die Vorübergehenden zu betrachten.

Rosaurus schien dies sichtlich zu gefallen. Augenblicks nahm er seine philosophische Stellung auf den Hinterbeinen an und überlegte, was nun zu tun sei? Er musste gar nicht lange überlegen. Das Fenster war sehr niedrig, ein kleiner Sprung genügte und schon befand sich Rosaurus auf der Straße und in Freiheit. Voller Leidenschaft hoffte er, den Weg zurück ins Schloss zu finden oder wenigstens eine der vielen Freundinnen der Prinzessin unterwegs zu treffen. Hannchen konnte gerade noch seine Schwanzspitze sehen, da war Rosaurus bereits in einer Nebengasse verschwunden.

Weitere schreckliche Erlebnisse des jungen Katers Rosaurus

Als Rosaurus am Ende der engen Gasse angelangt war, hielt er in seinem raschen Lauf inne, um zu Atem zu kommen und die unbekannte Gegend und seine eigene Lage besser zu überschauen. Ach! Tatsächlich war er in eine gänzlich fremde Welt geraten, in der er sich wohl nur schwerlich zurechtfinden würde. Fremde Menschen gingen an ihm vorüber, ohne ihn eines Blickes zu würdigen. Wie fühlte Rosaurus sich da einsam und verlassen. Plötzlich aber schien sein Schicksal sich aufzuheitern. Zwei kleine wohlgekleidete Mädchen kamen daher, begleitet von ihrem Kindermädchen. Sie hatten kleine Ranzen bei sich und schienen in die Schule zu gehen. Augenblicks erkannte Rosaurus Lisi und Amelie, die Freundinnen der Prinzessin, und hoffte, die Stunde seiner Erlösung sei bereits gekommen. So rannte er auf die Kinder zu, schmiegte sich mit einem ausdrucksvollen Katzenbuckel an die Mädchen, die verwundert stehen blieben.

„Ach, das niedliche Kätzchen!“, rief Amelie: „Das sieht ja gerade aus, wie der liebe Rosaurus von Marie.“

„Wie aber sollte der hierherkommen?“, fragte Lisi: „Gewiss schlummert Rosaurus noch gemütlich in seinem Puppenbettchen, oder aber er frühstückt gerade Milch und Biskuit, wohingegen dieses arme Tierchen ziemlich hungrig aussieht.“

„Können wir es nicht mitnehmen? Das Kätzchen schaut uns an, als wolle es unseren Schutz erflehen, Gewiss hat es seinen Herrn und sein Zuhause verloren.“

„Oh nein!“, stöhnte das Kindermädchen entsetzt, das bereits unnötige Zusatzarbeit befürchtete: „Ganz bestimmt gehört es in eines der benachbarten Häuser. Wenn wir das Kätzchen mit uns nähmen, würde man es gewiss bald suchen und wir hätten derart einen Diebstahl begangen!"

„Dann lass uns dem armen Tierchen jetzt wenigstens etwas zu fressen geben. Und wenn es nach Schulschluss immer noch so einsam und verlassen an dieser Stelle sitzt, nehmen wir es mit nach Hause."

So brockten die Kinder etwas Biskuit und Semmel auf einen reinlichen Bordstein, wünschten dem Kätzchen guten Appetit und gingen von dannen.

Für einen kurzen Moment überlegte Rosaurus, was klüger wäre, augenblicks mit den Mädchen mitzugehen, da sie ihn vielleicht zur Prinzessin bringen würden, oder aber sich über die Leckereien herzumachen. Leider nahm sein großer Hunger ihm die Entscheidung ab. Und so stürzte sich Rosaurus gefräßig auf das Biskuit, ohne jedoch diese leckere Mahlzeit beenden zu können. Aus der Ferne ertönte nämlich ein furchtbares Donnern und Krachen, so dass er augenblicks meinte, die ganze Welt würde untergehen. Sein Gemüt beruhigte sich selbst dann nicht, als er den Verursacher dieses Geräusches erblickte. Es war nämlich ein Ungeheuer, dass da die Straße entlang gesaust kam, vermutlich ein riesiges Tier oder etwas gänzlich anderes. Immerhin hatte es zwei Köpfe, vier glänzende Augen, acht Beine, und außerdem noch vier Räder, welche alle zusammen den ungeheuren Lärm verursachten. Später erfuhr Rosaurus wohl, dass er das erste Mal in seinem Leben eine Kutsche mit zwei Pferden gesehen hatte. Damals aber war er noch ganz unerfahren in der Welt, so dass er in höchster Todesangst vor dem Ungetüm die Flucht ergriff. Ganze hundert Meter wähnte er sich verfolgt, da die

Kutsche zufälligerweise denselben Weg wie er einschlug. Und so lief Rosaurus weiter um sein Leben, bis er endlich in eine Seitenstraße geriet, an welcher der gefährliche Feind vorüber fuhr. Einerseits war das Katerchen froh, das Ungeheuer überlistet zu haben. Anderseits hatte ihn die wilde Flucht sehr weit von der Stelle entfernt, an der Lisi und Amelie ihn wieder zu finden gedachten.

Noch ehe Rosaurus eine neue Entscheidung treffen konnte, kam bereits die nächste Gefahr, ein seltsames vierbeiniges Wesen, auf ihn zugerannt. Rosaurus vermutete diesmal gleich, dass es sich wohl um einen Hund handeln müsste, obgleich er dem Joly in keiner Weise ähnlich sah. Denn das Wesen war mindestens viermal größer, hatte ganz schwarz gelocktes Haar, lange herunterhängende Ohren und kleine schwarze Augen, die unter dichten Haarbüscheln hervor glänzten.

Als der Pudel Kartusch unseren kleinen Rosaurus erblickte, stutzte er für einen kurzen Augenblick, und gab dann vermittels eines heiseren Gebells seine katzenfeindliche Gesinnung zu erkennen. Wieder war Rosaurus unschlüssig, was er nun tun sollte. Konnte er hoffen, mit seinen zarten Krallen dem großen Hund Ehrfurcht einzuflößen, wie er es gegenüber dem kleinen Joly vermochte? Gewiss nicht! Also war wohl Flucht das Geratenste. Ach, der arme Rosaurus. Er wusste nicht, wie schnell der Pudel laufen konnte! Kartusch hatte zwar großen Respekt vor den Krallen der Katzen, aber nicht den geringsten vor ihrem Schwanz. Und als er letzteren sich zugewendet sah, verfolgte er mit freudigem Gebell das arme geängstigte Tier. Rosaurus hörte sein drohendes Schnaufen, Bellen und Knurren immer näher und näher kommen. Der Raum zwischen ihm und seinem Verfolger schwand zusehends. Bereits spürte er den heißen Atem des ungeheuren Pudels und glaubte, zwischen dessen scharfen Zähnen sein junges Leben aushauchen zu müssen, als er plötzlich einen Baum erblickte. Mit einem letzten inneren Aufbäumen sammelte er seine schwindenden Kräfte und sprang den Stamm hinauf. Nur ein kleines Stück seines Schwänzchens blieb in Kartuschs scharfen Zähnen zurück. Dies tat zwar schrecklich weh und blutete. Aber Rosaurus' kostbares Leben war gerettet. Hohnlächelnd pustend blickte unser Katerchen auf den wütend bellenden Kartusch herab, der sich nicht abfinden wollte, dass seine Beute ihm entkommen war. Erst der energische Pfiff seines Herrchens ließ Kartusch vom Baum verschwinden.

„Konnte der nicht eher pfeifen?“, seufzte Rosaurus betrübt. In seiner Unschuld wusste er nicht, dass es Menschen wie des Pudels Herrchen gab, die Freude daran fanden arme Katzen zu jagen. Traurig leckte Rosaurus seinen blutenden Schwanz. Oh weh, welch ein Unglück! Sein Stolz, seine ganze Freude, dieses herrlichste Glied seines Körpers, das jedem Kater eine Ähnlichkeit mit den Kometen des Himmels schenkte! Ach, es war verstümmelt.

„Auf ewig geschändet!“, stöhnte Rosaurus verzweifelt in die rauschenden Blätter der Linde und überließ sich klagend seinen Schmerzen.

Dieses herzzerreißende Miauen vernahm eine muntere Schar übermütiger Jungen, die soeben aus der Schule kamen. Schon griffen sie nach Steinen und warfen nach dem armen Rosaurus. Dieser wusste überhaupt nicht wie ihm geschah und was er verbrochen haben sollte, dass die Kinder so grausam zu ihm waren. Immer höher und höher flüchtete er in die dichtesten Zweige, zog sich hinter die verschlungensten Äste zurück, um sich vor den von allen Seiten einschlagenden Wurfgeschossen zu schützen. Endlich entschloss sich ein besonders kühner Bursche den Baum hinaufzuklettern. Alle jubelten, der Steinregen war zu Ende, und die Jungen blickten neugierig und mit reger Teilnahme dem Kletternden nach.

Rosaurus hatte sich bereits in die äußersten Spitzen der höchsten Äste zurückgezogen, von wo die kleinen Vöglein mit einem ängstlichen Piep Piep erschrocken flohen. Da er sehr leicht war, trug ihn auch das dünnste Zweiglein. Doch der Junge kam immer näher und da er Rosaurus selbst nicht zu packen vermochte, ergriff er den Ast, auf dessen äußerster Spitze das verängstigte Tier sich festklammerte, schüttelte ihn dermaßen stark, dass unser armes Katerchen sich nicht länger halten konnte. Aus schwindelnder Höhe stürzte Rosaurus herab unter dem lauten Jubelruf der bösen Jungen.

Jedes andere unbeflügelte Tier hätte sich zweifellos den Hals gebrochen. Da die Katzen jedoch die große Geschicklichkeit haben, immer auf den Beinen zu landen, überlebte auch Rosaurus den heftigen Sturz glücklich. Seine Pfoten waren freilich arg geprellt und hätten der Ruhe und Pflege auf einem weichen Bettchen bedurft. Aber in dieser blutrünstigen Umgebung konnte er nicht verweilen. Und so ergriff er unter erneutem Steinregen die Flucht. Als er sich nach mehreren überquerten Gassen endlich in Sicherheit glaubte, fühlte er sich plötzlich von einer kräftigen Hand gepackt und eine wohlbekannte Stimme rief. „Du gehörst mir, Spitzbube!"

Oh Schreck, es war niemand anders als Wilhelm, der in der Hoffnung, dem Löwen zwei Kätzchen als Leckerbissen bringen zu können, die Jagd auf Rosaurus im Baum eröffnet hatte. Erst zu Hause, als er von Rosaurus' Flucht erfuhr, musste er einsehen, dass er mit dem armen, verstümmelten Kätzchen Rosaurus nun zum zweiten Mal gefangen hatte. Darauf gab es ein großes Spektakel, Wilhelm beschimpfte und schlug Hannchen, weil sie Rosaurus hatte fliehen lassen, bis die von der Schule nach Hause kommende Dorte ihr endlich zu Hilfe eilte.

Am Nachmittag sah Wilhelm ganz anders aus als am Morgen, da er sich sorgsam gewaschen und gekämmt, eine wohlgeflickte Sonntagsjacke angetan, die verschossenen Hosen stramm gezogen, die Strümpfe in die Höhe gebunden und die Schuhe geschwärzt hatte.

„Jetzt bin ich ein schmucker Mensch und jeder wird mir Vertrauen schenken. Ja, ich glaube, dass selbst der Löwe mich gerne verspeisen würde, wenn er könnte", lachte Wilhelm, steckte Rosaurus in seine Jackentasche und ab ging es zu dem Wanderzoo.

Gerade wurde das Zootor geöffnet. Viele Buden mit Sehenswürdigkeiten waren ringsum aufgeschlagen. Da gab es Wachsfiguren, Panoramen, Seiltänzer, Taschenspieler, Marionetten und Essbuden, in denen die herrlichsten Leckerbissen lagen. Da zischten und dampften die Pasteten, dort gab es Kuchen, Torten, Früchte. Rosaurus verspürte großen Appetit, der ihm in dem dichten Gedränge aber sogleich wieder verging. Denn Wilhelm war aus gutem Grund immer da, wo es am dichtesten war. So wanderten schon in den ersten Minuten viele gestohlene Sachen in seine Taschen. Die meisten

Leute ließen es sich wohl schmecken. Einige aber standen traurig umher, da sie kein Geld zum Kaufen besaßen. Dies waren die Armen, zu denen auch Wilhelm gehörte. Der aber wusste, dass er sich noch vor dem Abend durch seine Gaunereien ein Stück Kuchen verschaffen würde. Und mit diesem Vorsatz begann er den Zoodirektor zu suchen.

Dieser war leicht zu finden, da auf seinen Schultern Papageien schrieen, um seine Beine Affen in wunderlichen Sprüngen tanzten und eine ganze Menschenmenge sich um ihn geschart hatte. Wilhelm hielt dem Zoodirektor sein Katerchen vor die Nase und bot es als Löwenfutter zum Verkauf an.

„Puh, das ist ein rechtes Futter", zischte der Mann in verächtlichem Ton: „Das Tierchen füllt ja kaum einen hohlen Zahn meiner Löwin. Doch um des Spaßes willen nehm ich Dir den Kater ab. Da hast Du einen Groschen. Und wenn Du sehen willst, wie er gefressen wird, so kannst Du in einer Stunde wieder kommen. Da ist Fütterung. Ich werde Dich ohne Bezahlung einlassen."

In dem Moment, da der Zoodirektor nach dem armen Rosaurus griff, begriff dieser, dass nichts Gutes auf ihn wartete. Jedoch vermochte er sein instinktives Unbehagen noch nicht in klare Gedanken zu fassen. So harrte er nur beklommen und halb erstarrt vor Angst, was da kommen würde.

Wilhelm hingegen lief mit seinem Blutgroschen fröhlich zur Kuchenbude, um dort das kostbare Leben des armen kleinen Rosaurus gegen den flüchtigen Genuss eines billigen Stück Kuchens einzutauschen. Das einzige, an was Wilhelm dachte, waren die Worte seines Vaters, der ihm befohlen hatte, alles Geld nach Hause zu bringen.

„Da müsste ich doch ein rechter Narr sein", lachte er, kaufte ein Stück Streuselkuchen, und verzehrte es gemütlich vor den Augen seiner neidischen Schulkameraden. Trotz dieses schlimmen Verrats und der schrecklichen Mordtat, die Wilhelm soeben begangen hatte, schien die Sonne noch genauso hell wie zuvor, lachten die Menschen noch immer einfältig in den Tag hinein. Nur ein armes Mütterchen, welches die gesamte Szene vom Verkauf des armen Kätzchens bis zum Kuchenkauf unauffällig mit beobachtet hatte, flüsterte leise:

„Wer jetzt die Tierlein liebt,
Wird einst auch die Menschen lieben,
Wer jetzt die Tierlein quält,
Wird einst die Menschen auch betrüben."

Die Riesenkatze und des Rosaurus wundersame Errettung

Als Wilhelm zum Zoo zurückkam, vernahm er bereits ein lautes Brüllen. Auf dem Vorplatz lagen große Fleischstücken, die gerade an die Raubtiere verteilt wurden. Wilhelm weidete sich an der Fressbegierde der Tiger, Leoparden und Löwen, an deren scharfen Zähnen und an den wilden Tönen, die sie dabei ausstießen. Denn er dachte bereits hämisch an das Katerchen, das binnen weniger Minuten bei lebendigem Leibe von den Raubtieren zerrissen werden würde. Ja, Wilhelm war wirklich ein sehr böser Junge, der aus irgendeinem Grund große Freude am Leid anderer Wesen empfand.

Rosaurus zitterte am ganzen Leibe, als der Zoodirektor sich mit ihm den großen Raubtieren näherte. Und urplötzlich durchzuckte ihn wie ein Messerstich die Erkenntnis, dass er diesen Bestien geopfert werden sollte. Dieser unendliche Schreck führte augenblicks dazu, dass Rosaurus sein Wasser nicht mehr halten kannte. Alle Leute lachten über die Todesangst des kleinen Kerls! Nicht einer der Anwesenden fühlte Mitleid mit dem armen kleinen Kreatur! Und niemand eilte Rosaurus zu Hilfe! So warf der Zoodirektor das sich heftig sträubende Katerchen in den Löwenkäfig. Augenblicks erstarrte Rosaurus, jeden Moment seinen grausamen Tod erwartend.

Wilhelm konnte kaum erwarten, wie die Löwin den armen Rosaurus mit ihrer Riesentatze zerfetzen würde. Doch da erschien wie aus dem Nichts wieder das alte Mütterchen, blitzte Wilhelm mit ihren dunklen Augen scharf an, säuselte ein paar Worte, warf ein Kräutlein in die Luft. Und im selben Augenblick blieb die Löwin urplötzlich stehen, blickte verwundert auf Frau und Katerchen, schüttelte dreimal sein gewaltiges Haupt und legte sich schließlich schläfrig in eine Ecke des Käfigs.

Dem Zoodirektor gefiel diese Szene ganz und gar nicht, da er doch seinen Gästen auf Rosaurus' Kosten ein blutiges Schauspiel hatte liefern wollen. Und so stellte er sich breitbeinig vor die Leute hin, fing mit lauter Stimme von der angeblichen Grausamkeit und Blutrünstigkeit seiner Löwin zu erzählen an, dabei hoffend, dass diese es sich noch anders überlegen würde:

„Sie sehen hier, meine Herrschaften, eine große Löwin aus Bengalen. Sie ist 9 Fuß lang und 5 Fuß hoch und damit eine der größten, die man je in Europa gesehen hat. Ihre prächtige Gestalt, ihr fester Blick, ihr stolzer Gang, ihr furchtbares Gebrüll und ihre großen Sprünge zeugen von ihrer ungeheuren Kraft. Allein durch das Schlagen ihres Schweifes vermag sie einen ausgewachsenen Ochsen zu Boden zu werfen. Mit einem ungeheuren Sprung fällt sie über ihr Opfer her, schlägt ihre Krallen tief in dessen Seiten und mit ihren Zähnen zerbricht sie den Schädel. Gerät die Löwin unter eine Herde, so tötet sie alles, was sie zu greifen bekommt, selbst wenn sie gesättigt ist ..."

Bereits zu Beginn des Vortrages fingen einige der Besucher leise zu kichern an, zeigten verstohlen mit den Fingern nach dem Käfig, was den Direktor mächtig verunsicherte. Und gar bald lachte die gesamte Runde. Verwundert drehte sich der grausame Mann nach seiner Löwin um, und erstarrte über das was er zu sehen bekam.

Als Rosaurus nämlich bemerkt hatte, dass die Löwin nicht die geringste Absicht ihn zu töten hegte, hatte er alsbald alle Angst verloren und leckte an dem Fleisch, welches die Löwin zur Mahlzeit erhielt. Das arme Katerchen war in der Tat sehr hungrig, da es seit über 24 Stunden nichts gegessen und getrunken hatte. Die Löwin erlaubte sogar, dass Rosaurus ein kleines Stückchen fraß. Und als er gesättigt war, zeigte er Lust, mit dem Schweif der Königin der Tiere zu spielen, ganz so als ob es sich nur um die lustigen Schleifchen von Mademoiselle Gogos Mütze handele.

In dem Moment aber, da sich der Zoodirektor gerade umdrehte, hatte doch die schreckliche Löwin tatsächlich den kleinen Rosaurus bereits sanft in ihre mächtigen Pfoten genommen, um ihm wie eine zärtlich liebende Mutter das zerzauste Fell glatt zu lecken.

Voller Wut griff der Direktor nach einer langen Eisenstange, um mit dieser dem armen bereits zum Sterben verurteilten Rosaurus den Todesstoß zu versetzen. Doch dies war

genau der Moment, da die Prinzessin Marie mit Mademoiselle Gogo zufälligerweise vor den Löwenkäfig trat. Augenblicks stieß sie einen lauten Schrei der Überraschung und des Entsetzens aus, da sie auf den ersten Blick ihren lieben Rosaurus erkannt hatte, stürzte sich voller Empörung auf den grausamen Mann, um ihn mit ihren kleinen Fäustchen zu traktieren.

Doch dies war gar nicht notwendig: Als die Löwin nämlich den Angriff des Zoodirektors auf Rosaurus bemerkte, erblühte ihr Mutterinstinkt augenblicks zu voller Größe. Mit ihrer riesigen Pranke schleuderte sie den Spieß dermaßen heftig zurück, dass der Direktor hoch in die Luft geschleudert wurde und auf einem mehrere Meter entfernten Kuchenbüfett landete.

Die Folgen der bösen Tat

Mit freudigem Schritt eilte Rosaurus zu seiner kleinen Prinzessin, die ihm am Käfigrand freudig erwartete. Und wohl an die zehn Minuten kuschelten, streichelten und herzten sich die beiden wiedergefundenen Freunde.

Mademoiselle Gogo hatte währenddessen den Zoodirektor bereits ins Kreuzverhör genommen, um zu erfahren, wie er denn zu dem Katerchen gekommen sei? Als der erzählte, dass er es einem unbekannten Knaben abgekauft habe, welcher eben noch hier gewesen sei, begannen beide sogleich fieberhaft nach ihm zu suchen.

Wilhelm aber war nicht aufzufinden und dies aus gutem Grund. Als er nämlich dem Gespräch über das Katerchen lauschte, wurde ihm ganz bang ums Herz und so kroch er unter einen Tisch, auf dem Papageien standen, und dessen unterer Raum mit einem Vorhang verdeckt war. Durch einen Spalt sah Wilhelm, wie der Zoodirektor sich von Mademoiselle Gogo einen ganzen Taler für Rosaurus geben ließ, während er doch nur einen Groschen für ihn bezahlt hatte. Wilhelm ärgerte sich mächtig, dass er nicht selbst so ein gutes Geschäft getätigt hatte. Doch noch bevor er seinem Unmut Luft machen konnte, wurde ihm plötzlich sehr unheimlich zu Mute. Unter dem Tisch befand sich nämlich ein großer Affe, der den unberufenen Eindringling unvermittelt mit seinen langen Armen derart derb am Halse zu würgen begann, dass Wilhelm zu ersticken glaubte. Und dem nicht genug, saß hinter dem Jungen auch noch ein brütender Pelikan, der ebenfalls entrüstet über die Störung, Wilhelm heftig in den Hintern biss, dass die Hose zerriss und das Blut in Strömen floss. In höchster Not sprang Wilhelm unter dem Tisch hervor. Doch hatte er Glück im Unglück, da er hinter einem sehr dicken Mann zum Stehen kam, der ihn vollständig den Blicken seiner Verfolger entzog.

Da aber das Böse in Wilhelms Herzen nie schlummerte, entging es ihm nicht, dass der dicke Herr eine wohlgefüllte Geldbörse in seiner Hosentasche trug. Flink griff er hinein und zuckte im selben Augenblick mit einem wilden Aufschrei erschrocken zurück. An seinem Finger hatte sich eine armdicke Schlange verbissen, die gar seltsam mit ihren Äugelein blinzelte.

„Huh, die Augen des alten Mütterchens!“, konnte Wilhelm nur noch rufen, da fühlte er sich bereits von einer kräftigen Hand unsanft am Kragen gepackt und in die Lüfte gehoben. Vor lauter Schreck und Schmerzen stieß er erneut einen gellenden Schrei aus, insbesondere da er zugleich in dem dicken Mann den Herrn erkannte, der ihm jüngst den Groschen und die Ohrfeige gegeben hatte. Es war der Polizeipräsident der Stadt:

„Ach, schau einmal an. Das Bürschchen kennen wir ja schon. Ich werde dafür sorgen, dass Du so bald nicht wieder ahnungslose Leute bestehlen wirst, alter Spitzbube!“

Das ganze Publikum, auch die Prinzessin, war aufmerksam auf den schreienden Knaben geworden, der unerklärlicherweise statt der Schlange für alle sichtbar plötzlich die Geldbörse des Polizeipräsidenten in den Händen hielt. Und als der Zoodirektor den Passanten erzählte, dass dieser Junge ihm Rosaurus als Leckerbissen für seine Löwin verkauft habe, durchsuchten die Leute wütend Wilhelms Taschen und fanden eine Menge gestohlener Gegenstände darinnen.

„Werft ihn ins Gefängnis“, rief die Menge. „Der Strauchdieb gehört eingesperrt!“

Der Polizeipräsident jedoch runzelte nachdenklich die Stirn. Dann sprach er bedächtig und mit tiefer Stimme: „Dies soll in meinem Haus geschehen. Ich will dem Knaben noch eine letzte Chance geben, ihn bei mir versorgen und ihm etwas vom Leben beibringen. Seine Eltern taugen gewiss nicht viel, sonst wäre der Junge nicht so durchtrieben.“

So wurde denn Wilhelm fortgebracht, während die kleine Prinzessin sich mit ihrem lieben Rosaurus überglücklich nach Hause begab und sich auf dem Weg vornahm, ihrem

Katerchen das Leben noch viel angenehmer zu machen als zuvor.

Marie konnte sich allerdings nicht im Geringsten erklären, wie er in die Hände des bösen Jungen geraten sei. Erst als Mademoiselle Gogo nähere Erkundigungen einzog, und man nach der Beschreibung Wilhelms, dessen Eltern und bei diesen das samtgrüne Handköfferchen fand, wurde klar, dass Maries Freundin Jenny hinter dem Verschwinden des armen Katers Rosaurus steckte. Obwohl die kleine Prinzessin mit ihrem guten Herzen augenblicks bereit war, ihrer Freundin zu verzeihen, wenn sie denn ihre schlimme Tat bereuen würde, verbot Maries Vater, der Herzog, Jenny, jemals wieder sein Schloss zu betreten. Dies war eine große Strafe und Schande für das kleine Mädchen. Doch wissen wir nicht, ob diese unangenehme Erfahrung wirklich dazu führte, dass sich Jennys Wesen besserte.

Zumindest für Wilhelm wurden aber das gute Herz und die Bemühungen des Polizeipräsidenten eine heilsame Erfahrung. Und als der Präsident eines Tages bei einem Spaziergang im Park der kleinen Prinzessin begegnete, und diese fragte, was denn der kleine böse Junge täte, antwortete der Direktor doch tatsächlich: „Er ist kein böser Junge mehr. Und es würde auch gar keine bösen Jungen in der Welt geben, wenn die Eltern nicht böse wären.“

Das große Abenteuer im Wald

Seit diesem denkwürdigen Erlebnis im Zoo besuchte die Prinzessin täglich die Löwin und brachte mindestens eine Stunde bei ihr zu. Sie war dem Tier so unendlich dankbar, dass es ihr Katerchen nicht gefressen hatte. Jedes Mal hatte sie einige Leckereien für die Löwin mit, die sie ihr ohne Furcht mit der Hand durchs Gitter reichte. Das verwunderte die Löwin sehr, da der Zoodirektor das Fleisch nur mit einem eisernen Haken gab und es ihr immer wieder entzog, um sie recht böse zu machen, und den Zuschauern ein Beispiel ihrer angeblich bestialischen Wut zu geben. Schon bald mochte die Löwin ihre kleine Wohltäterin von ganzem Herzen, insbesondere da sie in ihr die Freundin des kleinen Rosaurus erkannte, den die Prinzessin jedes Mal auf ihrer Schulter mitbrachte, und den auch die Löwin sehr liebte. Wenn Marie und Rosaurus eintrafen, legte sich die Löwin immer ganz sanftmütig vor dem Gitter nieder und empfing dankbar ihr Geschenk. Nach der Mahlzeit pflegte sie dann gemeinsam mit Rosaurus um die Wette zu schnurren, der gewöhnlich in den Armen der Löwin lag.

Im Sommer bewohnte die Prinzessin mit Rosaurus, ihrer besten Freundin Lisi und dem Hündchen Joly ein Lustschlösschen in einer kleinen Entfernung von der Stadt. Dort durfte sie den ganzen Tag lustig herumspringen und es gab keine Schulstunden. Das Schlösschen war von einem hübschen Garten umgeben und an den Garten grenzte ein kleiner Wald. Die Kinder durften sich darin nach Belieben ergehen und erfreuten sich des idyllischen Landlebens, indem sie Blumen suchten, Kränze banden oder Seifenblasen machten. Letztere unterhielten besonders Rosaurus und

Joly aufs Beste, die immer danach haschten und sich sehr verwunderten, wenn diese unter ihren Pfötchen im Nichts zerplatzten. Glücklicherweise vertrugen sich die beiden Tiere viel besser als am Anfang, was wohl zum einen an Rosaurus' verbesserten Manieren lag. Noch mehr aber trug ein Vorfall dazu bei, mit dem Rosaurus ein für alle mal die unverbrüchliche Freundschaft Jolys errungen hatte. Der bösartige Pudel Kartusch, von dem wir bereits früher berichteten, hatte sich eines Tages von seiner Leine losgerissen, war unvermittelt in den Hofgarten des Schlosses eingedrungen und sogleich auf den armen schlafenden Joly gestürzt. Noch während Jolys Kopf im Maule des schrecklichen Pudels hing, kam Rosaurus dazu. Und da er wegen seiner abgebissenen Schwanzspitze sowieso noch eine Rechnung mit Kartusch offen hatte, sprang er todesmutig von der Gartenmauer auf den Rücken des Pudels, und kämmte mit seinen scharfen Krallen derartig heftig dessen Kopf, dass Kartusch den kleinen Joly augenblicks fallen ließ und blutüberströmt das Weite suchte. Seitdem schaute Joly respektvoll und liebevoll auf Rosaurus und versuchte auf alle erdenkliche Weise ihm seine Freundschaft zu beweisen.

Eines Tages saß die Prinzessin mit ihrer Freundin Lisi und Mademoiselle Gogo am Rand des Wäldchens auf dem weichen Rasen und flocht Kränze. Rosaurus machte gerade ein Mittagsschläfchen, während Joly neugierig schnuppernd einer imaginären Spur im Grase folgte, als er plötzlich laut zu bellen begann. Alle drehten sich erschrocken nach ihm um, und staunten nicht wenig, als drei wunderliche Wesen unter dem nahen Gestrüpp hervorgekrochen kamen. Es waren drei Affen. Die Affenmutter trug ihr Kleines, welches krank zu sein schien. Zutraulich nahten sich die Tiere den Kindern und hielten ihre Hände hin, damit diese ihnen etwas zu essen gaben. An dieser Geste erkannte Marie, dass es sich um die zahmen Affen aus dem Zoo handelte, dem sie gewiss entflohen waren. Mademoiselle Gogo ließ sogleich Milch und Semmeln für die Affen bringen und die Kinder verfütterten ihre Äpfel und Nüsse an die ausgehungerten Tiere. Von diesem Tage an blieben die Affen als ständige Gäste auf dem Lustschlösschen. Und da die Prinzessin es nicht leiden mochte, wenn Tiere eingesperrt wurden, durften die Affen sich überall frei bewegen, was zu vielen lustigen Vorfällen führte, die Bediensteten aber manches Mal fast in den Wahnsinn trieb.

Natürlich beschäftigten sich alle, insbesondere die Kinder, mit endlosen Spekulationen, wie denn die Affen hätten fliehen können, allerdings ohne eine sinnvolle Erklärung dafür zu finden. Während Marie und Lisi, begleitet von Joly und Rosaurus, wieder einmal bei diesen Gedanken durch den Wald wandelten, vernahmen sie plötzlich ein ungewohntes Knistern im Dickicht. Die Zweige bogen sich und knickten, Rosaurus spitzte die Ohren, Joly jedoch zog den Schwanz ein und floh eilends zum Schloss. Den Kindern wurde ganz unheimlich zu Mute. Sie wussten nicht warum, und doch blieben sie stehen und blickten regungslos nach der Stelle, woher das Geräusch kam.

Aber welch ein Schreck durchrieselte ihre Glieder, als das Gebüsch sich teilte und ein riesiger Löwe hervortrat. Sehr feierlich und behutsam blickte er um sich, und schritt mit wahrhaft majestätischem Anstand auf die Kinder zu. Beiden schlug das Herz heftig und Lisi war so erschrocken, dass sie

mit einem kleinen Schrei in Ohnmacht fiel. Nur die kleine Prinzessin verlor nicht ihre Geistesgegenwart und vertraute auf das Gute in dem wilden Tier. Erst als Rosaurus freudig auf die Bestie zusprang, erkannte Marie ihre gute Bekannte, die Löwin aus dem Zoo. Diese kam näher und näher, und sah gar nicht grimmig aus, sondern wedelte freundlich mit dem Schweif. Dann legte sie sich, als sei es das Normalste von der Welt, vor der kleinen Prinzessin nieder. Diese nahm ihren ganzen Mut zusammen, schaute der Löwin freundlich in die Augen und sprach ein paar Worte, wie sie es getan hatte, wenn sie ihr die Leckerbissen in den Käfig brachte. Erst als sie der Löwin mit der Hand sanft über das Haupt fuhr, bemerkte sie verwundert, dass das Tier völlig durchgeschwitzt war, als ob es schon eine lange Strecke gerannt sei. Die Erklärung dafür folgte auf dem Fuße. Plötzlich vernahm die Prinzessin Hundegebell im Gebüsch und menschliche Tritte. Die Löwin horchte, sprang erschrocken auf. Doch zu spät, schon kamen die Jäger aus dem Wald und legten ihre Gewehre an.

Die Prinzessin schrie laut: „Nein, nicht ...!", warf sich schützend vor die Löwin, ein lauter Schuss krachte und traf die Löwin am Ohr.

Völlig außer sich schrie die Prinzessin: „Verschwindet ihr Mörder, mein Vater wird euch alle verhaften!"

Und Rosaurus, so klein und machtlos er gegenüber den Jägern und wilden Hunden auch war, stellte sich schützend vor seine Herrin und die Löwin, machte seinen allerbesten Buckel und fauchte den bewaffneten Männern wütend ins Gesicht.

Die Jagdgesellschaft stutzte, man rief die Hunde zurück und niemand wagte mehr, sich Marie und der Löwin zu nähern. Diesen kurzen Überraschungsmoment nutzte die Prinzessin, legte der Löwin schützend die Hand auf den Rücken, und schritt, gefolgt von der inzwischen aufgewachten Lisi und dem mutigen Rosaurus, zügig dem nahen Schloss entgegen. Dort brachte sie die Löwin erst einmal im Schlossgraben in Sicherheit, der einst wilde Bären beherbergt hatte, schloss die Gittertür und instruierte Mademoiselle Gogo und die Bediensteten, dass zusätzlich zu den Affen nun auch die Löwin bei ihnen wohnen würde. Den ganzen Abend verbrachte Marie bei der Löwin, die ihr den Freundschaftsdienst mit unaufhörlichem Schnurren vergalt.

Wie hatte nun aber auch die große Löwin ihren Käfig durchbrechen und in den Wald gelangen können? Am nächsten Tag kam Maries Vater, der Herzog, persönlich bei ihr vorbei, da seine Jäger ihm von dem außergewöhnlichen Rettungsunternehmen seiner Tochter berichtet hatten. Und von ihm erfuhr die Prinzessin endlich, was im Zoo vorgefallen war. Schon vor einigen Tagen hatte das Bratwurstfeuer des Nachts einige Buden und dann den gesamten Zoo in Brand gesteckt. Das trockene Holz des Gerüstes hatte rasch die Flammen verbreitet, welche allen Löschungsversuchen des Zoodirektors trotzten. Die Tiere stießen die schrecklichsten Töne aus, liefen angsterfüllt in ihren Käfigen umher. Die Papageien schlugen mit den Flügeln, die Affen sprangen auf und nieder und jammerten wie kleine Kinder. Aber die Raubtiere waren fürchterlich. Der Tiger fletschte die Zähne, als wolle er das feindliche Element auffressen. Der Eisbär sprang trostlos in seinem Gefängnis hin und her, die Hitze erschien ihm unerträglich. Und als sein schöner weißer Pelz bereits Feuer fing, da meinte er, sein letztes Stündlein habe geschlagen. Doch da kam plötzlich Wilhelm angerannt, der in dieser Nacht seltsamerweise nicht hatte schlafen können. Als er die erbarmungswürdigen Schreie der Tiere vernahm, ahnte er schon, was gerade passierte. Geschickt und mutig wie er war, stürzte er sich mitten in das Flammenmeer, öffnete einen Käfig nach dem anderen und befreite so in nur wenigen Minuten sämtliche Tiere, die derart alle gerettet, verschreckt das Weite suchten.

Am nächsten Tag lief der Zoodirektor zum Polizeipräsidenten und forderte, dass dieser seine Tiere wieder einfangen und Wilhelm hart bestrafen solle. Seinen gesamten Zoo hätte der böse Junge freigelassen und damit seinen Besitz vernichtet. Doch da brach ein Donnerwetter über den überraschten Zoodirektor herein:

„Warum hast Du das Feuer unbeaufsichtigt brennen lassen und keine Schutzmaßnahmen für Deine Tiere ergriffen? Du kannst von Glück reden, dass der gute Wilhelm all Deine Tiere heldenhaft gerettet hat. Denn wären sie verbrannt, würde ich Dich wegen fahrlässiger Tötung auf der Stelle ins Gefängnis stecken."

Eingeschüchtert zog der Zoodirektor wie ein begossener Pudel von dannen. Leider nur hatte er in der Folge beim Herzog mehr Glück mit seinen Beschwerden, denn er erzählte ihm, wie gefährlich seine Raubtiere angeblich seien. Aus diesem Grund hatte Maries Vater seine Jäger zum Töten der Löwin ausgeschickt.

Kater Rosaurus will König der Wälder werden

Wenn Rosaurus bei seiner Freundin der Löwin saß, und ihren gewaltigen Körper betrachtete, so kamen ihm oft gar wunderliche Gedanken. Da war es ihm, als ob ihr Mut und ihre Kraft auch durch seine Katzenglieder strömten. Gewiss war es die entfernte Verwandtschaft, die der Hauskater Rosaurus mit der Wildkatze instinktiv verspürte. Und so bekam er Lust, auch ein König der Wälder zu werden.

„Ach je, ich verbringe hier meine Tage in Müßiggang", sagte Rosaurus zu sich selbst: „Wenn ich durch meine Sprünge die Prinzessin und ihre Freundinnen unterhalte, so habe ich bereits meine täglichen Aufgaben vollbracht. In der Tat führe ich ein wahres Schlaraffenleben. Mir fliegen die gebratenen Tauben in den Mund, während die Natur mir List und Geschicklichkeit verliehen hat, sie lebendig zu fangen. Ich hänge ab von den Launen einer kleinen, wenngleich lieben Prinzessin, bin verbannt auf die weichen Teppiche der fürstlichen Zimmer, während die ganze große Welt mir offen steht und Millionen von Mäuse herumlaufen, die eigentlich nur für mich geschaffen sind. Kurz und gut, ich bin ein Sklave und könnte so gut frei und vergnügt im Walde wohnen wie alle anderen Tiere. Doch stattdessen muss ich allein die Fesseln tragen und werde an einem rosa Atlasband gehalten. Nein, das kann nicht länger so weitergehen! Bin ich auch noch nicht ein ganz großer ausgewachsener Kater, fühle ich dennoch bereits Kraft und Mut genug, um meine goldenen Fesseln zu zersprengen und mich selbst zu ernähren. Ja, ich will ein freier Kater sein!"

Durch diese und ähnliche philosophische Betrachtungen brannte Rosaurus darauf, bei einer günstigen Gelegenheit aus dem Lustschloss zu entfliehen, die sich auch leicht fand, da er ja jederzeit überall hingehen konnte, wo er wollte. Dass er es dennoch nicht getan hatte, lag allein an seiner Bequemlichkeit und Leckermäuligkeit, die er gern sofort am Objekt befriedigte, wohingegen seine philosophischen Betrachtungen immer nur trockene Theorie waren.

Eines Morgens aber war es dann doch soweit. Das Fenster von Maries Schlafzimmer stand offen. Und noch während die Prinzessin in ihren Träumen gefangen lag, sprang Rosaurus mutig in den Garten und eilte aus Furcht, bald wieder eingefangen zu werden, durch die Hecken und Zäune in den allertiefsten Wald. Noch hatte er kein Frühstück genossen und freute sich, dasselbe zum ersten Mal in seinem Leben sich selbst zu erwerben. In den Gipfeln der Bäume erblickte er etliche Nester. Das Wasser lief ihm bereits im Munde zusammen beim Gedanken an die zarten Vögelchen, die er fressen wollte. Aber ach! Als er die Bäume erkletterte, fand er die Nester leer. Die Brutzeit war schon längst vorüber. Nachdem er verschiedene Male auf ähnliche Weise getäuscht worden war, gedachte er lieber den Mäusen nachzustellen. Da er sehr wenig vom Wald wusste, und also auch nicht die mäusereichen Distrikte kannte, hielt es für das Beste, sich an Ort und Stelle auf die Lauer zu legen. Es war des Nachts ein starker Tau gefallen und Rosaurus hatte ganz nasse Füße. Also suchte er ganz in der Nähe ein trockenes Plätzchen unter einem großen Baum, wo mehrere Mäuselöcher ihm einige Hoffnung auf die Erfüllung seiner Wünsche eröffneten. Da aber nichts geschah, dachte Rosaurus, dass er die leere Zeit nicht vergeuden, sondern lieber seine Morgentoilette vornehmen sollte. Und so leckte er seine Pfötchen, putzte sich das Kinn, und brachte sein dickes Fell zum Glänzen.

Noch während dieser Beschäftigung hörte er plötzlich neben sich etwas rascheln. ‚Ah endlich, eine Maus', dachte Rosaurus. Aber nein, es war ein Wiesel. Gelb der Rücken und weiß die Brust, zierlich der Bau. Beide Tiere waren neugierig aufeinander und freuten sich, Bekanntschaft miteinander zu machen.

„Lieber Freund", sagte das Wiesel: „Wenn Du mich magst, so entferne Dich von hier. Wir befinden uns in meinem Mäuserevier. Ich habe noch nicht gefrühstückt und wenn mein Wild Dich so schön schnurren hört, da bleibt es in den Höhlen."

Rosaurus war sehr verwundert, da er gemeint hatte, dass alle Mäuse nur für ihn geschaffen seien, und er überdies ein geschickter Jäger wäre. Schnell eilte er nach einem andern Platz. Die Sonne hatte den Tau getrocknet und Rosaurus schlich im zarten Grase so leise und weich einher, wie auf dem fürstlichen Teppich. ‚Hier ist mir das Glück bestimmt hold', dachte er. Da bemerkte er plötzlich ein wunderliches rundes, ganz mit Stacheln bedecktes Geschöpf, welches einen sehr kleinen Kopf und sehr kurze Füße besaß. Es war ein Igel.

„Was willst Du hier?", fragte derselbe mit sanfter Stimme: „Du weißt wohl nicht, dass Du hier in meinem Mäuserevier bist. Habe also die Güte, Dich zu entfernen, denn mich hungert sehr. Schon den ganzen Morgen laure ich vergebens auf ein Frühstück."

Rosaurus eilte weiter. Er war sehr hungrig. An einem Berghang hoffte er Schutz vor den heißen Strahlen der Sonne und eine Maus zu finden. Kaum dort angelangt aber vernahm er eine tiefe grobe Stimme, welche aus einer Höhle hervor tönte. Und kurz darauf ließ sich bereits die mit scharfen Zähnen versehene Schnauze eines Fuchses sehen.

„Mach, dass Du fort kommst, mauselustiger Gesell. Das Mäusenest in der Nähe habe ich nicht für Dich so lange aufgespart. Sollte ich keine Maus erwischen, so werd ich Dich fressen. Auch wenn Du nur ein Kater bist, sollst Du mir nicht übel schmecken. Denn der Hunger ist der beste Koch!“

Betrübt schlich Rosaurus von dannen. Er, der gemeint hatte, die Mäuse wären nur für die Katzen geschaffen, fand nun, dass noch viele andere Tiere auf diese Speise angewiesen waren. Sein Mut und Freiheitsdurst sanken immer mehr. Als er sich müde auf einen Baumstamm setzte, vernahm er ein klägliches Schreien. Ein Sperber hatte eine Maus gefangen und verzehrte dieselbe auf einem benachbarten Zweig.

Der Abend brach herein und Rosaurus hatte noch immer einen leeren Magen. Dichte Wolken verhüllten den glänzenden Mond und die Sterne. Von Ferne ließ sich im Dunkeln ein bedrohliches Donnern vernehmen, weshalb Rosaurus Unterschlupf in dem verfallenen Gewölbe eines alten Turmes suchte.

‚Vielleicht läuft mir hier ein Mäuschen über den Weg, welches wie ich Schutz sucht?‘ So dachte Rosaurus und sollte abermals getäuscht werden. Eine große Eule hatte ebenfalls im Turm ihr Nest aufgeschlagen und Rosaurus fühlte plötzlich ihren krummen Schnabel auf seinem Rücken. Die Eulen hassen die Katzen von Natur, weil sie von Mäusen leben, wie sie selbst. Diese hier aber hatte obendrein auch noch Junge, denen Rosaurus gefährlich werden konnte.

Erschrocken eilte der arme Kater erneut in die dunkle Nacht. Die Eule hatte ihm eine tiefe, schmerzende Wunde beigefügt. Der Regen strömte herab, Rosaurus befand sich mutterseelenallein auf freiem Feld, und fühlte sich unglücklich wie nie zuvor in seinem Leben. Was nur war aus seinen großen Träumen von der Freiheit geworden? Er, der ein König der Tiere hatte werden wollen, was war er jetzt? Ein gedemütigter nasser Kater ohne Obdach, ohne Speise, der vielleicht nie mehr nach Hause zurück finden würde. Ach, oh weh. Wie konnte er nur von seiner kleinen Prinzessin davonlaufen, die ihn so sehr liebte und ihm jeden Wunsch von den Augen ablas? Wie war er nur müde! Verzweifelt streckte er sich ins nasse Gras und sein klägliches Miau würde auch die letzten verbliebenen Mäuse noch verscheucht haben, wenn dies nicht der Regen schon getan hätte. Zuletzt verstummte auch dieses erbarmungswürdige Miau. Rosaurus lag erstarrt und ohnmächtig auf dem aufgeweichten Acker und alles Bewusstsein war von ihm geschwunden. Armer Rosaurus! Was für ein schreckliches Ende für ein so edles und ehrgeiziges Streben ...!

Die Nacht war vorüber, der Regen hatte aufgehört, die Sonne ging auf, die Vögel zwitscherten, die Regenwürmer krochen aus dem Boden, die Feldmäuschen streckten ihre spitzigen Näschen aus den Löchern, aber Rosaurus merkte nichts mehr davon. Da kam ein kleines Mädchen des Weges. Es war die kleine Dorte, Wilhelms Schwester, die etwas nach dem fürstlichen Lustschloss zu tragen hatte. Verwundert sah sie den kleinen Rosaurus am Wege liegen und erkannte ihn sofort an seinem abgebissenen Schwänzchen. An etwas anderem hätte sie ihn auch gar nicht erkennen können, so hässlich, schmutzig und zerzaust sah er in der matschigen Ackerfurche aus. Mitleidig nahm sie das erstarrte Tier, schmutzig wie es war, in ihren Mantel, wärmte es und trug es dann zur kleinen Prinzessin.

Marie war ganz verzückt, als sie ihren Rosaurus erblickte, da sie sich schon große Sorgen um ihn gemacht hatte. Sie drückte ihn an sich und küsste ihn auf sein kaltes Schnäuzchen. In dem Moment schlug Rosaurus die Augen auf. Ihm war es, als sei er aus einem schweren, dunklen Traum erwacht. Nur der große Hunger, den er fühlte, sagte ihm, dass alles die Wirklichkeit gewesen war. Aber da standen auch schon die warme Milch und der Biskuit auf dem Boden. Und während Rosaurus fraß, wurde seine Wunde ausgewaschen und mit kaltem Rahm benetzt. Dann trug Marie das mutige Katerchen in sein weiches Bettchen und deckte ihn mit warmen Tüchern zu. Sanft schlief Rosaurus ein ...

Als er am Abend erwachte, fühlte er sich neu gestärkt, alle Sehnsucht nach der Freiheit war auf unerklärliche Weise wie die weißen Wölkchen im Sommerwind verflogen. Nichts spürte er mehr von den Gelüsten, ein König der Wälder zu sein, sondern empfand die Annehmlichkeit seiner Hofexistenz mit großem Behagen. Und in diesem tiefsinnigen Moment der Erkenntnis nahm sich Rosaurus vor, diesen urgemütlichen Ort nie mehr freiwillig aufzugeben, die unsichere Mäusejagd nicht mehr höher zu stellen als die Süßigkeiten, die ihm die weiße Hand der Prinzessin stündlich darreichte.

Schlussakkord

Jahre verstrichen. Rosaurus war ein großer dicker Kater geworden. Die niedlichen Sprünge seiner Kindheit und Jugend hatte er eingestellt und schon fast vergessen. Nur selten noch erlaubte er sich einen Spaziergang auf den Dächern des Schlosses. Seine Eltern waren gestorben und seine Geschwister wollten ihn nicht mehr kennen. Denn sie meinten, er habe gar zu feine Manieren angenommen, wollte immer etwas besseres sein, wenn er unter ihnen wäre, und wisse von gar nichts anderem zu erzählen, als von der großen Löwin, seiner besten Freundin, bei der er täglich viele Stunden des Tages zubrachte. Dagegen machte Rosaurus eine verächtliche Miene, wenn seine Geschwister von ihren Mäuse- und Rattenabenteuern im Keller berichteten. Ja, er schien in der Tat die wichtigsten Ereignisse ihres Lebens für höchst kleinlich und unbedeutend zu halten. Und bei ihren schönsten Katzenkonzerten schlief Rosaurus sogar ein oder aber schnurrte dermaßen laut, dass auch der kräftigste Katzenbass kaum mehr zu vernehmen war. Aus all diesen Gründen wurde Rosaurus nicht mehr eingeladen. Und wenn seine Verwandten ihn trotz alledem noch immer mit einiger Höflichkeit behandelten, so geschah dies nur, weil sie vermuteten, dass er große Schätze an Knochen, Zucker und Biskuit besäße, die er ihnen einmal preisgeben und verschenken könne.

Die Prinzessin Marie war groß geworden, bereits 16 Jahre alt und ein wunderschönes Mädchen, nach dem alle Jungen der Stadt den Kopf umdrehten und sich tagein tagaus voll Sehnsucht verzehrten. Doch trotz der vielen Jahre, die vergangen und der vielen Dinge, die geschehen waren, hielt

Marie ihrem altgewordenen Rosaurus wie gehabt die Treue, wie auch er es ihr gegenüber immer tat.

Das Hündchen Joly hatte trotz seines hohen Alters seine Lebendigkeit nicht verloren, und war der Einzige, der seinen alten Freund Rosaurus das ein oder andere Mal noch zu einem Ausflug in den weiten Park oder in die nahen Felder verleiten konnte.

Mademoiselle Gogo hatte schon bald nach Rosaurus' Rückkehr von seiner Flucht aus dem Schlosse den ersten Geiger des Hoforchesters geheiratet und deshalb einem anderen Kindermädchen den Platz eingeräumt. Rosaurus besuchte Mademoiselle Gogo sehr gern und oft, da er sich über die Jahre zu einem wahren Kenner der menschengemachten Musik gemausert oder besser gekatert hatte, der er im Vergleich zur Katzenmusik unzweifelhaft den Vorzug gab. So versäumte der hochgebildete Kater kaum eine Orchesterprobe. Und wenn Mademoiselle Gogos Ehemann des Abends seine wunderschönen Geigensoli durch das geöffnete Fenster in die lauen Abendlüfte auf Reisen schickte, lag Rosaurus träumerisch lauschend auf seinem großen weichen Samtkissen und gedachte der geschehenen und nicht geschehenen Dinge. Und alles, alles war gut ...

Die weiße Katze

von Marie-Catherine d'Aulnoy

Es war einmal ein König, der hatte drei schöne und mutige Söhne, von denen es jedoch hieß, dass sie Anhänger warben, um das Königreich ihres Vaters an sich zu reißen. Der König war zwar alt, aber seine Lebensgeister waren noch munter und sein Verstand noch ungeschwächt. Auch hatte er noch gar keine Lust, den Thron zu verlassen. Die Absichten der Prinzen waren ihm indessen nicht unbekannt. Und er glaubte, das beste Mittel, sein Leben in Ruhe zu beenden, wäre, sie mit leeren Versprechungen hinzuhalten.

So ließ er sie eines Tages in sein Zimmer kommen und nachdem er sich sehr gnädig mit ihnen unterhalten hatte, sprach er: „Ihr werdet selbst sehen, meine lieben Kinder, dass mir mein hohes Alter nicht mehr erlaubt, die Angelegenheiten des Staats mit dem Eifer und der Tätigkeit zu verwalten, die ich ehemals hatte. Und deshalb glaube ich, würde es das Beste sein, meine Krone einem von Euch aufzusetzen. Indessen ist es nur recht und billig, dass Ihr Euch für dieses Geschenk mir gegenüber dankbar bezeigt und mir meine Zurückgezogenheit aus dem Trubel der Welt angenehm zu machen sucht. Ich glaube nämlich, dass mir ein geschickter und treuer Hund gute Gesellschaft leisten würde. Zugleich ist es meine Absicht, denjenigen von Euch zum Thronerben zu erklären, der mir den schönsten kleinen Hund bringt.“

Die jungen Prinzen hörten diesen Vorschlag mit Vergnügen. Und der älteste wagte, trotz seines Vorrechts vor seinen Brüdern auf den Thron nicht zu widersprechen. So verabschiedeten sie sich also von dem König, der sie mit Geld und Edelsteinen versah, und ihnen befahl, sich nach Ablauf eines Jahres zu der nämlichen Stunde und an dem nämlichen Tage mit ihren Hunden bei ihm einzufinden.

Ehe sie in verschiedene Himmelsrichtungen abreisten, versprachen sich die drei Brüder zum Ende des Jahres in einem Schloss nahe der Königsstadt zusammenzukommen, von wo aus sie ihre Rückreise gemeinsam antreten wollten. Darauf machte sich jeder für sich unter veränderten Namen ganz allein auf den Weg.

Wir wollen nur bei den Abenteuern des jüngsten Prinzen verweilen. Dieser war schön, groß, wohlgebaut, munter, voll Witz und Laune und in allen Leibesübungen geschickt. Er hatte eine angenehme Stimme, spielte die Laute, Gitarre, Flöte, das Klavier und die Violine mit eben so viel Anstand als Vollkommenheit. Er zeichnete und malte wie ein Gott, sprach vierundzwanzig Sprachen und besaß größten Mut und höchste Geisteskräfte. Mit einem Worte, er war ein vollkommener Mann.

Kein Tag verging, an dem er nicht einen Hund kaufte. Wenn er aber glaubte, den schönsten zu haben, so fand er gar bald schon einen noch schöneren. So reiste er eine geraume Zeit kreuz und quer durch die Lande, als er eines Tags mit Einbruch der Nacht in einem Walde von einem starken Unwetter überrascht wurde.

Da weder Weg noch Steg zu sehen waren, so blieb ihm nichts anderes übrig, als aufs Geratewohl querfeldein durch die Büsche hindurchzubrechen. Er war schon ziemlich lange gegangen, als er ein Licht in der Ferne schimmern sah. Glücklich ging der Prinz darauf zu und kam schon bald an das Tor eines Schlosses, das mit riesigen Karfunkeln gedeckt war, und ein helles und blendendes Licht auf die ganze Gegend warf. Die Mauern waren von durchsichtigem Porzellan, mit den schönsten Gemälden verziert, welche alle möglichen Szenen aus dem Leben der Feen darstellten. Der Prinz hatte keine Lust, sich lange mit Betrachtung dieser Wunder aufzuhalten, da der Regen ihn bis auf die Haut durchnässt hatte und er sich deshalb nach einem schützenden Obdach vor dem Unwetter sehnte. An dem kostbaren Tor erblickte er verwundert einen Rehfuß, der an einer diamantenen Kette hing. An dieser zog er, und vernahm den süßen Klang einer silbernen Schelle, die mit dem Rehfuß verbunden war. In dem Augenblicke öffnete sich das Tor. Ein Dutzend Hände erschienen in der Luft, davon jede eine Fackel haltend. Dieses Schauspiel setzte den Prinzen nicht wenig in Erstaunen. Einen Augenblick bedachte er sich, ob er hineingehen sollte, als ihn andere Hände bereits mit Gewalt hineinstießen. So ging er notgedrungen auf gut Glück weiter, und kam bald in ein Vorhaus, das mit Porphyr und Lapislazuli ausgekleidet war. Hier hörte er zwei geradezu schmerzhaft schöne Stimmen miteinander verschmelzen, welche folgende Worte sangen:

Der Zauber, der, oh Prinz, mit Staunen Dich erfüllt,
Droht keinem Heldenherz Gefahr;
Doch hüte Dich vor einem Augenpaar,
in welchem sich der Liebesgott verhüllt.

‚Wenn es weiter nichts ist', dachte der Prinz und folgte nun unbesorgt den sanften Stößen, die er von Zeit zu Zeit von den schwebenden Händen in den Rücken bekam. Diese trieben ihn zunächst an ein großes Portal aus Korallen, das sich bei seiner Annäherung sogleich öffnete und in einen Saal führte, der vollständig mit Perlmutt ausgekleidet war. Weiter ging es durch mehrere Zimmer voll der herrlichsten Gemälde. Der Prinz glaubte verzaubert zu sein. Unzählige Lichter bedeckten die Wände und das Gewölbe der Säle und verbreiteten einen Glanz, der den der Sonne übertraf.

Sechzig Zimmer hatte der Prinz bereits durchwandert, als die Hände ihn endlich aufhielten. Er drehte sich nach allen Seiten und erblickte einen Lehnstuhl, der sich von selbst dem Kamin näherte, so wie sich in diesem das Feuer von selbst entzündete. Eine Menge kleiner weißer und niedlicher Hände waren nun beschäftigt, den Prinzen auszukleiden, denn er war, wie gesagt, völlig durchnässt. Man brachte ihm ein feines Spitzenhemd, einen seidenen Schlafrock, mit Figuren aus kleinen Smaragden gestickt. Ein Wasserbecken ward vor ihn gerückt, und zwei besonders sanfte Hände kämmten ihn mit einer Leichtigkeit und Geschicklichkeit, wie man es sich kaum vorstellen kann. Als diese Arbeiten beendet waren, wurde ein anderer kostbarer Anzug herbeigetragen. Und in Kürze war der Prinz so vollkommen gekleidet und so schön wie ein Adonis.

Nun ging die Reise weiter. Die Hände führten ihn in einen kostbaren Saal, der auf das Prachtvollste dekoriert und möbliert war. An allen Wänden sah man die Gegebenheiten der berühmtesten Katzen, die jemals in der Weltgeschichte aufgetreten sind: Rodillardus, auf Veranlassung der Ratten an den Beinen aufgehängt; den gestiefelten Kater des Marquis de Carabas; die Katze die zur Frau verwandelt wird; und den Zauberer, der zur Katze wird; alles auf das Schönste und Natürlichste abgebildet.

In diesem Saale standen eine Tafel mit zwei kostbaren Gedecken, einem Büffet mit den schönsten Gefäßen aus Bergkristall und außerdem noch eine Menge goldene und silberne Becher und Vasen. Der Prinz war kaum eingetreten, als ein ganzer Zug Katzen erschien, und seinen Platz auf einer nahen Orchesterbühne einnahm. Sie legten Noten auf, und begannen einen gar seltsame Musik, über die sich der Prinz fast totlachte. Etwas Possierlicheres als ihre Grimassen konnte man sich unmöglich vorstellen, wie wohl auch eine abscheulichere Musik kaum gehört werden könnte.

Der Prinz war noch ganz mit Betrachtung all der Wunder beschäftigt, als ein Wesen hereintrat nicht größer als

eine Elle, eingehüllt in einen langen Schleier, geführt von zwei Katzen. Diese waren ebenfalls verschleiert und trugen schwarze Mäntel. Ihnen folgte ein ansehnlicher Zug weiterer Katzen, die zum Teil Ratten- und Mäusefallen trugen.

Der Prinz wusste nicht, was er von diesem sonderbaren Aufzug denken sollte, als die Hauptperson sich ihm näherte, den Schleier aufhob und ihm das niedlichste Katzengesichtchen zeigte, das jemals mit grünen Augen geboren worden ist. Sie war ganz weiß und dem Anschein nach noch sehr jung. Aber in ihrer Miene war ein unverkennbarer Zug von Melancholie. Sie fing an zu miauen, und ihre Töne waren so rührend, so einschmeichelnd, dass sie gerade zum Herzen gingen.

„Sei mir gegrüßt, Königssohn", sagte sie zu ihm: „Ich sehe Dich mit Vergnügen bei mir."

„Sie sind sehr gnädig, Madam", antwortete der Prinz, „mich auf diese Art aufzunehmen. Sie scheinen mir gar keine Katze von gewöhnlichem Schlage. Das Talent zu sprechen, mit welchem Sie begabt sind, und das herrliche Schloss, das Sie bewohnen, spricht für ihre außerordentliche Geburt."

„Du bist ein Schmeichler", antwortete die Katze: „Ich bin nicht gewohnt, mir Komplimente sagen zu lassen oder sie zu erwidern. Ich liebe Einfachheit und Herzlichkeit. – Man lasse auftragen", fuhr sie fort, „und die Musik soll aufhören. Der Prinz versteht ja doch nicht, was gesungen wird."

„Gesungen?", fragte der Prinz ganz erstaunt.

„Allerdings", antwortete die Katze. Wir haben hier Dichter von vielem Geist. Und wenn Sie länger bei uns bleiben, so werden Sie selbst Gelegenheit finden, sich von der Wahrheit zu überzeugen."

Man trug das Essen auf und unsichtbare Hände bedienten. Zuerst erschienen zwei Pasteten, die eine von Tauben, die andere von Mäusen. Bei diesem Anblick verging dem Prinzen aller Appetit.

„Sie dürfen sich nicht scheuen, von dieser Taubenpastete zu genießen“, sagte die Katze: „Unsere Küche ist ganz apart.“

Der Prinz ließ sich dies nicht zweimal sagen. Verstohlen bemerkte er ein Porträt an ihren kleinen Pfötchen, die sie beim Essen gar elegant über den Tisch bewegte. Dies wunderte ihn sehr, insbesondere da es nicht das Porträt eines Katers, sondern eines schönen jungen Mannes war. Aber das Allermerkwürdigste war, dass ihm dies Bildnis glich wie ein Ei dem andern. Da er indessen bemerkte, dass die Katze tiefsinnig und schwermütig wurde und einige Mal ganz vernehmlich seufzte, so wagte er es nicht weiter nachzuforschen. So unterhielt sie der Prinz vielmehr mit allerlei Neuigkeiten aus der Welt, aus der er kam, und bemerkte erstaunt, dass sie mit allen Weltbegebenheiten sehr genau bekannt war.

Nach der Tafel bat die weiße Katze ihren Gast, sich mit ihr in einen Saal zu begeben, wo sich ein wundersames Theater befand, auf dessen Bühne ein Dutzend Katzen und Affen ein groteskes Ballett tanzten. Einige von ihnen trugen maurische, andere chinesische Kleidung. Alle aber machten die wunderlichsten Sprünge, mit einem sichtbaren Bestreben, ihre traurige Gebieterin aufzuheitern. Als auch diese Vorführung vorüber war, wünschte die weiße Katze dem Prinzen gute Nacht, und die schönen Hände führten ihn fort in ein Apartment, welches dem ersten gerade gegenüber lag. Es war nicht so prächtig, aber sehr elegant. Die Tapeten schienen so zart und schillernd wie aus Schmetterlingsflügeln, welche die niedlichsten Figuren bildeten. Die Betten waren mit bunten Blumen und schönen Bändern geschmückt. Und große Spiegel hingen ihnen gegenüber, in denen man sich vom Kopf bis auf die Füße besehen konnte.

Der Prinz legte sich nieder, ohne ein Wort zu reden, denn mit den Händen, die ihn bedienten, war wenig anzufangen. Man ließ ihn nicht lange schlafen. Ein dumpfes Geräusch weckte ihn auf, und als er noch im Morgengrauen die Augen öffnete, hoben ihn die Hände aus dem Bette und zogen ihm ein Jagdkleid an. Nun schaute er zum Fenster hinaus auf den Schlosshof, wo er eine Menge Katzen erblickte, welche zum Teil ins Horn stießen, zum Teil Jagdhunde an der Leine führten. Die weiße Katze wollte auf die Jagd gehen und den Prinzen zur Gesellschaft haben. Man präsentierte ihm ein hölzernes Pferd, das mit unglaublicher Schnelligkeit lief. Er machte zwar einige Umstände, es zu besteigen, aber es half nichts. Er wurde hinaufgehoben. Die weiße Katze ritt einen schönen Affen von ungemeiner Größe. Für heute hatte sie ihren Schleier abgelegt und einen Hut aufgesetzt, der ihr ein sehr entschlossenes Aussehen gab. Die Jagd fiel reichlich aus. Die Katzen fingen die Hasen mit einer Geschicklichkeit, die ihresgleichen suchte. Und selbst die Vögel waren nicht sicher vor ihnen. Der Affe trug die weiße Katze bis hinauf zu den Nestern der Adler, welche die Hasen ausnahmen. Die andern Katzen machten es ebenso. Der Prinz fand jedoch wenig Vergnügen an der Jagdpartie, da er das Töten nicht mochte.

Als die Jagd zu Ende war, nahm die weiße Katze ein kleines Waldhorn und stieß hinein. Es gab einen durchdringenden Schall, den man auf zehn Stunden im Umkreis hörte. Die Wirkung davon zeigte sich bald. Alle Katzen aus dem ganzen Lande eilten herbei. Einige kamen auf Wagen durch die Luft, andere auf kleinen Barken zu Wasser. Sie waren alle verschieden gekleidet und machten der weißen Katze ihre Verbeugung. Diese kehrte mit der ganzen ansehnlichen Ge-

sellschaft nach ihrem Schlosse zurück und bat den Prinzen mit ihr mitzukommen.

So wie sie in ihr Zimmer trat, hing man ihr den schwarzen Schleier wieder um. Sie speiste mit dem Prinzen und dieser vergaß in ihrer Gesellschaft nicht nur die grässliche Jagd, sondern den eigentlichen Zweck seiner Reise so ganz und gar, dass er kein größeres Vergnügen kannte, als der weißen Katze tagtäglich Gesellschaft zu leisten. Alle Tage waren neue Feiern. Aber nichts ergötzte ihn so sehr wie die Unterhaltung seiner Wirtin, mit der er zwölf Stunden und mehr am Tage plauderte.

„Ach!“, sagte er bisweilen: „Wie werde ich mich entschließen können, Sie zu verlassen? Ich liebe Sie so zärtlich. Sie haben mir so angenehme Tage verschafft. Oh, dass ich Sie zum Weibe hätte, oder ich zur Katze würde, um mein ganzes Leben mit Ihnen zu verbringen.“

Auf diese und ähnliche Reden antwortete sie nie anders, als in dunklen Ausdrücken, deren Sinn er nie ganz begriff.

Ein Jahr vergeht geschwinde, wenn man weder Kummer noch Sorgen hat, und sich so gut amüsiert, wie unser Prinz es tat. Die weiße Katze allerdings wusste den Termin, wann er zurückkehren sollte. Und da er selbst nicht daran dachte, erinnerte sie ihn daran:

„Weißt Du wohl“, sagte sie eines Tages, „dass Du nur noch drei Tage übrig hast, um den Hund zu suchen, den Dein Vater zu haben wünscht? Weißt Du auch, dass Deine Brüder sehr schöne Hunde gefunden haben?“

Bei diesen Worten kam der Prinz das erste Mal wieder zu sich selbst:

„Mein Gott, wie ist es möglich, dass ich eine Sache habe vergessen können, die mir so unendlich wichtig ist? Mein Glück und meine Ehre hängen davon ab. Wo soll ich nun einen solchen Hund herbekommen? Und wo soll ich ein

Pferd hernehmen, das einen so weiten Weg in drei Tagen zurücklegt?“

„Ich will mich Deiner annehmen“, sprach die Katze: „Du kannst noch einen ganzen Tag hier bleiben, und das hölzerne Pferd wird Dich doch zu rechter Zeit an Ort und Stelle bringen.“

„Das ist recht gut“, antwortete der Prinz: „Aber was hilft es mir, wenn ich mit leeren Händen ankomme?“

„Auch dafür habe ich gesorgt“, versetzte jene: „In dieser Eichel steckt ein so niedlicher Hund, dass Deine Brüder schwerlich einen ähnlichen werden vorzeigen können.“

„Sie scherzen, meine Liebe“, erwiderte der Prinz.

„Ich scherze nicht“, war die Antwort: „Halte nur die Eichel ans Ohr, und Du wirst ihn bellen hören.“

Der Prinz hielt die Eichel ans Ohr und der Hund bellte. Er wollte die Eichel öffnen, aber die Katze hielt ihn zurück.

„Erwarte die Zeit“, sagte sie, „bis Du zu Deinem Vater kommst. Das Hündchen könnte sich unterwegs erkälten.“

Die Zeit des Abschieds kam herbei. Er war von beiden Seiten sehr zärtlich, und die arme Katze war sehr betrübt. Der Prinz dankte ihr für die Güte, mit der sie ihn bewirtet hatte.

„Ich versichere Ihnen“, sagte er, „dass mir die Zeit nie schneller, als in Ihrer Gesellschaft vergangen ist. Es tut mir leid, Sie hier zurücklassen zu müssen. Und gleichwohl wage ich es nicht, Sie zu bitten, dieses Schloss zu verlassen, in welchem Sie als Königin herrschen und wo Sie freilich mehr Unterhaltung finden, als ich Ihnen in irgendeiner Gegend der Welt versprechen könnte.“

Die Katze antwortete auf diesen Vorschlag mit einem tiefen Seufzer.

Der Prinz reiste ab und war der erste von den Brüdern, der auf dem vereinbarten Schlosse ankam. Die andern kamen kurz darauf ebenfalls, und wunderten sich nicht wenig, ein hölzernes Pferd auf dem Hofe zu finden, das an Leichtigkeit und Geschicklichkeit dem besten Schulpferde nichts nachgab.

Die drei Brüder umarmten sich mit großer Zärtlichkeit und erzählten sich die Abenteuer, die ihnen unterwegs zugestoßen waren. Aber der jüngste verschwieg die Wahrheit und zeigte ihnen stattdessen einen hässlichen Hund, den man zum Wasserschöpfen verwendete, indem er versicherte, keinen niedlicheren Hund habe auftreiben zu können. Die beiden älteren Brüder empfanden eine heimliche Freude über seine schlechte Wahl, durch die sie sich eines Teils ihrer Furcht vor seiner Konkurrenz entledigt sahen.

Den andern Tag reisten sie zusammen in einem Wagen ab und kamen bald im Palast ihres Vaters an, wo alle sie umringten und sich über ihre Ankunft freuten. Die Prinzen traten in das Zimmer des Königs. Die beiden ältesten zeigten ihm ihre Hunde, und diese waren beide so klein und niedlich, dass der Vater nicht wusste, für welchen er sich entscheiden sollte. Der jüngste half ihm aus dieser Verlegenheit. Er zog die Eichel aus der Tasche, die ihm die weiße Katze gegeben hatte, öffnete sie schnell und ließ ein Hündchen heraus, das ohne Mühe durch einen Fingerring springen konnte. Dann setzte er das Tierchen auf die Erde, wo es ein Menuett tanzte. Das Fell des Hündchens besaß alle möglichen Farben, sein Haar und seine Ohren hingen bis auf die Erde. Der König war betroffen, denn es war unmöglich, etwas an diesem allerniedlichsten Geschöpfe auszusetzen. Gleichwohl hatte er noch keine Lust, sich von seiner Krone zu trennen, die ihm lieber war, als alle Hunde auf der Welt.

Daher dankte er seinen Söhnen für die Mühe, die sie sich seinetwegen gegeben hätten, und fügte hinterlistig hinzu:

„Da Euch, meine lieben Söhne, das erste Mal Eure Nachforschungen so gut gelungen sind, so wünsche ich Eure Geschicklichkeit noch einmal auf die Probe zu stellen, bevor ich mein Euch gegebenes Versprechen erfülle. Bringt mir in der Zeit eines Jahres ein Stück feine Leinwand, so zart, dass sie durch das Öhr einer englischen Nähnadel geht."

Die beiden ältesten Prinzen waren ganz zufrieden über diesen neuerlichen Auftrag, da sie ohnehin von ihrem jüngeren Bruder bereits besiegt waren. Und dieser musste notgedrungen ebenfalls einwilligen. So reisten sie also wieder ab, allerdings ohne so zärtlichen Abschied von einander zu nehmen, wie das erste Mal. Denn der Scherz mit dem falschen Hund hatte der Freundschaft der Brüder einen kleinen Stoß gegeben.

Unser Prinz bestieg seinen hölzernen Gaul und kehrte, im festen Vertrauen auf den Beistand der weißen Katze, geradewegs nach ihrem Schlosse zurück. Alle Tore standen offen, das Dach, die Fenster, die Türen, alles war auf das Schönste erleuchtet. Die lustigen Hände erschienen wieder, ergriffen das hölzerne Pferd beim Zaume und führten es in den Stall, während der Prinz sich in das Zimmer der weißen Katze begab.

Sie lag in einem Körbchen auf einem Kissen von weißem Atlas, und schien etwas niedergeschlagen und matt zu sein. Kaum aber erblickte sie den Prinzen, als sie aufsprang, ihm entgegenlief und ihm ihre Freude über seine Rückkehr bezeugte.

„Ich muss Dir gestehen“, sagte sie unter anderem, „dass ich kaum wagte, Deine Rückkehr zu erhoffen, so viel Ursache ich auch dazu haben mochte. In meinen Wünschen bin

ich immer so unglücklich gewesen, dass es mich überrascht, diesen sehnlichsten erfüllt zu sehen."

Der Prinz erzählte ihr nun den Ausgang seiner Reise und den neuen Auftrag seines Vaters, dessen Erfüllung er für unmöglich halte, wenn er nicht auf ihre Freundschaft und ihren Beistand rechnen dürfte. Die weiße Katze antwortete mit großer Ernsthaftigkeit, dass sie seinen Wunsch zu befriedigen versuchen würde:

„Wenigstens", sagte sie, „wird es schwer werden, solche Leinwand, wie Dein Vater verlangt, irgendwo anders als in meinem Schlosse aufzutreiben. Ich habe Katzen, die sehr fein spinnen, und ich werde im Notfall selbst Hand anlegen. Du brauchst also nicht weiter zu gehen, sondern kannst hier mit der allergrößten Ruhe den Ablauf des Jahres erwarten."

Dieses Jahr verstrich, wie das vorhergehende. Der Prinz hatte alles, was er wünschte und die Unterhaltung mit der Katze war unerschöpflich. Endlich erschien die Zeit der Abreise. Die weiße Katze, auf alles aufmerksam, was den Prinzen betraf, erinnerte ihn wie das letzte Mal daran, dass es nun Zeit wäre, sich auf den Weg zu begeben. Ein Stück Leinwand läge schon bereit, das all die erforderlichen Eigenschaften besäße. Sie sagte ihm auch, dass sie dieses Mal für eine bessere Kutsche gesorgt habe. Bei diesen Worten führte sie ihn an ein Fenster zum Hofe und zeigte ihm einen schönen offenen Wagen, der auf das Allerschönste lackiert war, und in den Strahlen der Sonne funkelte. Zwölf Pferde, weiß wie Schnee, mit dem prächtigsten Geschirr bedeckt, zogen ihn. Außerdem standen hundert achtspännige Wagen bereit, die das umfangreiche Gefolge des Prinzen aufnehmen sollten. Und tausend Soldaten erwarteten den Befehl zum Aufbruch. Alle waren auf das Kostbarste gekleidet. Das Sonderbarste dabei aber war aber, dass man überall auf den Fahnen, Abzeichen, auf der Stickerei, auf dem Pferdezeug, das Bildnis der weißen Katze erblickte.

„Zeige Dich in dieser Pracht an dem Hofe Deines Vaters", sagte sie, „damit er Dir nicht länger die Krone versagen kann, die Du so sehr verdienst. Nimm diese Nuss. In ihr ist die verlangte Leinwand enthalten. Aber öffne sie nicht eher, als bis Du vor dem König erscheinst!"

Der Prinz dankte ihr auf das Verbindlichste und bezeugte ihr seinen großen Kummer über die Abreise. Ja, er versicherte ihr gar, dass er ihren liebenswerten Umgang allen Kronen und Königreichen der Welt vorzöge. Mit einem Worte, der Abschied war noch weitaus zärtlicher und rührender als das erste Mal.

Der Prinz legte den weiten Weg bis zu seinem Vater in sehr kurzer Zeit zurück, da die neue Kutsche an Schnelligkeit dem hölzernen Pferde in nichts nachstand. Die beiden anderen Brüder waren bereits angekommen und hatten ihre Leinwand dem Vater vorgezeigt, die in der Tat so fein war, dass sie durch ein großes Nadelöhr ging. Aber der König hatte mehr verlangt, denn die Nadel, die er ihnen bei der Abreise vorzeigte, war viel kleiner. Und da die Leinwand beim besten Willen nicht durch diese hindurch passte, brauchte ihr Vater sein Versprechen der Übergabe der Krone nicht einzulösen.

Die Prinzen und deren Anhänger waren voller Unmut über die Ausflüchte des Königs und so war es bereits zu einigen hässlichen Auftritten und Zwischenfällen gekommen, als endlich der jüngste Prinz mit seinem prächtigen Gefolge erschien. Sogleich begab er sich zu seinem Vater, grüßte ihn auf das Ehrerbietigste, umarmte seine Brüder und zog die Nuss heraus. Er zerbrach sie vor den Augen der Anwesenden und glaubte hier die versprochene Leinwand zu finden. Aber stattdessen fand er eine Haselnuss. Auch diese zerbrach er und ein Kirschkern fiel ihm in die Hände. Jedermann sah sich wissend und höhnisch an und auch der König lächelte über die Leichtgläubigkeit seines jüngsten Sohnes. Dieser jedoch verlor nicht den Mut, da seine Liebe zur weißen Katze ihn trug. So zerbrach er den Kirschkern, und in ihm lag, was in allen Kirschkernen liegt. Jetzt erhob sich ein großer Tumult im Saale. Die meisten lachten, andere tuschelten hämisch mit vorgehaltener Hand. Alle aber gaben die Sache des Prinzen für verloren. Der Prinz antwortete mit keiner Silbe, suchte weiter und fand ein Gerstenkorn und in diesem wiederum ein Hirsekorn. Jetzt ging selbst ihm die Geduld aus.

„Oh, Du hast mich betrogen", murmelte er verzweifelt. Und in dem Augenblick fühlte er eine Katzenpfote auf seiner Hand, die ihn bis aufs Blut kratzte. Daraufhin öffnete er auch das Hirsekorn. Und wie groß war das Erstaunen der ganzen Versammlung, als er ein Stück Leinwand von vierhundert Ellen herauszog, auf welchem alle Tiere, Vögel und Insekten, alle Pflanzen und Muscheln, Sonne, Mond und Sterne, alle Könige und Fürsten mit ihrer ganzen Familie abgebildet waren. Als der König diese wundervolle Leinwand sah, ward er ebenso blass, als sein Sohn während des Suchens rot geworden war. Man holte die Nadel, und das ganze Stück ging ohne Berührung hindurch. Alle waren voll Bewunderung und Erstaunen und machten diesen euphorischen Gefühlen mit den innigsten Geräuschen des Entzückens Luft. Und so verdrießlich auch dem König und den älteren Prinzen der Anblick dieser Leinwand war, so konnten auch diese sich dennoch nicht enthalten, von Zeit zu Zeit auszurufen, dass alle Wunder der Welt jener Leinwand nicht gleich kämen.

Endlich stieß der König einen tiefen, herzerweichenden Seufzer aus, wendete sich zu seinen Kindern und sagte:

„Meine lieben Söhne, nichts kann mir in meinem hohen Alter zu größerem Troste gereichen, als Euer Gehorsam und Eure Ergebenheit gegen mich. Ich wünsche daher, dass ihr Euch noch einer, und zwar der allerletzten Probe unterwerfen möget. Geht hin, reiset noch ein Jahr, und wer nach Verlauf desselben das schönste Mädchen nach Hause bringt, soll sie heiraten und an seinem Hochzeitstage meine Krone empfangen. Ich schwöre und verspreche Euch, die Erfüllung meines Versprechens dann nicht länger aufzuschieben!"

Die beiden älteren Brüder hatten gegen diesen Vorschlag nichts einzuwenden. Nur der jüngste hatte zu Recht Ursache, über die Ungerechtigkeit seines Vaters Klage zu führen. Dem ungeachtet stieg aber auch er ohne Verzug in seinen Wagen und kehrte zu seiner geliebten Katze zurück.

Diese hatte den Augenblick seiner Rückkehr vorhergewusst und alles im Hause darauf eingerichtet. Sie selbst saß auf einem Balkon unter einem goldenen Zelt und blickte ihm entgegen. Keinen Augenblick zögerte der Prinz, sich ihr vorzustellen.

„Nun", sagte sie zu ihm, „Du kommst also auch dieses Mal ohne Krone zurück?"

„Ach", antwortete er: „Sie haben mich nun zweimal in den Stand gesetzt, darauf Anspruch zu erheben. Aber es scheint, dass es meinem Vater mehr Kummer bereitet, sich von seiner Krone zu trennen, als es mir Freude machen würde, sie zu besitzen. Und da ich keine andere lieben will als Euch, werde ich auf die Krone verzichten."

„Lass Dich davon nicht bekümmern und bleibe bei Deinem Wunsch“, antwortete sie eindringlich: „Ich will Dir auch das nächste Mal mit Freuden und Liebe dienen und für ein schönes Mädchen sorgen, das ganz sicher den hohen Preis gewinnen soll. Sei indessen unbesorgt, bleibe auch dieses Jahr noch bei uns und genieße Dein Leben in dem Schoße der Ruhe und Zufriedenheit.“

Der Prinz wollte sich diesen Anerbieten aus bekannten Gründen widersetzen, doch die weiße Katze ließ es nicht zu. Und so verstrich dieses Jahr wiederum wie das vorhergehende, eben so angenehm, eben so schnell und voller zärtlicher Liebe. In der Verwunderung über den hohen Verstand und die großen Kenntnisse seiner Wirtin konnte er sich bisweilen nicht enthalten, neugierige Fragen zu stellen. Er bat sie, ihm zu sagen, ob sie vielleicht eine Fee wäre, ob sie vielleicht durch die Gewalt eines bösen Zauberers in eine Katze verwandelt worden sei? Aber niemals gab sie bestimmte Antworten auf diese Fragen. Und da sie diese Art von Gesprächen immer plötzlich abzubrechen pflegte, so schloss er hieraus, dass sie keine Lust habe, ihm jemals ihr Geheimnis anzuvertrauen.

Nach Ablauf des Jahres erinnerte die Katze den Prinzen wiederum, dass es nun Zeit sei, an den Hof seines Vaters zurückzukehren:

„Es wird nur von Dir abhängen, eine der schönsten Prinzessinnen mit Dir zu nehmen. Die Zeit ist endlich gekommen, wo der Zauber der Feen zerstört werden kann, wenn Du Dich entschließest, mir Kopf und Schwanz abzuhauen, und beides auf der Stelle ins Feuer zu werfen.“

Der Prinz zitterte gar heftig bei diesem Vorschlag und sein Gesicht färbte sich kreidebleich:

„Wie sollte ich so grausam sein, Dich zu töten, Dich meine einzige und liebste Freundin, Dich, die Du die ganze Freude und das Glück meines Lebens bist? Ganz gewiss willst Du mein Herz nur auf die Probe stellen, um zu versuchen, ob ich des schändlichsten Undanks fähig bin."

„Nein, nein!", antwortete sie heftig: „Ich kenne Dein Herz und weiß, dass es frei von allem Undank ist. Ich kenne Deine Verdienste. Aber weder Du noch ich können den Willen des Schicksals hemmen. Drum tue, was ich wünsche, und wir werden glücklich sein! Du wirst sehen, dass ich Deine wahre Freundin bin!"

Dem Prinzen traten die Tränen in die Augen. Schon der Gedanke, seine geliebte Katze zu töten, war ihm unerträglich und machte sein Leben zur Hölle. Und so tat er alles, um sie davon abzubringen. Sie aber war unerbittlich. Immer wieder stellte sie ihm vor, dass ihr Glück, dass sein Glück einzig und allein von dieser Handlung abhing. Endlich entschloss sich der Prinz, seiner Liebsten Folge zu leisten. Mit zitternder Hand verrichtete er die Operation ... Doch siehe da, kaum wollte er seinen Augen trauen, stand da in dem Augenblick ein gar reizendes Mädchen vor ihm, von schönstem Wuchse, edelster Miene und den sanftesten Augen. Aus jedem ihrer Züge, aus allen ihren Bewegungen leuchteten Geist und Herzensgüte hervor, die der Prinz so oft an ihr in der Gestalt der Katze bewundert hatte. Er war wie verzaubert und nicht im Stande, die Fülle seines Entzückens und seiner Bewunderung durch Worte an den Tag zu legen. Sein Erstaunen ward noch vermehrt, als er eine große Menge Herren und Damen in das Zimmer treten sah, von denen jedes ein Katzenfell auf der Schulter trug. Alle näherten sich ihrer Königin mit ehrfurchtsvollen Gebärden

und wünschten ihr zu ihrer Verwandlung Glück. Sie empfing sie mit allen Zeichen der Güte und Teilnahme. Hierauf entließ sie die Gesellschaft und blieb mit dem Prinzen allein.

„Glauben Sie nicht etwa, liebster Prinz", sagte sie zu ihm, „dass ich Zeit meines Lebens die Gestalt gehabt habe, von der Sie mich vor wenig Augenblicken befreit haben. Mein Vater war König von sieben Ländern. Er liebte meine Mutter auf das Zärtlichste und ließ ihr die vollkommenste Freiheit in allen ihren Handlungen. Ihre besondere Neigung war es zu reisen. Einst fiel ihr ein, einen Berg zu besichtigen, von dem man ihr die allersonderbarsten Dinge erzählt hatte. Sie machte sich also auf den Weg, und unterwegs erfuhr sie, dass sich in der Nähe ein wunderschönes Feenschloss befände, in welches niemand hineingehen dürfe, und dass bei demselben ein Garten läge, in dem die schönsten und wohlschmeckendsten Früchte wüchsen.

Nun bekam meine Mutter ein derart heftiges Verlangen nach diesen Früchten, dass sie anstatt zu dem Berge nun ihren Weg nach dem Feenschloss einschlug. Sie kam an das Tor dieses unvergleichlichen Palastes, der auf allen Seiten von Gold und Azur glänzte. Aber sie klopfte vergebens. Niemand öffnete ihr, das ganze Haus schien wie ausgestorben. Doch diese Schwierigkeiten vermehrten ihre Begierde nur noch mehr. So befahl sie Leitern zu holen, um über die Mauern in den Garten zu steigen. Jedoch wurden diese Mauern mit jeder Leiter, die man an die andere band, zusehends höher. Und obgleich bereits ein halbes Dutzend Menschen in die Tiefe gestürzt und sich schwer verletzt hatten, so war es doch unmöglich, die Mauern zu übersteigen.

Die Königin war vor lauter Verdruss völlig außer sich. Sie sah die herrlichsten Bäume mit den schönsten Früchten über die Mauer hervorragen. Ihre Begierde wuchs mit jedem Augenblicke und gleichwohl war sie nicht im Stande, sie zu befriedigen. Sie ließ Zelte vor dem Schlosse aufschlagen, und blieb sechs Wochen mit ihrem ganzen Hofstaat hier. Sie verlor Schlaf und Appetit, sie seufzte ohne Unterlass, sie sprach von nichts anderem als von den Früchten des unzugänglichen Gartens. Und endlich wurde sie tödlich krank, ohne dass ihr jemand zu helfen vermochte.

Als sie einstmals während dieser Krankheit des Nachts aufwachte, erblickte sie eine kleine, hässliche, abgelebte Frau an ihrem Kopfende auf einem Lehnstuhl sitzen, die zu ihr sagte:

„Du bist sehr unbescheiden Königin, mit solcher Hartnäckigkeit eine Wohltat von uns zu fordern, die Dir nicht zusteht. Weil indessen Dein kostbares Leben nunmehr auf dem Spiele steht, so wollen ich und meine Schwestern Dir so viele Früchte geben, als Du fortbringen kannst, vorausgesetzt, dass Du uns ein angemessenes Geschenk dafür gibst."

„Ach! Meine gute Mutter", rief die Königin: „Ich gebe Euch mein Königreich, meine Seele, mein Leben, alles in der Welt, wenn ich nur von Euren Früchten bekomme."

„Gib uns", antwortete die Fee: „Gib uns Deine erste Prinzessin! Wir wollen sie mit uns nehmen, sobald sie das Licht der Welt erblickt, sie erziehen und mit allen Tugenden, Kenntnissen und Vollkommenheiten versehen, die ein Mensch nur besitzen kann. Mit einem Wort, wir wollen sie als unser Kind annehmen und sie rundum glücklich machen. Damit ist jedoch die Bedingung verknüpft, dass Du sie nicht eher zu sehen bekommst, als bis sie verheiratet ist!"

„So hart die Bedingungen sind, die Sie mir auferlegen", antwortete die Königin, „so muss ich mich doch darin fügen, wenn ich nicht sterben will. Mit meinem Leben errette ich zugleich das Leben meines Kindes."

Die Fee berührte meine Mutter mit einem goldenen Stäbchen, und im selben Augenblicke ward ihre Krankheit verschwunden. Sogleich ließ sie alle ihre Hofdamen rufen, sagte ihnen, dass sie sich außerordentlich wohl befände, und dass die verriegelten Tore des Palastes und die Gärten mitsamt ihren Früchten sich nun ihr öffnen würden.

Die Damen kleideten die Königin in aller Eile an, und in wenigen Augenblicken war sie im Stande, der alten Fee zu folgen, die sie bereits erwartete.

Meine Mutter trat in den Palast, und ihre Überraschung bei dem Anblicke seiner Pracht war kaum zu beschreiben. Zwei Feen, weniger alt als die Führerin meiner Mutter, empfingen sie beim Eingange und führten sie sogleich in den Garten zu den besten Bäumen. Sie waren mit Früchten aller Art beladen. Meine Mutter war unersättlich.

„Erinnere Dich aber auch Deines Versprechens, mahnten die Feen eindringlich. Es ist Dir nun nicht mehr vergönnt, Dein Wort zurückzunehmen."

„Ich werde mir dies gewiss nicht einfallen lassen", antwortete die Königin. Die Feen waren mit dieser Antwort sehr wohl zufrieden. Meine Mutter blieb drei Tage und drei Nächte im Feenpalast, dann sammelte sie sich einen Vorrat von Früchten. Und da diese die Eigenschaft besaßen, niemals zu faulen, so ließ sie viertausend Maultiere mit denselben beladen und reiste ab. Die Feen schenkten ihr zum Abschied außerdem noch einen goldenen Korb von ungemein zierlicher Arbeit und mehrere Kostbarkeiten, deren Wert unschätzbar war. Alle versprachen ihr, mich als Prinzessin wohl zu erziehen, mir alle Vollkommenheiten mitzuteilen und mir einen angemessenen Gemahl auszusuchen. Vor der Hochzeit sollte sie Nachricht erhalten, und sie hofften, dass sich meine Mutter zu dieser Feier einfinden würde.

Der König freute sich außerordentlich über die Rückkehr seiner Gemahlin und veranstaltete eine Menge Festlichkeiten, bei denen die vorzüglichen Früchte der Königin als Höhepunkt dargereicht wurden. Mein Vater zog diese Köstlichkeiten allen andern Speisen vor. Aber er wusste nicht eigentlich, wo sie herkamen, und unter welcher Bedingung meine Mutter sie bekommen hatte. Wenn er danach fragte, antwortete sie ihm bald dies, bald jenes, so dass er niemals hinter das Geheimnis kam. Da sie aber seinen Bitten zuletzt nicht länger zu widerstehen vermochte, gestand sie ihm das ganze Abenteuer mit den Feen, und das Versprechen, das sie diesen gegeben hatte.

„Wie? Was?“, schrie der König empört auf: „Sie haben für ein paar elende Äpfel Ihre Tochter aufopfern können, ungeachtet Sie meinen sehnlichen Wunsch kennen, Kinder zu besitzen und groß zu ziehen? Sie können auch nicht die geringste Liebe für mich in sich tragen!“

Hierauf überhäufte er sie mit weiteren Vorwürfen, so dass sie vor Schmerzen fast starb. Aber damit begnügte sich mein Vater noch immer nicht, sondern ließ seine Gemahlin in einen Turm einsperren und umgab diesen mit Soldaten, die niemanden einließen, außer jene, denen er vollkommen vertraute.

Der ganze Hof geriet über diesen Vorfall in tiefste Bestürzung. Die Königin war sehr beliebt, und so lebte jedermann aus Betrübnis über ihr Schicksal in tiefer Trauer.

Der König aber schien unerbittlich. Er besuchte seine Gemahlin nicht ein einziges Mal. Und sobald ich geboren war, trennte er mich von meiner Mutter und ließ mich in seinen Palast bringen. Die Feen waren von allem wohl unterrichtet. Sie betrachteten mich als ihr Eigentum, das man ihnen nicht vorenthalten dürfe. Das Betragen meines Vaters forderte sie zur Rache heraus. Zuvor jedoch wollten sie den Weg der Güte einschlagen. Und so schickten sie eine Gesandtschaft zum König, die ihn zur Befreiung der Königin und zur Auslieferung ihres Kindes auffordern sollte. Unglücklicher Weise waren die Gesandten allesamt sehr hässliche, verwachsene Zwerge, so dass ihre Vorstellung wenig Eindruck auf den König machte. So schlug er mit harten Worten ihr Gesuch ab.

Die Feen gerieten darüber in heftigste Wut und streuten in seinen sechs Königreichen den Samen des Unglücks aus. Dem nicht genug, schickten sie zu allem Überflusse auch noch einen ungeheuren Drachen, der alles fraß, was ihm in den Weg kam, und die ganze Luft mit seinem schädlichen Atem vergiftete.

Mein Vater war der Verzweiflung nahe, als eine unglückliche Botschaft nach der anderen kam. Er berief die Weisesten seiner Nation und überlegte mit ihnen, wie man das Unglück abwenden könne. Allein sie wussten keinen Rat. Nun nahm der König Zuflucht bei einer Fee, die ihm riet, die Prinzessin auszuliefern und seiner Gemahlin wieder die Freiheit zu schenken.

Mein Vater liebte mich zwar auf das Zärtlichste. Da er aber kein anderes Mittel sah, seine Königreiche von den Verwüstungen des hässlichen Drachen zu befreien, so versprach er der Fee, ihrem Rat zu folgen. Allerdings müsste er die Gewissheit haben, dass ich meinem Stande gemäß behandelt und erzogen würde. Sie solle ihm nur sagen, wie er mich den Feen zu übergeben habe.

„Sie brauchen nichts weiter zu tun", antwortete die Fee, „als die Prinzessin in ihrer Wiege auf den Blumenberg zu bringen. Sie und die Königin können sich in der Nähe aufhalten, um Zeuge der dabei stattfindenden Feierlichkeiten zu sein. Um die Erziehung Ihrer Tochter brauchen Sie sich keinerlei Sorgen zu machen. Sie wird besser sein, als ein König sie je zu geben vermag."

Also legte man mich in eine kostbar verzierte Wiege aus Perlmutt. Rundum hingen Girlanden von Blumen und Kränzen aus herrlichsten Edelsteinen, die in allen Farben des Regenbogens glänzten. Die Pracht meines Anzugs übertraf noch die Pracht der Wiege, die von vierundzwanzig Prinzessinnen getragen wurde. Der ganze Hofstaat begleitete mich.

Während unser Zug gemächlich den Berg hinaufstieg, hörte man von Ferne eine melodische Musik sich nähern. Und bald darauf erschienen auch schon die sechsunddreißig Feen, jede in einer rosa schimmernden Perlenmuschel sitzend, die von grasgrünen Seepferden gezogen wurde. Alle waren sie alt und hässlich wie die Nacht.

Der Drache, welcher die Reiche meines Vaters verheert hatte, bewegte sich mitten unter ihnen, an eine diamantene Kette gefesselt. Die Feen beschenkten mich der Reihe nach und begannen hierauf einen Feentanz. Und noch während die Anwesenden wie verzaubert dem geheimnisvollen Treiben zusahen, sprangen mitten im Tanze die drei Feen, denen mich meine Mutter eigentlich versprochen hatte, auf den Drachen, rissen die Wiege an sich und entflohen durch die weißen Wolken ihrem Schlosse entgegen. Meine Mutter erschrak zutiefst, als sie mich auf dem Rücken des schrecklichen Drachen in den Lüften sah und stieß einen Angstschrei aus. Mein Vater aber sprach ihr Mut zu und erinnerte sie an die Versprechen der Feen, für mich Sorge zu tragen. Traurig kehrte die Königin nach Hause zurück. Immer aufs Neue warf sie sich die Unbesonnenheit vor, ihre Tochter für einige schnöde Früchte hingegeben zu haben.

Und es vergingen etliche Jahre, bis sie sich ein wenig beruhigen konnte.

Meine Beschützerinnen hatten extra für mich einen großen Wohnturm gebaut, in dem sich die herrlichsten Zimmer in jede Himmelsrichtung für alle Jahreszeiten befanden. Nichts fehlte diesem Gebäude außer einer Tür, so dass man allein durch die Fenster hineingelangen konnte, die sich allerdings sehr hoch über dem Erdboden befanden. Auf dem Dach ruhte ein wunderschöner Garten, in dem jahrein jahraus die allerherrlichsten Blumen blühten und Lauben und Springbrunnen in großer Zahl dem Lustwandelnden Ruhe und Erquickung boten. Hier erzogen mich die Feen mit unglaublicher Sorgfalt. Sie lehrten mich alles, was meinem Alter angemessen war. Und ich sog dieses Wissen dankbar und in großer Fülle in mich hinein, insbesondere da ich sehr schnell begriff. Meine Lehrerinnen erlebten mich immer nur sanft und gefällig. Und da ich nichts von der Welt kannte außer diesen Winkel, so würde ich vielleicht mein ganzes Leben hindurch sehr vergnügt in diesem Turme zugebracht haben.

Die Feen besuchten mich nie anders, als auf dem Rücken des ungeheuren Drachen, von dem ich Ihnen schon erzählt habe. Sie erzählten mir nie etwas von meinen Eltern, sondern nannten mich ihre Tochter, und ich glaubte es auch tatsächlich zu sein. Außer einem Papageien und einem kleinen Hund namens Tutu, welche beide reichlich Vernunft besaßen und vortrefflich zu plaudern wussten, hatte ich in meinem Turm keinerlei Gesellschaft. Einst fanden mich die Feen bei ihrem Besuch sehr in Gedanken vertieft. Wahrscheinlich wird sie Langeweile haben, schlussfolgerten sie. Also wird es das Beste sein, dass wir sie nun an einen Mann aus unserm

Feenvolk verheiraten. Hierauf musterten sie viele und einigten sich endlich über den kleinen König Migonnet, dessen Reich fünfmalhunderttausend Meilen von ihrem Palaste lag. Für Feen war diese Entfernung nur ein Katzensprung. Der Papagei belauschte heimlich ihr Gespräch und verriet mir dessen Ergebnis:

„Ich beklage Sie sehr wegen dieser Heirat, meine Liebe", setzte er hinzu, „denn der König Migonnet ist wohl der hässlichste Zwerg, den ich weit und breit gesehen habe."

„Du kennst ihn also?", fragte ich den Papagei.

„Das will ich wohl meinen", antwortete dieser: „Ich bin mit ihm auf demselben Zweig groß geworden."

„Wieso auf einem Zweig?"

„Ja nun, weil er Vogelklauen hat."

Sie können sich leicht vorstellen, welchen schrecklichen Eindruck diese Erzählung auf mich machte. Ich war fest entschlossen, eher zu sterben, als dem König Migonnet meine Hand zu geben. Die ganze Nacht über tat ich kein Auge zu. Tutu und mein Papagei vertrieben mir glücklicherweise ein wenig die trüben Gedanken, und erst gegen Morgen schlief ich ein. Tutu, der eine sehr feine Nase hatte, roch, dass die Fee Ungestüm sich dem Turm näherte. Sie kam richtig angepoltert und sah, dass ich geweint hatte. Sie fragte mich nach dem Grund meiner Tränen und drohte mir mit Strafen, wenn ich ihr nicht die Wahrheit sagen würde.

„Sei vergnügt, ich bringe Dir gute Nachricht", sagte sie: „Dein Liebhaber ist angekommen. Mach Dich schön, um ihn gehörig zu empfangen. Hier hast Du Schmuck und Kleider."

„Aber, mein Gott! Wer hat Ihnen denn gesagt, dass ich Lust hätte, mich zu verheiraten? Schicken Sie Ihren König

Migonnet wieder nach Hause. Ob er mich schön oder hässlich findet, ist mir völlig egal. Ich will und mag ihn nicht..."

„Nun, nun, pass nur auf", sagte die Fee: „Was fehlt Dir denn? Ich rate Dir, dem Scherz ein Ende zu machen, sonst werde ich Dir ..."

„Nun, was wollen Sie mir denn tun?", antwortete ich: „Kann man denn ein noch elenderes Leben führen, als ich es schon jetzt tue? Machen Sie mit mir, was Sie wollen, aber Ihren König heirate ich nicht!"

Die Fee verließ mich im heftigsten Zorn und lief auf der Stelle zu ihren Schwestern, um ihnen von meinem Betragen zu erzählen, und sich über meine Undankbarkeit zu beklagen.

Als sie fort war, machten mir Tutu und der Papagei ernsthafte Vorhaltungen über meinen Trotz, und erklärten mir die unangenehmen Folgen, die meine Weigerung für mich haben könnte. Mir jedoch war alles gleichgültig. Ich war so unglücklich, dass ich die Vorschläge der Feen und den Rat meiner Gesellschafter verachtete. Mit Absicht zog ich mich ungeschickt an, damit der König Migonnet mich hässlich fände. Er ließ nicht lange auf sich warten. Einen kleineren und hässlicheren Zwerg hat es wohl nie gegeben. Er konnte nicht auf seinen Vogelfüßen stehen, sondern schleppte sich mühselig auf zwei diamantenen Krücken voran. Sein königlicher Mantel war zwar nur eine halbe Elle lang, doch schleppte er ihn um ein Drittel hinter sich her. Sein Kopf war so groß wie ein ausgewachsener Kürbis. Er hatte einen ungeheuren Bart, und seine Ohren ragten eine halbe Elle über seinen Kopf hinaus. Mit offenen Armen kam er auf mich zu. Da ich aber ganz gerade stehen blieb, so musste ihn sein erster Stallmeister in die Höhe heben, um mich zu erreichen. So wie er mir aber nahe kam, lief ich davon, schloss mich in meiner Kammer ein und verriegelte Tür und Fenster, so dass er unverrichteter Dinge wieder zu den Feen zurückkehren musste.

Die Feen suchten seinen Zorn zu besänftigen, versprachen ihn des Nachts heimlich in mein Zimmer zu lassen, mir Hände und Füße binden, und mich so mit Gewalt zu entführen. All dies wusste ich zu diesem Zeitpunkt aber noch nicht. Die Feen jedenfalls waren ihrer Sache so sicher, dass sie sich gar nicht erst die Mühe machten, mit mir zu schimpfen, sondern mir nur kurz Revanche ankündigten. Tutu und der Papagei konnten diese scheinbare Ruhe nicht begreifen:

„Nehmen Sie sich wohl in Acht“, sagten sie zu mir: „Die Stille verkündet den Sturm.“

Ich jedoch lachte nur über ihre Furcht. Aber während wir uns so mit der allergrößten Gemütsruhe unterhielten, schlugen die Fenster auf, und die Feen erschienen auf ihrem fürchterlichen Drachen, gefolgt von Migonnet auf seinem feurigen Wagen.

Ich war kaum mehr bei Sinnen vor Entsetzen und versuchte mich augenblicks in den Rachen des Drachen zu stürzen. Aber die grausamen Feen hatten mich für längere Qualen vorgesehen. Auf meinen Widerstand hin berührte mich eine mit ihrem Zauberstab und gab mir die Gestalt einer Katze, von der Sie mich vor wenigen Augenblicken befreit haben. Hierauf führten sie mich in diesen Palast, der meinem Vater gehört, und verwandelten seinen ganzen Hof in Kater und Katzen. Nur einige ließen sie übrig, von denen man aber nichts als die Hände sehen konnte. Dies war ihnen aber noch nicht genug. Um meine Schmerzen zu vermehren, entdeckten sie mir das Geheimnis meiner Geburt und berichteten von dem

Tod meiner Eltern. Zum Schluss offenbarten sie mir, dass ich meine Gestalt nicht eher wieder bekommen würde, als bis sich ein Mann gefunden hätte, der mich wahrhaft liebte.

Sie, mein allerliebster Herr, haben durch Ihre große Liebe zu mir mich von meinen endlosen Leiden befreit, und ich kann nun einer glücklichen Zukunft entgegensehen."

„Und werden Sie auch mich bald von meinen Leiden befreien?", fragte der Prinz, indem er sich der Prinzessin zu Füßen warf.

„Ich liebe Sie schon mehr als mein Leben", antwortete die Prinzessin mit süßester Stimme: „Jetzt lassen Sie uns zu Ihrem Vater reisen, um sein Urteil über mich zu vernehmen und zu sehen, ob er in Ihre Wünsche einwilligt."

Der Prinz küsste ihr dankbar die Hand und hob sie in den Wagen, der auf dem Hof bereit stand. Für dieses Mal war der Aufzug noch kostbarer und reicher, als das vorige Mal. Die Reise dauerte nicht lange, die Verliebten wenigstens glaubten nur einige Minuten miteinander zugebracht zu haben.

Als sie sich dem Schloss näherten, das den drei Brüdern zum Treffen diente, setzte sich die Königin in eine Sänfte, die aus einem einzigen prächtigen Kristall verfertigt und rundum mit Vorhängen versehen war. Der Prinz blieb in seinem Wagen und sah schon von weitem seine Brüder mit zwei Prinzessinnen von außerordentlicher Schönheit spazieren gehen. Als sie ihn erblickten, fragten sie verwundert, wo sich denn seine Braut befände?

„Ich bin so unglücklich gewesen", sagte er, „auf meiner ganzen Reise nichts anderes als lauter hässliche Geschöpfe getroffen zu haben. Und das schönste, was ich meinem Vater mitbringen kann, ist eine niedliche weiße Katze."

Die Brüder lachten über seine Einfalt und der Prinz lachte selbst mit. Hierauf setzte sich jeder in seinen Wagen und fuhr nach der Königsstadt.

Das Gerücht von ihrer Ankunft hatte sich schon am Hofe verbreitet, und man versicherte dem König, dass die Schönheit der Prinzessinnen alles übertreffe, was man jemals gesehen hätte. Die beiden ältesten Prinzen kamen zuerst. Der König empfing sie sehr freundlich. Als er aber entscheiden wollte, welchen von ihnen der Preis des Thrones gebühren solle, geriet er in große Verlegenheit. Ein wenig hilflos warf er die Augen auf seinen jüngsten Sohn:

„Kommst Du denn diesmal mit leeren Händen zurück?"

„Ich bringe nichts mit als eine schöne weiße Katze, die so allerliebst miaut, dass sie Ihnen gefallen wird. Sie können sie in diesem Kristall bewundern."

Der König lächelte und ging auf den prachtvollen Kristall zu. In dem Augenblick aber, da er ihn öffnen wollte, fiel er in tausend Stücke und die Königin trat strahlend wie die Sonne hervor, die sich nur kurz hinter einer Wolke versteckt hatte. Ihre blonden Haare flossen in reichen Locken über ihren Nacken den Rücken bis auf die Erde hinab. Ein duftender Rosenkranz schmückte ihr edles Haupt und ein diamantener Gürtel bildete den einzigen Schmuck ihres einfachen Kleides.

Der König war wie vom Donner gerührt:

„Dieser", rief er aus, „nur dieser Prinzessin gebührt meine Krone!"

„Nein, mein König", antwortete sie mit himmlischer Bescheidenheit: „Ich bin nicht gekommen, Ihnen eine Krone zu entreißen, die kein würdigeres Haupt tragen kann, als das

Ihrige. Sechs Königreiche sind meinem Zepter Untertan. Erlauben Sie mir, Ihnen und Ihren beiden ältesten Söhnen drei derselben abzutreten. Als Gegenleistung begehre ich nichts Geringeres als Ihre Freundschaft und die Hand Ihres jüngsten Sohnes. Drei Königreiche werden für uns hinreichend sein."

„Der ganze Saal hallte bei dieser rührenden Szene von Ausrufen der Freude und Verwunderung wider. Die Hochzeiten der drei königlichen Prinzen wurden noch an demselben Tag gefeiert. Nach Beendigung der Festlichkeiten reiste jeder in sein Königreich. Und die weiße Katze, wie sie der Prinz liebevoll nannte, wurde durch ihre Schönheit, Güte und Freigebigkeit in der ganzen Welt berühmt.

Blondine und der verzauberte Fliederwald

von Sophie de Ségur

Blondine

Es war einmal ein König mit Namen Bénin, von seinem Wesen so herzensgut, dass alle Welt ihn liebte. Da er aber Gerechtigkeit gegen jedermann übte, fürchteten ihn die Bösen. Seine Frau, die Königin Doucette, teilte seine Herzensgüte und damit auch die Zuneigung, die man ihm im ganzen Lande entgegenbrachte. Dieses glückliche Königspaar hatte nun eine Tochter, die aufgrund ihres prächtigen hellblonden Haars überall nur Prinzessin Blondine genannt wurde. Sie besaß eine liebreizende Gestalt. Und überdies hatte ein gütiges Schicksal ihr auch noch das liebenswürdige und bezaubernde Wesen ihrer Eltern als Erbe mitgegeben. Unglücklicherweise starb jedoch die Königin kurz nach der Geburt der liebreizenden Blondine und der arme König vergoss lange Zeit bittere Tränen ob des großen Verlusts. Blondine war zum Glück noch viel zu klein, als dass sie den Tod ihrer Mutter hätte verstehen können. Und so weinte sie keine Tränen, fuhr fort mit Lachen und Spielen. Und kein trauriger Gedanke störte ihren friedlichen

Schlaf. Der König liebte Blondine zärtlich und sie liebte ihren Vater mehr als alles auf der Welt. Bénin schenkte seiner kleinen Tochter die allerschönsten Edelsteine, die erlesensten Süßigkeiten und die köstlichsten Früchte. Blondine war sehr glücklich.

Eines Tages nun wurde dem König der Wunsch seiner Untertanen herangetragen, dass er doch wieder heiraten möge, um einen Sohn zu bekommen, der nach seinem Tod die Herrschaft übernehmen könne. Anfangs wies Bénin dieses Verlangen weit von sich. Doch endlich gab er dem wiederholten Begehren seines Volkes nach und sagte zu seinem treuen Minister Léger:

„Mein guter Freund, meine Untertanen wünschen, dass ich wieder heirate. Doch mein Herz ist noch immer so unendlich traurig aufgrund des Todes meiner lieben Königin Doucette, so dass ich nicht die Kraft habe, die schwere Aufgabe der Suche nach einer neuen Frau selbst auf mich zu nehmen. Geh also du, mein guter Léger und finde eine Prinzessin, die meine süße Blondine glücklich machen kann.

Hast Du eine gutherzige Frau für meine Tochter und mich gefunden, halte in meinem Namen um ihre Hand an und führe sie an meinen Hof."

Minister Léger begab sich sofort auf den Weg, besuchte viele Königshöfe und sah unzählige Prinzessinnen, bösartig und hässlich. Schließlich nach endlos langer Reise gelangte er in das ferne Königreich des Königs Turbulent, der eine liebliche Tochter namens Fourbette besaß, strahlend schön, einnehmend und scheinbar von gutem Wesen. Léger fand sie dermaßen anziehend, dass er augenblicks im Namen seines Königs Bénin um ihre Hand anhielt, leider jedoch ohne ausreichend ihren wahren Charakter erforscht zu haben.

König Turbulent war entzückt von der Aussicht, auf diese Weise seine Tochter loszuwerden, die nämlich in Wahrheit

ein eifersüchtiges, stolzes und bösartiges Wesen hatte. Fourbettes Anwesenheit im Palast, die ständigen Ruhestörungen durch ihre Streifzüge nach oberflächlichen Vergnügungen, durch die Jagd und verschiedenste weitere Belustigungen waren ihm ein Grauen. Somit gab er, ohne auch nur einen klitzekleinen Moment zu zögern, der Bitte des Ministers Léger nach, der wiederum mit der Prinzessin auf kürzestem Wege zum Königreich seines guten Königs Bénin aufbrach. Begleitet wurde die Prinzessin Fourbette von viertausend Maultieren, voll beladen mit Edelsteinen und den zahllosen Kleidungsstücken der schönen Braut.

König Bénin, der durch einen Kurier bereits von ihrem Kommen unterrichtet worden war, ging der Prinzessin freudig entgegen. Obgleich er sie wunderschön fand, vermisste er doch zugleich das milde, anziehende Wesen seiner armen verstorbenen Königin Doucette. Als Fourbette das erste Mal ihre Augen auf Blondine richtete, war ihr Blick derart grausam und böse, dass das arme, nunmehr drei Jahre alte Kind zutiefst erschrak und bitterlich zu weinen anfing.

„Was ist los?“, fragte der König verwundert: „Warum weint meine süße und vernünftige Blondine wie ein ungezogenes kleines Mädchen?“

„Papa, lieber Papa“, rief Blondine weinend und warf sich in die Arme des Königs: „Bitte gib mich nicht in die Hände dieser fremden Prinzessin. Ich habe große Angst vor ihr. Ihre Augen sind so grausam!“

Der König war dermaßen erstaunt, dass er darauf nichts zu entgegnen wusste, sich urplötzlich nach der Prinzessin Fourbette umdrehte und dieser dadurch keine Zeit sich zu beherrschen ließ. Und so konnte auch er den schrecklichen

Blick sehen, mit dem Fourbette die kleine Blondine angeschaut hatte. Zutiefst beunruhigt, beschloss er augenblicks, Blondine gänzlich von der neuen Königin fernzuhalten und sie wie gehabt unter dem ausschließlichen Schutz des Kindermädchens zu belassen. Die Dienerin hatte sich immer treu um Blondine gekümmert und liebte das kleine Mädchen zärtlich. Auf diese Weise sah die neue Königin Blondine nur selten. Und wenn sie die Prinzessin zufällig traf, konnte sie ihren Hass ihr gegenüber kaum verbergen.

Ungefähr ein Jahr nach diesem Ereignis gebar die Königin Fourbette eine Tochter. Aufgrund ihrer dunklen Haare, die schwarz wie Rabenflügel glänzten, wurde sie Brunette genannt. Brunette war recht hübsch, aber keinesfalls so schön wie Blondine. Darüber hinaus hatte sie leider die Bösartigkeit ihrer Mutter geerbt. Und so verabscheute Fourbette ihre Stiefschwester Blondine und trieb allerlei hinterhältige Spiele mit ihr. Fourbette biss sie, kniff sie, zog sie an den Haaren, zerbrach ihr Spielzeug und zerriss ihre wunderschönen Kleider.

Die herzensgute kleine Blondine jedoch geriet darüber niemals in Zorn, sondern versuchte im Gegenteil allzeit das Verhalten ihrer Schwester zu entschuldigen.

„Oh Papa!", sagte sie zum König: „Schimpf nicht mit Brunette. Sie ist doch noch so klein! Sie weiß nicht, dass sie mir wehtut, wenn sie meine Spielsachen zerbricht! Es geschieht nur im Eifer des Spiels, wenn sie mich beißt, mich an den Haaren zieht und kneift."

Der gute König wurde in solchen Augenblicken ganz still und umarmte seine kleine Tochter. Denn im Geheimen wusste er nur zu gut, dass Brunette grausam und bösartig war und seine kleine Blondine viel zu sanftmütig, unschuldig und gut, als dass sie die Gemeinheiten ihre Schwester auch nur hätte erahnen können. Doch dadurch liebte er Blondine von Tag zu Tag nur noch mehr und sein Herz erkaltete für Brunette.

Die ehrgeizige Königin Fourbette sah diese Entwicklung mit klarem Blick und hasste deshalb die unschuldige und sanfte Blondine nur noch mehr. Hätte sie nicht den Zorn des gerechten Königs Bénin gefürchtet, schon längst wäre Blondine durch die Bösartigkeiten der Königin zum allerunglücklichsten Kind der Welt gemacht worden. Bénin jedoch hatte in weiser Voraussicht befohlen, Blondine niemals mit der Königin allein zu lassen. Und da der König nicht nur für seine Gerechtigkeit und Güte, sondern auch für seine äußerste Strenge gegenüber Ungehorsam bekannt war, wagte es die Königin nicht, sich seinen Befehlen zu widersetzen.

Blondine verirrt sich

Die Zeit verging. Blondine war mittlerweile sieben Jahre alt geworden und Brunette drei. Zum Geburtstag hatte der König seiner Blondine eine kleine, von zwei Straußen gezogene Kutsche geschenkt, und einen zehnjährigen Kutscher zur Seite gestellt, welcher der Neffe des Kindermädchens war. Der kleine Diener namens Gourmandinet liebte Blondine zärtlich. Seit ihrer Geburt war er ihr Spielfreund und Blondine hatte ihm tausende Liebenswürdigkeiten erwiesen. Tragischer Weise besaß Gourmandinet jedoch einen schrecklichen Fehler. Er war ein naschhafter Schlemmer, dermaßen süchtig nach Leckerbissen und Süßigkeiten, dass er selbst für ein klebriges Bonbonpapier nahezu jede böse Schandtat begangen hätte. Blondine sagte deshalb oft zu ihm:

„Ich liebe Dich von ganzem Herzen, mein Gourmandinet. Aber Deine unglaubliche Gefräßigkeit mag ich gar nicht. So flehe ich Dich an, beseitige endlich diesen abscheulichen Fehler, der Dich früher oder später vor der ganzen Welt verachtenswert machen wird."

Gourmandinet küsste dann jedes Mal schuldbewusst ihre Hand und versprach sich zu bessern. Aber leider stahl er auch weiterhin den Kuchen aus der Küche und die Bonbons aus dem Vorratsraum. Oft wurde er für diesen Ungehorsam und seine maßlose Gefräßigkeit streng bestraft, doch ohne Erfolg.

Die Königin Fourbette hörte von den Vorwürfen, mit denen der Diener von allen Seiten überschüttet wurde. Und sie war listig genug, aus Gourmandinets Schwäche ihren Nutzen zu ziehen, um die arme Blondine ein für alle Mal loszuwerden.

Der Schlosspark, in dem Blondine mit ihrer kleinen Straußenkutsche und ihrem kleinen Kutscher Gourmandinet spazieren fuhr, war nur durch einen eisernen Gitterzaun von dem unermesslich großen Wald getrennt, der direkt an den lichten Park angrenzte. Alle nannten ihn nur den Fliederwald, da seine zahlreichen Fliederbüsche das ganze Jahr über prächtig blühten. Doch niemand wagte ihn zu betreten. Denn jeder wusste, dass der Wald verzaubert war und dass es für denjenigen, der ihn einmal betreten hatte, keinen Rückweg gab.

Auch Gourmandinet kannte dieses schreckliche Geheimnis. Und so war es ihm strengstens verboten, die Kutsche Blondines in Richtung des Fliederwaldes zu lenken, damit Blondine nicht durch irgendeinen Zufall den Gitterzaun übersteigen und ihre kleinen Füße auf den verwunschenen Boden setzen könne.

Viele Male schon hatte der König verlangt, eine Mauer in der ganzen Länge des Gitterzauns zu errichten oder aber anderweitig den Zugang zum Fliederwald zu begrenzen. Aber so schnell wie die Arbeiter auch das Fundament bauten, eine unbekannte, unsichtbare Kraft war schneller als sie und ließ die gerade erst angehobenen Mauersteine vor ihren Augen einfach im Nichts verschwinden.

Um ihren finsteren Plan in die Tat umzusetzen, suchte die Königin Fourbette nun die Freundschaft des gefräßigen Gourmandinet zu erlangen, indem sie ihm jeden Tag die köstlichsten Leckerbissen zusteckte. Schon bald hatte sie ihn auf diese Weise so vollständig zum Sklaven seiner Gelüste gemacht, dass er ohne die vielen Süßspeisen, Bonbons und Kuchen keinen Augenblick länger leben konnte. Und damit war endlich der Zeitpunkt gekommen, wo sie ihn zu sich rief:

„Mein gefräßiger kleiner Gourmandinet. Ab heute liegt es ganz allein in Deiner Hand, ob Du von mir eine große Kiste voller Bonbons und köstlichster Leckereien erhalten oder aber niemals mehr in Deinem Leben diese Süßigkeiten genießen wirst.“

„Niemals mehr Süßigkeiten ...! Oh weh, meine Herrin ...! Diese furchtbare Strafe wäre mein sicherer Tod! Sagen sie mir schnell, was ich machen soll, um diesem schrecklichen Schicksal zu entgehen.“

„Nichts weiter musst Du tun, als die Prinzessin Blondine in die Nähe des Fliederwaldes zu fahren“, antwortete die Königin mit starrem Blick.

„Oh nein, das kann ich nicht, meine Herrin. Der König hat es verboten!“

„Ach, Du kannst es nicht? Nun gut, dann adieu mein kleiner Vielfraß. Nie mehr Leckerbissen ein Leben lang. Jedem im Palast werde ich befehlen, Dir keine Leckereien mehr zu geben.“

„Oh, meine Herrin“, rief Gourmandinet bitterlich weinend: „Seien sie nicht so grausam zu mir. Geben Sie mir einfach nur einen Befehl, den ich auch auszuführen vermag.“

„Ich kann nur wiederholen, dass Du die Prinzessin Blondine in die Nähe des Fliederwaldes zu fahren hast. Überrede sie dazu, aus der Kutsche auszusteigen, über den Gitterzaun zu klettern und den verwunschenen Wald zu betreten.“

„Aber, Herrin“, antwortete Gourmandinet leichenblass: „Wenn die Prinzessin den Wald betritt, kann sie ihm nie wieder entfliehen. Sie kennen doch diese schreckliche Strafe. Meine liebe Prinzessin dorthin zu locken, bedeutet ihren sicheren Tod!“

„Zum dritten und letzten Mal“, schrie die Königin wütend auf und runzelte fürchterlich die Stirn: „Wirst Du nun die Prinzessin in den Wald bringen oder nicht? Wähle, Fresssack! Sofort! Entweder eine riesige Kiste voller Bonbons, die ich jeden Monat wieder auffüllen werde, oder aber niemals mehr auch nur einen Deiner heiß geliebten Leckerbissen!“

„Aber, wenn ich das tue. Wie könnte ich der furchtbaren Strafe entgehen, die seine Majestät zurecht über mich verhängen wird?“

„Darüber mach Dir keine Sorgen! Sobald Du Blondine in den Fliederwald gelockt hast, eile sofort zu mir. Ich selbst werde Dich und Deine Bonbons aus der Reichweite des Königs bringen und mich um Deine glückliche Zukunft kümmern.“

„Oh, meine gnädige Herrin. Haben sie doch Mitleid mit mir. Zwingen sie mich nicht, meine liebe Prinzessin der sicheren Vernichtung preiszugeben. Sie, die allezeit so gut zu mir gewesen ist!“

„Was? Du zögerst noch immer, elender Feigling! Was interessiert Dich Blondines Schicksal? Gehorchst Du meinen Befehlen, sorg ich persönlich dafür, dass Du in den Dienst Brunettes eintrittst. Außerdem erkläre hiermit feierlich, dass niemals Dir die Bonbons ausgehen werden!“

Auf diesen letzten Satz hin hielt Gourmandinet einen Moment inne und beschloss doch tatsächlich, seine gute kleine Herrin seiner unheilvollen Gefräßigkeit zu opfern. Kurz darauf aber überkam ihn schon wieder die Reue. Und so verbrachte er den Rest des Tages und auch die ganze Nacht unter bitteren Tränen damit, einen Weg zu finden, wie er der Gewalt der bösen Königin entrinnen könnte. Aber die Gewissheit der unerbittlichen Rache seiner Herrin, wie auch die Hoffnung, Blondine zu einem späteren Zeitpunkt vielleicht mit Hilfe einer mächtigen Fee retten zu können, veranlassten ihn, der Königin zu gehorchen.

Blondine hatte ihre kleine Kutsche am nächsten Morgen für zehn Uhr bestellt. Und nachdem sie ihren Vater, den König Bénin, umarmt und ihm versprochen hatte, nach zwei Stunden zurück zu sein, begab sie sich fröhlich auf ihre Spazierfahrt. Der Schlosspark war riesig und der listige Gourmandinet lenkte die Straußen zunächst ganz bewusst weg vom Fliederwald. Als sich die Kutsche jedoch außer Sichtweite des Palastes befand, wendete er und lenkte die Straußen über Umwege in Richtung des verbotenen Gitterzauns zum Zauberwald. Gourmandinet war traurig und still. Sein Verbrechen lastete schwer auf seinem Herzen und Gewissen.

„Was ist los mit dir?", fragte Blondine freundlich. Du sagst heute gar nichts. Bist Du etwa krank, Gourmandinet?"

„Nein, meine Prinzessin. Mir geht es gut."

„Aber Du bist so blass! Erzähle mir, was Dich bekümmert, armer Junge. Und ich versprech dir, alles in meiner Macht Stehende zu tun, um Dich wieder glücklich zu machen."

Blondines liebenswürdige Fragen hatten schon fast das harte Herz Gourmandinets besänftigt. Aber die süße Erinnerung an die versprochenen Bonbons der bösen Königin Fourbette jagten schon bald seine guten Vorsätze wie leichte Federwölkchen hinfort. Noch bevor Gourmandinet antworten konnte, hatten die Straußen bereits den Gitterzaun zum Fliederwald erreicht.

„Oh, der wunderschöne Flieder!", rief Blondine erstaunt und voller Entzücken: „Ach, wie er duftet, wie köstlich! Unbedingt muss ich einen Strauß dieser wunderschönen Blumen für meinen Vater haben. Schnell, Gourmandinet, steig ab und bring mir ein paar jener prächtigen Fliederzweige."

„Aber, Prinzessin. Ich darf die Kutsche nicht verlassen. Die Straußen könnten während meiner Abwesenheit mit Dir davon laufen."

„Ach wo, mach Dir keine Sorgen", antwortete Blondine: „Ich kann die Straußen selbst zum Palast meines Vaters lenken."

„Aber der König würde mich schrecklich ausschimpfen, wenn er sieht, dass ich Dich im Stich gelassen habe, Prinzessin. Deshalb ist es das Beste, wenn Du Dir selbst Deine Blumen pflückst."

„Das ist wahr. Und ich würde es sehr bedauern, wenn Du wegen mir eine Schelte bekommst, mein armer Gourmandinet."

Noch während dieser Worte sprang Blondine leichtfüßig aus der Kutsche, kletterte geschickt über die eisernen Gitterstäbe und begann die herrlichen Blumen zu pflücken. Im selben Moment überfiel Gourmandinet ein schrecklicher Schauder und tiefe Gewissensbisse überwältigten ihn. Augenblicks beschloss er seinen Fehler wieder gutzumachen und rief nach Blondine. Doch obwohl sie nur zehn Schritt von ihm entfernt war und er sie ganz genau sehen konnte, vermochte sie ihn nicht zu hören. Und schon nach kurzer Zeit war sie Blumen pflückend im Zauberwald verschwunden.

Eine ganze Weile vergoss Gourmandinet bittere Tränen über sein schreckliches Verbrechen, verfluchte immer aufs Neue seine unheilvolle Gefräßigkeit und war voller Verachtung für die böse Königin Fourbette. Doch als die Stunde nahte, da Blondine im Palast zurückerwartet wurde, trat er ängstlich den Rückweg an, betrat heimlich durch den Hintereingang die Ställe und rannte sogleich zur Königin, die ihn bereits voller Ungeduld erwartete. Als er mit furchtbaren Gewissensbissen so totenbleich und mit Tränen geröteten Augen vor ihr stand, wusste sie sofort, was mit Blondine geschehen war.

„Ist es vollbracht?", fragte sie frohlockend.

Gourmandinet nickte bejahend mit seinem Kopf, da ihm die Kraft zum Sprechen fehlte.

„Dann komm“, sagte sie: „Nimm Deine Belohnung in Empfang!“

Die Königin zeigte auf eine große Kiste voll der köstlichsten Bonbons und befahl einem Kammerdiener diese auf einem der Maultiere zu befestigen, die einst ihre Juwelen getragen hatten.

„Hier, Gourmandinet! Ich übergebe Dir diese Kiste. Nimm sie mit zu meinem Vater und komm in einem Monat mit ihr zurück, damit ich sie Dir erneut füllen kann.“ Außerdem drückte sie ihm verstohlen einen Beutel voller Goldstücke in die Hand.

Ohne ein Wort zu sagen, bestieg Gourmandinet das Maultier und ritt mit ihm davon. Das Tier jedoch war störrisch und eigensinnig und begann gar bald unter dem Gewicht der Kiste unruhig zu tänzeln und zu treten. So dauerte es nicht lange, da warf es ihn bereits auf den Boden. Gourmandinet, der niemals zuvor auf einem Pferd oder Maultier geritten war, fiel mit seinem Kopf derart unglücklich auf einen Stein, dass er auf der Stelle verstarb. Auf diese Weise kam er nicht einmal in den Genuss seines Gewinns, den er sich durch sein Verbrechen verdient hatte. Niemand trauerte um ihn, niemand vermisste ihn und niemand außer der armen Blondine hatte ihn je geliebt.

Der geheimnisvolle Fliederwald

Als Blondine den Fliederwald betrat, begann sie augenblicks mit dem Sammeln der wunderschönen Fliederzweige. Selbstvergessen erfreute sie sich an der überwältigenden Blütenfülle und deren außerordentlichem Wohlgeruch. Und wie sie so immer aufs Neue voller Entzücken ihre Auswahl traf, schien es ihr doch gerade so, als ob jene Blütenzweige, die entfernter hingen, noch viel schöner waren, als die, welche sie gerade gepflückt hatte. Und so leerte sie immer aufs Neue ihre vollgefüllte Schürze und pflückte die prächtigen Blütenzweige. Fast eine Stunde war Blondine bereits damit beschäftigt, als sie allmählich unter der großen Hitze und einer seltsamen Müdigkeit zu leiden begann. Die Fliederzweige wurden unerklärlicher Weise immer schwerer und sie dachte, dass es nun Zeit zum Palast zurückzukehren sei. So schaute sich nach dem Rückweg um. Doch oh weh, überall sah sie nur dichte Fliedersträucher. Zitternd rief sie nach Gourmandinet, doch niemand antwortete ihr.

„Offensichtlich bin ich viel weiter gewandert als beabsichtigt. Sofort werde ich umkehren. Gewiss wird Gourmandinet mich irgendwann hören und mir entgegenkommen."

So machte sich Blondine eilig auf den Weg, rief viele Male ängstlich nach Gourmandinet ohne eine Antwort zu erhalten und ohne die Grenze des Waldes zu finden. Und schließlich und endlich bekam sie schreckliche Angst.

„Oh je, was wird mit mir ganz alleine in diesem riesengroßen Wald geschehen? Was wird nur mein armer Vater denken, wenn ich nicht wiederkomme? Und Gourmandinet, wird er es wagen, ohne mich zum Palast zurückzukehren? Wenn ja, wird er ausgeschimpft oder gar geschlagen. Und alles das ist meine Schuld, weil ich die Kutsche verlassen habe, um Flieder zu pflücken! Unglückliches Mädchen, das ich bin! Soll ich also verdursten und vor Hunger sterben in diesem dunklen Wald, wenn mich nicht zuvor in dieser Nacht schon die Wölfe fressen?“

Bitterlich weinend, fiel Blondine auf den weichen Waldboden genau am Fuße eines mächtigen Baumes. So weinte sie eine ganze Weile vor sich hin, doch endlich siegte die große Müdigkeit über ihre tiefe Trauer. Still legte sie ihren kleinen Kopf auf das Bündel duftender Fliederzweige und schlief friedlich ein.

Blondines Erwachen – Der Kater Beau-Minon

Blondine schlief selig die ganze Nacht. Kein wildes Tier kam, um ihren sanften Schlummer zu stören. Auch litt sie nicht unter der Kälte und erwachte erst spät am Morgen. Mehr als überrascht rieb sich Blondine die Augen, als sie anstatt ihres Zimmer im Palast des Vaters überall nur Bäume sah. Warum nur lag sie nicht in ihrem Bett? Verwirrt rief sie nach ihrem Kindermädchen, doch nur ein sanftes Miauen kam als Antwort. Erstaunt und ein wenig ängstlich drehte sie sich in Richtung des Geräuschs und erblickte zu ihren Füßen eine herrliche weiße Katze, die sie sanft anschaute und traurig mit dem Miauen fortfuhr.

„Ach, niedliche Mieze! Wie wunderschön Du bist!“, rief Blondine und legte ihre kleine Hand sanft auf das weiche

Fell, das weiß wie Schnee leuchtete: „Ich bin so froh, Dich zu sehen, entzückendes kleines Kätzchen, da Du mich bestimmt zu Dir nach Hause mitnehmen wirst. Tatsächlich bin ich nämlich sehr hungrig und habe nicht die Kraft, ohne Essen weiterzulaufen."

Blondine hatte diese Worte kaum ausgesprochen, als das weiße Kätzchen erneut zu miauen begann und mit ihrer kleinen Pfote auf ein kleines Päckchen zeigte, das sorgfältig in feines weißes Leinentuch eingewickelt worden war. Sie öffnete es und entdeckte darinnen Brot und Butter, welche sie gar köstlich fand. Die übrig gebliebenen Krümel schenkte sie der Miezekatze, die sie anscheinend mit Vergnügen verspeiste. Als beide ihr einfaches Mahl beendet hatten, beugte sich Blondine zu ihrem kleinen Gesellschafter und sagte sanft:

„Dankeschön, niedliche Mieze, für das leckere Frühstück, das Du mir beschert hast. Nun kannst Du mich zu meinem Papa führen, der wegen meiner Abwesenheit gewiss schon in großer Sorge ist?"

Das Miezekätzchen, dem Blondine aus einem Gefühl heraus den Namen Beau-Minon gegeben hatte, schüttelte seinen Kopf und miaute traurig.

„Ah, Du verstehst mich, Beau-Minon", sagte Blondine erleichtert: „Ich flehe Dich an, habe Mitleid mit mir. Wenn nicht zum Palast meines Vaters, dann führe mich zu einem anderen Haus, bevor ich in diesem riesengroßen Wald vor Hunger, Kälte und Angst sterbe!"

Beau-Minon schaute unverwandt auf die Prinzessin und gab ihr mit seinem kleinen anmutigen Köpfchen ein Zeichen, welches zu bedeuten schien: „Ich verstehe dich." Dann erhob sich das Kätzchen, lief einige Schritte vorwärts und hielt inne, um zu sehen, ob Blondine ihr auch wirklich folgte.

„Ich bin hier, Beau Minon. Ich folge Dir gern. Aber wie sollen wir dieses Dickicht durchqueren? Ich sehe keinen Weg."

Beau-Minon gab keine Antwort, sondern sprang stattdessen gelassen ins Unterholz, das sich im selben Moment von ganz alleine öffnete. Und kaum waren Blondine und Beau-Minon hindurch geschlüpft, schloss es sich auch schon wieder hinter ihnen. Blondine und Beau-Minon liefen ungefähr eine halbe Stunde. Und je weiter sie vorwärts schritten, desto heller wurde der Wald, das Gras feiner und die Blumen zahlreicher. Auch erblickte sie viele schöne Vögel, die melodisch sangen und anmutige Eichhörnchen, die flink die großen Zweige der Bäume entlang flitzten. Blondine, die nicht einen Moment daran zweifelte, dass sie kurz davor waren, den Wald zu verlassen, um irgendwann auch ihren lieben Vater wiederzusehen, war wie verzaubert von all den schönen Dingen, die sie sah. Hin und wieder wünschte sie zu verweilen, um die wunderbaren wilden Blumen zu pflücken. Doch Beau-Minon schritt beständig vorwärts und miaute kläglich, wann immer Blondine in ihrem Tempo nachließ.

Nach etwa einer Stunde erblickte Blondine endlich ein elegantes Schloss. Beau-Minon führte sie zu einem vergoldeten Gitterzaun, der das Schloss umgab. Doch wusste Blondine nicht, wie sie eintreten sollte. Denn sie sah keine Klingel und das Tor war verschlossen. Und Beau-Minon ...? Der war unversehens verschwunden und Blondine erneut allein.

Bonne-Biche

Blondine hatte nicht bemerkt, wie Beau-Minon flink durch eine kleine Seitenpforte hindurchgehuscht war, die eigens für ihn gemacht zu sein schien. Vermutlich hatte er bereits die Bewohner des Schloss von ihrem Kommen unterrichtet, denn plötzlich öffnete sich wie von Geisterhand das Gittertor. Blondine betrat den Hof, sah jedoch niemanden. Auch die Schlosstür öffnete sich ohne ihr Zutun. Blondine betrat die mit seltenem Marmor verkleidete Eingangshalle. Alle Türen öffneten sich nun wie die erste und Blondine durchwanderte eine Flucht der wunderschönsten Räume. Als sie ganz am Ende in einem bezaubernden Salon mit blauen und goldenen Möbeln ankam, erblickte sie erstaunt eine weiße Hirschkuh, die grazil auf einem Bett aus feinem, duftendem Gras ruhte. Beau-Minon stand ganz in ihrer Nähe. Die wunderschöne Hirschkuh erhob sich sanft und ging auf Blondine zu.

„Sei herzlich willkommen, Blondine. Ich heiße Bonne-Biche. Mein Sohn Beau-Minon und ich haben Dich seit langem schon erwartet."

Blondine erschrak heftig bei diesen geheimnisvollen Worten.

„Keine Sorge, Prinzessin! Fasse Mut. Du bist bei Freunden. Ich kenne den König Bénin, Deinen Vater und liebe ihn sehr. Und Dich habe ich ebenso lieb."

„Oh Madame", sagte Blondine. „Wenn Du den König, meinen Vater kennst, dann flehe ich Dich an. Bitte führe mich augenblicks zurück zu ihm. Meine Abwesenheit muss ihn sehr unglücklich machen."

„Meine liebe Blondine", sagte die Hirschkuh tief seufzend: „Leider liegt es nicht in meiner Macht, Dich zu Deinem Vater zurückzuführen. Du bist in der Gewalt des Zauberers des Fliederwaldes. Ich selbst bin seiner dunklen Kraft unterworfen, die mächtiger ist als die meine. Doch kann ich Deinem Vater sanfte Träume schicken, die ihn über Dein Schicksal beruhigen werden und ihn wissen lassen, dass Du bei mir in Sicherheit bist."

„Oh, Madame!", erwiderte Blondine in einem Anfall tiefsten Schmerzes: „Soll ich niemals mehr meinen Vater wiedersehen, den ich so sehr liebe? Ach, mein armer Vater ...!"

„Liebe Blondine, sorge Dich nicht um die Zukunft. Weisheit und Geduld werden immer belohnt. Du wirst Deinen Vater wiedersehen, aber nicht jetzt. Bis dahin sei tapfer und gut. Beau-Minon und ich werden alles in unserer Macht Stehende tun, um Dich glücklich zu machen."

Blondine seufzte schwer und vergoss einige Tränen. Doch dann dachte sie, dass ihre Schmerzensbekundungen ein schlechter Lohn für all die Güte Bonne-Biches seien. Und so beschloss sie sich zu beherrschen und fröhlich zu sein.

Bonne-Biche nahm Blondine mit sich, um ihr die Räume zu zeigen, die sie für sie vorbereitet hatte. Blondines Bett war mit rosenfarbenen, goldbestickten Seidentüchern behangen, die Möbel bespannt mit weißem Samt und durchwirkt mit Seide in den leuchtendsten Farben, bestickt mit den allerseltensten Tieren, Vögeln und Schmetterlingen. Direkt neben Blondines Schlafzimmer lag ein kleines Arbeitszimmer, dessen Wände mit himmelblauem Damast bespannt waren. Die Möbel zierte ein kostbarer Bezug aus feinster Moiré-Seide und glitzernden Türkisnägeln. Und an den Wänden hingen die prächtigen Porträts einer bezaubernden jungen Frau und eines schönen jungen Mannes, bei denen man sofort erkannte, dass sie von Königlichem Geblüte waren.

„Wer sind die beiden, Madame?", fragte Blondine neugierig Bonne-Biche.

„Leider ist es mir verboten, Dir diese Frage zu beantworten. Du wirst es später noch erfahren. Doch nun ist es Zeit zu speisen. Komm, Blondine. Ich bin mir ganz sicher, dass Du hungrig bist."

Blondine war in der Tat sehr hungrig. Und so folgte sie Bonne-Biche in das Speisezimmer, wo sie einen seltsam angerichteten Tisch erblickte. Für Bonne-Biche lag ein gewaltiges Kissen aus himmelblauem Satin auf dem Fußboden. Auf dem Tisch vor ihr befand sich eine Schale voll der erlesensten Kräuter, frisch und nahrhaft. Daneben stand ein goldener Krug gefüllt mit frischem, glasklarem Wasser. Auf der anderen Seite des Tisches erblickte sie einen kleinen Stuhl offensichtlich für Beau-Minon, davor einen kleinen Goldnapf gefüllt mit Speisen und eine Kristallschale mit frischer Milch.

Zwischen den Plätzen von Beau-Minon und Bonne-Biche hatte man für Blondine aufgetafelt. Ihr Stuhl war aus geschnitztem Ebenholz, bespannt mit purpurrotem Samt und verziert mit kostbaren Diamantnägeln. Vor ihr stand ein reich verzierter goldener Teller, gefüllt mit einer köstlichen Gemüsesuppe und daneben ein kleines Milchbrötchen. Ihr Glas und ihre Wasserflasche waren aus reinstem Bergkristall, das Besteck aus Gold und ihre Serviette aus dem feinsten Leinen, das man je gesehen hatte. An der Tafel bedienten wundersam geschickte Gazellen. Sie zerteilten die Speisen, gossen ein und lasen jeden Wunsch Blondines, Bonne-Biches und Beau-Minons von den Lippen ab. Das Essen war vom Feinsten, das Gebäck und die Bonbons unübertrefflich und Blondine aß von jedem etwas. Und nach dem mehr als köstlichen Mahl führten Bonne-Biche und Beau-Minon die Prinzessin in den Garten, in dem schon die köstlichsten Früchte und beschaulichsten Wege auf sie warteten. Endlich kehrte Blondine mit ihren neuen Freunden müde und erschöpft von dem ganz und gar bezaubernden Spaziergang zum Schloss zurück.

Bonne-Biche schlug vor, dass sie sich doch erst einmal schlafen legen solle. Blondine war dies nur recht. In ihrem Schlafzimmer warteten bereits zwei niedliche Gazellen auf sie. Sie zogen die Prinzessin aus, legten sie ins Bett und setzten sich neben sie aufs Sofa, um ihren Schlaf zu behüten. Und nachdem Blondine innig an ihren lieben Vater gedacht und einige bittere Tränen über ihre grausame Trennung vergossen hatte, schlief sie friedlich ein.

Blondines zweites Erwachen

Blondine schlief tief und fest. Und als sie endlich erwachte, fand sie sich völlig verändert. Ja, in der Tat schien es ihr, als ob sie nicht mehr dieselbe Person wäre. Denn sie fühlte sich viel größer, ihr Verstand schien urplötzlich entwickelt, ihr Wissen erweitert. Auf für sie völlig unerklärliche Weise erinnerte sie sich an eine Menge Bücher, die sie während ihres Schlafs gelesen zu haben glaubte. Auch war sie sich sicher, dass sie im Traum geschrieben, gemalt, gesungen und auf dem Klavier und der Harfe gespielt hatte. Doch als sie sich umschaute, erkannte sie erstaunt, dass sie sich noch immer in dem Zimmer befand, in dem sie eingeschlafen war. Verwirrt und beunruhigt stand sie auf und rannte zum Spiegel. Nun erst erkannte sie, dass sie tatsächlich sehr gewachsen war. Doch fand sie sich entzückend, hundert Mal schöner als in der Nacht zuvor, da sie sich schlafen gelegt hatte. Ihre schönen blonden Haare fielen in sanften Locken bis zu ihren Füßen, ihre Gesichtsfarbe war zart wie Lilien und Rosen, ihre Augen himmelblau, ihre Nase auf wunderschöne Weise geformt, ihre Wangen rosig wie der Morgen und ihre Gestalt aufrecht und anmutig. Mit wenigen Worten, Blondine hielt sich für das schönste Mädchen, das sie je gesehen hatte. Zitternd, fast ein wenig ängstlich, zog sie sich an und rannte dann eilig los, um Bonne-Biche zu suchen. Sie fand sie glücklich in dem Zimmer, wo sie sie zuerst gesehen hatte.

„Bonne-Biche, Bonne-Biche!", rief Blondine aufgewühlt: „Ich flehe Dich an, bitte erkläre mir die seltsame Veränderung, die ich deutlich an mir sehe und in mir fühle. Letzte Nacht ging ich als Kind schlafen und am Morgen erwachte ich als ein junges Mädchen. Ist dies nur eine Täuschung, ein wirrer Traum oder aber bin ich tatsächlich gewachsen? Habe ich mich entwickelt in dieser Nacht?"

„Ja, meine liebe Blondine, Du bist tatsächlich gewachsen. Heute ist Dein vierzehnter Geburtstag, denn Du hast sieben Jahre lang friedlich geschlafen. Mein Sohn Beau-Minon und ich wollten Dir all die ermüdenden Anstrengungen des frühen Lernens ersparen. Als Du das erste Mal das Schloss betratest, wusstest Du nichts, nicht einmal wie man liest.

Ich habe Dich für sieben Jahre in einen tiefen Schlaf versetzt. Und in dieser Zeit verbrachten Beau-Minon und ich jeden Tag damit, Dich im Schlaf in den verschiedensten Dingen zu unterrichten. An dem verwunderten Ausdruck Deiner süßen Augen, liebe Prinzessin, sehe ich dass Du an meinen Worten zweifelst. Deshalb komm in Dein Arbeitszimmer und überzeuge Dich selbst."

Klopfenden Herzens folgte Blondine Bonne-Biche in den kleinen Raum. Zunächst lief sie zum Klavier, begann zu spielen und fand, dass sie ausgezeichnet spielte. Darauf versuchte sie sich an der Harfe, erzeugte die hinreißendsten Klänge und sang auch noch bezaubernd dazu. Dann nahm sie Tusche und Pinsel und malte mit wundersamer Leichtigkeit, die wahres Talent erkennen ließ. Auch schrieb sie einige Sätze und fand ihre Handschrift klar und elegant. Sie blickte auf die zahllosen Bücher, die überall in den Regalen standen und erkannte, dass sie alle gelesen hatte. Völlig überrascht und entzückt legte sie ihre Arme um Bonne-Biches und Beau-Minon, umarmte sie zärtlich und sagte schließlich:

„Oh, meine lieben guten Freunde! Was für eine große Dankbarkeit schulde ich euch dafür, dass ihr so treu über meine Kindheit gewacht, so sorgsam meinen Verstand und mein Herz entwickelt habt. Ja, ich fühle, wie sehr ich mich in jeder Hinsicht verbessert habe. Und all dies verdanke ich euch!"

Bonne-Biche erwiderte gerührt Blondines Zärtlichkeiten und Beau-Minon tätschelte liebevoll die Hand der Prinzessin. Als die ersten glücklichen Augenblicke vorüber waren, schlug Blondine plötzlich ihre Augen nieder und sagte schüchtern:

„Haltet mich bitte nicht für undankbar, meine lieben guten Freunde, wenn ich euch nun bitte, noch etwas zu den Wohltaten hinzuzufügen, die ihr mir sieben Jahre lang so freigiebig gewährt habt. Erzählt mir etwas über meinen Vater. Weint er noch über mein Verschwinden? Konnte er wieder glücklich werden, nachdem er mich verloren hatte?"

„Liebe Blondine, Deine Sorge ist nur verständlich und Du sollst augenblicks von ihr befreit werden. Schau in den Spiegel. Dort wirst Du den König, Deinen Vater sehen und alles, was geschehen ist, seitdem Du den Palast verlassen hast."

Neugierig richtete Blondine ihre Augen auf den Zauberspiegel und blickte direkt in das Zimmer ihres Vaters. Der König wirkte sehr erregt und lief hastig auf und ab. Fast schien es, als warte er auf irgendjemanden. Da plötzlich trat die Königin Fourbette ein und berichtete ihm, dass Blondine gegen den Willen Gourmandinets die Zügel ihrer Kutsche ergriffen und die Straußen direkt in Richtung des Fliederwaldes gelenkt hätte. Die Straußen wären ängstlich losgestürzt, hätten die Kutsche umgeworfen und Blondine über den Gitterzaun geschleudert, der den verwunschenen Wald begrenzte. Als Blondine bemerkt habe, dass Gourmandinet durch den Schreck und den Kummer verrückt geworden sei, hätte sie ihn nach Hause zu ihren Eltern zurückgeschickt. Der König geriet ob dieser Neuigkeiten in wilde Verzweiflung. Augenblicks rannte er zum Fliederwald und nur mit Gewalt konnte man ihn davon abhalten, sich gegen die Abgrenzung zu werfen, um selbst nach seiner teuren Blondine zu suchen. Die Diener brachten ihn zum Palast zurück, wo er sich der furchtbarsten Trauer und Verzweiflung hingab, und dabei wie im Fieber unaufhörlich nach seiner lieben Blondine rief. Schließlich schlief er vom Kummer überwältigt ein und erblickte im Traum sein geliebtes Kind im Schloss von Bonne-Biche und Beau-Minon. Bonne-Biche gab ihm die süße

Gewissheit, dass seine kleine Tochter eines Tages zu ihm zurückkehren und ihre Kindheit still und glücklich sein würde.

Für einen Moment verschwamm das Spiegelbild, um kurz darauf erneut kristallklar das Geschehene anzuzeigen. Blondine erblickte ihren Vater ein zweites Mal. Er war alt geworden, sein Haar weiß wie Schnee und sein Gesichtsausdruck betrübt. In seinen zitternden Händen hielt er ein kleines Porträt seiner lieben Blondine. Dicke Tränen fielen auf das Bild und ab und an führte er es schluchzend an seine Lippen. Der König war ganz allein. Weder sah Blondine die Königin noch Brunette. Da weinte sie bitterlich:

„Oje ! Warum ist mein lieber Vater nur so allein? Wo ist die Königin, wo Brunette?"

„Die Königin zeigte so wenig Trauer über Deinen Tod, meine Prinzessin, dass das Herz Deines Vaters ihr gegenüber mit großem Argwohn erfüllt wurde und er sie zurück zu König Turbulent, ihrem Vater, schickte. Der sperrte sie zur Strafe in einen dunklen Turm, wo sie gar bald vor lauter Wut und Ärger gestorben sein soll. Alle Welt glaubt, dass Du tot bist. Deine Schwester Brunette jedoch wurde derart bösartig und unerträglich, dass der König sie letztes Jahr mit dem Prinzen Violent verheiratet hatte. Dieser Prinz ist ernst und streng und hatte es sich zu Aufgabe gemacht, den Charakter der grausamen und neidischen Prinzessin zu verbessern. Und tatsächlich erkannte Brunette irgendwann, dass allein ihr böses Herz sie daran hinderte, glücklich zu sein, so dass sie endlich ihre Fehler zu korrigieren begann. Eines Tages wirst Du sie wiedersehen, meine liebe Blondine."

Blondine dankte Bonne-Biche herzlich für alle diese Einzelheiten. Und ihr Herz veranlasste sie zu fragen, wann sie ihren Vater und ihre Schwester wohl wiedersehen könne. Aber da sie befürchtete, undankbar zu erscheinen, beschloss sie mit ihrer Frage auf eine bessere Gelegenheit zu warten.

Die Tage gingen angenehm und still dahin. Blondine war sehr beschäftigt, aber manchmal traurig. Außer Bon-Biche hatte sie niemanden, mit dem sie sich unterhalten konnte. Und überdies sah Blondine sie nur während der Unterrichtsstunden und der Mahlzeiten. Beau-Minon aber konnte nicht sprechen und nur mit Hilfe von Zeichen sich verständlich machen. Die Gazellen umsorgten Blondine mit Intelligenz und Hingabe. Aber auch ihnen ward die Gabe der Sprache nicht gegeben.

Blondine ging jeden Tag spazieren, immer begleitet von Beau-Minon, der ihr die beschaulichsten und verborgensten Wege, die seltensten und schönsten Blumen zeigte. Doch musste Blondine Bonne-Biche feierlich versprechen, niemals die Einzäunung des Parks zu verlassen und niemals den Fliederwald zu betreten. Viele Male hatte Blondine nach dem Grund dieses Verbots gefragt. Tief seufzend hatte Bonne-Biche nur geantwortet:

„Ach, Blondine! Versuche nie den Wald zu durchdringen. Es ist ein unheilvoller Ort. Mögest Du ihn niemals betreten."

Manchmal aber stieg Blondine hoch hinauf zu einem Pavillon auf einem einsamen Hügel, der nahe dem Fliederwald lag. Sehnsüchtig schaute sie dann auf die großen Bäume, die wunderbaren, verlockend duftenden Blumen, die Tausenden von anmutigen Vögeln, die lustig umherflatternd unaufhörlich ihren Namen zu rufen schienen.

„Oje!", seufzte sie: „Warum nur will mir Bonne-Biche nicht erlauben, in diesem wunderbaren Wald spazieren zu gehen? Welche Gefahr soll an einem so schönen Ort auf mich lauern, wo ich mich doch überdies unter ihrem Schutz befinde?“

Wann immer sie sich derartigen Überlegungen hingab, miaute Beau-Minon, der offensichtlich in ihrem Herzen zu lesen vermochte, gar jämmerlich, zerrte an ihrem Kleid und versuchte sie von dem Pavillon wegzuziehen. Blondine lächelte dann süß, folgte ihrem sanften Begleiter, um ihren stillen Spaziergang in dem einsamen Park wieder aufzunehmen.

Der Papagei

Sechs Monate waren so ins Land gegangen, seit Blondine aus ihrem siebenjährigen Schlaf erwachte. Der kleinen Prinzessin schien es eine lange Zeit. Doch die Erinnerung an ihren lieben Vater betrübte noch immer nur zu oft ihr kleines Herz. Bonne-Biche und Beau-Minon die tatsächlich in Blondines Herzen zu lesen vermochten, machte dies gleichermaßen traurig. Beau-Minon miaute dann jedes Mal kläglich und Bonne-Biche stieß die allertiefsten Seufzer aus. Doch Blondine sprach nur selten über das, was sie andauernd beschäftigte, da sie fürchtete Bonne-Biche mit ihren Sorgen zu verletzen. Nicht umsonst hatte die schon dreimal zu ihr gesagt:

„Liebe Blondine, sorge Dich nicht und habe Geduld! Wenn Du fünfzehn Jahre alt bist, wirst Du Deinen Vater wiedersehen, aber nur, wenn Du Dich weiterhin so gut und klug verhältst. Also vertraue mir, mein liebes Kind. Sorge Dich nicht um die Zukunft. Und vor allem, versuche niemals uns zu verlassen!“

Eines Morgens war Blondine wieder einmal sehr traurig und allein. Voller Sorgen grübelte sie über ihre eigentümliche und eintönige Existenz, als plötzlich drei sanfte Schläge an ihrem Fenster sie unversehens aus ihren Träumereien rissen. Als sie ihren Kopf hob, entdeckte sie einen Papageien mit wunderschönem orange-grünem Gefieder. Überrascht von der außergewöhnlichen Erscheinung dieses ihr völlig unbekannten Vogels öffnete sie das Fenster und bat ihn einzutreten. Wie groß jedoch war ihre Verwunderung, als der Papagei mit feiner deutlicher Stimme zu sprechen begann:

„Guten Tag, Blondine! Ich weiß, wie sehr Du Dich oft langweilst, weil Du niemanden zum Reden hast. Ich habe Mitleid mit Dir und bin gekommen, um mit Dir zu plaudern. Nur bitte ich dich, erwähne niemals, dass Du mich gesehen hast! Bonne-Biche würde mir dafür augenblicks den Hals abschneiden!“

„Warum, wunderschöner Papagei, sollte sie so etwas Böses tun? Bonne-Biche ist lieb und gut. Sie verletzt niemanden und verabscheut nur jene, die Böses im Schilde führen.“

„Höre, Blondine! Wenn Du mir nicht versprichst, meinen Besuch vor Bonne-Biche und Beau-Minon geheim zu halten, fliege ich augenblicks fort, um nimmer mehr wiederzukommen!“

„Nein, mein wunderschöner Papagei. Bitte nein, bleib bei mir. Da Du es so sehr wünschst, verspreche ich Dir hiermit zu schweigen! Und nun lass uns ein wenig plaudern. Es ist schon so lange her, dass ich Gelegenheit dazu hatte. Du scheinst mir lustig und geistreich zu sein, so dass ich nicht daran zweifle, dass Du mich gut unterhalten wirst."

Voller Entzücken lauschte Blondine dem lebendigen Gespräch des geschwätzigen Papageien, der ausschweifend ihre Schönheit, ihren Verstand und ihre großen Talente lobte. Blondine war wie verzaubert. Nach etwa einer Stunde flog der Papagei abrupt auf, versprach aber am nächsten Tag wiederzukommen. Seitdem schaute er jeden Tag bei ihr herein, fuhr fort sie in den höchsten Tönen zu loben und köstlich zu unterhalten. Eines Morgens jedoch schlug er heftiger als sonst ans Fenster:

„Blondine, Blondine, schnell, öffne mir! Ich bringe Dir Neuigkeiten von Deinem Vater. Aber denk daran! Behalte alles für dich, wenn Du nicht willst, dass man mir den Hals abschneidet!"

Blondine war überwältigt vor Freude. Sie öffnete das Fenster und rief voller Begeisterung:

„Ist es wirklich wahr, mein wunderschöner Papagei, dass Du mir Neuigkeiten von meinem lieben Vater bringst? Sprich schnell! Was tut er gerade und wie geht es ihm?"

„Deinem Vater geht es gut, Blondine, aber er beweint alle Tage Deinen Verlust. Ich musste ihm versprechen, meine ganze Kraft für Deine Befreiung aus der Gefangenschaft einzusetzen. Aber wisse, ich kann nichts tun, ohne Deine Unterstützung."

„Aus meiner Gefangenschaft?", fragte Blondine verwundert: „Aber weißt Du denn nichts von all der Güte, die mir Bonne-Biche und Beau-Minon erwiesen haben, von den Anstrengungen, die sie für meine Bildung auf sich genommen haben, von all ihrer Zärtlichkeit und Geduld. Sie werden entzückt sein, mich gemeinsam mit Dir zu meinem Vater zurückbringen zu können. Komm mit mir, wunderschöner Papagei. Gleich werde ich Dich Bonne-Biche vorstellen!"

„Oh weh! Dummes Kind", antwortete der Papagei mit schneidender Stimme: „Du bist es, die nichts von Bonne-Biche und Beau-Minon weiß. Beide hassen sie mich, da ich schon so manches Mal einen ihrer Gefangenen erfolgreich befreien konnte. Wenn Du nicht selbst den Zauber brichst, der Dich hier gefangen hält, wirst Du niemals mehr Deinen Vater wiedersehen."

„Was für einen Zauber?", fragte Blondine ein wenig verunsichert: „Ich weiß von keinem Zauber. Außerdem, was für ein Interesse sollten Bonne-Biche und Beau-Minon denn haben, mich hier als ihre Gefangene festzuhalten?"

„Liegt es denn nicht in Bonne-Biches und Beau-Minons Interesse, ihre Einöde mit Dir zu beleben, meine kleine Blondine? Doch zum Glück gibt es ganz in der Nähe einen Talisman, der Deine Befreiung herbeiführen kann. Es handelt sich um eine einfache Rose, die Du nur zu pflücken brauchst. Und augenblicks wird sie Dich aus Deinem Gefängnis befreien und in die Arme Deines liebevollen Vaters führen."

„Aber hier im Garten gibt es keine Rosen. Wie soll ich dann eine Rose pflücken?"

„Diese Dinge werde ich Dir an einem anderen Tag erklären, Blondine. Im Augenblick kann ich nichts weiter dazu sagen, da ich Bonne-Biche bereits kommen höre. Doch gebe ich Dir noch einen Tipp, um Dich von den außergewöhnlichen Kräften der Rose zu überzeugen: Bitte Bonne-Biche, Dir eine Rose zu schenken und höre, was sie Dir antworten wird. Dann bis Morgen, Blondine!"

Der Papagei flog davon – zufrieden, in Blondines unschuldigem Herzen die ersten Samen der Unzufriedenheit, der Undankbarkeit und des Zweifels gesät zu haben. Der Papagei war gerade verschwunden, als Bonne-Biche ins Zimmer trat. Sie schien außerordentlich beunruhigt und schaute argwöhnisch zum geöffneten Fenster:

„Mit wem hast Du gerade gesprochen, Blondine?"

„Mit niemandem, Bonne-Biche", antwortete die Prinzessin.

„Aber ich bin mir ganz sicher, Stimmen im Gespräch gehört zu haben."

„Da muss ich wohl in Gedanken mit mir selbst gesprochen haben."

Bonne-Biche antwortete nicht. Augenblicks schien sie sehr traurig und dicke Tränen kullerten aus ihren sanften braunen Augen. Blondine jedoch war mit ihren unseligen Gedanken beschäftigt und bemerkte ihre Trauer nicht. Die hinterlistigen Worte des Papageien hatten für sie die Liebenswürdigkeit Bonne-Biches und Beau-Minons in ein völlig neues Licht gerückt. Anstatt sich zu sagen, dass eine Hirschkuh, welche die Kraft zu sprechen besitzt, die ein Kind für sieben Jahre in tiefen Schlaf zu setzen vermag, die sieben Jahre ihres Lebens der Erziehung eines unwissenden kleinen Mädchens gewidmet hat, und die in einem Schloss wie eine Königin lebt, unmöglich verbrecherisch handeln könnte. Anstatt ein unerschütterliches Gefühls der Dankbarkeit zu empfinden, für all das was Bonne-Biche für sie getan hatte, glaubte Blondine blind dem hinterlistigen Papageien, einem völlig unbekannten Vogel, für dessen Aufrichtigkeit sie nicht den geringsten Anhaltspunkt hatte. Auch bedachte Blondine nicht, dass der Papagei ja keinerlei Grund besaß, sein Leben für sie zu riskieren. Blondine glaubte ihm bedingungslos, allein aufgrund seiner listigen Schmeicheleien, mit denen er sie tagtäglich überschüttete. Ja, sie vergaß sogar das angenehme und glückliche Leben, das Bonne-Biche und Beau-Minon ihr tagtäglich ermöglichten. So beschloss sie, ohne nachzudenken, den falschen Ratschlägen des Papageien zu folgen und fragte Bonne-Biche:

„Warum nur, Madame, fehlt unter all ihren schönen Blumen die wunderbarste und bezauberndste von allen, die duftende Rose?"

Wie ein Blitz aus heiterem Himmel traf Bonne-Biche diese Frage und mit zitternder Stimme antwortete sie:

„Blondine! Liebe Blondine! Frag mich nicht nach dieser Heimtückischsten aller Blumen, die jeden sticht, der sie berührt! Bitte, sprich mir niemals mehr von der Rose. Ach, armes Kind! Du kannst nicht wissen, welch verhängnisvolles Schicksal diese Blume für Dich bereithält!"

Der Gesichtsausdruck Bonne-Biches war dermaßen ernst und streng, dass Blondine sich nicht weiter zu fragen getraute. Und so ging der Tag für Bonne-Biche, für Beau-Minon und auch für Blondine sehr traurig zu Ende.

Doch am nächsten Tag hatte Blondine Bonne-Biches traurige Erregung schon wieder vergessen und lief wie jeden Morgen voller Sehnsucht ans Fenster. Der Papagei trat in dem Moment ein, als sie es öffnete:

„Gut gemacht, kleine Blondine! Hast Du Bonne-Biches Erregung bemerkt, als Du die sie nach der Rose fragtest? Nun werde ich Dir verraten, wie Du eine dieser bezaubernden Blumen bekommen kannst. Höre auf meinen guten Rat: Du wirst den Park verlassen und in den Wald gehen. Ich werde Dich dabei begleiten und schnurstracks zu dem Garten führen, wo die allerschönste Rose der Welt bereist auf Dich wartet!"

„Aber wie soll ich denn den Park verlassen, wo mich doch Beau-Minon jederzeit bei meinen Spaziergängen begleitet?"

„Versuche die dämliche Miezekatze irgendwie loszuwerden", antwortete der Papagei hasserfüllt: „Und wenn Dir dies nicht gelingen sollte, verlasse ungeachtet ihrer Anwesenheit dennoch den Park."

„Und wo befindet sich die Rose? Wenn sie nicht allzu weit entfernt ist, wird man meine Abwesenheit ja vielleicht nicht einmal bemerken?"

„Bis zur Rose ist es eine Stunde Weg. Bonne-Biche hat sorgfältig darauf geachtet, Dich soweit wie möglich von der Rose fernzuhalten, damit Du nicht das Mittel in die Hände bekommst, Deinem Gefängnis zu entfliehen."

„Aber warum hält mich Bonne-Biche denn gefangen? Sie ist so mächtig und könnte gewiss angenehmere Vergnügungen finden, als ein unwissendes Kind zu unterrichten."

„All diese Dinge wirst Du in der Zukunft erfahren, Blondine, wenn Du erst wieder in den Armen Deines Vaters liegst. Bis dahin sei hart und stark! Nach dem Frühstück schüttle auf irgendeine Weise Beau-Minon von Dir ab und gehe in den Wald. Ich werde dort auf Dich warten."

Blondine versprach, alles so zu tun und schloss eilig das Fenster, damit Bonne-Biche sie nicht überraschen könne. Nach dem Frühstück ging sie wie gewohnt im Park spazieren. Beau-Minon folgte ihr treu ergeben, ungeachtet einiger rauer Abweisungen Blondines, die er mit einem traurigen Miauen quittierte. Als sie den Weg erreichten, der aus dem

Park herausführte, beschloss Blondine Beau-Minon endgültig loszuwerden.

„Ich wünsche allein zu sein, Miezekatze“ sagte sie ernst: „Fort mit dir, lästiger Beau-Minon!“

Beau-Minon war erschrocken und tat so, als verstehe er nicht, was sie wolle. Da wurde Blondine ungeduldig und wütend. Sie vergaß sich sogar soweit, ihren treuen Beau-Minon mit ihrem Fuß zu treten. Als der arme Kerl diesen beschämenden Stoß empfing, stieß er einen lauten Angstschrei aus und floh in Richtung des Palastes. Blondine zitterte vor innerem Mitleid und war schon nahe daran, ihn zurückzurufen. Doch ein falsches Schamgefühl hielt sie im letzten Moment davon ab. So lief sie stattdessen schnurstracks weiter zu dem Tor, öffnete es nicht ohne Zittern und betrat den geheimnisvollen Fliederwald. Der Papagei wartete bereits auf sie:

„Nur Mut, Blondine! In nur einer Stunde wirst Du die Rose in Deinen Händen halten und endlich Deinen Vater wiedersehen, der täglich um Dich weint.“

Bei diesen tröstlichen Worten gewann Blondine augenblicks ihre Entschlossenheit zurück, die bereits mächtig ins Schwanken geraten war. Tapfer schritt sie den Pfad entlang, den der Papagei ihr zeigte. Und der listige Vogel flatterte vor ihr von Ast zu Ast.

Der Wald, der ihr in der Nähe des Schlosses noch so schön und anziehend erschienen war, wurde allmählicher immer wilder und verwirrender. Dornensträucher und Steine verdeckten nunmehr fast vollständig den Pfad, die süßen Lieder der Vögel waren schon längst verstummt und auch die köstlichen Blumen verschwunden. Blondine fühlte sich mehr und mehr von einer unerklärlichen Rastlosigkeit getrieben. Und der Papagei drängte sie eifrig weiter voranzuschreiten:

„Schnell, schnell, Blondine! Die Zeit wird knapp! Wenn Bonne-Biche Deine Abwesenheit bemerkt, wirst Du Deinen Vater nie mehr wiedersehen!"

Doch Blondine ermüdete zusehends. Sie war völlig außer Atem, ihre zarten Arme von den Dornensträuchern aufgerissen und ihren Schuhe hingen in Fetzen, als sie endlich erklärte, nicht mehr weiterzugehen. Doch da rief der Papagei bereits:

„Hurra! Wir sind angekommen, Blondine. Schau nur! Da ist die Umzäunung, die allein Dich noch von der Rose trennt."

In einer Wegbiegung erblickte Blondine einen kleinen Zaun mit einer Tür, die flink von dem Papageien geöffnet wurde. Der Erdboden war trocken und steinig. Nur ein prächtiger, majestätischer Rosenbusch, geschmückt mit einer einzigen Rose, schöner als alle Rosen der Welt, wuchs inmitten dieses unfruchtbaren Fleckens.

„Pflücke sie, Blondine! Schnell!", sagte der Papagei. „Nur Du bist ihrer würdig! Beim Teufel, Du hast sie wahrlich verdient!"

Voller Vorfreude ergriff Blondine den Zweig, zog ihn ungeachtet der spitzen Dornen, die grausam in ihre Finger stachen, an sich und riss die Rose von dem Busch. Doch kaum hielt sie diese in der Hand, als sie über sich voller Grauen ein markerschütterndes spöttisches Gelächter vernahm. Schreiend ließ sie die Blüte fallen.

„Danke, Blondine, für die Befreiung aus dem grässlichen Kerker, in dem Bonne-Biche mich gefangen hielt. Ich bin Dein teuflischer Genius! Nun endlich gehörst Du mir!"

„Ha! ha! ha!", schrie nun auch der Papagei. „Ebenso von mir einen großen Dank, Blondine, mein kleines Dummerchen! Endlich kann ich meine Zauberer-Gestalt wieder annehmen. Durch Deine Tat hast Du Deine Freunde vernichtet! Denn ich war und bin ihr Todfeind!"

Kaum hatte der Papagei diese grausamen Worte gesprochen, verschwanden er und die Rose im reinen Nichts. Und Blondine blieb allein im Wald zurück.

Tiefe Reue

Blondine fühlte sich wie betäubt! Als hätte das grausame Schicksal den dunklen Schleier vor ihren Augen weggerissen, erkannte sie urplötzlich ihr treuloses Verhalten in all seinen Schrecken. Eine ungeheuerliche Undankbarkeit hatte sie ihren Freunden gegenüber gezeigt, die sieben Jahre lang so aufopferungsvoll für sie gesorgt und sich ihrer Erziehung gewidmet hatten. Würden diese gütigen Freunde ihr je verzeihen können? Was würde mit ihr geschehen, wenn Bonne-Biche und Beau-Minon die Tür vor ihr verschließen sollten? Und was bedeuteten jene schrecklichen Worte des bösen Papageien: „Durch Deine Tat hast Du Deine Freunde vernichtet ..."?

Wie im Trance drehte Blondine sich um und beschloss denselben Weg zum Schloss zurückzugehen, den sie gekommen war. Die Dornensträucher zerrissen ihre Arme und ihr Gesicht auf gar schreckliche Weise. Dennoch zwang sie sich, den Weg durch das Dickicht tapfer weiterzugehen. Und nach drei Stunden erblickte sie endlich das Schloss von Bonne-Biche und Beau-Minon. Doch wie groß war ihr Entsetzen, als sie statt der prächtigen Gebäude nur mehr eine schaurige Ruine vor sich sah, statt der schönen Blumen im Park raue Dornensträucher, Brennnesseln und Disteln. Halb wahnsinnig vor Angst und in tiefer Trostlosigkeit gefangen, begann sie sich einen Weg durch die Ruinen zu bahnen, um nach ihren guten Freunden zu suchen. Doch nur eine riesige Kröte sprang aus dem Steinhaufen hervor:

„Was suchst Du hier? Weißt Du denn nicht, dass Du durch Deine abscheuliche Undankbarkeit den Tod Deiner Freunde verursacht hast? Drum husch, fort mit dir! Beleidige nicht ihr Andenken durch Deine freche Anwesenheit!“

„Oje! Oje!“, schluchzte Blondine herzzerreißend: „Meine

armen Freunde Bonne-Biche und Beau-Minon. Kann ich nicht mit meinem Tod für die Leiden büßen, die ich ihnen zugefügt habe?“

Die Kröte schwieg und verschwand so wie sie gekommen war. Halb ohnmächtig vor Kummer und bitterlich weinend fiel Blondine auf die Steine und Dornen. Ihre Reue und ihr Kummer waren so groß, dass sie nicht einmal mehr die scharfen Kanten und Dornen an ihrem zarten Körper spürte. So weinte sie eine lange, lange Zeit. Doch ihre Tränen brachten keinerlei Erleichterung. Und als diese versiegten, erhob sie sich endlich, schaute sich um, in der Hoffnung irgendeine Zuflucht zu finden. Doch vergeblich, nur Ruinen zeigten sich aller Orten!

„Gut! Dann sollen die wilden Tiere mich in Stücke reißen. Und tun sie das nicht, werde ich eben vor Durst und Hunger sterben. So kann ich wenigstens auf dem Grab von Bonne-Biche und Beau-Minon meine Sünden büßen!“

Kaum hatte Blondine dieses trostlosen Worte ausgesprochen, ertönte eine sanfte Stimme:

„Aufrichtige Reue kann das schlimmste Verbrechen sühnen.“

Eilends hob sie ihren Kopf und sah eine schwarze Krähe von dannen fliegen.

„Ach! Oje! Wie aufrichtig und wie bitter auch immer meine Reue ist, niemals kann sie das Leben meiner lieben Bonne-Biche und meines lieben Beau-Minon zurückgeben!“

„Nur Mut, Blondine!“, antwortete eine zweite Stimme tröstend: „Mut und Hoffnung seien Deine Begleiter!“

Da erblickte sie vor sich einen Frosch, der sie mitleidig anschaute.

„Oh, Frosch. Du scheinst tatsächlich Mitleid mit mir zu haben! Was wird nur aus mir werden, nun da ich einsam und verlassen in der Welt bin?“

„Mut und Hoffnung“, war erneut die Antwort. Blondine seufzte schwer, schaute in jede Richtung, ob sie nicht irgendein Kraut oder eine Frucht gegen ihren Durst und Hunger entdecken könne. Doch sie fand nichts und ihre Tränen flossen reichlich. Erst der muntere Klang einer Glocke zerstreute ein wenig ihre trostlosen Gedanken. Voller Erstaunen erblickte sie eine wunderschöne Kuh, die gemächlich ihr entgegen trabte. Genau vor ihr hielt sie inne, bückte sich und Blondine erkannte einen Silbernapf, der mit einer Goldkette an ihrem breiten Nacken befestigt war.

Blondine war sehr dankbar für diese unerwartete Hilfe. Augenblicks löste sie den Napf, molk die Kuh und trank vergnügt die süße Milch. Nur mit einem Kopfnicken bedeutete ihr die sanfte Kuh, den Napf wieder an ihrem Nacken festzubinden. Blondine gehorchte, küsste Blanchette auf die Stirn und sagte traurig:

„Danke, schöne Kuh! Ich bin mir fast sicher, dass ich diese süße Wohltat meinen armen Freunden verdanke. Vielleicht können sie aus einer anderen, besseren Welt die Reue ihrer armen Blondine sehen und helfen mir deshalb in meiner furchtbaren Situation?“

„Aufrichtige Reue erreicht Vergebung für alle Sünden“, ertönte wieder eine sanfte Stimme.

„Ach“, rief Blondine aus: „Selbst hundert Jahre Trauer und Tränen würden nicht ausreichen, um mein schändliches Verbrechen zu sühnen! Ich kann mir niemals vergeben!“

Allmählich ging die Sonne unter. Und Blondine begann ungeachtet ihres großen Kummers darüber nachzusinnen, wie sie sich vor den wilden Tieren schützen könne, deren schreckliches Brüllen sie schon in der Ferne zu hören glaubte. Da entdeckte sie nur wenige Schritte vor sich eine Art Hütte, die auf natürliche Weise durch die ineinander verschlungenen Zweige nahestehender Bäume entstanden war. Neugierig trat sie ein und bemerkte, dass sie nur durch wenige Handgriffe bereits eine sichere Zuflucht aus ihnen gestalten konnte. So verbrachte sie den Rest des Tages mit der Einrichtung des kleinen Raumes und sammelte eine Menge Moos, aus dem sie sich ein Bett und ein Kissen baute. Den Eingang zu dieser kleinen Zuflucht verbarg sie hinter ein paar abgebrochenen Zweigen und begab sich, völlig erschöpft von der schweren Arbeit, endlich zur Ruhe.

Als Blondine am nächsten Morgen erwachte, war es schon heller Tag. Anfangs vermochte sie kaum ihre wirren Gedanken zu ordnen, und schon gar nicht ihre Lage zu begreifen. Doch dann brachen die traurigen Umstände ihres Schicksals wie ein Sommergewitter über sie herein und sie begann erneut zu weinen. Überdies war sie sehr hungrig, konnte sich aber beim besten Willen nicht mehr erinnern, wie sie am Vortag zu Nahrung gekommen war. Doch schon bald vernahm sie wieder den munteren Klang der Kuhglocke und wenig später stand Blanchette neben ihr. Blondine löste erneut den Napf, molk die Kuh und trank so lange, bis ihr Hunger gestillt war. Dann gab sie den Napf zurück, küsste Blanchette wie am Vortag und hoffte, sie im Laufe des Tages noch öfters zu sehen. Und tatsächlich, jeden Tag, am Morgen, am Mittag und am Abend, kam die treue Blanchette zu Blondine und bot ihr die bescheidene Mahlzeit an. Viele Stunden am Tag verbrachte Blondine in Tränen um ihre armen Freunde und quälte sich immer aufs Neue mit bittersten Selbstvorwürfen:

„Durch meinen unverzeihlichen Ungehorsam ist das schreckliste Unglück über meine Freunde hereingebrochen. Und es steht nicht in meiner Macht, es wieder gutzumachen. Nun bin ich völlig allein in dem verwunschenen Wald. Und überdies habe ich mich auch noch des einzigen Mittels beraubt, meinen armen Vater wiederzufinden. Vielleicht wartet er noch immer auf seine unglückliche Blondine, die für immer und ewig verdammt ist, allein zu leben und einsam und von aller Welt vergessen in diesem fürchterlichen Wald zu sterben, den ein böser Genius regiert."

Um nicht von dieser Flut trüber Gedanken erdrückt zu werden, versuchte Blondine sich auf jede nur erdenkliche Weise abzulenken. Ihr kleines Zuhause war ordentlich eingerichtet und frisches Moos und Blätter bildeten ihr einfaches Bett. Sie hatte ein paar Zweige zusammengebunden und einen schönen Stuhl geformt. Aus den Dornen fertigte sie sich Nähnadeln und aus dem Hanf, der nahe ihrer kleinen Hütte wuchs, einige Nähfäden. Ausgerüstet mit diesen Utensilien konnte sie endlich die Risse in ihren Schuhen reparieren. So lebte Blondine ganze sechs Monate auf diese einfache Weise mutterseelenallein im Wald. Doch die Trauer um ihre Freunde blieb und sie fühlte aufrichtige Reue für ihre Tat.

Die Schildkröte

Als Blondine wieder einmal traurig vor sich hin grübelnd vor dem Eingang ihrer Hütte saß und wie jeden Tag an ihre verlorenen Freunde und ihren Vater dachte, tauchte eine riesige Schildkröte vor ihr auf.

„Blondine“, sagte die Schildkröte: „Wenn Du bereit bist, Dich in meinen Schutz zu begeben, werde ich Dich aus diesem Wald herausführen.“

„Und warum, Frau Schildkröte, sollte ich diesen Wald verlassen? Hier habe ich den Tod meiner Freunde herbeigeführt und hier möchte ich deshalb auch sterben.“

„Bist Du denn so sicher, dass Deine Freunde wirklich tot sind, Blondine?“

„Was willst Du damit sagen? Sollte ich mich etwa in ihrem Tod getäuscht haben? Aber nein. Ich sah ja die Ruinen ihres Schlosses. Und der Papagei und die Kröte versicherten mich ihres Todes. Da Du ein gutes Herz hast, Frau Schildkröte, willst Du mich bestimmt mit diesem Zweifel trösten. Doch leider kann ich nicht hoffen, sie jemals wiederzusehen. Denn würden sie noch leben, hätten sie mich niemals mit der fürchterlichen Schuld, ihren Tod verursacht zu haben, allein gelassen!“

„Aber könnte es nicht sein, dass Deine Freunde Dich gar nicht allein lassen wollten. Wäre es nicht denkbar, dass eine böse Macht, stärker als die ihre, Deine Freunde von Dir fernhält? Doch wie Du weißt, Blondine, kann aufrichtige Reue Vergebung für jedes Verbrechen erreichen.“

„Ach! Frau Schildkröte. Wenn sie doch nur noch leben würden und Du mir Neuigkeiten von meinen Freunden bringen könntest! Dann müsste ich mir nicht länger mehr ihren Tod vorwerfen. Bitte, Frau Schildkröte, versprich mir, dass ich sie eines Tages wiedersehen werde! Kein Preis ist mir dafür zu hoch."

„Arme Blondine, leider ist es mir nicht erlaubt, Dir das Schicksal Deiner Freunde zu enthüllen. Doch wenn Du den Mut aufbringst, auf meinen Rücken zu steigen, dort sechs Monate zu verweilen und auch nicht ein einziges Wort während unserer gemeinsamen Reise zu sprechen, bringe ich Dich an einen Ort, wo Dir ganz sicher das Schicksal Deiner Freunde offenbart werden wird."

„Ach, Frau Schildkröte. Alles werde ich tun, um zu erfahren, was mit meinen Freunden geschehen ist."

„Sei nicht voreilig, Blondine und überlege gut! Sechs Monate auf meinem Rücken ohne ein Wort zu sprechen sind eine langwierige und äußerst schwierige Prüfung! Hast Du erst einmal meine Bedingungen akzeptiert und verlierst dann plötzlich auf unserer Reise den Mut, die Prüfung bis zum Ende durchzuhalten, musst Du für alle Ewigkeit in der Gewalt des bösen Zauberers Perroquet und seiner nicht minder bösen Schwester Rose bleiben. In diesem Falle könnte ich Dir nicht einmal mehr den kleinen Dienst erweisen, dem Du die letzten sechs Monate Dein Leben verdankst."

„Ist schon gut, Frau Schildkröte. Lass uns sofort aufbrechen. Eher möchte ich vor Hunger und Erschöpfung sterben, als weiter diese Ungewissheit erleiden. Deine Wort haben Hoffnung in mein armes Herz gepflanzt. Und ich habe den Mut, noch viel schwierigere Prüfung auf mich zu nehmen als jene, die Du mir gerade beschrieben hast."

„Wie Du es wünschst, so geschehe es. Steig also auf meinen Rücken, Blondine. Fürchte weder Hunger und Durst, noch Kälte und Sonnenschein und auch kein Unglück während unserer langen Reise. Solange Du auf meinem Rücken bleibst, wird es Dir an nichts ermangeln. Nur, bitte sei still und sprich kein Wort, bis wir angekommen sind. Ich werde als erste wieder zu Dir sprechen."

So stieg Blondine also auf den Rücken der Schildkröte und die seltsame Reise begann.

Reise und Ankunft

Sechs Monate war Blondine mit der geheimnisvollen Schildkröte unterwegs. Drei Monate durchquerten sie den dichten Fliederwald, um schließlich auf eine weite dürre Ebene zu gelangen, für die sie weitere sechs Wochen benötigten. Am Ende erblickte Blondine in der Ferne ein gewaltiges Bauwerk, das sie seltsam an Bonne-Biches und Beau-Minons Schloss erinnerte. Einen ganzen Monat brauchten sie nur mehr für die Schlossallee und Blondine brannte geradezu vor Ungeduld! Würde sich ihr in dem Palast vielleicht das Schicksal ihrer lieben Freunde offenbaren? Doch ungeachtet dieses großen Gedankens sprach Blondine kein Wort. Wäre sie zu diesem Zeitpunkt vom Rücken der Schildkröte gestiegen, hätte sie zu Fuß in gerade einmal zehn Minuten das Schloss erreichen können. Doch leider kroch die Schildkröte dermaßen langsam, dass sie noch immer viele Wochen unterwegs blieben. So zügelte Blondine tapfer ihre Ungeduld. Doch es war zum verrückt werden, denn die Schildkröte schien ihre Geschwindigkeit mit jedem Meter eher noch zu verringern. Und als das Ende der Allee bereits zum Greifen nahe war, benötigten sie ganze zwei Wochen bis dorthin. Blondine erschienen diese vierzehn Tage wie vierzehn Jahr-

hunderte. Doch, wie auch immer, den ganzen Weg über verlor sie nie das Schloss aus den Augen. Der Ort schien verlassen, sie hörte kein Geräusch und sah kein Lebenszeichen. Als sie nur mehr einen Steinwurf vom Schloss entfernt waren, blieb die Schildkröte nach vierundzwanzig weiteren Tagen endlich stehen und sprach wie angekündigt als Erste:

„Nun steig ab, Prinzessin. Durch Deinen Mut und Deine Selbstbeherrschung hast Du die Belohnung verdient, die ich Dir einst versprach. Öffne die kleine Tür. Im Schloss wartet die Fee Bienveilannte auf dich. Sie wird Dir das Schicksal Deiner Freunde enthüllen."

Blondine hatte so lange auf dem Schildkrötenrücken in Reglosigkeit verbracht, dass sie fürchtete, beim Herabsteigen ihre Glieder nicht bewegen zu können. Doch im Gegenteil war sie so leichtfüßig und lebendig wie zu der Zeit, als sie noch so glücklich mit Bonne-Biche und Beau-Minon zusammenlebte. Nachdem sie sich herzlich bei der Schildkröte bedankt hatte, öffnete sie neugierig die kleine Tür. Vor ihr stand ein ganz in weiß gekleidetes junges Mädchen und fragte mit süßer Stimme, wenn sie denn zu sehen wünsche?

„Ich möchte zur Fee Bienveillante. Sage ihr, die Prinzessin Blondine lässt fragen, ob sie die Fee unverzüglich sehen dürfe."

„Dann folge mir, Prinzessin", antwortete das Mädchen.

Sie durchschritten mehrere wunderschöne Räume und trafen viele weitere junge Mädchen, alle wie ihre Begleiterin ganz in weiß gekleidet. Und alle schauten auf Blondine, als würden sie die Prinzessin kennen und lächelten anmutig. Schließlich kamen sie in einen Raum, der in jeder Hinsicht dem Bonne-Biches im Fliederwald-Schloss glich. Die dadurch hervorgerufenen Erinnerungen waren so schmerzlich, dass Blondine das Verschwinden ihrer schönen jungen Führerin überhaupt nicht bemerkte.

Traurig blickte sie auf die so vertraute Einrichtung und entdeckte verwundert einen kunstvoll verzierten Kleiderschrank, der damals noch nicht vorhanden gewesen war. Auf eine völlig unerklärliche Weise fühlte Blondine sich zu ihm hingezogen. Sie starrte ihn an und hatte nicht die Kraft, ihre Augen von ihm abzuwenden. Da öffnete sich eine Zimmertür. Eine wunderschöne junge Frau trat ein, näherte sich Blondine und sagte mit liebevoller Stimme:

„Was wünscht du, mein Kind?"

„Oh, Madame! Man hat mir versichert, dass ich hier im Schloss Neuigkeiten von meinen lieben, guten Freunden Bonne-Biche und Beau-Minon erfahren könnte. Zweifellos wissen sie, auf welch verachtenswerte Weise ich diese der Vernichtung preisgegeben habe und auch wie lange ich um sie weinte, in der Annahme, meine Freunde seien tot. Nun aber gab mir die Schildkröte, die mich hierher brachte, Anlass zur Hoffnung, sie einst wiederzusehen zu dürfen. Bitte, Madame, sagen sie mir, ob ich tatsächlich auf dieses große Glück hoffen darf?"

„Blondine", antwortete die Fee Bienveillante traurig: „In der Tat bist Du nun soweit, das Schicksal Deiner armen Freunde erfahren zu dürfen. Aber egal, was Du nun auch immer Schlimmes sehen oder hören wirst, verliere nie den Mut und die Hoffnung."

Mit diesen Worten fasste sie die zitternde Blondine und führte sie sanft vor den Kleiderschank, der bereits so unabdingbar ihre Aufmerksamkeit auf sich gezogen hatte.

„Blondine, hier ist der Schlüssel zu diesem Schrank. Öffne ihn und sei tapfer!"

Mit zitternder Hand ergriff die Prinzessin den goldenen Schlüssel und öffnete den Kleiderschrank. Doch oje, wie riesengroß war ihr Entsetzen, als sie die Häute von Bonne-Biche und Beau-Minon mit Diamantnägeln im Inneren des Kleiderschranks aufgespannt sah! Auf diesen schrecklichen Anblick stieß die unglückliche Prinzessin nur einen herzzerreißenden Schrei aus und stürzte bewusstlos zu Boden. Im selben Moment öffnete sich eine weitere Tür und ein wunderschöner Prinz, strahlend wie der helle Morgen, sprang besorgt auf Blondine zu:

„Oh weh, meine Mutter! Dies war eine allzu harte Prüfung für meine arme Blondine!"

„Ach, mein Sohn, auch mein Herz blutet bei diesem Anblick. Doch Du weißt genau, dass diese letzte Bestrafung notwendig war, um Blondine für immer vom Joch des grausamen Genius des Fliederwaldes zu befreien."

Mit diesen Worten berührte die Fee Bienveilannte die Prinzessin mit ihrem Zauberstab, wodurch sie augenblicks wieder zu Bewusstsein kam und krampfhaft zu schluchzen begann:

„Ach, lass mich sterben, sofort! Mein Leben ist mir verhasst! Ohne Hoffnung, ohne meine lieben Freunde kann ich nicht länger leben! Schon bald werde ich ihnen ins Schattenreich folgen!"

„Blondine! Meine geliebte Blondine!", sprach tiefgerührt die Fee und schloss die Prinzessin fest in ihre Arme: „Deine Freunde leben und lieben Dich von ganzem Herzen. Ich bin Bonne-Biche und dies ist mein lieber Sohn Beau-Minon. Dem bösen Genius des Fliederwaldes war es dereinst durch eine Unachtsamkeit meines Sohnes gelungen, die Herrschaft über uns zu erlangen. Er zwang uns beide in die Tiergestalt, in der Du uns kennenlerntest. Wir konnten unsere natürliche Form erst in dem Moment wiedererlangen, da Du die Rose pflücktest, welche die böse Schwester des Genius des Fliederwaldes gefangen hielt. Da ich aber wusste, dass sie Dein böser Genius ist, der Dir nach seiner Befreiung aus der Gefangenschaft großes Leid zufügen würde, versetzte ich die Rose durch Zauberkraft an einen weit entfernten Ort. Auf diese Weise hofften wir, sie für alle Zeit Deinen Blicken entzogen zu haben, und waren zu Deinem Glücke fest entschlossen, für immer und ewig in der Gestalt einer Hirschkuh und einer Katze zu verbleiben. Doch leider gelang es dem hinterlistigen Papageien, Dich ungeachtet all unserer Vorkehrungen zu verführen. Denn Rest kennst du, mein liebes Kind. Jedoch weißt Du nicht, wie sehr wir mit Deinem Leiden und Deiner Trostlosigkeit mitgelitten haben."

Blondine umarmte Bonne-Biche, alias die Fee Bienveillante, voller Leidenschaft und überschüttete sie augenblicks mit Fragen:

„Was ist mit den süßen Gazellen geschehen, die uns so anmutig bedienten?"

„Du hast sie bereits gesehen, liebe Blondine. Es sind die jungen Mädchen, von denen die eine Dich zu mir führte. Als der böse Genius Macht über uns gewann, wurden auch sie verzaubert."

„Und die gute weiße Kuh, die mir jeden Tag die Milch brachte?"

„Die Feenkönigin erteilte uns die Erlaubnis, Dich jeden Tag mit dieser einfachen Mahlzeit zu erfreuen. Die aufmunternden Worte der Krähe und des Frosches kamen auch von uns."

„Dann, Bonne-Biche, hast Du mir also auch die Schildkröte geschickt?"

„Ja, Blondine. Die Feenkönigin war dermaßen gerührt von Deiner aufrichtigen Reue und Trauer, dass sie den bösen Genius des Fliederwaldes all seiner Macht beraubte. Deine vollständige Erlösung hatte sie jedoch von zwei äußerst schweren Prüfungen abhängig gemacht, durch deren Meisterung sie einen letzten Beweis Deiner Ergebenheit erhalten wollte: Sie machte Dich glauben, dass mein Sohn, der Prinz Parfait, und ich durch Deine Unbesonnenheit gestorben seien. Darüber hinaus erlegte sie Dir die lange und ermüdende Reise auf dem Rücken der Schildkröte als Prüfung auf. Ich bat die Feenkönigin inständig, Dir diese Qualen zu ersparen. Doch sie war unbeugsam."

Voller Staunen blickte Blondine auf ihre tot geglaubten und nun so unerwartet wiedergewonnenen Freunde, lauschte eifrig jedem Wort und hörte nicht auf, sie immer aufs Neue zu umarmen. Doch dann tauchte plötzlich die Erinnerung an ihren lieben Vater in ihr auf. Der Prinz Parfait und die Fee Bienveillante lasen wie in einem Buch ihre Gedanken:

„Prinzessin Blondine, bereite Dich darauf vor, den König Bénin, Deinen lieben Vater wiederzusehen. Er wartet bereits auf dich."

Kaum gesagt, fand sich Blondine wie durch Zauberei hoch oben in den Lüften wieder. Sie, die Fee Bienveillante und der Prinz Parfait saßen in einer kostbaren fliegenden Kutsche aus Gold und Edelsteinen, die von vier strahlend weißen Schwänen gezogen wurde. Diese flogen mit solcher Geschwindigkeit, dass Blondine nach nur fünf Minuten bereits den Palast ihres Vaters unter sich erblickte. Der gesamte Hofstaat war um den König Bénin versammelt. Und alle warteten sie auf die Prinzessin Blondine.

Als die fliegende Kutsche am Himmel erschien, waren die Freudenrufe und Willkommensgrüße des Hofstaats derart ungestüm, dass die Schwäne vor lauter Aufregung fast vom Wege abgekommen wären. Allein der Geistesgegenwart Prinz Parfaits war es zu verdanken, dass der Wagen doch noch direkt am Fuße der großen Eingangstreppe zum Stehen kam.

Mit Tränen der Freude in den Augen eilte der König Bénin seiner für immer verloren geglaubten Blondine entgegen, die leichtfüßig wie ein Reh aus dem Wagen sprang, und sich ihm augenblicks in die Arme warf. Lange Zeit blieben sie so in dieser Haltung stehen und der ganze Hofstaat weinte endlose Tränen der Rührung. Als König Bénin sich endlich ein wenig beruhigt hatte, küsste er respektvoll die Hand der guten Fee und umarmte dankbar den Prinzen Parfait, den er sofort äußerst bezaubernd fand.

Acht Tage dauerte das prächtige Fest, das darauf zu Ehren der Rückkehr der Prinzessin Blondine gegeben wurde. Am Ende dieser fröhlichen Feier, verkündete die Fee Bienveillante traurig, dass sie nun leider nach Hause zurückzukehren müsse. Der Prinz Parfait und Prinzessin Blondine waren noch viel trauriger über die bevorstehende Trennung, so dass König Bénin, einer spontanen Eingebung folgend, augenblicks beschloss, sie niemals mehr fortzulassen. Und er wusste auch schon wie. Der König heiratete nämlich die gute Fee Bienveillante und Blondine wurde die glückliche Frau des Prinzen Parfait, der für sie dennoch allezeit der kleine Beau-Minon aus dem Fliederwald blieb.

Seltsame Freundschaft einer Katze, eines Kaninchens und eines Perlhuhns

von Albert Ludwig Grimm

Es war einmal ein munteres Kätzchen Namens Mimi. Das wurde von einem lieben Mädchen gut gepflegt und genährt. Und da es so ein liebenswürdiges Tierchen war, durfte es oft mit dem Mädchen in ihrem Zimmer spielen. Dies aber ärgerte den Jagdhund Ryno und den großen Hofhund Kalif sehr. Denn sie durften nicht ins Haus, weil sie so groß waren und auch nicht so artig wie das kleine Mimikätzchen.

Drum sprach eines Morgens der Jagdhund Ryno mit ernsten Worten zu dem großen Kalif:

„Höre, lieber Freund. Ich muss Dir sagen, dass ich recht böse auf die garstige, graue Katze bin. Sie hat sich gewaltig eingeschmeichelt bei unserer kleinen Herrin. Und wir kriegen seitdem kein gutes Wort mehr von ihr zu hören. Die Katze bekommt alle guten Bissen, wird gar oft auf dem Schoß gehalten, gestreichelt und geschmeichelt, dass ich vor Neid platzen möchte, wenn ich's gerade mit ansehe. Wir aber müssen uns alles gefallen lassen. Wenn sie gute Bissen kriegt von der Herrin, so müssen wir oft noch lange warten, und bekommen dann nur eine schlechte Suppe aus trockenem Brot und Wasser, an der Salz und Schmalz gespart ist. Und doch müssen wir für das ganze Haus arbeiten. Du bewachst es vor Dieben, und ich gehe mit auf die Jagd, damit der Jäger die Hasen und Feldhühner schießen kann, die ich ihm aufspüre. Währenddessen sitzt die Katze ruhig zu Hause, leckt sich die Pfoten, putzt sich den ganzen Tag, und hat das allerbeste Leben. Denn arbeiten kann sie gar nichts. Und fängt sie zur Abwechslung mal ein Mäuschen, so tut sie das aus Leckerei, weil es sie gern frisst, und nicht um die Mäuse im Hause zu vertilgen. Denn das wär' ihr ja gar ungelegen, wenn es einmal keine Mäuse mehr gäbe."

„Ja", antwortete der Kalif: „Du hast völlig Recht. Ich hab's auch schon lange gedacht. Sie ist eine rechte Faulenzerin und frisst ihr Brot in Sünden. Ich bin ihr genauso Feind wie Du, und hätte sie gern schon manches Mal mit den Zähnen am Halse gepackt, und sie tüchtig herumgeschüttelt. Aber die Katzen trauen uns Hunden nicht, und sind immer vor uns auf der Flucht. Und wenn ich sie auch erwischen könnte, so fürchte ich mich doch immer vor ihren langen Nägeln, womit sie einem nach den Augen haut."

„Ei", sagte der Jagdhund: „Wir müssen einmal ausspüren, wo sie nachts schläft, und sie dann im Schlafe überfallen."

„Ich weiß wohl, wo sie schläft", sagte der Haushund: „Aber was nützt uns das? Sie wird jeden Abend in das kleine Stübchen neben der Waschküche gesperrt, weil es da von dem Kessel so warm ist, der neben der Wand steht. Denn das wissen unsere Herrschaften wohl, dass die Katzen gern im Warmen liegen. Auch da dürfen wir nicht hinein, nicht einmal bei Tage, wenn die Tür offen steht."

„Und wenn wir auch hinein dürften, und wenn wir sie auch kriegen könnten“, sagte Ryno, „so dürfen wir ihr öffentlich nichts tun. Denn wenn herauskäme, dass wir ihr etwas getan haben, so sind wir nur noch übler dran, und werden desto schlimmer gehalten, vielleicht gar vom Jäger tot geschossen.“

„So müssen wir sie denn gänzlich unbeschadet gehen lassen?“ knurrte der Haushund Kalif wütend: „Das ist doch gar zu ärgerlich!“

„Sei ruhig“, antwortete Ryno: „Ich habe eine Idee. Wir müssen sie durch List um die Gunst ihrer Herrin bringen. Das wird am besten helfen.“

„Ja, durch List“, sagte Kalif: „Wie aber sollen wir das anstellen?“

„Das weiß ich selbst noch nicht“, antwortete Ryno: „Aber mit der Zeit wird’s schon eine Gelegenheit geben. Hab nur Geduld und gib Acht, was im Hause vorgeht. Wenn ich abends von der Jagd nach Hause komme, dann erzählst Du mir alles. Vielleicht find’ ich dann leicht etwas, wodurch wir der grauen Schmeichlerin einen rechten Possen spielen können!“

Damit gingen die zwei neidischen Hunde auseinander. Ryno musste mit dem Jäger auf die Jagd, und der große Kalif wurde wie jeden Tag am Tor bis zum Abend an die Kette gelegt.

Als der Jagdhund nach Hause kam, und der Haushund von seiner Kette gelöst war, um des Nachts im Hofe herumzulaufen, fragte Ryno den großen Kalif: „Nun erzähle, Kamerad! was hat es den Tag über Neues gegeben?“

„Ach, nicht viel“, sagte der Hofhund: „Ich weiß eigentlich gar nichts, außer dass des Herrn Schulmeisters Wilhelm unserer kleinen Herrin ein Häschen geschenkt hat, das sie ein Seidenkaninchen nannten. Und dieser Hase wurde in das kleine Stübchen neben der Waschküche eingesperrt. Sie hat eine gewaltige Freude an ihm, wie es scheint. Denn sie ist gleich in den Garten gesprungen, und hat ihm Krautblätter und Klee geholt.“

„Ei, ei, ei, ein Seidenkaninchen! Und wo schläft denn da heute die garstige Katze?“, fragte der Jagdhund begierig.

„Na, wo wird sie schon schlafen?“, brummte der große Kalif wütend: „Das Stüblein ist groß genug für Beide.“

„Oh, das ist gut“, sagte Ryno: „Da wird unsere Feindin, die Katze, gewiss bald die Gunst unserer Herrin verlieren. Denn Katzen und Kaninchen leben mit einander in Feindschaft. Und wenn die Katze nun diese Nacht das Kaninchen tot beißt und auffrisst, dann kriegt sie morgen gewiss tüchtige Schläge, und wird in Zukunft gewiss nicht mehr gestreichelt und umschmeichelt werden. Wenn sie das Kaninchen aber nicht frisst, so sehen doch die Leute morgen, wie sich das Seidenhäschen vor der Katze fürchtet. Und dann ist’s eben so gut, als ob sie es gefressen hätte, und noch besser!“

„Ei, wie kann denn das ebenso gut und noch besser sein?“, fragte Kalif verwundert.

„Ja, es ist ebenso gut und noch besser. Denn wenn niemand im Hofe ist, und das Kaninchen da herumspringt, dann fang ich’s, und fresse es selbst auf“, antwortete Ryno, der Jagdhund: „Aber den Kopf und die Haut schleppe ich in den Heukorb in der kleinen Stube, wo die Katze immer liegt. Und wenn ich dann laut belle, wird unsere Herrin und jedermann glauben, die Katze habe das Kaninchen gefressen, weil man gesehen hat, wie sich das Kaninchen vor ihr fürchtete.“

„Das ist wahr! Du bist wirklich klug“, sagte Kalif beeindruckt: „So verliert das Biest auf jeden Fall die Gunst unserer Herrin. Ach, das ist wirklich gut, dass Du so sehr klug bist. Aber wenn sie nun morgen recht freundlich zusammen sitzen und das Kaninchen sich nicht vor der Katze fürchtete?“

„Ei, wo denkst Du hin?“, rief da der Jagdhund lachend: „Das müssen wir Jäger wohl am besten wissen. Das geschieht meine Lebtage nicht.“ Und damit gingen sie beide von dannen, und warteten, bis der Tag anbrach.

Da die Katzen aber feine Ohren haben, und es sogar wahrnehmen, wenn ein Mäuslein ganz sacht aus seinem Loche hervorschleicht, drum hörte das graue Kätzchen in der kleinen Stube auch ganz deutlich, was die beiden Hunde miteinander besprachen. Und es wurde ganz traurig und dachte für sich:

„Oh weh, sie mögen mich nicht. Und jetzt bin ich übel dran, ja verloren. Ich mag's machen, wie ich will. Ein Ausweg wäre allerdings tatsächlich, wenn ich mit dem Kaninchen Freundschaft schließen würde. Und morgen früh, wenn wir herausgelassen werden, und das Kaninchen und ich recht freundlich mit einander tun, und es sich nicht vor mir fürchten würde, dann dürfte der Jagdhund nicht einmal denken, dem Seidenhäschen etwas Bösen anzutun. Denn niemand würde glauben, dass ich meinen Freund umgebracht hätte.“

Indem die Katze so dachte, schaute sie mitleidig nach dem Seidenkaninchen hin. Dies saß traurig hinter einem Sieb in einer Ecke des kleinen Stübleins. Das Herz klopfte ihm heftig und es musste sehr hart schnaufen vor Angst vor der Katze. Da rief ihm das Kätzchen freundlich zu:

„Lieb Seidenhäschen, warum bist Du so bange? Ich tu Dir ja nichts.“

„Ach", sagte das Kaninchen: „Du hast mir freilich noch nichts getan, aber ich fürchte mich doch gar so sehr. Denn ich weiß ja wohl von meiner Mutter, dass ihr Katzen den Kaninchen nachstellt und uns umbringt und fresst. Und wenn Du mich nicht umbringst, so weiß ich doch, dass ich noch einen weiteren Feind hier habe, der mir nach dem Leben trachtet. Es ist der große Jagdhund, der mich fressen wird."

„Hast Du denn auch gehört, was die zwei garstigen großen Hunde eben mit einander sprachen?", fragte da fröhlich das Mimikätzchen.

„Freilich!", antwortete das Seidenkaninchen: „Wir Tiere vom Hasengeschlecht haben gar große, lange Ohren, damit wir alles besser hören können. Unsere Ohren warnen uns vor der Gefahr, um schnell weglaufen zu können. Ansonsten sind wir ja wehrlos und können uns nicht verteidigen. Ach, ich hab' alle Worte verstanden."

„Ei, dann ist ja alles gut", sagte das Kätzchen: „Wenngleich Du mir nicht traust, so hast Du ja zumindest gehört, wie ich mir selbst schaden würde, wenn ich Dich fräße oder Dir sonst irgend ein Leid zufügen würde. Da wird meine Herrin böse auf mich, und jagt mich von sich, und lässt mich nicht mehr zu sich in die gemütliche Stube, und füttert mich nicht mehr, und streichelt mich nicht mehr. Ach, und das wäre mir ja so gar leid. Denn sie ist so lieb und gut, und spielt so schön mit mir, und streichelt mich so sanft. Denn sie hat ein sehr weiches Händchen. Es ist doch gar zu schön, wenn sie mir damit über den Rücken streicht. Sieh, Häschen. Schon allein deshalb würd ich Dir niemals irgendetwas Böses tun, selbst wenn ich mehrere Tage Hunger gelitten hätte. Drum sei nur fröhlich, Du gutes Tierchen, und fürchte Dich nicht. So tut

Dir auch der garstige Hund nichts. Denn wenn er sieht, dass wir freundlich zueinander sind, so darf er Dir ja nichts tun. Sonst merken's ja gleich die Leute, dass er Dich gefressen hat. Und dann kriegt er Schläge vom Jäger. Drum komm nur hinter Deinem Siebe hervor, und sei ohne Furcht! Wir wollen sogleich Freundschaft schließen miteinander."

Als die Katze Mimi das gesagt hatte, kamen die Miez hinter dem Ofen und das Seidenkaninchen hinter seinem Siebe hervor. Und beide liebkosten einander, und versprachen sich ewige Treue und Freundschaft, so lange sie lebten.

Und als nun am andern Morgen die Hunde angebunden waren, öffnete das liebe Mädchen das kleine Stübchen neben dem Waschhaus, und rief:

„Mimi, Mimi, Mimikätzchen, Hänschen, Hänschen kommt!"

Da sprangen das Kätzchen und das Kaninchen heraus in den Hof und kuschelten mit ihr, und waren gar freundlich miteinander, spielten und sprangen einander nach, purzelten lustig übereinander, und zogen sich im Spiel gegenseitig an den Ohren. Kurz und gut, Katze und Kaninchen waren die allerbesten Freunde. Das Mädchen freute sich so sehr darüber, dass es gleich nach seiner Mutter rief: „Komm doch, Mama und sieh, wie herzallerliebst Mimikätzchen und Hänschen miteinander spielen!"

Da kam ihre Mutter herbei mit einer Schüssel Milch und lud die beiden liebenswürdigen Tiere zum Trinken ein. Die ließen sich dies nicht zweimal sagen, setzten sich einträglich nebeneinander und schleckten mit ihren Zünglein die süße Milch. Das Kätzchen knurrte dabei nicht ein einziges Mal, wie es die Katzen sonst tun, wenn andere Tiere aus ihrer Schüssel fressen wollen. Und als das Mahl beendet war, spielten sie aufs Neue einträchtig miteinander.

Als die Hunde diese Harmonie der beiden Tierchen sahen, ärgerten sie sich gewaltig und Ryno knurrte zu Kalif:

„Das ist was Unerhörtes! Das hat es noch nie auf Erden gegeben, dass Katze und Kaninchen einträchtig miteinander spielen."

Und als sie am Abend von ihren Ketten gelassen wurden, mussten sie sich eingestehen, dass nun ihr Anschlag vereitelt

sei, und sie auf eine bessere Gelegenheit zu warten hätten.

Dies hörten aber die Katze und das Kaninchen ebenfalls wieder, und freuten sich darüber. Am nächsten Tag spielten sie genauso einträchtig miteinander wie zuvor und gefielen dadurch ihrer Herrin immer mehr.

So ging es etliche Tage, bis das gute Mädchen von einem vornehmen Herrn aus der Stadt ein Perlhuhn geschickt bekam. Weil es aber keinen Stall für das Perlhuhn hatte, sperrte sie dieses am Abend ebenfalls zu der Katze und dem Kaninchen in die kleine Stube neben der Waschküche.

Das Perlhuhn war aber beim Abschied von seiner Mutter gewarnt worden, sich ja vor den Katzen in Acht zu nehmen, da diese gern den jungen Hühnern nachstellten. Darum flog es gleich auf den Ofen, und dachte: ‚Hier kann sie mich nicht so leicht kriegen. Und wenn die Katze auch herauf springt, so kann ich ihr doch noch entwischen, und oben an der Decke herum fliegen. Und wenn sie dann wieder vom Ofen hinunterspringt, so setz' ich mich erneut darauf, und ruh aus, bis sie wieder kommt.'"

Aber die Katze saß mit dem Kaninchen unter dem Ofen, und sagte heimlich zu ihm:

„Hast Du das Perlhuhn auf dem Ofen gesehen?"

„Ja. Es wird uns doch nichts tun?"

„Nein!", antwortete die Katze. „Aber ich will ihm etwas tun. Ich will die Nacht, wenn das Huhn schläft, hinaufspringen und es würgen, rupfen und fressen. Jetzt, gute Nacht! Jetzt will ich erst noch ein Stündchen schlafen."

Und damit machte sie die Augen zu, und fing an zu schnurren und schlief ein.

Die beiden Hunde liefen währenddessen im Hofe herum und der Haushund Kalif sagte zu dem Jagdhund Ryno:

„Potz, beinahe hätte ich's vergessen Dir zu erzählen! Heute Morgen ist ein gar garstiger Vogel gebracht worden, der ganz buckelig aussieht. Die Menschen haben ihn ein Perlhuhn genannt. Es ist aber kein Huhn, wie unsere Hühner, die da im Hofe gewöhnlich herum laufen."

„Ja, ja", sagte der Jagdhund: „Ich kenne die Perlhühner wohl."

„Und das ist auch in der kleinen Stube eingesperrt worden", fuhr Kalif fort.

„Auch?" fragte Ryno: „Nun, dann wird es die Katze diese Nacht wohl fressen. Oder aber ich fress es, sobald es auf den Hof kommt, und trage seine Federn in den Korb hinter dem Ofen. Dann fällt der Verdacht auf die Katze und unsere Herrin wird sie gewiss davon jagen. Denn die Perlhühner sind ausländische Vögel, und werden von den Menschen gar hoch geschätzt."

„Ja", sagte Kalif: „Wenn nun aber Katze und Perlhuhn morgen früh ebenfalls freundlich zusammen spielen?"

„Das wäre freilich nicht gut. Dann dürft' ich ihm auch nichts tun", antwortete Ryno, „da dann der Verdacht nicht auf die Katze, sondern auf mich fallen würde. Und ich bekäme vom Jäger gar jämmerlich Schläge. Aber das geschieht zum Glück nicht. Denn selbst wenn die Katze das Perlhuhn nicht fressen würde, wäre es nämlich völlig unmöglich, dass ein Vogel seine angeborene Furcht vor der räuberischen Katze ablegen könnte."

Das Kaninchen, das wegen des schrecklichen Vorhabens der Katze nicht einschlafen konnte, hatte alles mit angehört, was die beiden Hunde miteinander besprochen hatten. Augenblicks weckte es die Katze, erzählte ihr alles und sagte:

„Du darfst nun dem Perlhuhn auf keinem Fall irgendetwas tun, da Dir ein großer Schaden daraus entstehen könnte."

„Ja, das ist wahr!", antwortete die Katze nachdenklich: „Aber ach wie stell ich's an, dass das Perlhuhn seine Furcht vor mir verliert. Denn wenn unsere Herrin morgen des Hühnchens Furcht vor mir sieht, der garstige Jagdhund darauf heimlich das Perlhuhn frisst und mir die Federn in den Korb legt, so wird unsere Herrin gewiss glauben, dass ich es erwürgt habe."

„Ei", antwortete das Kaninchen: „Das Perlhuhn schläft jetzt recht fest. Steige nur recht sachte hinauf, dass es Dich nicht bemerkt, setze Dich neben es, und stelle Dich so, als ob Du schliefest. Wenn Du es aufweckst, so erschreckt es, und fliegt gleich weg, da es glauben würde, dass Du es fressen wolltest. Wenn es aber von selbst erwacht, und Dich neben sich schlafen sieht, so merkt es doch, dass Du es nicht umbringen wolltest. Und wenn es dennoch erschrickt und herunter fliegt, so stell Dich nur, als ob Du fortschliefst. Dann will ich ihm schon alles erzählen, was die garstigen Hunde für Anschläge gegen uns vorhaben."

Dieser Vorschlag gefiel der Katze sehr gut und sie dankte ihrem Freund, dem Kaninchen, recht herzlich. Darauf stieg sie, wie besprochen, ganz still und unbemerkt auf den Ofen, setzte sich neben das Perlhuhn und schlief ein. Und als das Perlhuhn aufwachte, und etwas neben sich schnurren hörte, und die Katze neben sich erblickte, erschrak es sehr. Als es aber herunterfliegen wollte, bemerkte es, dass die Katze schlief. Da dachte das Perlhuhn: ‚Die Katze scheint doch nicht so böse zu sein, wie es mir meine Mutter gesagt hat. Denn die Katze hätte mich ja im Schlafe erwürgen können. Scheinbar hat sie's aber nicht gewollt. Zur Sicherheit will ich dennoch hinunter fliegen.' Die Katze jedoch schlief ungestört weiter.

Da rief das Kaninchen aus seinem Korbe hervor: „Guten Morgen, Perlhuhn! Ei, Du hast ja gar früh ausgeschlafen?"

„Ja", antwortete das Perlhuhn: „Gern wäre ich wieder eingeschlafen. Aber oben auf dem Ofen sitzt eine Katze. Und der möchte ich nicht so recht trauen."

„Oh", sagte das Seidenhäschen: „Der darfst Du völlig trauen. Die tut Dir gewiss nichts. Sieh, ich bin ja genauso wehrlos wie Du. Und die Katzen stellen uns Hasen ebenso nach wie Euch Vögeln. Und dennoch schlafe ich ganz sicher. Und nicht nur das, wir liegen zumeist sogar zusammen in einem Korbe."

„Wie kommt es, dass Ihr so vertraut miteinander seid?", fragte das Perlhuhn verwundert.

Da erzählte das Kaninchen ihm die ganze Geschichte, wie sehr die beiden Hunde der Katze Feind wären, und sie diese gern um die Gunst ihrer Herrin gebracht hätten. Auch berichtete das Kaninchen, was die Hunde gestern Abend gegen das Perlhuhn beschlossen hatten.

Das Perlhuhn hörte sich alles aufmerksam an, fürchtete sich aber noch immer und sagte:

„Darf ich Dir denn überhaupt glauben? Was wäre, wenn Du Dich mit der Katze verbündet hast und Ihr beide gemeinsam einen Anschlag gegen mich vorhabt, um mich nur umso sicherer zu töten!"

„Nein, nein, gewiss nicht!", beruhigte das Kaninchen: „Sieh, die Katze hätte Dich ja am sichersten im Schlafe umbringen können, wenn sie es denn gewollt hätte. Was sollten wir da noch weiter für einen Anschlag gegen Dich planen? Wenn Du mir aber nicht glaubst, so komm nur her, und schau mir in die Augen. Ich kann Dir offen und ehrlich ins Gesicht sehen. Und das könnt' ich nicht, wenn ich gelogen hätte."

„Nein, Ihr Hasen seid aufrichtige Tiere!", bestätigte das Perlhuhn: „Aber ich will doch noch eine Probe machen. Und zwar werde ich hinauf fliegen und die Katze wecken, und so schnell wie möglich wieder fort fliegen. Sollte sie im Aufwachen gleich mit den Krallen nach mir hacken, so weiß ich, woran ich bin, und werde mich in Zukunft vor Dir und Deiner Freundin in Acht nehmen. Bleibt sie aber gutmütig liegen, und streckt sich bloß, so will ich Dir glauben, und Freundschaft mit Dir und der Katze schließen."

Und damit flog das Perlhuhn auf den Ofen, schlug die Flügel auseinander, um desto schneller fliehen zu können, und pickte der Katze mutig auf die Stirn. Und als die Katze die Augen aufschlug, flog es fort. Die Katze aber war schon lange wach, und hatte heimlich alles mit angehört. Deshalb tat sie nur so, als ob sie gerade eben aufwache, stellte sich auf die Füße, machte einen Buckel, streckte die Vorderfüße, bog den Leib nach vorn bis auf den Ofen nieder, streckte auch ihre Krallen, und sperrte endlich ihr Maul gähnend weit auf:

„Guten Morgen, liebes Kaninchen! Guten Morgen, liebes Perlhuhn! Ei, Du brauchst Dich nicht zu fürchten, Hühnchen, denn ich tue Dir nichts. Komm, lass uns gute Freunde sein. Denn wenn Du Dich heute im Hofe vor mir fürchtest, so hat der Jagdhund Ryno beschlossen, Dich zu fressen, um mich in den Verdacht zu bringen, dass ich's getan hätte."

Und als die Katze dies gesagt hatte, sprang sie hinunter in den Korb, und spielte ganz allerliebst mit dem Kaninchen. Da kam auch das Perlhuhn gelaufen, und rief:

„Ja, ja, ich will Dir's glauben. Kommt, lasst mich der dritte Freund in Eurem Bunde sein!"

Mit diesen Worten sprang das Perlhuhn in den Korb. Und alle drei wälzten sich auf dem Heu herum, zuweilen ging eines von ihnen hinaus, während die andern taten, als ob sie es nicht mehr hinein lassen wollten. Dann wiederum liefen sie einander hinterher und spielten Hasche so lange, bis endlich die Tür geöffnet wurde.

Als die Tiere ihre Herrin sahen, liefen Kaninchen, Perlhuhn und Katze gleich auf den Hof. Das Kaninchen fraß die grünen Krautblätter, die das liebe Mädchen mitgebracht hatte. Die Katze aber begann gleich mit dem Perlhuhn zu spielen, fasste das Blatt, woran das Kaninchen gerade nagte, mit seiner Pfote und das Perlhuhn mit seinem Schnabel. Und beide zerrten daran, als wollte sie's dem Häschen wegnehmen. Danach spielten sie wieder Hasche und purzelten übereinander. Das Perlhuhn pickte dem Kaninchen ins Ohr, aber so, dass es ihm nicht wehtat, und zog es daran. Und die Katze rannte nun das Perlhuhn wieder um, so dass dieses der Katze nachlief, während diese tat, als ob sie sich vor dem Hühnchen fürchten würde. Da stellte sich das Perlhuhn auf die Katze, und pickte sie zum Scherz in den Rücken. Und so machten sie hunderterlei Späße, woran sich das Mädchen gar sehr ergötzte, und wiederum ihre Mutter rief, die sich ebenfalls darüber freute und auch sehr verwunderte. Und als der Vater abends aus der Stadt kam, wo er immer viele Geschäfte zu erledigen hatte, da zeigte ihm das Mädchen ihre Tiere und deren possierliches Spiel. Und auch der Vater freute sich darüber. Und wenn Besuch kam, waren die drei Tiere mit ihren Spielen der Mittelpunkt der Gesellschaft. Denn jeder verwunderte sich sehr, dass so fremdartige Tiere so vertraulich und freundlich miteinander zusammen leben konnten. Und so wurden sie ihrer Herrin immer lieber, und waren gar bald ein fester Bestandteil der Familie.

Die Hunde aber ärgerten sich Tag für Tag immer mehr, da sie den Frieden und die Freundschaft unter den Tieren kaum ertragen konnten. Wie gerne hätten sie das Hühnchen und das Kaninchen gefressen und damit ihren Feind, die Katze, ein für alle vernichtet. So hatten Kalif und Ryno nur noch schlechte Laune. Und davon wurde ihr Fell ganz struppig, ihre Augen blutunterlaufen und triefend. Und am Ende vernachlässigten sie vor lauter Hass und Wut gar auch noch ihre Körperpflege, so dass keiner sie mehr ob des Gestanks und ihrer Hässlichkeit anschauen oder gar streicheln wollte.

Da endlich in einer klaren Sternennacht erblickten die Hunde einen leuchtenden Stern am Himmel, der seltsamerweise immer näher und kam, bis er vor den erstaunten Tieren mitten in den Hofteich plumpste. Kalif sprang ihm nach, fand ihn auch tatsächlich am Grunde und schleppte ihn vor Rynos Angesicht. Der aber drehte sich nur gelangweilt weg und brummte missgelaunt:

„Erst fressen die Katzen keine Hasen und Hühner mehr. Und jetzt fallen auch noch die blöden Sterne vom Himmel. Nein, nein, nein, wo soll das noch hinführen ...“

Bei diesen Worten machte es plötzlich „Klack“ in Kalifs Kopf, ganz so als hätte sein Frauchen ihm einen Klaps gegeben. Wie auch immer, im selben Moment fühlte sich der alte

Haushund jedenfalls, als sei er aus einem langen schweren Traum plötzlich aufgewacht. Und augenblicks beschloss er, er wusste selbst nicht wie und warum, der Katze nicht mehr zu schaden, und mit ihr dem Kaninchen und dem Perlhuhn Frieden zu schließen.

Am nächsten Morgen beobachtete Kalif neugierig das Treiben der Katze, des Perlhuhns und des Kaninchens und fand es herzallerliebst. Ja, es ergötzte ihn so sehr, dass er selbst sich in ihr Spiel einzumischen begann. Besonders wohlgesonnen war er dem guten Hänschen, dem Kaninchen. Oft nahm er es zwischen seine rauen Pfoten, und ließ sich auf allerlei Weise von ihm necken, und sich auch sonst manch Kindereien von dem lustigen Hänschen gefallen.

Einzig Ryno, der Jagdhund, blieb den Tieren weiterhin böse, und hätte sie am liebsten zerrissen, wenn er nur gedurft hätte. Er wurde aber so sorgfältig gehütet, dass er's einfach nicht konnte. Und niemals durfte er allein mit den Tieren sein, die sich durch ihre Freundschaft so vor den bösen Anschlägen der Hunde geschützt hatten.

Dadurch wurde Ryno immer einsamer, jetzt hatte er nicht einmal mehr den Haushund Kalif zum Reden. Einzig das liebe Mädchen hoffte noch immer, dass sich Ryno endlich eines Besseren besinnen und seinen Hass und seine Feindschaft gegen die Tiere endlich aufgeben würde. Und auch die Sterne blinzelten jede Nacht gar hoffnungsvoll zur Erde hinab.

Lügen haben Katzenbeine

von Ulrich Taschow

Lügen haben Katzenbeine

In einem großen alten Haus am Rande der riesigen Stadt Berlin wohnte der berühmte Wissenschaftler Professor Doktor Willibald Gänsezahn. Dermaßen hochgeachtet war er, dass die Leute bei seinem alltäglichen Wandel durch die Flure der altehrwürdigen Humboldt-Universität mit offenen Mündern ehrfürchtig staunend stehenblieben. Ja, manche munkelten gar, dass sich auf der Straße „Unter den Linden" selbst die Bäume respektvoll vor ihm verneigten, wenngleich auch nur ein winziges Stückchen. Grüßte der Professor, was selten genug vorkam, den einen oder anderen gnadenvoll nur so aus dem Augenwinkel im Vorübergehen, waren jene Auserwählten derartig beglückt, dass sie noch tagelang von diesem glorreichen Ereignis zu berichten wussten. Und sein langjähriger Assistent Hillarius Lobewind fing gar bei der kleinsten Frage von Professor Gänsezahn noch immer wie ein Schuljunge zu stottern an. So groß war sein Respekt vor dem Professor.

Ja, der Ehrlichkeit halber müssen auch wir hier bestätigen, dass sein Name tatsächlich in aller Munde war: In den

Bibliotheken füllten seine gelehrten Bücher ganze Regale, die Zeitungen lobten unaufhörlich seine große Weisheit. Und wenn er sich ab und an in Radio und Fernsehen dazu herabließ, zu den abwegigsten Themen einen seiner berühmten Sprüche und Weltweisheiten zum Besten zu geben, sausten die Einschaltquoten in derart astronomische Höhen, dass sämtliche anderen Sender für diese Zeit ihre Programme unterbrachen.

Dieses ihm entgegengebrachten Respekts war sich der wissensschwere Professor Gänsezahn nicht nur vollauf bewusst, nein er fand es auch nur recht und billig, dass man ihm derart huldigte. Denn wer schon hätte es mit ihm aufnehmen können? So viel zu seiner öffentlichen Berühmtheit.

Wie es sich gehörte, hatte der Professor natürlich auch Frau und Kind und wie könnte es anders sein, verehrte auch Frau Gänsezahn ihren Mann über alles. Einzig seine kleine Tochter Jule stand all diesem Rummel äußerst kritisch gegenüber. Abgesehen davon, dass ihr Vater nie Zeit für sie hatte, konnte sie nämlich beim besten Willen nicht entdecken, was denn so Besonderes an ihm sein sollte?

Doch damit sind wir bereits bei dem Stachel angekommen, der unserm armen Professor alle Tage im Fleische wühlte. Dieser Stachel hieß nämlich kurz und einfach Jule. Täglich litt Herr Gänsezahn wahre Höllenqualen, weil seine Tochter ihm aus unerfindlichen Gründen nicht den nötigen Respekt zollte. Auch redete Jule ständig von so unwissenschaftlichen Dingen wie Zauberern, Feen und dergleichen Unsinnigkeiten, wo doch jeder weiß, dass es so etwas überhaupt nicht gibt. Was aber das Allerschlimmste war, ununterbrochen machte sie Krach, und dies ließ seine kostbare

Arbeitszeit zu einem klitzekleinen Kleinchen zusammenschrumpfen.

Jule sah dies natürlich ganz anders. Sie wollte Sängerin werden, und da musste man eben viel singen. Kaum eine Minute verging, in der sie nicht gerade voller Inbrunst ein Liedchen vor sich hin trällerte, was ihren Vater regelmäßig zur absoluten Weißglut trieb. Unzählige zerbrochene Bleistifte, ein ganzes Gebirge zerknüllter Zeitschriften sowie ein Meer von Tintenklecksen an den Wänden gaben beredtes Zeugnis von seiner Wut. Da jedoch laute Äußerungen in der Öffentlichkeit – wie der Herr Professor meinte – der Würde seiner Person abträglich waren, fraß er seinen Ärger heimlich in sich hinein und zischte dafür nur das eine oder andere Mal verkniffen durch die Zähne: „Jule, musst Du nicht noch Hausaufgaben machen?“ Oder aber er log gar ganz frech: „Oh schau nur Julchen, gerad eben ist eine Ente in den Garten geflogen“, mit dem Erfolg, dass Jule sofort aus dem Haus rannte, was dem ach so geplagten Herrn Gänsezahn wenigstens einige Minuten Ruhe vergönnte.

Oh je, bei allen guten Geistern, kein Mensch weiß, zu was für schlimmen Dingen dieser versteckte Kampf zwischen Jule und ihrem Vater nicht noch alles geführt hätte, wäre da nicht eines Tages etwas höchst Sonderbares passiert, das nicht nur jenes Problem lösen, sondern auch das ganze Leben der Familie Gänsezahn auf eine geradezu hinterhältig schleichende Weise völlig verändern sollte:

Es war ein wunderschöner Sonntagvormittag. Professor Gänsezahn saß wie gewöhnlich am Schreibtisch, als seine Tochter Jule in bester Laune und mit der Anmut einer Kreissäge kreischend ein gerad eben erfundenes Lied durchs Haus zu schreien begann:

„Ach wie ist doch die Welt so schön,
will auch im Sommer rodeln gehen,
Mutti trägt ein grünes Kleid,
wann ist denn endlich Essenszeit."

Dabei sprang sie mit ihren Klapperlatschen im Rhythmus die blanken Holztreppen herunter, dass es nur so durchs Haus donnerte.

„Auufhören, biitte auufhören", stöhnte ihr Vater gequält vor sich hin, währenddessen seine Finger in äußerster Wut und Verzweiflung sich immer tiefer und tiefer in die Tischplatte krallten: „Bei den Pantoffeln meines Großvaters, wüsst ich doch nur, wie man dieses freche Kind endlich zur Ruhe bringen kann?"

Doch schon öffnete er wieder gefasst die Tür: „Juule, schau doch mal hinterm Haus im Garten ... Gerade ist eine niedliche kleine Katze über'n Zaun gesprungen, ganz schwarz mit weißem Schwanz und weißen Ohren."

Dies war zwar wieder erstunken und erlogen, verfehlte aber dennoch nicht die erhoffte Wirkung. Schnell wie der Blitz sauste Jule aus dem Haus und unser Professor rieb sich schon einmal hämisch grinsend die Hände. „Ha, hat ja, prima geklappt, da wird sie wohl wieder mindestens eine halbe Stunde mit Suchen beschäftigt sein und ich hab meine Ruh."

Mit sich und der Welt vollauf zufrieden griff er nach einer Zeitschrift und vertiefte sich in die Lektüre eines höchst interessanten Artikels mit dem sinnigen Titel „Das Balzverhalten der Weinbergschnecke in Abhängigkeit zur Witterung ..."

Doch schon flog mit lautem Knall die Tür seines Arbeitszimmers auf und Professor Gänsezahn wollte vor Verärgerung zitternd seinen Augen nicht trauen. Da stand freudestrahlend seine kleine Tochter Jule. Und in den Armen hielt sie ein niedliches schwarzes Kätzchen mit weißem Schwanz und weißen Ohren, genau wie er es ihr kurz zuvor vorgelogen hatte.

„Papi schau nur!"

„Brrrrrr, was ist das, schaff sofort die widerliche Katze raus ...!"

Nun muss man wissen, dass der Professor sich zwar wissenschaftlich voller Leidenschaft mit Tieren beschäftigte. In Natur konnte er sie hingegen überhaupt nicht leiden, da sie seiner Meinung nach nur Krach machten, schmutzig waren und stanken.

Noch während dieser groben Worte blinzelte das Kätzchen ihn das ein oder andere Mal merkwürdig mit den Äugelein an. Und einem aufmerksamen Beobachter wären sofort die feurigen Funken aufgefallen, die wie kleine Blitze gefährlich aus ihren Augen sprühten.

„Die Katze bleibt hier", beharrte Jule energisch.

„Die Katze fliegt raus", zischte ihr Vater, während seine Katzenallergie ihm bereits dicke Tränen in die Augen trieb und seine Nase immer größer werden ließ.

Dieser Streit ging so eine Weile hin und her – und Jule überlegte schon einmal, welcher Gemüsesorte Papas Nase wohl am meisten ähnelte – bis auf einmal ihre Mutter ins Zimmer kam und voll Entzücken säuselte:

„Ach wie herzallerliebst, so ein niedliches Kätzchen. Dulli, dulli ..., die behalten wir!"

Als wäre dies das Kommando gewesen, sprang die Katze plötzlich mit einem kühnen Schwung über Professor Gänsezahns wertvolle Sammlung erlesener pflanzlicher Kostbarkeiten. Und in wenigen Sekunden zerfiel die mühevolle Arbeit vieler Jahre zu einem Häufchen Staub.

Dem Wahnsinn nahe sprang Herr Gänsezahn hinter dem Schreibtisch hervor. Das erste Mal in seinem Leben verlor er öffentlich die Fassung:

„Dir werd ich's zeigen, kleiner Höllenbraten. Den Hals umdrehen …, ausstopfen werd ich Dich. Du bekommst den Ehrenplatz in meiner zoologischen Sammlung …"

Doch noch ehe er die Katze erreichen konnte, war die schon aus dem Zimmer, um ihr neues Zuhause in Augenschein zu nehmen.

Können Tiere sprechen?

Jule musste, lange, sehr, sehr lange, nach der Katze suchen, denn es gab viel Verstecke und geheime Gänge in dem großen alten Haus, in dem sie wohnten. Endlich fand sie die Miez genau dort, wo sie diese am wenigsten vermutet hätte, unter ihrem Bett im Kinderzimmer:

„Komm liebes Kätzchen, miez, miez", lockte Jule zärtlich, doch die Katze nahm keinerlei Notiz davon. Erst als Jule sie unsanft an ihrem Schwanz hervorzuziehen versuchte, fing diese völlig unerwartet zu sprechen an:

„Ffch, Vorsicht mein liebes Fräuleinchen! Ein wenig mehr Respekt, bitte! Bin derart flegelhafte Behandlung nicht gewohnt. Oder würdest Du Dich etwa an Deinem Zopf durchs Haus ziehen lassen?"

Für einen klitzekleinen Moment war Jule baff, was bei ihr wirklich nur sehr selten vorkam:

„Wa, wa, was, Du kannst sprechen?“, stotterte sie verwirrt.

„Klar doch, alle Katzen, Hunde, Mäuse, Kanarienvögel, Plüschtiere, Ofenrohre, Teppiche, Türklinken, Zahnbürsten können sprechen. Was ist da besonderes dran? Im Übrigen müsstest gerade Du das am besten wissen. Hab ich Dich nicht vor drei Tagen erst mit Deinen Schuhen sprechen hören?“

Tatsächlich, jetzt fiel es Jule ein. Sie wollte mit ihrer Freundin ins Kino gehen, als ihr beim Schuhe anziehen dummerweise der Schnürsenkel riss: „Verdammte bescheuerte Latschgurke“, hatte sie ihn wütend angeschrien und mit einem kühnen Schwung durchs offene Fenster befördert. Seitdem hing er in der großen Kastanie und baumelte lustig vor sich hin.

„Na also“, antwortete großschnäuzig die Katze: „Du wirst doch wohl nicht ernsthaft behaupten wollen, dass Du so dumm bist, mit Dingen zu reden, die Dich nicht verstehen?“

„Ja aber, ich habe doch nie eine Antwort erhalten“, verteidigte sich Jule ein wenig verunsichert.

„Na, das ist ja wohl das blödeste Argument, das ich je gehört habe. Noch nie ist Dir jemand eine Antwort schuldig geblieben. Dein Schuh zum Beispiel hat sich bei Dir ganz höflich bedankt. Denn in der Tat war er äußerst froh, endlich Deine ungewaschenen Füße nicht mehr ertragen zu müssen.“

Mit offenem Mund starrte Jule die Katze an und überlegte, ob die sich wohl nur lustig über sie machen wollte und sich deshalb all jenen Unsinn ausdachte.

„Guck nicht so doof, mach den Mund zu, sonst fliegt noch ’ne Fliege rein“, setzte die Katze schnodderig nach: „Würde ja verstehen, wenn mir Dein Vater so'n Quatsch erzählen würde, denn Erwachsene sind nicht gerade die Schlauesten. Dennoch bin ich kurioserweise hier, weil Dein Vater mich gerufen hat."

„Was? Nein das ist unmöglich!", rief Jule triumphierend: „Mein Vater kann nämlich Tiere nicht ausstehen." Schon freute sie sich, die Katze endlich der Lüge überführt zu haben.

Diese lachte jedoch völlig ungerührt:

„Klar hat er mich gerufen. Um in Ruhe arbeiten zu können, hat er sich die Lüge mit der Katze im Garten ausgedacht, die er angeblich gerade gesehen hätte. Und deshalb bin ich hier."

„Was? Wie hier?"

„Na eben hier in eurem Haus."

„Ja, aber wenn es nur eine Lüge war, warum bist Du dann hier? Bist Du etwa nicht echt?"

Diese Frage beantwortete die Katze mit einem kräftigen Schlag ihrer Pfote auf Jules Knie: „Na ..., fühlt sich das unecht an?"

„Nein, wohl nicht."

„Na, also ... Und nun zum Thema Unwahrheiten. Tatsächlich glauben doch viele Erwachsene, dass sie frecher Weise lügen könnten, ohne dass diese Lügen Wirklichkeit würden."

„Oh man, das ist ja unglaublich ...", stöhnte Jule tief beeindruckt. In dem letzten Punkt sprach ihr die Katze nämlich aus der Seele. Wie oft hatten ihr Erwachsene nicht schon Dinge gesagt, die sie dann später nicht einhielten. ‚Wenn alle Lügen tatsächlich Wirklichkeit werden, wäre ja endlich Schluss mit der Lügerei. Denn dann gäbe es ja gar keine Lügen', dachte Jule.

„So gesehen, hast Du Recht", unterbrach die Katze Jules Gedanken: „Mein Erscheinen ist dafür der beste Beweis. Es ist alles nur eine Frage der Zeit, bis die Lügen Wirklichkeit werden. Manche Lügen brauchen dazu ein wenig länger, bei anderen wiederum geht es ratz batz. Und nun werde ich Dir einen weiteren Beweis meiner Glaubwürdigkeit liefern. Danach wirst Du nicht mehr zweifeln, dass Katzen, Plüschtiere, Ofenrohre, Teppiche, Türklinken, Zahnbürsten etc. sprechen können."

Mit diesen Worten stolzierte die Katze lässig in eine dunkle Zimmerecke, wo völlig vergessen Jules kleine hölzerne Rollente stand, die sie vor vier Jahren noch so überglücklich durch die bunten Straßen Berlins gezogen hatte:

„Liebste Frau Rollente, mein Name ist Knutine von Mäuseschling. Da wir seit heute Nachbarn sind, würd ich doch gern ihren werten Namen wissen?"

Freudig quietschend rollte das Holzentchen auf die Katze zu:

„Nak, nak, Schleifente Gesine von Rolle mein Name, danke, vielen Dank nak, werte Mäuseschling. Sie sind die Erste, die mich seit nunmehr zwei Jahren wieder angesprochen hat, nak. In dieser Zeit hab ich unaufhörlich dicke Tränen vergossen. Diese Ignoranz und Missachtung, nak, nak, übersteigt alles Vorstellbare!"

„Ach, entschuldige bitte liebes Entchen", stieß Jule ganz betrübt hervor und drückte die völlig eingestaubte Rollente fest an sich: „Wenn ich das nur gewusst hätte ..."

Während dieser rührenden Szene saß Professor Gänsezahn mürrisch in seinem Arbeitszimmer und überlegte angestrengt, wie es denn sein konnte, dass seine erfundene Katze so unerwartet Wirklichkeit geworden war. Und nicht nur das, sie entsprach auch noch haargenau seiner doch nur ausgedachten Beschreibung: Schwarzes Fell, weißer Schwanz und zwei weiße Ohren. Nach dem Gesetz der Wahrscheinlichkeit war dies jedoch nahezu ausgeschlossen! Schon beschlugen seine dicken Brillengläser ob der gewaltigen Denkanstrengung, als ihm plötzlich der Lösungsgedanke durch den Kopf jagte:

„Ich hab's! Halluzination, Hirngespinst, phantastische Sinnestäuschung! Ich muss mir dies alles nur eingebildet haben!", schrie er und schlug dabei dermaßen kräftig mit der Faust auf den Tisch, dass ein unglücklicherweise in die Schusslinie geratenes versteinertes Saurier-Ei, unversehens au den Boden und zu Staub zerfiel. Doch weder kümmerte den Professor das zerschlagene Ei, noch bemerkte er, dass sich aus den Trümmern flink etwas Grünes heraus schlängelte. Befreit von den lästigen Gedanken raste Herr Gänsezahn die Treppe herunter.

Doch was seiner Meinung nach nicht sein durfte, war wider alle Vernunft dennoch vorhanden: Im Kinderzimmer saß seine kleine Tochter mit der phantastischen Sinnestäuschung – wollte sagen – Katze, und einer Rollente auf dem Schoß, umgeben von einer großen Spielzeugschar. Und alle zusammen sangen mit rauer Stimme ein gar schreckliches Liedchen der Miezekatze:

„Heißa Herr Professorchen,
Sie wissen alles besserchen,
Gurken frisst das Murmeltier,
ein mal eins das ist gleich vier,
ausgestopfte Miezekatzen,
viel besser noch den Professor kratzen."

Sprechende Tiere und singendes Spielzeug waren zu viel für Professor Gänsezahn. Verwirrt rannte er aus dem Haus, um auf der Straße in voller Wucht mit seinem Assistenten Hillarius Lobewind zusammenzustoßen, der ihm gerade einen Stapel Bücher vorbeibrachte. Noch während die Bücher wie aufgescheuchte Hühner in alle Richtungen von dannen flatterten, fiel der Professor auf die Knie, umklammerte die Beine seines Assistenten, wobei er flehend rief:

„Teuerster Lobewind, sagen sie mir geschwind, bin ich verrückt oder träum ich gar? Können Katzen und Rollenten wirklich sprechen?"

Der schüchterne Hillarius vergaß vor lauter Schreck sein übliches Stottern. Noch nie hatte er den hochverehrten Professor so außer Fassung gesehen:

„Werter Herr Professor Gänsezahn, ich versichere ihnen aus tiefstem Herzen, sie sind völlig gesund! Tiere können nicht sprechen, da ich dies noch in keinem Buch gelesen habe."

Sofort fiel ihm Herr Gänsezahn um den Hals – was überhaupt nicht seine Art war – herzte und küsste ihn, und rief dabei ein übers andere Mal:

„Allerwertester, segensreicher Herr Assistent, sie sind so klug! Gleich morgen werd ich den Antrag auf ihre Beförderung einreichen."

Vor lauter Rührung schossen Hillarius die Tränen in die Augen und mit zartem Stimmchen näselte er:

„Ach, das muss ich gleich meinem Dackel Pinackel erzählen."

Nun war es an ihm, die Herzlichkeiten des Professors doppelt und dreifach zurückzugeben. So standen sie noch eine Weile vorm Haus, drückten, rüttelten und zupften an sich herum, und merkten gar nicht, dass dieses groteske Treiben heimlich durchs Fenster des Arbeitszimmers beobachtet wurde. Dort stand nämlich ein Kobold, der vordem im Saurier-Ei gefangen, durch Herrn Gänsezahns gewaltigen Faustschlag nach Jahrhunderten aus seinem Gefängnis befreit worden war.

Der Kobold aus dem Saurier-Ei

Jule und ihre neue Freundin, die Katze Mäuseschling, saßen auf einer kleinen Bank im Garten und starrten bereits seit geraumer Weile nachdenklich in die glühende Abendsonne. Allmählich wurde es dunkel. Ringsherum in den Häusern gingen die Lichter an, die Straßenlaternen funkelten geheimnisvoll durch die Büsche, als die Katze mit ernster Stimme plötzlich die heimelige Stimmung unterbrach:

„Jule, in der Bibliothek Deines Vaters befindet sich ein dunkelrotes Buch mit einem Paradiesvogel auf dem Einband, das wir heute Nacht unbedingt noch finden und in Sicherheit bringen müssen."

„Was meinst Du damit", wunderte sich Jule.

„Dies ist eine lange Geschichte. Mein Ururgroßvater Kunibert von Mäuseschling, wohl eine der weisesten Kater unter dem Mond, hatte ein großes Geheimnis entdeckt, welches ihn dazu veranlasste, in siebenjähriger Arbeit dieses wertvolle Buch zu schreiben. Er hatte das wahre Wesen der

Zeit entdeckt. Und nicht nur das, er hatte sogar herausgefunden, wo die Zeit aufbewahrt wird?"

„Was? Zeit? Aufbewahrt? Wie geht denn so was?"

„Na, eben genauso, wie Du Deinen Krimskrams in eine Kiste stopfst, um ihn irgendwann wieder herauszuholen. Doch lass mich nun weitererzählen. Dieses Buch meines Ururgroßvaters, das all diese geheimen Dinge über die Zeit enthält, wurde in der siebentausenddreihundertneundzwanzigsten Katzendekade von einem bösen Kobold Namens Benito Illusione gestohlen. Du musst wissen, dass sich in diesem Buch unter anderem auch der Eingang zur Gestern- und Morgenwelt befindet, was heißt, dass man damit jederzeit in die Zukunft wie auch in die Vergangenheit reisen kann. Was dieses machtvolle Instrument in den Händen eines Kobolds bedeutet, was er mit unserer guten alten Welt alles Schreckliches anstellen kann, muss ich Dir gewiss nicht erklären.

Nun gut, deshalb also nahm mein Ururgroßvater sofort die Verfolgung auf und fand nach langer Suche endlich den Kobold auf dem höchsten Berggipfel des Taurusgebirges. Was blieb ihm anderes übrig, als ihn augenblicks in ein zufälligerweise herumliegendes Saurier-Ei zu verbannen. Leider nur bemerkte er zu spät, dass der Kobold das Buch gar nicht bei sich trug. Glücklicherweise jedoch war mein Ururgroßvater Kunibert kurz vor dem Diebstahl mit Hilfe eben dieses Zauberbuches noch gerade so weit in die Zukunft gereist, um von dem bevorstehenden Diebstahl des Buches zu wissen und auch davon, dass sein Saurier-Ei und das Buch dereinst schicksalhaft in den Besitz des berühmten Gelehrten Professor Gänsezahn, eben Deines Vaters, gelangen sollten."

„Wieso das? Was hat mein Vater mit diesem Buch zu tun?"

„Das kann ich Dir auch nicht sagen. Auf alle Fälle sah mein Ururgroßvater, dass genau an dem Tag, an dem Dein Vater mich dereinst rufen würde, der böse Kobold durch die Hand Deines Vaters Hand aus dem Saurier-Ei befreit werden würde. Und genau deshalb bin ich hier. Denn bevor Dein Vater dies tun kann, müssen wir das Zauberbuch gefunden haben!"

Verwirrt zuckte Jule mit den Schultern und murmelte: „Warum sollte mein Vater so etwas tun? Er glaubt nicht an solche Dinge wie Kobolde und Zauberei ...!"

Kaum waren die Eltern zu Bett gegangen, schlichen sich Jule und Mäuseschling auf Zehenspitzen die Treppe ins Arbeitszimmer hinauf. Das Mondlicht tauchte den Raum in ein beängstigendes Zwielicht, in dem die vielen ausgestopften Tiere auf den Schränken wie zum Leben erwacht schienen. Von Ferne schlug die Kirchturmuhr 11 Uhr, als Mäuseschling seinen Blick auf den Schreibtisch lenkte:

„Oh, Schreck lass nach. Der Kobold ist frei! Hier liegen die Trümmer des Saurier-Eis."

Und als wäre dies das Stichwort gewesen, leuchtete keine zwei Meter vor ihm auf dem Fußboden direkt hinter einem ausgestopften Bärenfell ein kleines Lichtlein auf. Blitzschnell nach Katzenart sprang Mäuseschling darauf zu und hielt im selben Moment schon ein zappelndes kleines Männlein im Maul, auf dessen Kopf sich so etwas wie eine kleine Rundumleuchte drehte.

„Lass sofort los, garstiges Katzenvieh! Können harmlose Leute hier nicht einmal in Ruhe ihren Abendspaziergang machen?"

„Ha, von wegen harmlose Leute und Abendspaziergang. Ich weiß ganz genau, wer Du bist. Bestimmt führst Du wieder etwas Gemeines im Schilde!“, fauchte Mäuseschling.

Und Jule schrie: „Gib sofort das Buch heraus, gemeiner Kobold!“, während dessen sie wie wild an seinen Hosenträgern zerrte.

Erschreckenderweise wurde Benito Illusione dadurch immer größer und größer. Schon stieß er an die Decke. Doch da zerriss Mäuseschling mit einem geschickten Schlag seiner Pfote den Träger, worauf die Kobold augenblicks auf die Größe eines Meerschweinchens zusammenschrumpfte. Erst jetzt fing er kläglich zu betteln an:

„Bitte, bitte, lasst mich doch los. Dann geb ich Euch auch das Zauberbuch.“

„Erst das Buch“, beharrte Mäuseschling.

Da griff Benito Illusione flink in seine Hosentasche, zog eine rote Feder hervor. Diese verwandelte sich unversehens in einen Paradiesvogel, der sofort auf den Kronleuchter flatterte, dort angekommen wie von Geisterhand zu einem auf den Boden prasselnden Perlenregen zerfiel, um sich kurz darauf schon wieder in einen Schwarm rasender Hirschkäfer zu verwandeln. Erst als Mäuseschling endlich den Zauberspruch „belk natas ret madver“, rief, endetet der Spuk und auf dem Boden erschien mit einem lauten Knall das gestohlene Buch.

„Ha Kobold, wolltest Du uns schon wieder necken. Zur Strafe für den Diebstahl und die erneuten Zaubereien werd ich Dich augenblicks in den Radiergummi des Professors verwandeln. Ist dieser glücklich aufgebraucht, wirst Du unsere liebe Erde endlich vollständig verlassen haben.“

Da bekam Benito Illusione das blanke Zittern, versprach kläglich sich zu bessern, was aber auf der Stelle Jules mitfühlendes Herz erweckte:

„Bitte guter Mäuseschling, lass doch den armen Kobold laufen. Bestimmt wird er Keinem mehr etwas zu Leide tun."

„Nun, das werde ich ganz bestimmt nicht glauben. Doch Dir zu Liebe soll der Kobold noch eine letzte Chance bekommen."

Kaum hatte Mäuseschling den zappelnden Benito losgelassen, löste dieser sich in Wohlgefallen auf. Nur das leise

Knistern im Bücherschrank ließ unheilvoll erahnen, dass er das Haus noch immer nicht verlassen hatte.

Jule, die ihre Neugier kaum bezähmen konnte, blätterte unterdessen bereits eifrig in dem dicken Zauberbuch.

„Oh je, was ist denn das?", rief sie plötzlich aufgeregt: „Schau nur, Mäuseschling!"

Obwohl nur einen Tag in die Zukunft geblättert, sah sie bereits ein schreckliches Ereignis. Auf Seite 1723 stand ihr Vater, der Professor Gänsezahn, im Hörsaal der Universität umgeben von dicken Wolken, während es um ihn herum blitzte und knallte und lauter Gegenstände durch den Raum flogen.

„Oh Graus, ich hätte es ahnen müssen", stöhnte Mäuseschling: „Schau nur Jule, links neben Deinem Vater unter dem Tische sitzt der hinterhältige Benito Illusione und reibt sich hämisch grinsend die Hände. Jetzt endlich wird mir klar, was mein Ururgroßvater in seinem Testament meinte als er in dunklen Worten schrieb:

Dereinst wenn die Gänse Zähne kriegen,
Benito lässt Gar Mooh durch die Lüfte fliegen."

„Was, wie bitte, was meinst Du denn damit schon wieder? Los, erzähl", stieß Jule aufgeregt hervor.

„Halt Dich fest Jule, denn was ich Dir nun erzähle, wird Dich umhauen. Dein Vater ist der berühmte Zauberer Gar Mooh, der aus unerklärlichen Gründen seit über dreihundert Jahren in allen Feen- und Elfenlanden als verschollen gilt. Heerscharen guter und schlechter Geister, Feen, Wald- und Wiesengnomen, Kobolde und Kräuterhexen waren alle auf der Suche nach ihm. Doch keiner konnte ihn bisher finden. Und nun haben die geheimnisvollen Pfade des Schicksals ausgerechnet mich zu ihm geführt."

Mit offenem Mund stand Jule da und wusste nicht, ob sie lachen oder weinen, sollte. Schließlich stieß sie hervor:

„Aber Mäuseschling, das ist unmöglich, ich habe Dir doch gesagt, dass mein Vater nicht an Zauberei glaubt. Feen, Elfen, Gnomen hält er alle für dummen Kinderkram. Du musst Dich also irren!"

„Nein, versteh doch Jule. Er ist so sicher der Zauberer Gar Mooh wie mein Lieblingsgericht Käsekuchen ist. Nur hat er diese unbedeutende kleine Tatsache vergessen."

„Vergessen?"

„Ja, vergessen! Deshalb ist es nicht nur unsere Aufgabe, Deinen Vater morgen vor dem schrecklichen Chaos im Hörsaal zu retten, sondern auch seine Erinnerung wieder herzustellen. Die viele Druckerschwärze seiner Bücher hat ihm die Augen zugeklebt, seine Seele verdüstert und sein Gehirn vernebelt. Kurz und gut, wir müssen morgen früh in die Universität."

„Aber da habe ich doch Schule", wagte Jule vorsichtig einzuwenden: „Wenn ich schwänze, petzt meine Klassenlehrerin Frau Sülze-Stahlmann dies bestimmt meinen Eltern."

„Kinkerlitzchen und Firlefanz! Bei derart wichtigen Zauberdingen hat alles andere zurückzutreten. Im Übrigen klingelt mir der Name Sülze-Stahlmann sehr unangenehm in den Ohren. Wenn mich nicht alles täuscht, sollte sie aufgrund ihrer zahlreichen Untaten binnen Kürze in den Pudel des Hausmeisters Bolle verwandelt werden. Wie Du siehst, wird sich Dein Problem also von ganz alleine lösen."

‚Na wenn das so ist', dachte Jule beruhigt. Im Stillen musste sie zugeben, dass ihr Frau Sülze-Stahlmann als Pudel viel sympathischer erschien denn als Lehrerin. An allem nörgelte sie nur herum ..., was ihr als Pudel aber sicher schwer fallen würde.

Tierische Zaubereien in der Universität

Als die ersten Sonnenstrahlen aufs Haus der Familie Gänsezahn fielen, waren Jule und die Katze Mäuseschling bereits auf den Beinen, da letztere Jule schnell noch in die Anfangsgründe der höheren Zauberei einführen wollte.

Beim Frühstück schien Herr Gänsezahn sichtlich nervös und angespannt, schaute ein übers andere Mal kritisch auf Mäuseschling, die es sich im Küchenregal gemütlich gemacht hatte, und sprang schon nach wenigen Bissen auf, um Jule wie jeden Morgen in die Schule und sich selbst in die Universität zu befördern. Jule leerte heimlich den Inhalt ihres Schulranzens, um Platz für die Katze zu machen. Kaum war die große Schultür vor ihrem Vater ins Schloss gefallen, sprang Mäuseschling heraus und haspelte den Zauberspruch:

„A B C,
die Katze trinkt gern Tee,
am liebsten mit Vanilleduft,
husch, ab in die Luft!"

Augenblicks wurden Jule und die Katze unsichtbar und fädelten sich wie ein Rauchwölkchen direkt durch das Schlüsselloch ins Freie. Professor Gänsezahn bog gerade um die Ecke in Richtung U-Bahnstation Grunewald. Jule und Mäuseschling eilten durch die Lüfte ihm hinterher. In der U-Bahn passierte bereits das erste Malheur. Gerade wollte sich Herr Gänsezahn auf einen freien Platz setzen, da gellte ihm schon ein lauter Schmerzensschrei direkt in die Ohren. Wie von der Tarantel gestochen sprang er auf, stotterte im Umdrehen nur erschrocken: „Oh, ach ver..., verzeihen Sie vielmals, dass ich sie übersehen habe, Gnädigste."

Doch welch böses Spiel, da war niemand. Schon bemerkte der Professor, wie ihn die anderen Fahrgäste fassungslos anstarrten. In der Tat mussten sie ihn für völlig verrückt halten. Noch während ein immer tiefer werdendes Schamrot seinen ausgeprägten Schädel überzog, brach Jule in ein derbes Gelächter aus. Denn auf keinen anderen als auf seine unsichtbare Tochter hatte er sich gesetzt. Schon lachte der ganze Wagen über ihn, dass es dem armen Gänsezahn nur so in den Ohren dröhnte. In höchster Not flüchtete er sich hinter die „Berliner Morgenpost" und ließ seinen glühenden Kopf bis zur Station Friedrichstraße nicht mehr zum Vorschein kommen.

Doch sollten die Merkwürdigkeiten des Tages gerade erst beginnen, denn in der Humboldt-Universität angelangt, empfing ihn auf dem Gang bereits der Rektor mit den Worten:

„Lieber Herr Professor Gänsezahn, darf ich Ihnen Ihren neuen Kollegen, den weltberühmten italienischen Gelehrten Professor Benito Illusione vorstellen. Ganz bestimmt kennen Sie ihn bereits, da er ein Fachmann auf Ihrem Spezialgebiete, der theoretischen Biologie ist."

Verwundert fiel Herr Gänsezahns Blick auf einen kleinen Mann in einem himmelblauen Anzug und rotgepunktetem Hemd. Auf seiner Hakennase thronte eine riesige schwarze Brille, deren Gläserstärke selbst die von Herrn Gänsezahn noch übertraf, was dieser neidisch quittierte. Durch diese Glaswand stierten ihn höhnisch ein paar bösartig funkelnde Augen an.

„Oh je, der Kobold aus dem Saurier-Ei", stöhnte Jule erschrocken.

Ihr Vater hingegen zweifelte an seinem Verstand, da er beim besten Willen noch nie etwas von einem Professor Benito Illusione gehört hatte!

Doch da fing dieser schon zu sprechen an: „Prego, Professore Gänsezahno, hier mein neuestes Buch mit einer Widmung an Sie, caro collega mio!"

Völlig entgeistert starrte Jules Vater auf den Titel und stotterte: „Die Wanderungen der Weinbergschnecke im Morgentau".

‚Wach ich oder träum ich? Nein das kann nicht sein. Das ist doch mein eigenes Buch, das ich gerade gestern erst fertiggestellt habe!'

Professor Gänsezahns Augen begannen zu kreisen, die ganze Welt drehte sich plötzlich um ihn. Und um die Verwirrung komplett zu machen, sah er urplötzlich aus den Jackentaschen des Professore Illusione zwei kleine giftgrüne Drachen zappelnd auf sich zurasen. Im letzten Augenblick sprang die wachsame Katze Mäuseschling – außer für Professor Gänsezahn, für alle unsichtbar – auf die kleinen Ungeheuer zu und verschluckte sie mit einem Biss.

Völlig aufgelöst, an allen Gliedern zitternd, schlich unser armer Professor, gefolgt von dem unheimlichen Benito

Illusione, dem Hörsaal entgegen, in dem seine Studenten schon ungeduldig auf ihn warteten. Und nachdem er zähneknirschend seinen italienischen Kollegen vorgestellt hatte, begann er mit der Vorlesung.

„Ehm, meine lieben Studenten, möchte Euch heute an einem genialen Experiment demonstrieren, wie man Grießbrei zu Knete verwandelt."

Alle lachten, was Professor Gänsezahn völlig unverständlich und absolut empörend fand.

„Oh weh, ich ahne schlimmes", flüsterte Mäuseschling Jule zu: „Benito verzaubert die Worte Deines Vaters, so dass er was anderes sagt, als er eigentlich will."

Schon begann der ahnungslose Professor in einem großen Kessel, unter dem ein Feuer brannte, die verschiedensten Ingredienzien zusammenzukippen, warf zum Erstaunen aller gar sein Frühstücksbrot hinein, zog schließlich seinen rechten Schuh aus, um damit den Brei umzurühren. Schon stiegen dicke Rauchwolken auf, die Masse begann zu brodeln, als Professor Gänsezahn unversehens in einen der vielen Käfige mit seinen Versuchstieren griff. Flink zog er eine kleine Spitzmaus heraus und ließ sie erbarmungslos in den heißen Brei fallen. Die Maus – keinesfalls damit einverstanden, gekocht zu werden – sprang unversehrt wieder hinaus und gab einen schrillen Pfiff von sich. Da öffneten sich schon überall die Käfige. Spitzmäuse, Hamster, Meerschweinchen und Wanderratten ergossen sich über die Tische und begannen einen irrsinnigen Tanz. Die Studenten, die bis dahin nur mit offenen Mündern staunend dem verrückten Treiben zugesehen hatten, brachen an dieser Stelle urplötzlich in ein hysterisches Gelächter aus. Der Kobold Benito Illusione rieb sich voll boshafter Schadenfreude die Hände. Seine Verzauberungen waren bereits jetzt ein Riesenerfolg. Doch da tauchte Professor Gänsezahn mit der unschuldigsten Miene der Welt sein Lineal in den Kessel und zog an diesem einen dicken kaugummiartigen Breifaden heraus.

„Liebe Studenten, mit nur einem Löffel dieser kostbaren Substanz kann man eine ganze Herde Schafe verköstigen."

Kaum gesagt, brachen die Türen des Hörsaals auf und eine in riesige Staubwolken gehüllte Schafherde raste quer durch den Saal. Die Studenten waren außer Rand und Band. Vor lauter Lachen hielten sie sich die Bäuche, andere schlugen wie wahnsinnig mit den Fäusten auf die Tische und wieder andere warfen sich auf die Erde, um wie toll gewordene Krabbelkäfer wild mit Armen und Beinen zu strampeln. Unser armer Professor Gänsezahn, dem die Zaubereien des Kobolds völlig das Gehirn vernebelt hatten, bemerkte nun doch endlich, dass irgendetwas im Saale nicht stimmen konnte. Aufgebracht rief er:

„Ruhe bitte, Ruhe meine Damen und Herren, wir sind hier in der Universität und nicht im Schweinestall."

Doch dies hätte er nicht sagen dürfen, denn auf der Stelle jagten wohl an die 200 Schweine durch den Raum, zertrümmerten alles, was sich ihnen in den Weg stellte, unterliefen gar den Professor, der in wildem Ritt auf einem Schweinerücken durch den Saal geschleift wurde.

Jule und Mäuseschling hielten sich vor lauter Entsetzen die Hände vor die Augen. Als das Chaos seinen absoluten Höhepunkt erreicht hatte, verschwand urplötzlich der gesamte Spuk genauso so abrupt, wie er gekommen war. Dafür stürzte wutschnaubend der Universitätsrektor in den völlig verwüsteten Saal:

„Herr Professor Gänsezahn, ich muss doch wohl sehr bitten! Was sind das hier für Lehrmethoden?“, schnarrte er: „Eine Schande, eine wahrhafte Schande für die hehre Wissenschaft. Was soll bloß unser italienischer Kollege von uns denken? Schämen Sie sich!“

Professore Illusione verneigte sich mehrmals eilfertig vor dem Rektor, nickte bejahend mit dem Kopf und verließ an dessen Seite den Saal.

Wie ein begossener Pudel stand unser armer Herr Gänsezahn da und wollte seinen Augen kaum trauen. Erst jetzt lichtete sich sein Blick und er erkannte er das ganze Ausmaß des entstandenen Schadens. So erschüttert war er, dass er noch nicht einmal bemerkte, wie seine kleine Tochter ihn tröstend an die Hand nahm und liebevoll aus dem Saal führte.

Die Offenbarungen im Zoologischen Garten

Eine merkwürdige Gesellschaft marschierte durch die Friedrichstraße: Ein kleines Mädchen mit blonden Zöpfen führte an ihrer Hand einen Mann, der vor lauter Traurigkeit ganz und gar in sich zusammengesunken war. Hinterdrein tippelte ein niedliches Kätzchen mit einer kleinen gelben Aktentasche im Maul. Verwundert blieben die Leute stehen.

„Papi, sei doch nicht mehr traurig, lass uns jetzt einfach zum Tiergarten fahren. Wir wollten doch schon so lange in den Zoo.“ Herr Gänsezahn nickte nur geistesabwesend, murmelte unentwegt den Namen Benito Illusione, und hielt nach den unerklärlichen Vorkommnissen im Hörsaal seinen guten Ruf vollends für zerstört und seine Universitätskarriere für beendet.

Kaum waren sie im Zoologischen Garten angelangt, wurde Jules Vater ununterbrochen von irgendwelchen Leuten gegrüßt, da die meisten Tierfreunde natürlich den berühmten Tierforscher Professor Gänsezahn kannten. Dies verbesserte seine Laune in kürzester Zeit dermaßen, dass er bereits wieder in seine übliche Hochnäsigkeit verfiel. Doch wie erstaunt war er, als ihm im Freigehege plötzlich auch einzelne Tiere zu grüßen begannen. Bei den zwei Antilopen glaubte Herr Gänsezahn zunächst noch, sich verhört zu haben. Als dann ein Elefant ihm „Schönes Wetter“ zutrompete, schrieb er dies seinen überspannten Nerven zu. Als ihn dann aber schließlich eine Giraffe gar in ein Gespräch zu verwickeln versuchte, wollte er seinen Ohren kaum trauen:

„Guten Tag Professor Gänsezahn. Ich habe Ihren letzten Artikel ‚über das Fressverhalten der Giraffe‘ gelesen. Darin schreiben Sie, dass Giraffen am liebsten Palmenblätter essen. Nun muss ich Ihnen aber gestehen, dass meine Lieblingsspeise Blätterteigröllchen mit Aprikosenmarmelade ist. Meine Tante Edeltraud hingegen bevorzugt Käsekuchen und mein großer Bruder Lothar liebt Nudeln über alles. In diesem Sinne wäre es doch sehr nett, wenn Sie diese Dinge in Ihrem nächsten Buch einmal richtigstellen würden.“

„Was, wie bitte, was redest Du da, Schlaumeier“, antwortete der Professor gereizt und zuckte im selben Augenblick schon wie vom Bienchen gestochen zusammen:

‚Mein Gott, hoffentlich hat das niemand gehört? Eine sprechende Giraffe, die mich unverschämt kritisiert und zu allem Unglück habe ich ihr auch noch geantwortet.'

Doch keiner der Zoobesucher schien was bemerkt zu haben. Offensichtlich war Professor Gänsezahn der einzige, der die Stimmen der Tiere zu verstehen vermochte.

Oh, nein, doch nicht, Jule grinste ihn wissend an. Im nächsten Moment schwand ihm auch der letzte Zweifel, denn schon begann die Giraffe erneut zu sprechen:

„Hättet Ihr vielleicht einen Kaugummi für mich, Freunde? Mein Mund ist schon seit geraumer Zeit so trocken."

„Leider nein", antwortete Jule: „Ich kann Dir aber meinen Frühstücksapfel geben."

„Na, der tut's ja auch. Noch einen schönen Aufenthalt wünsch ich."

Während die Giraffe von dannen trabte, kamen schon zwei Windhunde mit ihrem Frauchen des Weges:

„He Fred, schau nur wie blöd der Typ da aus der Wäsche guckt! Ne, wirklich, den möcht ich nicht als Herrchen haben", sagte der eine und blickte abschätzend Jules Vater an.

„Kein Wunder", antwortete der andere abfällig: „Das ist doch der olle Gänsezahn, der Typ aus dem Fernsehen, der immer so'n Unsinn redet. Neulich meinte er doch tatsächlich, Tiere könnten nicht denken."

Sofort fingen beide aus vollster Kehle verächtlich zu lachen an.

Professor Gänsezahn kräuselten sich die Nackenhaare: „He, ist das hier eine Verschwörung oder was? Ich verlange Respekt", schrie er den Hunden hinterher.

Da drehte sich deren Frauchen verwundert um, kniff die Augen zusammen:

„Ach Sie sind's lieber Professor Gänsezahn. Entschuldigen Sie bitte, dass ich Sie nicht gleich bemerkt habe. Heute gar nicht in der Universität?"

Erschrocken erkannte er in der Dame mit den lila Haaren die Frau des Universitätsdirektors.

„Ehm, nur ein bisschen Luft schnappen …, ehm …, die Studien …, Exkursion und so weiter, sie wissen schon ...", haspelte er peinlich berührt und flüchtete in Richtung Affenkäfig. Doch was ihn hier erwartete, übertraf alles Bisherige.

In dem Käfig spielten die Affen in höchster Ausgelassenheit ein Spiel, das sie Professor Gänsezahn nannten: Jeder versuchte eine Banane auf der Nase zu balancieren. Wem diese herunter fiel, der hatte verloren und musste zur Strafe Professor Gänsezahn sein, worauf ihn die anderen mit fauligem Obst bewarfen. Das war zu viel für Jules Vater. Erschöpft wankte er zu einer Bank, auf der zu seiner Überraschung mit übergeschlagenen Beinen bereits die Katze Mäuseschling saß. Und als sich Jule gleichfalls gesetzt hatte, begann die Katze lässig:

„Na Professorchen! Ich glaube, wir müssen mal ein Wörtchen miteinander reden. Es wird endlich Zeit, dass Du begreifst, worauf's ankommt in dieser Welt. In Deinen schlauen Büchern stehen nämlich die wichtigsten Dinge überhaupt nicht drin. Weißt Du zum Beispiel wie glücklich sich ein Marienkäfer fühlt, wenn ihn der Sommerwind sanft im Grase wiegt, wie ungeduldig die flinken Schwalben den warmen Frühling herbeisehnen, wie fröhlich die neugeborenen Häschen ihre ersten Purzelbäume über die Frühlingswiesen schlagen, überhaupt wie unendlich glücklich alle Pflanzen und Tiere sind, dass sie auf dieser wunderschönen strahlenden Erde ein Weilchen verweilen dürfen? Und was machen Du, und Deine Kollegen? Ihr Wissenschaftler zerstört alles, was Euch in den Weg kommt, sperrt das Leben in toten Büchern und Käfigen ein … Deine kleine Tochter zum Beispiel würde so gerne mit ihrem Papa jeden Tag irgendetwas Schönes unternehmen, doch nie hast Du Zeit für sie."

Da schossen Herrn Gänsezahn vor lauter Scham dicke Tränen in die Augen. Fest drückte er seine Jule an sich und schwor aus tiefstem Herzen sich zu bessern.

„Wie ich sehe", hub feierlich die Katze zu sprechen an, „ist nun die Zeit gekommen, Dir ein großes Geheimnis anzuvertrauen. Hast Du die Stimme Deines Herzens wiedergefunden, so kannst Du auch die ganze Wahrheit über Dich erfahren. Du, Professor Gänsezahn, bist der berühmte Zauberer Gar Mooh, der, vor 307 Jahren urplötzlich spurlos verschwunden, seitdem in allen Winkeln der Erde gesucht wird."

Kaum hatte die weise Katze Mäuseschling dies gesagt, geschah etwas Seltsames. Um Herrn Gänsezahns Kopf begannen urplötzlich lauter bunte Schmetterlinge zu flattern und bildeten einen herrlichen Kreis. Kurz darauf kniff Jules Vater die Augen zusammen, dicke Denkfalten durchfurchten sein Gesicht und noch während er sich mit der Hand heftig an die Stirn griff, stieß er atemlos hervor:

„Ha, jetzt fällt's mir endlich ein. Als ich noch war ein Kind wie Jule so klein, da sang ich immer ein wundersames Liedchen fein:

Der Zauberer durch die Heide ging,
dort fand er einen güldnen Ring,
arglos sich an den Finger steckte,
oh weh, wie sich da der Dornbusch reckte,
umschloss den Zauberer ganz und gar,
nimmer mehr sollt er wissen, wer er war.

Meine Mutter fragte mich, wer mir dieses Lied beigebracht hätte, doch konnt ich es ihr beim besten Willen nicht sagen. Denn schon immer kannte ich dieses Lied."

„Nun wird mir einiges klar", antwortete die Katze: „Du musst wissen, dass Du dereinst der mächtige Beschützer des Tier- und Pflanzenreiches warst. Durch den goldenen Ring hat Dir ein böser Geist Deine Stärke und Erinnerung geraubt, damit er und seine Gesellen diese wehrlosesten aller Geschöpfe auf Erden unterdrücken und ausbeuten können. Und zu allem Hohn hat er Dich auch noch zu seinem Spießgesellen gemacht!"

Jules Vater stöhnte und einige Tränen kündigten erneut von der inneren Bewegung, die ihn bei diesen Worten befiel.

In der Schule ist der Pudel los

Es war ein wunderschöner Spätsommermorgen voller Harmonie, wie ihn die Familie Gänsezahn seit langem nicht mehr erlebt hatte. Eine unaussprechliche Freude hing geheimnisvoll schillernd in der Luft und zauberte ein Lächeln in Jules Gesicht, so gewaltig, dass es wohl die ganze Welt mit hätte einschließen können. Auch Jules Vater erschien, seit er wusste, oder besser ahnte, dass er der Zauberer Gar Mooh sei, wie verwandelt. Die mürrisch abweisende Art war einem hellen inneren Leuchten gewichen. Seine Stimme besaß plötzlich eine Kraft und Geschmeidigkeit, die Frau Gänsezahn vor Freude regelrecht das Herze springen ließ. Kurz und gut, das Familienfrühstück versprach eines der Schönsten aller Zeiten zu werden, doch da klingelte schrill das Telefon.

„Ja, hier Gänsezahn."

„Guten Morgen Herr Professor Gänsezahn, hier Gundula Sülze-Stahlmann, die Klassenlehrerin ihrer Tochter", kreischte eine schneidende Stimme scharf wie eine Kreissäge durchs Telefon.

Noch während Herr Gänsezahn geistesgegenwärtig den Hörer vom Ohr riss, um damit im letzten Moment sein Trommelfell zu retten, gellte es weiter: „Jule ist gestern unerlaubt der Schule ferngeblieben. Ich verlange eine sofortige Erklärung!"

„Ach so, ja, Jule war gestern mit mir im Zoo ..."

„Was? Im Zoo? Mit ihnen? Während der Schulzeit? Unverschämtheit ...! Ich erwarte Sie heute 10 Uhr zu einer Aussprache im Lehrerzimmer!"

Statt eines „Auf Wiederhören" knallte Frau Sülze-Stahlmann barsch den Hörer aufs Telefon. Mit einem Schlage war die gute Laune im Hause Gänsezahn zerstört. Nun muss man wissen, dass Frau Sülze-Stahlmann und Jule sich alles andere als gut verstanden – und dies obwohl Deutsch doch eigentlich ihr Lieblingsfach war. Jule dachte sich nämlich für ihr Leben gern Geschichten aus. Die Deutschlehrerin Frau

Sülze-Stahlmann nörgelte jedoch so lange an allem herum – „Nein, das macht man so …" – bis sie die schönsten Gedanken der Kinder zerstört hatte. Übrigens war Jule bis zum heutigen Tage noch immer nicht klar, woher Frau Sülze-Stahlmann denn so genau wissen wollte, wie ‚man' etwas macht oder nicht?

Kurz vor 10 Uhr tauchte also Jules Vater wie bestellt in der Schule auf – ein wenig zu früh, denn die Kinder waren noch im Unterricht – doch gerade rechtzeitig, um hinter der Tür mitzuhören, wie Frau Sülze-Stahlmann schon wieder herummeckerte. Soeben sagte Jule: „Aber Frau Sülze, das ist doch langweilig, wenn wir immer alles genauso machen, wie Sie es wollen!"

„Was? Wie heiß ich, mein Fräulein? Du hast mich mit meinem vollen Namen Frau Sülze-Stahlmann anzureden. Im Übrigen dulde ich keinen Ungehorsam! Lernst Du dies etwa bei Deinem neunmalklugen Vater?"

Da platzte Herrn Gänsezahn der Geduldskragen. Voller heiligem Zorn stürmte er ins Klassenzimmer, um seine Jule zu verteidigen:

„Lassen Sie sofort meine Tochter in Ruhe, Sie Furie!" Und im Stillen dachte er: ‚Mein Gott, die sieht ja wirklich aus wie'n dummer aufgeputzter Pudel.'

Kaum war ihm dieser freche Gedanke entschlüpft, verwandelte sich Frau Sülze-Stahlmann doch tatsächlich vor aller Augen in einen rosa Pudel, der zornig kläffend aus dem Zimmer brauste.

Noch während alle sprachlos vor Staunen auf den nunmehr leeren Lehrertisch starrten, kam bereits freudestrahlend ein Mann in den Raum und rief:

„Hallo Leute ..., ich bin euer neuer Klassenlehrer Paule Feyerabend. Die Stahlsülze hat gerade gekündigt!"

Alle atmeten erleichtert auf. Erst jetzt fiel Jule die gestrige Prophezeiung der Katze Mäuseschling ein, dass ihre Klassenlehrerin zur Strafe für ihre Untaten in den Pudel des Hausmeisters Bolle verwandelt werden sollte. Doch wer war dann der neue Lehrer?

„Natürlich der echte Pudel des Hausmeisters", stieß sie begeistert hervor.

Da sah sie schon Herrn Feyerabend schelmisch mit den Augen zwinkern, während er ihr leise zuflüsterte: „Psst, nicht verraten ..."

„Hurra", jetzt wusste Jule, dass ihr Vater wirklich ein Zauberer war!

„Alle mal herhören, heute ist schulfrei!", rief Herr Feyerabend: „Wir machen einen Ausflug in den Botanischen Garten."

Da brach ein wahrer Jubelsturm los und mit wildem Geschrei sausten die Kinder aus der Schule der blauen Freiheit entgegen.

Als sie an einer Grünanlage vorbeikamen, passierte fast noch ein Malheur. Gerade warf ein Mann ein Stöckchen auf den Rasen, als ihr Klassenlehrer schon wie der Wind hinterherjagte. Geistesgegenwärtig konnte Jule gerade noch „aber Herr Feyerabend" rufen, was diesen im allerletzten Moment daran erinnerte, dass er kein Pudel mehr war.

Schon stapften sie ausgelassen die Königin-Luise-Straße entlang, da trat ihnen plötzlich ein fremdländisch gekleideter Herr mit blauem Turban, einer schwarzen Brille und einem großen Bauchladen entgegen:

„Wundersame Sonnenbrillen, heute gratis, greift nur zu, liebe Leute“, erklang ein dünnes Stimmchen, das Herrn Gänsezahn merkwürdig bekannt vorkam.

Sofort stürzten sich alle auf die Brillen. Doch kaum hatten die Kinder sie aufgesetzt, stießen sie Schreie der Verwunderung aus, drehten sich wie berauscht in alle Richtungen und schauten und schauten, als sähen sie die Welt zum allerersten Mal. Manche fingen an zu lachen, anderen wiederum traten Tränen der Rührung in die Augen und wieder andere seufzten so tief, als hätten sie das Wunderbarste der Welt erschaut.

Da hielt es auch Herr Gänsezahn nicht mehr aus. Voller Neugier schob er sich eine Brille auf die Nase. Doch oh je, ach wie gar so wunderlich, alle Menschen waren plötzlich verändert. Der alte Opa, der ihm gerade entgegenkam, hatte sich wie von Geisterhand unversehens in ein niedliches kleines Küken verwandelt, die Oma hingegen in eine entzückende Balletttänzerin mit rosa Spitzenkleidchen, welche voll träumerischer Hingabe das quietschende gelbe Küken umtanzte. Der Verkehrspolizist auf der Kreuzung war nunmehr ein Dirigent mit schwarzem Frack und wilder Lockenmähne, der in höchster Ekstase ein unsichtbares Orchester dirigierte. Und zwei brutal aussehende kahlköpfige Jugendliche mit schwarzen Lederstiefeln saßen auf einmal gar als süße pausbäckige Säuglinge in rosa Strampelanzügen mit Schnullern in einem Zwillingskinderwagen und lächelten so glücklich und zufrieden, als könnte nie irgendetwas Böses dieses höchste Glück auf Erden zerstören.

Schon traten auch Herrn Gänsezahn vor lauter Rührung die Tränen in die Augen, denn als Zauberer Gar Mooh wusste er nur zu gut, dass der Blick durch die Zauberbrillen die geheimsten Wünsche der Menschen offenbarte. Sie zeigten die Menschen in ihrer am meisten ersehnten Gestalt.

Erst jetzt schaute Jules Vater neugierig auch auf den Brillenverkäufer: ‚Nein, das konnte doch nicht wahr sein. War dies nicht sein Assistent Hillarius Lobewind?' Da wechselte dieser urplötzlich seine Gestalt und Herr Gänsezahn erkannte in ihm verblüfft seinen früheren Zauberkollegen Hubertus Bogel. Doch blieb keine Zeit zum Nachdenken, denn schon sah er voll Staunen den ehemaligen Bettler vom Straßenrand plötzlich in weißem Gewand auf sich zu schreiten. Sein Haupt umkreisten lauter goldene Sterne. Und während er den Menschen mit einem strahlend gütigen Lächeln die allerschönsten Geschenke überreichte, wies er sanft auf Jule.

Was Herr Gänsezahn nun sah, verschlug ihm den Atem: Da stand seine Tochter und schaute ihn mit großen Augen an. In diesem Augenblick war sie einfach nur Jule und nichts anderes wollte sie in jenem Moment sein als glücklich mit ihrem Vater zusammen.

Abschied von Berlin

Viele Wochen waren vergangen seit den wundersamen Ereignissen Jules und ihres Vaters, Herrn Professor Gänsezahn, mit der Katze Mäuseschling. Seit sie auf dem Schulausflug zum Botanischen Garten in der Königin-Luise-Straße mit Hilfe der Zauberbrillen die geheimsten Wünsche der Menschen erblickt hatten, machten es sich alle Beteiligten zur Gewohnheit, die Brillen sooft wie möglich aufzusetzen. Jules Klassenlehrer Paule Feyerabend war auf diese Weise der beliebteste Lehrer der Schule geworden. Denn seitdem er die Träume der Kinder kannte, ging er so geduldig, liebe- und verständnisvoll mit ihnen um, wie man es sich nur vorstellen konnte.

Auch Herr Gänsezahn verstand seitdem die Menschen viel, viel besser und war nun von einer Güte und Herzlichkeit gegen jedermann, dass alle, die seine vordem mürrisch dünkelhafte Art gekannt hatten, anfangs verwundert nur die Köpfe schüttelten.

Doch selbst Jule und ihre Klassenkameraden setzten ab und an noch die Brillen auf, obwohl sie diese eigentlich am wenigsten benötigten. Im Gegensatz zu den Erwachsenen konnten die Kinder ja ihre schönsten Träume noch ganz deutlich sehen und auch anderen mitteilen.

Schon seit dem frühen Morgen war Jule mit ihrem Vater unterwegs. Denn heute war ihr letzter Tag in Berlin und da mussten natürlich noch eine Menge Wege erledigt werden.

„Aber wieso denn ihr letzter Tag?“, werden jetzt einige verwundert fragen: Tja, die gesamte Familie Gänsezahn wollte sich am nächsten Tag auf eine große Weltreise begeben. Eines Abends, als Jules Vater am Bett seiner schlafenden Tochter stand, schmückte ein solch inniges Lächeln ihr Gesicht, dass er auf der Stelle die Zauberbrille aufgesetzt hatte. Und da sah er nun endlich ihren allerschönsten Traum: Jule stand auf dem Deck eines strahlendweißen Dampfers, über dem sich ein wunderbar tiefblauer Himmel spannte. Und während die herrlich frische Gischt sie umsprühte und Jule ihr allerschönstes Lied sang, tanzten unter ihr die quietschvergnügten Delphine, schlugen die wundersamsten Kapriolen in der Luft, dass allen Passagieren vor Freude laut das Herze lachte. In diesem klitzekleinen Augenblick wusste Herr Gänsezahn, dass er mit Jule eine große Weltreise unternehmen würde. Ja, auch er hatte als Kind dereinst denselben Traum gehabt.

Doch wie schon gesagt, vor der Reise mussten noch einige wichtige Dinge erledigt werden. Zu allererst gingen sie in die Schule, um Jules Klassenlehrer Herrn Feyerabend in seine ursprüngliche Gestalt als Pudel zurückzuverzaubern. Frau Sülze-Stahlmann hingegen musste vom Pudel des Hausmeisters in die Klassenlehrerin zurückverwandelt werden.

Jule weinte bittere Tränen, als der Vater ihr von der Rückverzauberung erzählte. Alle Kinder hatten den ehemaligen Pudel Herrn Feyerabend so unendlich lieb gewonnen. Und auch die Katze Mäuseschling konnte oder wollte ihr diesmal nicht helfen und bestand auf die Rückverzauberung.

Als Jule mit ihren Bitten aber noch immer keine Ruhe geben wollte, sagte ihr Vater endlich:

„Tut mir wirklich leid, meine Liebe, nichts zu machen! Wir Zauberer müssen die kosmischen Gesetze einhalten, gemäß denen niemand gegen seinen Willen dauerhaft in eine andere Gestalt verzaubert werden darf."

So kamen Vater und Tochter traurig in der Schule an. Doch wie groß war ihr Staunen, als sie im Gang den Hausmeister Bolle mit seinem Pudel erblickten.

Jule und ihr Vater trugen nämlich zum Glück gerade die Zauberbrillen. Und da sahen sie zu ihrer allergrößten Verwunderung, dass der Pudel, der ja ursprünglich Frau Sülze-Stahlmann gewesen war, ein Pudel blieb.

„Ja wenn das so ist", sprach Herr Gänsezahn nachdenklich: „dann hat ja Deine Klassenlehrerin ihren schönsten Traum bereits gefunden und wir müssen sie nicht mehr zurückverzaubern!"

Jule stieß einen tiefen Seufzer der Erleichterung aus: „Doch was wird mit dem ehemaligen Pudel Herrn Feyerabend?"

Da kam dieser schon fröhlich um die Ecke spaziert und auch er blieb bei ihrem Blick durch die Brille genau das, was er gerade war und immer sein wollte, nämlich der liebe, gute Klassenlehrer Paule Feyerabend.

Vor lauter Glück stürmte Jule auf ihren Lehrer zu, drückte ihn ganz fest an sich und rief: „Hurra, die Sülze will Pudel bleiben und Du bleibst dafür unser allerbester Klassenlehrer!"

Herr Feyerabend zwinkerte Jules Vater nur wissend zu. Und nachdem alle sich ganz herzlich voneinander verabschiedet hatten, spazierten Jule und Herr Gänsezahn zur Universität.

Ihr Vater wollte nämlich heute seinen Beruf als Wissenschaftler ein für alle Mal an den Nagel hängen, um endlich das sein zu können, was er sein ganzes Leben lang schon immer heimlich wollte: Ein Lebenspoet. Dies ist ein Mensch, der erkannt hat, dass das Leben selbst das wunderbarste Gedicht der Welt ist, das man mit jeder guten Tat jeden Tag ein Stückchen weiterschreibt. Doch seit seinem tiefen Blick durch die Zauberbrille wusste Herr Gänsezahn auch, dass jeder Mensch ein solcher Dichter oder Lebenspoet ist. Und dieses große Geheimnis den anderen mitzuteilen, galt ihm nun als die allerwichtigste Aufgabe.

In der Humboldt-Universität angelangt, klopfte Jules Vater an die Tür des Rektors.

„Herein, ach Sie sind's Professor Gänsezahn. Setzen Sie doch ihre Sonnenbrille ab, hier drin ist's viel zu dunkel."

Doch nicht für Herrn Gänsezahn, der sah nämlich im selben Moment schon den Rektor Grünberg in einem wunderschönen knackigen Gemüsegarten stehen, umstrahlt von hellem Sonnenglanz. Wie selig lächelte dieser, als er stolz und mit der Welt zufrieden sein prachtvoll in Saft und Kraft stehendes Rübenfeld entlang spazierte. Noch nie hatte Herr Gänsezahn einen solch himmlischen Glanz auf dem Gesicht des Rektors gesehen:

„Sie sollten sich einen Garten zulegen, mein lieber Grünberg", sagte er gutmütig.

„Ach was, meinen Sie wirklich, bester Gänsezahn? Ja, in der Tat, auch ich hab das ein oder andere Mal bereits heimlich mit diesem Gedanken gespielt", bestätigte der Rektor plötzlich ganz aufgelöst. Und noch während er Jule und ihrem Vater eine „wunderschöne Weltreise" zurief, schnappte er seine sieben Sachen und sauste wie der Wind aus dem Universitätsgebäude.

Nachdenklich saß die Katze Mäuseschling auf dem sonnendurchfluteten Dach des Tropenhauses im Botanischen Garten und schlug gerade das wertvolle Gestern- und Morgenbuch ihres Ururgroßvaters zu.

„Ach ja", seufzte sie tief: „Meine Begegnungen mit Jule und Professor Gänsezahn waren schon etwas ganz besonderes. Und obwohl seitdem nun schon viele Wochen vergangen sind, muss ich noch immer an diese zauberhaften Tage zurückdenken. Wo wird die Familie Gänsezahn wohl jetzt gerade sein?"

Neugierig schlug sie das Zauberbuch wieder auf. Da sah sie Jule und ihre Eltern, wie sie gerade einen glitzernden Fluss unter herrlichen Palmen entlang fuhren, in denen bunte Vögel zwitscherten.

„Ach wie gern wäre ich mitgefahren, doch warten schon wieder neue Aufgaben auf mich."

Nur wenige Seiten blätterte die Katze gespannt in die Zukunft. Da sah sie plötzlich den bösen Kobold Professor Benito Illusione, wie ihm gerade feierlich das Amt des Universitätsdirektors verliehen wurde. Dermaßen erschrocken war Mäuseschling, dass sie auch nicht eine Seite weiter zu blättern wagte: „Wer weiß, ob der Kobold nicht gar noch in der Regierung landet?" Flink schlug sie das Zauberbuch zu, rutschte vom Dach und damit einem neuen Abenteuer entgegen.

Sollte Euch, liebe Leserinnen und Leser irgendwann einmal eine schwarze Katze mit weißem Schwanz und weißen Ohren über den Weg laufen, könnte es sich dabei durchaus um die Katze Mäuseschling handeln, die mit Euch zusammen in das nächste Abenteuer spazieren will!

Kleine Kulturgeschichte der Katze

von Ulrich Taschow

Einführung

Das vorliegende Buch vereint eine Sammlung wunderschöner, fantasievoller und anrührender Katzengeschichten aus vier Jahrhunderten, sorgfältig ausgegraben, restauriert und in eine heute lesbare Form gebracht, die Katzen- und Literaturfreunden gleichermaßen große Freude bereiten wird. Die Geschichten spiegeln das innige Verhältnis von Mensch und Katze wider und bilden darüber hinaus literarische Kostbarkeiten längst und zu Unrecht vergessener Autoren. Wer kennt heute noch den großen Romantiker Otto Heinrich von Loeben (1786-1825), zu Lebzeiten nicht minder berühmt wie sein von ihm hoch geschätzter Zeitgenosse Friedrich von Hardenberg, genannt Novalis, mit dem er die allergrößte Nähe in Fühlen und Denken aufwies? Wer weiß noch etwas von der begnadeten Comtesse Sophie de Ségur (1799-1874), der ersten europäischen Kinderbuchautorin, und zugleich Frankreichs erfolgreichster Kinderschriftstellerin? Haben Sie jemals von Freifrau Amalie von Seebach (1802-1879) gehört, einer eigenwilligen Weimarer Schriftstellerin des späten Goethekreises, oder aber von Albert Ludwig Grimm (1786-1872), dem begeisterten Sammler literarischen Volksguts, der gemeinsam mit Achim von Arnim und Clemens Brentano wertvolle Beiträge für die Sammlung „Des Knaben Wunderhorn“ lieferte? Wer erinnert sich heute noch an die zu Lebzeiten äußerst erfolgreiche Marie-Catherine d’Aulnoy (1650-1705), eine der produktivsten Schriftstellerinnen ihrer Zeit, die bereits in der Ära des französischen Sonnenkönigs Ludwig XIV. einen berühmten literarischen Frauensalon führte, wie er erst über ein Jahrhundert später im 19. Jahrhundert üblich werden sollte. Von anderen Autoren wie dem sozial engagierten Autor Rudolph Müldener (1829-1892) wissen wir, abgesehen von seinen Werken, kaum mehr als seine gröbsten Lebensdaten. All diese grundverschiedenen Menschen verbindet über die Jahrhunderte und ihre unterschiedliche soziale und nationale Herkunft hinweg die Liebe zu den Katzen.

Die besondere Vorliebe der Menschen für Katzen spricht klar und deutlich bereits aus den frühesten Überlieferungen der Menschheit. Bei vielen Völkern genossen die Katzen als Haustiere einen umfassenden Schutz und teilweise eine geradezu abgöttische Verehrung. Besonders bekannt ist diesbezüglich der Umgang mit Katzen im alten Ägypten der Pharaonenzeit, wo sie als heilige Tiere galten. Ihnen zu Ehren errichtete man großartige Tempel und zu ihrem Unterhalt finanzierte man große und kleine Stiftungen. Starb eine Katze, so legten die Bewohner des Hauses Trauer an, rasierten sich die Augenbrauen, mumifizierten die Leiche mit kostbarsten Ingredienzien und trugen sie im Trauerzug zu Grabe. Die Pflege der heiligen Katzen wurde als eine besondere Ehre betrachtet, die entsprechend auch die Hochachtung ihrer Wärter zur Folge hatte. Alle Handlungen der alten Ägypter wurden durch die Verehrung dieser Tiere beeinflusst. Wer eine Katze tötete, selbst aus Versehen, war dem Tode geweiht.

Ganz im Gegensatz zu dieser antiken Hochschätzung galten Katzen seit dem europäischen Mittelalter trotz vereinzelter Ausnahmen bis ins 18. Jahrhundert hinein geradezu als Inbegriff des Bösen und Falschen und wurden infolge religiösen Wahns in traurigen Hexenprozessen auf dem Scheiterhaufen verbrannt, gequält und verstümmelt und nahezu vollständig ausgerottet. Noch Ende des 19. Jahrhunderts sind rituelle Tötungen von Katzen zum Beispiel zum Erntedankfest belegt.

Bereits diese zwei über die Zeiten so konträren Auffassungen von der Katze lassen erahnen, welch gewaltige Veränderungen im Menschen und damit in der menschlichen Gesellschaft über die Jahrtausende hinweg stattgefunden haben müssen. Entspringen doch unsere scheinbar so oberflächlichen und flüchtigen Anschauungen von der Welt und ihren Bewohnern in Wirklichkeit tief in unserer Psyche verankerten Dispositionen und Mechanismen, die dann zu unterschiedlichen Zeiten in konkreten sozialen, religiösen, ideologischen und ethischen Praktiken ihren Ausdruck finden. Begreifen wir unsere sich stetig wandelnden Anschauungen also als Indikator tieferer psychischer Prozesse, dann können wir aus der Untersuchung des spannungsvollen kulturgeschichtlichen Wechselspiels „Katze – Mensch“ auch sehr viel über die menschliche Psyche und über die Qualität und Mentalität einer Gesellschaft in Geschichte und Gegenwart erfahren.

Was also macht die besondere Rolle der Katzen in Bezug auf uns Menschen aus? Warum lehnen bestimmte Kulturen, Zeiten und Menschen Katzen ab, während andere sie unter ihren höchsten Schutz stellen und ihnen eine geradezu abgöttische Verehrung entgegenbringen? Was veranlasst uns dazu, Katzen wie in der vorliegenden Sammlung von Katzengeschichten aus vier Jahrhunderten bis zum heutigen Tage immer wieder zu thematisieren? Warum leben wir mit ihnen in großer Zahl als Haustier zusammen?

In einer von wirtschaftlichem Zweckdenken beherrschten Zeit wie der unseren sind griffige und zugleich hochgradig verkürzende Antworten für unsere Katzenvorliebe schnell zur Hand. So verweist man gern auf den Nutzenaspekt der Tiere als Erklärung für deren historische Vergesellschaftung mit dem Menschen: Katzen fangen Mäuse, Ratten, Schlangen. Andere wiederum sehen Katzen als klassische Kulturfolger, dementsprechend sie sich angeblich im Rahmen der Sesshaftwerdung der Menschen als Abfallverwerter symbiotisch mit diesen verbunden hätten.

Tatsächlich finden sich bereits in 9.000 Jahre alten Fundstellen Mesopotamiens, Südost-Anatoliens und Jordaniens Knochen kleinerer Katzen zusammen mit menschlichen Knochen. Doch ist dies allein noch kein Beleg für die Kulturfolgerthese, auch weil ältere Symbiosen von Mensch und Katze vor der Sesshaftwerdung ab etwa 10.000 v. Chr. keineswegs ausgeschlossen sind.

2004 stießen Jean-Denis Vigne und seine Kollegen vom Muséum national d'histoire naturelle Paris in Zypern auf das Grab einer unmittelbar neben ihren menschlichen Gefährten beerdigten Katze. Mit einem Alter von etwa 11.500 Jahren bildet dieser Fund den derzeit ältesten Beleg für das Zusammenleben von Mensch und Katze, obgleich Funde aus dieser

Zeit äußerst selten sind. Erst ab etwa 5.000 v. Chr. werden die Funde immer häufiger. In der Ruinenstadt Chana Dauro im heutigen Pakistan fand man zum Beispiel den Pfotenabdruck einer Katze in einem Bauziegel von etwa 4.500 v. Chr. In Ur im heutigen Irak entdeckte man ein Siegel mit der Abbildung eines Mannes mit einer Kleinkatze, dessen Alter man auf 3.000 v. Chr. bestimmte. Erste Hinweise auf das Zusammenleben von Mensch und Falbkatze in Ägypten stammen aus Pyramiden der V. und VI. Dynastie ab 2.300 v. Chr. in Gestalt der Katzenhieroglyphen Miut (Mwjt) für Katze oder Bastet und Miu (Mwj) für Kater oder Re. Abbildungen von Katzenkörpern finden sich in Pyramiden der X. Dynastie um 2.100 v. Chr. In den Dynastien des Neuen Reichs von 1.550 bis 1.070 v. Chr. werden Katzenabbildungen dann immer häufiger. Sie tragen Halsbänder, sitzen auf dem Schoß von Menschen oder unter Stühlen, fressen aus Schüsseln etc. Katzendarstellungen finden sich aber ebenso in kretisch-mykenischen, griechischen und später römischen Kulturdenkmälern, auch wenn die Verehrung für die Katze allmählich nüchternen ökonomischen, aber immer noch positiven Einbindungen weicht. Erst im europäischen Mittelalter wird es richtig negativ und dunkel um die Katze.

Wie aber konnte es trotz dieser ökonomischen Bedeutung der Katze zu ihrer großen Ablehnung im Mittelalter und der frühen Neuzeit kommen? Gab es da etwa keine Mäuse und Ratten mehr zum Jagen? Wohl kaum, denn regelrechte Landplagen sind diesbezüglich überliefert. Scheinbar spielt der Nutzenaspekt, dem wir heutzutage so gern alles und jeden unterordnen, historisch doch keine so große Rolle.

Nicht nur die frühesten Überlieferungen aus dem alten Ägypten, sondern auch die in dem vorliegenden Buch zusammengetragenen Geschichten verweisen bestätigend auf völlig andere Motive für die menschliche Katzenvorliebe: In Rudolph Müldeners Geschichte „Anna und ihre wundersamen Kätzchen" finden wir die Katze als treuen Gefährten, als Helfer und Tröster in der Not und als magischen Grenzgänger zwischen der sichtbaren und unsichtbaren Welt. In Otto Heinrich von Loebens „Das Kätzchen und das Mäuschen" ist die Katze die Personifizierung der treuen Liebe und die Kämpferin gegen das Böse. In Amalie von Seebachs „Kater Rosaurus und die kleine Prinzessin" wird der Kulturkonflikt zwischen dem wilden, freien Leben der Katze und der menschlichen Zivilisation in Gestalt des artifiziell hochgezüchteten Weimarer Fürstenhofes durchgespielt, bei dem die Katze allerdings klar unterliegt. Marie-Catherine d'Aulnoy ordnet ihrer „Weißen Katze" sinnbildhaft die erotischen weiblichen Qualitäten wie auch die Klugheit und Sanftheit der Frau zu und wendet derart die Geschichte zum Guten. In Sophie de Ségurs „Blondine und der verzauberte Fliederwald" avancieren der Kater Beau-Minon und die Prinzessin Blondine infolge einer nur von Tier und Mensch gemeinsam zu realisierenden Metamorphose zu einem idealen Liebespaar. Albert Ludwig Grimm stilisiert in der „Seltsamen Freundschaft einer Katze, eines Kaninchens und eines Perlhuhns" diese gar zum Friedensbringer zwischen den Tieren und lässt sie das christliche Gebot des „Du sollst nicht töten" in Absetzung zum Versagen der Menschen in die Tat umsetzen. Und in Ulrich Taschows „Lügen haben Katzenbeine" fungiert die Katze als magischer Counterpart zur Arroganz und dem Größenwahn der Menschen, zum Ausdruck kommend in der Person des Professor Gänsezahn.

Bereits hier halten wir ein ganzes Kaleidoskop von Themen in den Händen, die tatsächlich auch in der Kulturgeschichte der Katze von den Anfängen bis in die Gegenwart immer wieder auftauchen. Berücksichtigt man nun noch, dass die Katze heutzutage als nützlicher Mäusefänger weitestgehend ausgedient hat, und sie dennoch eine exponierte Stellung innehat, müssen wir die Gründe für die enge Verbindung von Katze und Mensch also in der Tat jenseits ökonomischer Nutzenbeziehungen suchen.

Laut aktueller Statistik befinden wir uns gerade in dem wohl katzenfreundlichsten Zeitalter überhaupt. Allein in deutschen Haushalten leben derzeit etwa 12,3 Millionen Katzen,[1] im Vergleich dazu nur 7,4 Millionen Hunde, womit die Katze die absolute Nummer eins in der Beliebtheitsskala der deutschen Haustiere darstellt. Hinzu kommen ca. 2 Millionen streunende Katzen und etwa 500.000 in Tierheimen lebende, was einer Gesamtzahl von etwa 14,8 Millionen Katzen in Deutschland entspricht. Eine Hinzunahme der geschützten Wildkatzen würde diese Zahl noch einmal gewaltig vergrößern.

[1] Industrieverband Heimtierbedarf (IVH) Stand 09/2012.

Ein wenig Evolutionsgeschichte

Stellen wir das angenommene biologische Alter der Menschheit von etwa 2 bis 3 Millionen Jahren neben das der Katzen, sehen wir Menschen ziemlich schlecht aus. Seit mindestens 30 Millionen Jahren bevölkern Katzen in unterschiedlichster Art, Gestalt und Größe unseren Planeten, angeführt von ihrem Stammvater Proailurus, der ähnlich groß wie unsere heutige Hauskatze bereits im Oligozän die damals noch tropischen Wälder durchstreifte. Und die ersten direkten Vorfahren der Kleinkatze der Alten Welt, zu denen auch die Wildkatze Felis silvestris gehört, erschienen vor etwa 9 Millionen Jahren auf der Bühne der Welt. Eine ihrer Unterarten, die als Falbkatze bezeichnete afrikanische Wildkatze Felis silvestris lybica, soll angeblich der Urahn unserer heutigen Hauskatze sein. Ein Forschungsteam der Universität Oxford konnte 2007 bei einer genetischen Untersuchung von ca. 1.000 Hauskatzen auf fünf Kontinenten und dem Vergleich selbiger mit den Genen der Wildkatzenlinien und ägyptischen Katzenmumien alle aufgefundenen genetischen Hauptlinien in ihrer Abstammung allein der Felis silvestris lybica zuordnen.

Diese Erkenntnis korrespondiert mit frühesten Abbildungen im alten Ägypten und in Mesopotamien, die immer wieder die Falbkatze als Gefährten des Menschen darstellen. Nicht minder interessant ist die Tatsache, dass sich das Erbgut der Katze in den letzten 100.000 Jahren nicht wesentlich verändert hat. Dies lässt zum einen auf ein hohes Variabilitätsspektrum der Anpassung in den Anlagen der Katze schließen, mit der sie auf größte Veränderungen intelligent zu reagieren wusste, ohne dass genetische Veränderungen notwendig wurden. Zum zweiten bestätigt die molekularbiologische Ebene die geradezu sprichwörtliche Unabhängigkeit und Wildheit der Katzen bis zum heutigen Tage. Und drittens untermauern diese Ergebnisse die generellen Zweifel vieler Evolutionsbiologen an der pseudowissenschaftlichen darwinistischen Evolutionstheorie.

Mit einiger Berechtigung können wir aber auch noch weiter in der Zeit zurückgehen. Denn wie beim Menschen der Australopithecus als quasi Vormensch rangiert, so finden wir als Vorkatze den Miacis, der vor rund 55 Millionen Jahren in Nordamerika und Eurasien lebte und bereits sehr viel mit den Katzen gemeinsam hatte, angefangen von seiner Größe von etwa 30 cm, seinem langen Schwanz, seinen einziehbaren Krallen. Auch war er ebenfalls ein guter Kletterer. Sein Gehirn wirkt im Verhältnis zu seinen Körpermaßen sehr groß. Und darüber hinaus scheint Miacis analog dem Menschen in der Anfangszeit ein Pflanzenfresser gewesen zu sein, der sich in erster Linie von Baumfrüchten ernährte. Auch der Miacis ist kein Beleg für die darwinistische Evolutionstheorie. Denn die Forschungen der letzten Jahre gerade auch in der Genetik haben hinlänglich gezeigt, dass nicht ein einziger Beweis, ja nicht einmal ein Indiz dafür gefunden werden konnte, dass durch Mutationen neue Genfunktionen entstehen, die dann der Theorie des evolutionären Übergangs der Arten eine wissenschaftliche Basis verleihen könnten.[2] Im Gegenteil blieben

[2] Laut der Evolutionstheorie brauchen evolutionäre Veränderungen viel Zeit, über Hunderttausende und Millionen von Generationen. Gerade mit Bakterien, deren Zellen sich in 20 min verdoppeln können, lassen sich im Zeitraum nur eines Jahres so viele Generationen erzeugen, wie man diese für die Entstehung des Menschen angeblich aus dem Affen annimmt, und damit prinzipiell in nur wenigen Jahren die gesamte Evolutionsgeschichte von den Anfängen bis heute simulieren. Das Ergebnis jahrzehntelanger Forschung lässt sich in einem Satz zusammenfassen: Es gibt nicht einen Hinweis, dass im Bakterium etwas Neues entsteht und eine Höherentwicklung stattfindet.

die Arten offensichtlich bis heute fix, wie es schon die ältesten Schöpfungsmythen uns überliefern. Dieser Befund wird auch von den mittlerweile immens angewachsenen paläontologischen Fossilienfunden bestätigt, bei denen die damals von Darwin postulierten Zwischenglieder der verschiedenen Arten noch immer vollständig fehlen. Nicht minder obsolet erscheint die darwinistische Theorie von der Höherentwicklung im Lichte moderner Forschung, da selbst kleinste Lebensformen wie die Mikroorganismen nicht weniger komplex und vollkommen sind als zum Beispiel Menschen. Schaut man sich die Anzahl der Chromosomen als Träger der Gene an, so finden sich beim Menschen 46 Chromosomen, beim fischähnlichen Neunauge 174, bei der Ratte 42 und bei der Katze 38 Chromosomen. Ist nun das Neunauge höherentwickelter als der Mensch oder aber weist der Mensch gar eine Verwandtschaft zur Ratte auf? Oder nehmen wir die Anzahl der Gene, da kommt der Mensch auf ca. 20.000 bis 25.000 und die Banane auf etwa 36.500 Gene. Steht der Mensch damit in der evolutionären Entwicklung unterhalb der Banane? Tatsächlich kann kein klarer Zusammenhang zwischen der Größe eines Genoms und der Komplexität und dem Organisationsgrad eines Organismus hergestellt werden. Bei den Arten handelt sich einfach nur um unterschiedliche biologische Konzepte. Die Fossilienfunde geben keinerlei Anhaltspunkte für eine Zunahme der Komplexität der Organismen im Laufe der Erdgeschichte. Und darüber hinaus ist Komplexität auch kein Kriterium für eine evolutionäre Höherentwicklung. Einzeller produzieren seit 2,5 Milliarden Jahren durch Zellteilung nur Einzeller und keine Mehrzeller und sind darüber hinaus nicht minder komplex als Mehrzeller. Eine menschliche Zelle hat mit ca. 200.000 verschiedenen Proteinarten genauso viele Proteine wie ein Einzeller.

Auf unsere Katzengeschichte bezogen, bilden also der Miacis und der Proailurus analog wie auch der Australopithecus und der Neandertaler beim Menschen einfach nur ausgestorbene Arten, die gewisse Ähnlichkeiten im Sinne von katzenartig untereinander aufweisen, aber keinesfalls evolutionäre Vorfahren darstellen. Und nicht nur das, heute müssen wir auch die Erklärungsmodelle des Zufalls und der Selbstorganisation der Materie über Bord werfen, die angeblich zur Entstehung des Lebens geführt haben sollen. Wenn wir uns nur die Wahrscheinlichkeit der Entstehung der Proteine und Enzyme als Grundbausteine des Lebens durch Zufall anschauen, kommen wir laut Berechnungen des englischen Biologen und Astrophysikers Fred Hoyle auf einen Wahrscheinlichkeitswert von 1 zu $10^{40.000}$, womit das Alter des Universums zur Entstehung der Proteine und Enzyme bereits um ein Milliardenfaches überschritten wäre. Und mit diesen Bausteinen haben wir noch nicht einmal einen lebenden Organismus. Leben kann also aufgrund seiner immensen Komplexität aber auch aufgrund vieler weiterer Faktoren niemals durch Zufall entstanden sein. Als einzig plausibles Modell bleibt da nur die Annahme einer bewusst wirkenden Schöpfungsintelligenz. Damit ist der Ansatz formuliert, unter dem wir die Katze im Folgenden verstehen wollen, nämlich als vollkommenes Geschöpf, nicht höher oder tiefer gestellt als andere Lebewesen.

Die besonderen Fähigkeiten der Katze

Mit 55 bis 30 Millionen Jahren Geschichte greifen die Katzen und ihre verwandten Arten auf einen erstaunlich großen Erfahrungsschatz zurück, der sich insbesondere in den im Vergleich zur menschlichen Rasse weit überlegenen Sinnesfähigkeiten und Ausstattungen der Hauskatze zeigt, und dem Menschen wohl schon immer großen Respekt abgenötigt hat. Mit einem Hörvermögen von 55 Hz bis etwa 79 KHz (Ultraschall) nehmen Katzen mehr als das Dreifache des menschlichen Frequenzbereichs wahr, und sind damit die sensorisch-akustischen Spitzenreiter unter den Säugetieren. Ähnlich steht es um ihr Sehvermögen, das ihnen über die hohe Stäbchendichte sowie die Verstärkungsfunktion der reflektierenden Netzhautschicht auch des Nachts beste Sicht gewährt. Mit ihren Vibrissen genannten Tasthaaren an Schnauze, Augen und Vorderläufen vermögen Katzen darüber hinaus feinste Luftbewegungen zu registrieren, über Sinneszellen an den Tasthaarwurzeln in ein räumliches Umgebungsbild umzuwandeln, und damit nicht nur in völliger Dunkelheit wahrzunehmen, sondern prinzipiell auch auf ihr Augenlicht zu verzichten.

Katzen verfügen des Weiteren über ein hervorragendes, bis dato weitestgehend unerforschtes räumliches Orientierungs- und Ortungssystem, das ihnen erlaubt, selbst über hunderte von Kilometern durch fremde Gegenden an ihren Ausgangspunkt zurückzufinden.

Noch bewunderungswürdiger sind die vielen Beobachtungen und Erfahrungen, die den Katzen immense empathische, telepathische, prophetische und auch heilende Kräfte zugestehen. Besonders gut erforscht ist das Vorauswissen von

Geschehnissen, allen voran die nahe bevorstehende Ankunft nächster Bezugspersonen – eine Fähigkeit, über die mindestens 30 Prozent der Katzen verfügen. Viele vermuten, dass Katzen die Gedanken ihrer Bezugspersonen zu lesen vermögen. Aus jahrelangen Beobachtungen zweier eigener Katzen kann ich mit Sicherheit sagen, dass Katzen hervorragende Emotions- und Gedankenleser sind. In neun von zehn Fällen kommt unsere Katze Sina, wenn ich sie mit einem Gedanken aus dem Nachbarzimmer rufe. Und dabei ist es egal, ob dieser Gedanke absichtlich von mir formuliert wurde oder aber unbewusst in den Sinn kam. Ein intensiver menschlicher Gedanke oder ein starkes Gefühl lässt Katzen sogar aus dem Schlaf erwachen.

Katzen ahnen aber auch bevorstehende Gefahren wie epileptische Anfälle, Unfälle, Naturkatastrophen etc. voraus oder signalisieren das Ende eines ihnen nahestehenden Menschen, zumeist in der genauen Stunde seines Todes. Dabei geben sie ungewöhnliche Laute von sich wie Heulen, klagendes Miauen, Winseln und ähnliches kummervolles Verhalten. Zahlreich sind die Belege, dass Katzen ihre menschlichen Freunde selbst über hunderte bis tausende Kilometer Entfernung wahrnehmen.

Am Geläufigsten gerade für sensible Katzenbesitzer ist das ausgeprägte empathische Vermögen der Katzen, ihr Bedürfnis zu helfen und zu trösten bei Krankheit und Traurigkeit. Und damit sind nicht nur die psychologischen Effekte der Ablenkung und Zuneigung gemeint, sondern die tatsächliche Fähigkeit einzelner Katzen energetisch zu heilen. Katzen besitzen nachweislich starke Selbstheilungskräfte, die sie auch auf ihre Artgenossen und auf Menschen zu lenken vermögen. Sie erkennen Krankheitsherde, energetische Defizite, negative Felder, depressive und aggressive Stimmungen, die sie bewusst zu neutralisieren bzw. auszugleichen versuchen. Ist ein Mensch traurig, gesellt sich die Katze ganz bewusst zu ihm, leckt ihm Hand oder Gesicht und verharrt so lange in seiner unmittelbaren Nähe, bis es ihm wieder besser geht.

Neben dieser energetischen Arbeitsweise praktizieren Katzen aber auch eine Art Musiktherapie. Jeder, der schon einmal die magische Wirkung des Schnurrens spüren durfte, weiß wovon ich rede. Katzen senden friedfertige, besänftigende und Aggressionen abbauende Signale aus. Verletzte und kranke Tiere beruhigen und heilen sich mit diesem eigentümlichen Schnurren in einem Frequenzbereich von 27 und 44 Hz selbst. Forscher vermuten schon lange, dass die spezifischen Frequenzen über Körpervibrationen die Heilung der Knochen und der Organe der Katze fördern und auf analoge Weise die der Menschen.

Auch die propädeutischen Wirkungen der Katze sind wissenschaftlich hinlänglich belegt: Katzenbesitzer leben gemäß statistischen Erhebungen gesünder als Menschen ohne Katzen, haben weniger Herz-Kreislauferkrankungen, benötigen weniger Medikamente, besitzen ein besseres emotionales und körperliches Allgemeinbefinden, eine geringere Krankheitsanfälligkeit und eine höhere Lebenserwartung. Gerade in einer Welt, in der die Virtualität immer mehr zunimmt und die körperliche Aktivität und Interaktivität immer weiter abnehmen, geben Katzen durch ihren intensiven Körperkontakt gerade auch Kindern oder vereinsamten Menschen wichtige Impulse zur Wahrnehmung und Reaktivierung ihrer eigenen Körperlichkeit und damit für ein Wieder-Zuhause-Sein in der Welt. Denn die einzige Schnittstelle zur Welt ist unser Körper. So wundert es nicht, dass Katzen- und allgemein Haustierbesitzer in der Tendenz friedfertigere, sozialer und empathischer agierende Menschen sind.

All diese erstaunlichen Wechselwirkungen zwischen Katze und Mensch kulminieren jedoch in der uneingeschränkten Liebe, die sich beide zu geben vermögen. Menschen, die aufgrund traumatischer seelischer Verletzungen und Enttäuschungen nicht mehr in der Lage sind, ihre Mitmenschen bedingungslos zu lieben, können diese Liebe jedoch den Tieren geben. Denn Tiere lieben bedingungs- und rückhaltlos, da die zerstörerischen Kräfte der Menschen kaum Macht über sie zu gewinnen vermögen. Und unsere Spiegelneuronen können diesen wahren Gefühlen der Tiere nicht widerstehen. In den Tieren allgemein und den Katzen im Besonderen zeigt sich überdeutlich die Unschuld der Schöpfung und damit Gottes, die der Mensch selbst über die Jahrtausende verspielt und verloren hat. Und so sind die Tiere auf natürliche Weise bereit, selbst schlimmste durch Menschen zugefügte körperliche und seelische Verletzungen zu vergeben, ohne dass sie dazu irgendwelcher religiöser Vorschriften aus Bibel, Koran oder Talmud bedürften.

Da Katzen von ihrem Wesen her besonders unabhängige und unbestechliche Tiere sind, haben auch ihre Gefühle, ob Zuneigung oder Abneigung, einen besonders hohen Grad an Authentizität.

Wie ist es nun mit der Intelligenz und Lernfähigkeit der Katzen bestellt? Entsprechend dem domestizierenden Charakterzug der Menschen über Jahrtausend wurde den Katzen selbst im ausgehenden 20. Jahrhundert noch immer eine geringere Lernfähigkeit und damit geringere Intelligenz als den Hunden unterstellt. Wie Forschungen der letzten Jahre zeigten, verhält es sich jedoch genau umgekehrt. Katzen verfügen über ein immenses Lern- und Erinnerungsvermögen, mit denen sie den Hunden haushoch überlegen sind. Dies Vermögen deutet sich bereits in der Tatsache an, dass Katzen wie auch die Menschen im Vergleich zu anderen Säugetieren viele Verhaltensweisen nach ihrer Geburt erst erlernen müssen – so zum Beispiel die Auswahl der passenden Nahrungsmittel, das Jagen, das differenzierte Verhalten anderen Tieren gegenüber und damit das Erkennen von Freund und Feind, das Benutzen komplexerer Zivilisationsprodukte wie der Katzenklappe, dem Katzenklo, das Öffnen von Türen und Herunterdrücken von Türklinken, das Umlegen von Wasserhähnen, das Öffnen von Kisten, Deckeln und Taschen. Katzen öffnen sogar Schraubgläser und beweisen derart, dass sie die technischen Funktionsprinzipien der Objekte hinlänglich verstehen. Katzen beobachten ein Problem sehr genau und ausdauernd, um es dann auf das Wesentliche zu reduzieren. Sie besitzen also die Fähigkeit zur Abstraktion und wägen dabei Aufwand und Nutzen einer Aufgabe konsequent gegeneinander ab. Der diesen erstaunlichen Fähigkeiten zugrunde liegende Lernprozess ist leider bis dato kaum erforscht.

Freiläufer erinnern sich bis ins kleinste Detail an den Verlauf ihres Reviers und an die darin lebenden Tiere und Menschen, an Gefahrensituationen, an hinterlegte Gegenstände, an Schlaf- und Aufenthaltsplätze und registrieren die fotografisch kleinsten Veränderungen in ihrem Revier. Darüber hinaus besitzen Katzen ein hervorragendes assoziatives

Gedächtnis, mit dem sie analog den Menschen Problemstellungen mit bereits Erlebtem zu vergleichen vermögen, um optimale Problemlösungen herbeizuführen. Angesichts dieser immensen Lernfähigkeiten verwundert es nicht, dass Katzen im Zweiten Weltkrieg in Frankreich und Großbritannien erfolgreich als geheime wie zuverlässige Botengänger eingesetzt wurden.

Katzen merken sich aber auch sehr genau, mit welchen Lauten sie ihren Besitzer dazu veranlassen können, auf ihre unterschiedlichen Bedürfnisse einzugehen und bringen derart quasi sich selbst und dem Gegenüber eine Sprache bei, die ihre eigene Erfindung ist.

Unsere Katze Sina vermag sogar mit bestimmten Gegenständen als quasi gegenständlichem Zeichensystem ihre eigenen Gefühle auszudrücken und uns damit zu bestimmten Handlung zu bewegen, ohne dass ihr dies irgendjemand beigebracht hätte: In den ersten Tagen, nachdem wir sie aus dem Tierheim geholt hatten, spielten wir zum Beispiel mit Sina mit einem bestimmten Faden. Seitdem nutzt unsere Katze genau diesen Faden, um uns zu zeigen, dass sie sich gerade einsam fühlt. So finden wir diesen, wenn wir nach Hause zurückkommen regelmäßig an Plätzen, an denen wir uns üblicherweise aufhalten. Und wenn jener Faden zufälligerweise sehr versteckt liegt, sucht sie in unserer Abwesenheit entweder so lange nach ihm, bis sie ihn gefunden hat, oder aber sie verwendet notgedrungen einen anderen Faden, ein Geschenkband oder ähnliches. Unsere Katze assoziiert also Gegenstände mit bestimmten Gefühlen und Lebenssituationen, abstrahiert daraus begriffliche Symbole, aus denen sie sich ein komplexes Sprachsystem erschafft.

Wen verwundert es da noch, dass Katzen nicht nur einzelne Worte wie zum Beispiel ihren Namen erkennen, sondern selbst eine hochdifferenzierte abstrakte Sprache im Umgang mit den Menschen zu entwickeln vermögen. Bei dieser Sprache bringen es Katzen auf mindestens hundert unterschiedliche Laute, von denen sich viele aus den klassischen Miau-Lauten ableiten. Hunde kommen im Vergleich dazu gerade einmal auf zehn Lautsymbole. Vergleicht man die differenzierte Sprachfähigkeit wie auch das Sprachverständnis der Hauskatze mit dem der Wildkatze, beherrscht letztere nur Fauch- und Knurrlaute. Dies bedeutet allerdings nicht, dass nicht auch Wildkatzen zu diesen sprachlichen Höchstleistungen in der Lage wären, sondern indiziert nur, wie hoch der Anteil des nachgeburtlichen Lernens und Problemlösens bei Katzen tatsächlich ist. Bei der Spezies homo wird gerade diese Sprachfähigkeit von Anthropologen als wesentlicher Faktor zur Menschwerdung begriffen.

Ergänzung findet die akustische Sprache der Katzen durch einen ganzen Kosmos hochdifferenzierter Gesten – eine Körpersprache, in welcher der erfahrene Beobachter wie in einem Buch eindeutig zu lesen vermag.

Besonders gut kann man die Intelligenz der Katze beobachten, wenn man mit ihr spielt. Katzen begreifen unter anderem genau die Konventionen und Regeln eines Spiels und sind dementsprechend in der Lage, selbst bei ausgelassenstem Treiben augenblicks innezuhalten, zum Beispiel um ihren menschlichen Freund nicht versehentlich zu verletzen. Dieses Verhalten spricht für einen hohen Grad an Aufmerksamkeit, Bewusstheit, Achtsamkeit und Selbstkontrolle.

Im Vergleich zur Lernfähigkeit von Hunden bleibt hinsichtlich der Katze nur eine kleine, aber zugleich äußerst wesentliche Einschränkung zu machen. Katzen lernen allein aus Liebe und Freude. Niemals würden sie sich durch Gewalt, Bedrohung und Unterdrückung zu einer Handlung bewegen lassen. Und dieser kleine, aber feine Unterschied erklärt auch, warum Katzen in der westlichen Welt lange Zeit zu Unrecht als weniger intelligent eingeschätzt wurden. Unsere westliche Gesellschaft betrachtet auch Kinder mit einem ausgeprägten eigenen Willen und einer sicheren Kenntnis ihrer eigenen Bedürfnisse in der Regel als dumm, da diese Kinder und Jugendlichen in den sozialen Zucht- und Domestikationsanstalten wie Kindergärten, Schulen, Universitäten als auffällig und störend eingeschätzt, mit erfundenen Krankheiten wie ADHS diffamiert, und in der Folge von Lehrern und Mitschülern unterdrückt und benachteiligt werden.

Dieser letzte Hinweis bildete eine gute Überleitung zu dem eingangs erwähnten Phänomen der Vorliebe oder Abneigung der Menschen gegenüber Katzen. Die Untersuchung des spannungsvollen Wechselspiels „Katze – Mensch“ in Geschichte und Gegenwart wird uns viel über die Qualität und den psychologischen, sozialen, politischen, ideologischen und ethischen Zustand einer Gesellschaft und ihrer Individuen verraten.

Der Charakter der Katzen und der Zustand der menschlichen Gesellschaft

Nahezu sprichwörtlich ist der Hang der Katzen zur Freiheit, ihr ungebundenes Temperament und ihr bisweilen unkalkulierbarer Charakter, der sich dem menschlichen Diktat und dem Zwang einer Zucht nur schwer unterwirft. Dies soll allerdings nicht heißen, dass ihr Wesen sich über die Jahrtausende nicht bis zu einem gewissen Grade dem Menschen angenähert hätte. Doch einerseits setzt die Katze die nicht zu überschreitende Grenze und nicht der Mensch. Zum anderen ist es durchaus denkbar, dass die den Katzen über Jahrhunderte hinweg entgegengebrachte Güte, Freundlichkeit und Verehrung sie umso empfindlicher gegenüber Beleidigungen, Missachtung und Quälerei gemacht hat, weshalb ihr Verhalten schnell in Wut und Entrüstung umschlagen kann.

So ist es kein Zufall, dass sich bei Hund und Katze quasi die Geister der Menschen scheiden. Es gibt klare Katzenliebhaber, die nicht das Geringste für Hunde übrig haben, und im Gegenzug wiederum passionierte Hundebesitzer, denen Katzen nicht nur gleichgültig sind, sondern die sogar mit allergrößter Freude ihre Hunde auf sie hetzen. Diesen konträren Tierhalter-Charakteristika entspricht auch der bei Katzenbesitzern weitaus seltener zu findende Trend zum „gestylten Haustier" als quasi Statussymbol, wohingegen bei Hundebesitzern der Hund nicht selten gleich hinter Persönlichkeitsaufwertungs-Tools wie Beruf, Haus, Auto, Kleidung, Urlaub rangiert.

Da den Katzen so viel an ihrer Unabhängigkeit liegt, ist das Akzeptieren des unabhängigen Wesens der Katze eines der Hauptgeheimnisse einer harmonischen Katze-Mensch-Beziehung. Und nicht nur das. Bei Katze und Mensch gilt das Symmetrieprinzip: Je mehr Aufmerksamkeit ich der Katze schenke, desto mehr gibt mir die Katze zurück. Unter dieser Voraussetzung sind Katzen zu einer aufopfernden Hingebung und rührenden Anhänglichkeit gegenüber Menschen und Tieren, selbst gegenüber „natürlichen Feinden" wie Vögeln und Mäusen fähig, so dass sie den Hunden diesbezüglich in Nichts nachstehen. Nur welcher Mensch ist schon bereit, dieses unabhängige Wesen der Katze zu akzeptieren? Wir leben in einer streng hierarchisch strukturierten Untertanengesellschaft, in der man von oben nach unten tritt und in der Konformität und Unterwürfigkeit scheinbar das Überleben sichern. Moderne Schlagworte wie Teamgeist und Bottom-up-Strategien haben dieses System nicht verändert, sondern in seinen Zwängen sozialpsychologisch nur verfeinert und weiter pervertiert. Symmetrische Beziehungen sucht man in unserer auf Egoismus und Übervorteilung ausgerichteten Gesellschaft wie die Nadel im Heuhaufen.

Angesichts des in der Tendenz eher sklavischen Verhaltens von Hunden auf der einen Seite, die sich aus ihrer Natur heraus selbst dem bösartigsten Zwang der Menschen bis zur eigenen Selbstvernichtung unterwerfen, und der Autonomie und Freiheitsliebe der Katzen auf der anderen Seite, scheinen sich hier also ganz bestimmte menschliche Vorlieben, Charaktereigenschaften und psychische Dispositionen in den Tieren widerzuspiegeln und über diese kompensiert zu werden. Um Missverständnissen vorzubeugen: Keinesfalls sollen hier Hunde abgewertet werden. Im Gegenteil, Hunde sind genauso freie, unschuldige und liebenswürdige Wesen wie

Katzen, wenn ihre Herrchen oder Frauchen frei und liebenswürdig sind. Erscheinen ihre Besitzer jedoch dominant, reglementierend oder gar sadistisch, entwickeln Hunde ähnlich den Menschen komplementär entsprechend einen Untertanen- bis Sklavengeist oder auch gefährliches Aggressionsverhalten – Dinge, zu denen Katzen hingegen niemals bereit oder auch in der Lage wären.

Die Katze bildet unter den Haustieren das einzige Tier, das sich „freiwillig domestiziert" und dennoch bis heute seine Unabhängigkeit bewahrt hat. Sie lässt sich nicht wie ein Hund, Pferd, Rind etc. zur Arbeit einspannen. Neben dem freundlichen bis zärtlichen menschenbezogenen Wesen besitzt sie zugleich eine scheue, wilde und unbekannte Seite. Dieser eigentümliche polare Gegensatz von vertrauter Nähe und unbekannter Ferne, Anhänglichkeit und Unabhängigkeit macht wohl das besondere Interesse der Menschen an den Katzen aus. Katzen sind ein Spiegelbild menschlicher Sehnsüchte nach Nähe, eine Erinnerung an eine verlorene oder nie besessene Freiheit oder auch eine beunruhigende Infragestellung eigener Lebensentwürfe und Gewohnheiten.

Gewiss wäre es nun einfach zu behaupten, Katzenliebhaber seien freiheitsliebende, autonome Menschen, und Hundebesitzer dagegen eher zu hierarchisch-dominanten Verhaltensweisen neigende Zeitgenossen. Doch so einfach ist es natürlich nicht. So gibt es ja auch Mischtypen, die Hunde und Katzen gleichermaßen lieben, bzw. überhaupt nicht dominant sind, oder aber Menschen, die nur Gefühle der Gleichgültigkeit Hunden, Katzen und generell Tieren gegenüber empfinden etc. Dass dennoch ein Körnchen Wahrheit in dieser simplen Kategorisierung steckt, wird jeder bestätigen, der Hunde- und Katzenbesitzer in seiner Nähe ausführlich studieren konnte. Doch schauen wir nun, inwieweit uns die Kulturgeschichte näheren Aufschluss über die vielschichtigen Beziehung von Katze und Mensch geben kann:

Kulturgeschichte und Mythologie der Katzen

Ägypten

Studiert man die Zeitzeugnisse der verschiedenen Epochen und Kulturkreise, uralte Bräuche, Glauben und Aberglauben, Magie, Bildzeugnisse, literarische Dokumente bis hin zu wissenschaftlichen und pseudowissenschaftlichen Abhandlungen, lässt sich die Kulturgeschichte der Menschheit hinsichtlich ihres Umgangs mit Katzen grob in zwei historische Abschnitte unterteilen. Auf der einen Seite haben wir die archaischen Kulturen und frühen Hochkulturen, die der Katze die größte Hochachtung entgegenbrachten, und auf der anderen Seite die abendländische Epoche vom Mittelalter bis in die Anfänge des 19. Jahrhunderts, in der die Menschen der Katze fast ausschließlich nur negative Eigenschaften zuschrieben. Die Katze galt in dieser Epoche als diebisch, lieblos, hinterlistig, bösartig, sexuell ausschweifend, eitel etc. und als Verkörperung des Bösen schlechthin. Zwischen diesen beiden historischen Abschnitten finden wir zahlreiche Übergangsformen und auch Widersprüchlichkeiten, deren regionale und zeitliche Differenzierung ein auf den ersten Blick verwirrendes Bild zeichnet.

Niemals zuvor in der Kulturgeschichte und niemals danach waren die historischen Belege für die Verehrung der Katze so zahlreich und sprachen eine so deutliche Sprache wie in der altägyptischen Ära. Wie bereits erwähnt, galten sie den Ägyptern der Pharaonenzeit als heilige Tiere. Der durch die griechischen Geschichtsschreiber Diodor, Herodot und den makedonischen Schriftsteller Polyainos gleich mehrfach überlieferte Kriegsbericht von der Belagerung von Pelusium 525 v. Chr. durch den persischen Herrscher Kambyses lässt den Umfang dieser Katzenverehrung in besonders anschaulicher Weise erahnen, da die Ägypter hier den Schutz der Katzen sogar über den Schutz des eigenen Landes und damit ihrer Freiheit stellten: Als Kambyses nach mehreren vergeblichen Angriffen seinen Soldaten befahl, Katzen vor sich herzutreiben und an Stelle ihrer Schilde zu tragen, ergab sich das ägyptische Heer den Persern augenblicks ohne Gegenwehr. Nicht minder illustrativ ist die Beschreibung Herodots, wonach die Ägypter bei Feuer zu allererst ihre Katze aus dem brennenden Haus retteten, bevor sie zur Rettung ihrer materiellen Habseligkeiten schritten. Kinder wurden laut Diodor von ihren Eltern der Katze geweiht, indem man den Kopf des Kindes ganz oder teilweise abrasierte, die Haare dann mit Gold oder Silber aufwog, welches dem Wächter der Katze als Bezahlung für die Wartung derselbigen übergeben wurde.

Die Ägypter beteten in der Katze die Mondgöttin Bastet an, die als Tochter des Sonnengottes Ra einen besonders hohen Rang im ägyptischen Götter-Pantheon einnahm. In den scheinbar ältesten Überlieferungen wurde Bastet als Löwin, ab dem Mittleren Reich als weibliche Katze und zum Ende des Neuen Reiches als katzenköpfige Frau abgebildet. Da Katzen nachtaktive Tiere sind, der Mond seit Angedenken das Unbewusste und die Gefühlswelt verkörperte, und das Katzenauge in der Dunkelheit wie auch der Mond aufgrund der Lichtreflektion indirekt leuchtete, lag die Identifizierung der Katzengöttin Bastet mit dem Mond nahe. In diesem Kontext ist auch der antike Glaube zu sehen, dass die Pupille der Katze beim Vollmond angeblich weiter werde, und sich bei abnehmendem Mond wieder verkleinere.

Als Tochter des Sonnengottes Ra, der unter anderem selbst als Kater dargestellt wurde, galt die Katze zugleich auch als Inkarnationsform des Sonnengottes und wurde dem Sonnenauge des Himmelsgottes Horus gleichgesetzt. Deshalb befindet sich auf Kopf und Bauch von Katzenfiguren häufig ein Skarabäus als Symbol der aufgehenden Sonne. In dieser Sonnenhaftigkeit wurde die Katzengöttin Bastet als Glücksgöttin verehrt, die Gesundheit, Macht, Ehre und ein hohes Alter beschert. Sowohl in der Mondanalogie als auch der Sonnenanalogie finden wir die Katze also als eine Art Sinnbild des Lichtes, das alle Geschöpfe wachsen und reifen lässt und ihnen Orientierung gibt. So kommt es auch nicht von ungefähr, dass Bastet von den Ägyptern als weibliche Gottheit angesehen wurde. Die Katze galt und gilt als gebärfreudige, ihre Kinder liebevoll umsorgende und beschützende Mutter. Diese Verbindung der Katze mit der Weiblichkeit und dem weiblichen Instinkt durchzieht wie ein roter Faden alle Kulturkreise und Religionen. Bastet stand derart zu allererst für Lebensfreude, Sinnesfreude, Ausgelassenheit, sexuelle Freiheit, Musikalität und war dem spielerischen Element zugeordnet, dem Ursprung jeglicher schöpferischen Kreativität. Dieser schöpferische Geist speist sich nun wiederum aus dem Unbewussten, der Nachtseite des Lebens, womit der Kreis vom solaren zum lunaren Wesen der Katze geschlossen ist. Bezüglich ihrer lunaren Seiten wurde die Katzengöttin Bastet folgerichtig auch mit dem Mondauge des Himmelsgottes Horus identifiziert.

Ihr Vater Ra hingegen bekämpfte als Kater jeden Tag aufs Neue die der Nacht zugeordnete Unterweltschlange Apophis, um so den morgendlichen Aufgang der Sonne zu ermöglichen. Auch diese duale Auffassung ist sehr aufschlussreich, da sie der Katze sinnbildhaft zugesteht, aus sich selbst heraus die unangenehmen, chaotischen Aspekte ihrer lunaren Seite zu besiegen.

Ganz in diesem Verständnis weist Bastet eine starke Verwandtschaft zu Sachmet, der Löwengöttin und Kriegsgöttin auf und wurde im alten Reich tatsächlich mit ihr gleichgesetzt. Entsprechend finden wir katzenköpfige Dämonen in den diversen Unterwelts- und Himmelsbüchern in Kombination mit Löwen sowie mit Schlangen. Auch dieser Bezug verweist auf die polaren, sich gegenseitig bekämpfenden Züge Bastets, die zerstörerische und beschützende, heilende Kräfte als Katzengöttin in sich vereinte.

Und damit ist auf einen weiteren wichtigen Aspekt der Katze zu verweisen. Der ägyptische Begriff „Mau" bedeutet nämlich Katze und Sehen zugleich. Und so ist es kein Zufall, dass die Katzengöttin Bastet auch als Seherin und Göttin der Wahrheit betrachtet wurde wie auch ihr Vater Ra. Im Ägyptischen Totenbuch heißt es: „Ich bin der große Kater, der am Platz der Wahrheit ist, aus dem das Licht erstrahlt."

Eingangs hatten wir auf die tatsächlichen seherischen Fähigkeiten der Katze hingewiesen. Es ist zu vermuten, dass den alten Ägyptern diese Qualitäten durchaus bekannt waren und Bastet deshalb als Seherin und Wahrheitsgöttin fungierte. Ihre mythologischen Konnotationen unterstreichen diese Attribuierungen. So vermag Bastet als Mondgöttin im Dunkeln zu sehen. Als Sonnengöttin hingegen beleuchtet sie die Dinge des Tages, womit die Katzengöttin Licht- und Schattenseiten des Lebens, das Bewusste und Unbewusste gleichermaßen zu erkennen und in sich zusammenzusehen weiß.

Als Mondgöttin steht Bastet aber auch für die kosmischen Zyklen, den Rhythmus der Gezeiten, für Sterben und Wiedergeburt und natürlich auch für den weiblichen Rhythmus von Fruchtbarkeit und Sexualität. In diesem Verständnis galt Bastet als Beschützerin der Schwangerschaft und Geburt.

Wie passt dies jedoch mit der Tatsache zusammen, dass Bastet wie viele andere Fruchtbarkeitsgöttinnen auch, so die griechische Demeter, die mykenisch-griechische Artemis, die punische Göttin Tanit, die römische Diana, die aztekische Mayahuel etc., als Jungfrau aufgefasst wurde? Die Jungfräulichkeit symbolisiert traditionell häufig die Unkörperlichkeit und die wiederum die geistige Seite des Lebens, weswegen Bastet auch als Beschützerin der geistigen Kinder oder Kreativität begriffen wurde. Die weibliche Kreativität Bastets geht aber andere Wege als die planmäßig männliche. Denn eine Katze tut, was sie will. Sie gebärt ihre Jungen an versteckten Orten. Ihre Wege und Handlungen sind letztlich unberechenbar. So entspringen ihre geistigen Kinder nicht zielstrebiger Arbeit, sondern dem Unbewussten und beinhalten entsprechend einen gewissen chaotischen Anteil.

Verbreitungswege der Katze

Mit diesem kurzen Ausflug in die ägyptische Mythologie halten wir bereits alle wesentlichen Attribute und Konnotationen in den Händen, die der Katze mehr oder weniger auch in anderen Kulturkreisen und Zeitepochen zugeschrieben wurden. Wie und ob die Wanderung jener mythologischen Inhalte von Ägypten aus vonstatten ging, oder ob sich bestimmte Mythologien der Katze vielleicht völlig unabhängig voneinander in anderen Kulturen entwickelten, liegt noch weitestgehend im Dunkeln. Ein wenig besser sieht es mit den physischen Verbreitungswegen der Hauskatze in Ägypten, auf der arabischen Halbinsel, in Asien und Europa aus. Genetische Untersuchungen verweisen als Ursprungsgebiete der Vergesellschaftung von Mensch und Katze auf die Länder des sogenannten Fruchtbaren Halbmonds, nämlich Ägypten, Phönizien, Assyrien und Mesopotamien, was angesichts der Tatsache, dass diese Gebiete als Ursprungsregion der neolithischen Revolution und damit der Sesshaftigkeit gelten, eine weitere Plausibilität erfährt. Nach Germanien gelangten Katzen im Kontext der Expansionen des Römischen Reiches, allerdings nicht erstmalig, da bereits weit vor den römischen Kriegszügen in Siedlungen nahe Amsterdam Katzenknochen aus der Zeit ca. 2.000 v. Chr. entdeckt wurden. Wie wir noch sehen werden, spricht einiges dafür, dass sie bereits lange vor den Römern bei den germanischen Stämmen als Wildkatze und Hauskatze eine wichtige Rolle spielten. Ab dem 1. Jahrhundert finden wir jedenfalls Katzenknochen an Rhein und Donau, die eindeutig mit den Römern in Verbindung zu bringen sind. Und ab diesem Zeitpunkt nimmt die Häufigkeit von Katzenfunden in Deutschland und Europa stetig zu.

Griechenland und Römisches Reich

Katzendarstellungen finden sich bereits auf kretisch-mykenischen Kulturdenkmälern des 17. bis 11. Jahrhunderts v. Chr. und in etruskischen Grabmalereien ab 800 v. Chr. Eindeutige griechische Darstellungen von Hauskatzen zum Beispiel auf Vasen stammen jedoch erst aus der Zeit um 480 und 440 v. Chr. und die ältesten literarischen Erwähnungen der Hauskatze reichen zurück bis Äsop (620-564 v. Chr.), Aristophanes (450-380 v. Chr.) und Herodot (490-424 v. Chr.). Aristoteles (384-322 v.Chr.) behandelt die Waldkatze in seiner „Historia animalium". Bei dem römischen Dichter Martial taucht um 75 n. Chr. erstmals auch unser heutiger Begriff der Katze in Form des lateinischen Terminus catta auf, bei dem es sich aber vermutlich um ein germanisch-keltisches Lehnwort für Hauskatze handelt. Catta erinnert sehr an den spätägyptischen Begriff čaute für Falbkatze, was wiederum auf den oben geäußerten Kulturtransfer und die Internationalität der antiken Welt verweist.

Bezüge der Katze zu Göttinnen sind bei den Römern und Griechen im Vergleich zu den Ägyptern eher spärlich. Wie bereits erwähnt, wurde die mykenisch-griechische Göttin Artemis aus analogen Gründen wie schon Bastet mit der Katzengestalt im Rahmen des Mutterkults in Verbindung gebracht, der wiederum mit der Fruchtbarkeit, den Mondphasen, dem Überfluss und der Geburt in Zusammenhang steht. Noch der griechische Philosoph Plutarch bringt die Katze im 1. Jahrhundert n. Chr. mit den Mondzyklen in Verbindung. Und auch im Tempel der ägyptischen Göttin Isis im römischen Pompeji finden wir Katzenabbildungen als eindeutigen Beleg des ägyptischen Kulturtransfers in den griechisch-römischen Raum. Isis, die Göttin der Geburt, der Wiedergeburt und der Magier, wurde von den alten Griechen bis ins Christentum hinein verehrt.

Dementsprechend verband sich bei den Griechen auch die der Isis inhaltlich verwandte Hekate, als Göttin der Magie, Theurgie, Nekromantie, der Übergänge und Schwellen, und als Wächterin der Tore zwischen den Welten mit der Katze, deren Gestalt sie auch annehmen konnte. Die Verbindung von Isis, Hekate und Katze verweist also sowohl auf die seherischen Fähigkeiten der Katze als auch auf ihr Grenzgängertum zwischen Tag und Nacht, Sonne und Mond – Eigenschaften, die wir bereits in der ägyptischen Mythologie ausgeprägt finden konnten. In der „Bibliotheke" des Apollodor (1. Jh. n. Chr.), im fünften Buch der „Metamorphosen" des Ovid und bei Hyginus heißt es, dass Diana bei der Flucht der Götter vor den Riesen die Gestalt einer Katze annahm und ihr Wagen von Katzen gezogen wurde. Trotz dieser göttlichen Einbindungen galt die Katze den Griechen und Römern jedoch überwiegend als Haustier. Die ihr entgegengebrachte Verehrung der Ägypter erschien ihnen befremdlich. Juvenal, Clemens Alexandrinus, der jüdisch-römische Historiker Flavius Josephus u.a. verspotteten gar deren göttliche Verehrung der Katze mit beißenden Worten. Dass die Beziehung zur Katze selbst in der griechisch-römischen Antike noch ambivalent blieb und einen Rest von Respekt bewahrte, kann man daran sehen, dass der Satiriker Lucian sich über sämtliche ägyptischen Tiergottheiten lustig machte mit Ausnahme der Katze. Und während bei den Griechen und Römern das Betreten heiliger Räume von Hunden verboten war, galt dieses Gesetz laut Plutarch für die Katze nicht.

Indem die Griechen von den Babyloniern die irrationale Furcht vor schwarzen Katzen übernahmen, mischte sich aber erstmals auch ein negatives Moment in das Katzenbild, das im abendländischen Mittelalter dann kulminieren sollte.

Schauen wir nun, wie es mit unserer Hauskatze in der asiatischen und arabisch-islamischen Welt bestellt war.

Indien

Wie in allen Kulturen, die noch das Wissen um die Wiedergeburt und Gleichwertigkeit jeglicher Kreatur besaßen, standen die Katzen in Indien weitestgehend unter Schutz. Konnte man doch selbst, so es das Karma wollte, als Katze oder anderes Tier wiedergeboren werden. Darüber hinaus verbietet das hinduistische und buddhistische Prinzip der Gewaltlosigkeit „Ahimsa“ das Töten oder Verletzen eines jeglichen Lebewesens.

Auch in Indien finden wir die Katze mit der Fruchtbarkeitsgöttin, Schutzgöttin der Kinder, Mütter und Geburt, der hinduistischen Shashiti verbunden, der sie als Fortbewegungsmittel dient. Abbildungen zeigen die Göttin stehend auf einer Katze, je ein Kind in den Armen. Und auch bei den Indern wurde die weiße Katze als Symbol des Mondes verehrt, die analog den grauen Mäusen die Schatten der Nacht verjagt.

Eine neue, bis dato noch nicht erwähnte Bedeutungskomponente enthält die Katze im Bezug auf den hinduistischen Weg der ewigen Erlösung, bei dem zwischen dem aktiven Affenweg „Markata Nyaya“ und dem passiven Katzenweg „Marjara Nyaya“ unterschieden wird. Während das Affenjunge sich bei Gefahr aktiv an der Mutter festklammert oder zu fliehen versucht, vertraut das Katzenjunge passiv auf die Fürsorge seiner Mutter und wartet, bis es von ihr in Sicherheit gebracht wird. Auf die menschliche Gesellschaft übertragen, symbolisiert der Affenweg also die harte Arbeit des Menschen an sich selbst, ein Leben voller hochgesteckter Ziele, Disziplin und Pflichterfüllung, wohingegen der Katzenweg das uneingeschränkte Gottvertrauen symbolisiert. Der Katzenweg erinnert stark an die Lehre Jesu, der die Erlösung in einem bedingungslosen Glauben und in der unschuldigen Liebe zu Gott, zu uns selbst und zu unseren Mitgeschöpfen sah. Wir erinnern uns an den ersten und zugleich am meisten missverstandenen Satz der Bergpredigt, der geradezu als Plädoyer für den Katzenweg gelten kann (Matthäus 5,3): „Selig sind, die geistlich arm sind; denn ihrer ist das Himmelreich.“ Denn was Jesus uns vermitteln will, ist: Wir können uns noch so sehr bemühen, unser Leben in asketischer Strenge verbringen, unseren Geist mit Wissen füttern und den ehrgeizigsten Zielen nachstreben. Der Erlösung kommen wir auf diese Weise keinen Schritt näher, da wir mit unseren ehrgeizigen Geisteskonstruktionen nur eine Mauer nach der anderen zwischen uns und Gott aufbauen. Liebe, Glauben und Gottvertrauen kann man sich nicht erarbeiten. Deshalb sagt Jesus (Matthäus 6, 26): „Sehet die Vögel unter dem Himmel an: sie säen nicht, sie ernten nicht, sie sammeln nicht in die Scheunen; und euer himmlischer Vater nährt sie doch.“ Jesus war kein Prediger einer Leistungsgesellschaft, wie wir sie heute alternativlos ertragen müssen.

China und Japan

Man vermutet, dass die Hauskatze ab etwa 2.000 v. Chr. von Indien nach China gelangte. Um 1.500 v. Chr. häufen sich die Abbildungen von Katzen in verschiedensten religiösen und pragmatischen Kontexten als Ratten- und Mäusefänger. Die Chinesen vertraten wohl eine der extremsten Formen der Katzenverehrung, indem sie glaubten, dass nur Mensch und Katze eine Seele besäßen. Diese Auffassung wirft große Fragen zum Verhältnis von Katze und Mensch auf, insbesondere wie sich der Mensch damals selbst sah. Die Katze wird bis heute, partiell in China, vor allem aber in Japan als Gottheit verehrt und steht unter anderem für Glück und ein langes Leben. Zugleich bildet Katzenfleisch makabererweise heutzutage ein chinesisches Nationalgericht – ein drastischer Indikator für den moralischen Verfall einer ehemals großen Kultur und Nation.

Es ist bezeichnend, dass die Katze laut einer alten Legende als Wächter über die heiligen buddhistischen Schriften im 6. Jahrhundert nach Japan kam. Zielt die Wächtertätigkeit auf die Funktion der Katze als Mäusejäger, ist zugleich aber auch die spirituelle Konnotation der Katze als ewigem Wächter, der niemals schläft, mit eingeschlossen. Abgeleitet wurde diese Bedeutung vermutlich von dem Phänomen, dass Katzen selbst im Schlaf ihre Umgebung noch wahrzunehmen vermögen und entsprechend Gefahren erkennen. In diesen Wächterkontext gehört auch die bis zum heutigen Tage im japanischen Shintō-Glauben bestehende Verehrung des Katzengottes „Nekogami“ als Beschützer der Nahrungsvorräte und der Seidenraupenzucht, deren Zentrum im Gebiet der heutigen Präfektur Miyagi lag, wo sich noch heute allein zehn Katzengottheiten geweihte Shintō-Schreine befinden.

Die wohl bekannteste mythologische Katze Japans ist die nicht zu den Nekogami gehörende Winkekatze „Maneki-neko", die mit der erhobenen Vorderpfote ihren Besitzern Glück und Wohlstand herbeiwinken soll. Interessant an der Winkekatze ist ihre transkulturelle Komponente der Dreifarbigkeit als ganz besonderem Wirksamkeitskriterium. Tricolor-Katzen gelten auch in vielen europäischen Ländern als Glücksbringer. Eine reinweiße Maneki-neko steht hingegen für Reinheit und Unschuld, eine schwarze Katze wehrt Dämonen ab, eine rote vertreibt Krankheiten und eine pinkfarbene Winkekatze soll gar Liebhaber anlocken.

Arabisch-islamische Welt

Besonders aufschlussreich ist die soziale und religiöse Einbindung der Katze in der arabisch-islamischen Welt, wo sie bis zum heutigen Tage eine ganz besondere Liebe und Verehrung genießt. Im türkischen Raum wurden die Katzen über viele Jahrhundert gar wie die eigenen Kinder behandelt. Man sorgte für sie durch Erbschaftsverfügungen selbst über den eigenen Tod hinaus und unterhielt in den Städten vorbildliche Katzenasyle. Zahlreiche Reiseberichte von Jacques de Villamont (1560-1625), Pierre Corneille (1606-1684), Charles Le Brun (1619-1690) u.a. belegen dies noch bis ins 17. Jahrhundert hinein.

Laut Plinius, dem Älteren (23-29) beteten die Bewohner der äthiopischen Stadt Nabata im 1. Jahrhundert n. Chr.

eine goldene Katze an. Und es ist sehr wahrscheinlich, dass es sich bei diesem Ritus um eine Fortsetzung des ägyptischen Bastet-Kults handelte, der die Einstellungen der arabischen Völker in Nordafrika und der arabischen Halbinsel zur Katze bis in die Zeiten des Islam hinein nachhaltig prägte. Eine religiös legitimierende Umdeutung Bastets findet sich in der muslimischen Schöpfungslegende von der Katze, gemäß der sie auf der Arche Noah erschaffen wurde: Noah war über die zunehmende Zahl von Mäusen derart beunruhigt, dass er Gott um Hilfe bat. Daraufhin befahl Gott ihm, den Löwenkopf zu berühren bzw. an seiner Nase zu reiben, woraufhin der Löwe ein Katzenpaar ausnieste. Diese Geschichte lässt aufhorchen, da sie für den Gläubigen die Frage aufwirft, ob die Katze überhaupt ein Geschöpf Gottes ist. Denn laut der Bibel und dem Koran war ja die Schöpfung nach sieben Tagen für alle Zeiten abgeschlossen. Gemäß der Arche Noah-Legende verweist die Katze mit ihrer Existenz also scheinbar auf die Unvollkommenheit oder Unvollständigkeit von Gottes Schöpfung, denn sie ist Ursache und Ergebnis dieser Unvollkommenheit zugleich.

Ähnlich wie im alten Ägypten betrachtete man auch in der islamischen Welt die Katze noch immer als ein Verbindungsglied zu Gott. So hielten Sufi-Orden in ihren Klöstern Katzen nicht nur als Wächter, sondern betrachteten die Freundlichkeit des Menschen zu einem hilflosen Kätzchen als ein noch besseres Mittel zur Erlangung der göttlichen Vergebung (Šeblī) als es die klassische Frömmigkeit ermöglichen würde. Eine schöne Illustration für die Hochachtung und Liebe, die man den Katzen entgegenbrachte, ist die muslimische Überlieferung vom Propheten Mohammed, der, als er zum Gebet gerufen wurde, den Zipfel seines Ärmels abschnitt, um seine darauf schlafende Katze Muezza nicht zu stören. Eine weitere Legende berichtet, dass eine seiner Katzen ihre Jungen in seinem Ärmel gebar. Seinem beliebtesten Begleiter Abdorroham verlieh Mohammed als besondere Auszeichnung den Titel eines „Abuhareira“ gleich „Vaters der Katzen“.

Im islamischen Volksglauben gilt die Katze als einziges Tier, das so rein ist, dass man das Wasser, aus dem sie getrunken hat, noch zur rituellen Waschung vor dem Gebet verwenden kann. An manchen heiligen Schreinen werden Katzen gefüttert, um die Heiligkeit des Ortes zu verstärken. Nahrung, von der zuvor die Katze gegessen hat, soll auch für den Menschen bekömmlich sein.

Katzen konnten Muslimen sogar spirituelle Weisheiten lehren, wie es bei dem Kairoer Gelehrten Ibn Babshad der Fall war. Als dieser nämlich mit Freunden beim Essen saß, und einer vorbeikommenden Katze einige Bissen gab, trug diese sie ungegessen fort, um kurze Zeit später erneut ein paar Brocken zu erbetteln. Als Ibn Babshad der Katze neugierig folgte, sah er erstaunt, dass diese eine blinde Katze damit fütterte. Die Tatsache, dass Gott mittels der mitleidigen Katze auch für das Überleben der blinden Katze sorgte, rührte ihn so sehr, dass er all seinen Besitz verschenkte und bis zu seinem Tod im Jahre 1067 in völliger Armut und Gottvertrauen lebte.

Es ist wohl kein Zufall, dass wir in dieser berührenden Geschichte ein Motiv wiederfinden, das uns bereits in der indischen Religion in Gestalt des „Katzenweges“ begegnete. Während dort die Katze mit ihrem passiven Verhalten als

Symbol für Gottvertrauen fungierte, lernen wir hier am Beispiel der Katze nicht nur zu vertrauen, dass Gott für seine Geschöpfe sorgt, sondern auch womit er dies tut, nämlich durch die Liebe. Denn was die Katze für ihren blinden Kameraden tut, ist ein echter Liebesdienst, der gemäß der heutzutage herrschenden materialistischen Evolutionsdoktrin „Survival of the Fittest" eigentlich nicht existieren dürfte. Und diese emotional erfahrene Erkenntnis schenkte Ibn Babshad das uneingeschränkte Gottvertrauen und die liebevolle Hingabe im Glauben. Wer den Umgang der Katzenmütter mit ihrem Nachwuchs kennt, weiß, dass sie tatsächlich treu sorgende Mütter sind.

In einigen muslimischen Ländern wie z.B. in Marokko glaubt man, dass die Katze mit der sogenannten Segenskraft „Baraka"ausgestattet ist. Baraka ist vergleichbar mit der im Katholizismus bestimmten Personen oder auch Reliquien zugeschriebenen Segenswirkung. Doch nicht nur das, im islamischen Volksglauben identifiziert man sogar den im Koran häufig erwähnten heiligen Seelenzustand Sakīna mit der Katze. Dieser erleuchtete Seelenzustand kann in Gestalt einer Katze oder eines Mischwesens mit Katzenkopf auch sinnlich erfahren werden. Für Sakīna gibt es im Deutschen kein Äquivalent, doch würde man ihn am besten mit den Wortkombinationen Gleichmut, Gelassenheit, Seelenfrieden, Gottesbewusstsein und Glückseligkeit umschreiben. Der Begriff Sakīna leitet sich von dem hebräischen Wort Schechina ab, das in seiner sakralen Verwendung soviel wie die „Einwohnung Gottes" bedeutet. Diese nur bis zu einem gewissen Grade rationalisierbare Identifizierung der Katze mit Gott im islamischen Volksglauben bildet wohl eines der stärksten Indizien für das mystische Weiterleben der ägyptischen Katzengöttin Bastet im arabisch-islamischen Kulturkreis.

Es existiert aber auch noch ein weitaus gegenständlicher Hintergrund für die volkstümliche Verbindung von Sakīna und Katze. Im Schamanismus gilt die Katze als ganz besonders befähigtes Krafttier, als hellsichtige Seelenführerin, Schutzgeist und Heilerin, der man u.a. die Fähigkeit negative Kräfte abzuleiten, positive und negative Strahlungen und Schwingungen aufzuspüren und entsprechend auch positive Orte der Kraft zu identifizieren, zugesteht. Die Katze gilt als Meisterin eines optimalen Umgangs mit dem Energiekörper, des Gleichgewichts zwischen Geist und Körper und des Schöpfens von Kraft und neuer Energie. Wer einmal en detail eine Katze allein nur beim Strecken nach dem Schlaf beobachtet hat, weiß wovon ich spreche. Die Katze ist mit nur einer Bewegung und minimalstem Energieaufwand in der Lage, in wenigen Sekunden jede Sehne und jeden Muskel ihres Körpers zu spannen und zu entspannen. Es ist eine Fertigkeit, für die Yogis Jahre bis Jahrzehnte üben. Die Katze zeigt uns auch durch ihre Fähigkeiten der energetischen Zentrierung und des Aufspürens von Kraftorten, wie wir in einer fremden Umgebung neue Kraft zu schöpfen vermögen. Dementsprechend bildet die andauernde aufmerksame Beobachtung des Tagesablaufs einer Katze und im Ergebnis die nahtlose Nachahmung ihres Tuns durch den Schüler als eine wesentliche Lehreinheit innerhalb der schamanischen Ausbildung. Indem man die Verhaltensweisen der Katze imitiert, sie im kleinsten Detail nacherlebt, findet der Suchende sein inneres Zentrum, die psychosomatische Balance zwischen Geist und Körper und damit jenen Zustand, der im islamischen Volksglauben als Sakīna bezeichnet wird. Es ist kein bewusstseinstrübender Rauschzustand, sondern vielmehr ein paradoxer Zustand höchster Konzentration, Bewusstheit und Entspannung zugleich, eben das hundertprozentige „Einwohnen der Seele im Körper“ und dadurch ein Zustand völliger innerer Klarheit. Wie bereits erwähnt, nehmen Katzen selbst im Schlaf ihre Umwelt wahr und sind deshalb zugleich Meister der Reisen zwischen den Welten des Traums und des Wachseins. Auch hier verbinden sich also innere Ruhe und Meditation mit gleichzeitiger Aufmerksamkeit und höchster Konzentration.

Persien und Arabien – die ersten dunklen Schatten

Einen ersten unheilvollen dunklen Schatten hinsichtlich der negativen mythologischen Konnotation der Katze, der bis ins abendländische Mittelalter reichen sollte, warf der späte persische Zoroastrismus ca. ab 200 n. Chr. in die Welt. Laut dem persischen Mythos „Dadestān ī dēnīg“ aus der Sassaniden-Zeit soll die Katze durch die Paarung von Dschamschids Schwester Jamak mit einem Dämon entstanden sein. Dschamschid lebte als vierter Weltenkönig und oberster Priester des Ormozd noch in einer paradiesischen Zeit und gebot laut Legende über alle Bestien, Dämonen und Engel der Welt. Im iranischen Selbstverständnis gilt er als Kulturbringer ähnlich dem Prometheus der griechischen Mythologie. Aufgrund dieser dämonischen Ursprungslegende wurde die Katze im sassanidischen Persien unter Zoroastriern als Inbegriff des Bösen angesehen und war somit tabu. Bereits hier finden wir die Klischees ausformuliert, die bis in unsere heutige Zeit bei einigen Menschen noch immer das Bild der Katze prägen. So sollte die Katze angeblich heimtückisch sein, eine der schädlichsten Kreaturen überhaupt in bewusster Entgegensetzung zum Hund, der im Zoroastrismus immer wieder für seine Loyalität und Treue gelobt wurde. Die Zoroastrier glaubten, dass, wenn eine Katze ins Meer uriniere, zehntausende Fische davon sterben würden. Die Katze war für sie das verkörperte Unheil. Dennoch findet sich, typisch für die menschliche Widersprüchlichkeit, aus der gleichen Zeit auch eine Geschichte in der „Šāh-nāma“, in welcher der Katze als Mäusefänger geradezu kulturerhaltende Funktion zugeschrieben wurde.

Ähnlich widersprüchlich ist die in mittelpersisch (224-654 n. Chr.) überlieferte Schrift „Ayādgār ī Jāmāspīg“, in der u.a. der Verzehr von Katzenfleisch durch Araber und Berber behauptet wird, wo doch in diesen Gebieten zur selben Zeit den Katzen eine solche Hochachtung entgegengebracht wurde. Entsprechend streng waren ja auch später die offiziellen Verbote im Islam, mit Katzen Handel zu treiben und Katzenfleisch zu essen.

Doch auch der Islam pflegte eine widersprüchliche Einstellung zu den Katzen. So gibt es zum Beispiel die Legende vom Propheten Mohammed, dem beim Beten angeblich der Teufel in Gestalt einer schwarzen Katze erschien. Auch werden Katzen in der arabisch-orientalischen Welt parallel zu ihrer Verehrung auch als hinterhältig und diebisch dargestellt. Im Sanskrit verwendet man mit naktačārin gar das gleiche

Wort für Dieb und Katze. Auch sollen Katzen angeblich undankbar sein, weil sie beim Essen die Augen schließen, was sie nur täten, um nicht sehen zu müssen, von wem sie gefüttert würden. Während der Hund in Treue seinem Herrn verbunden sei, wäre die Katze angeblich nur dem Haus verbunden, und könne also keine wahrhaftigen Beziehungen zu Menschen aufbauen. Diese und ähnliche Negativunterstellungen fanden in einer Vielzahl persischer und arabischer Ausdrücke und Sprichwörter Eingang und tauchen später auch im europäischen Raum auf.

Sie alle haben natürlich nichts mit der wahren Natur der Katze zu tun, sondern sind Projektionen der Schlechtigkeiten der Menschen auf das Tier, das sich bekanntlich nicht wehren kann. Genau dieser Projektionsmechanismus erlaubt uns aber, den fortschreitenden Grad der Wahrnehmungstrübung und Verwahrlosung einer Gesellschaft zu diagnostizieren. Doch dazu später mehr.

Das zeitliche Auftauchen der Katze in Persien lässt sich relativ gut verifizieren: Bisherige Untersuchungen legen nahe, dass die Katze vermutlich bereits im 6. Jahrhundert v. Chr. durch den altpersischen König Kambyses II. von Ägypten nach Persien gebracht wurde. Die überlieferten negativen Bewertungen stammen jedoch erst aus der Zeit ab der zweiten Hälfte des 3. Jahrhundert n. Chr. War die Auffassung von der Katze als Verkörperung des Schlechten und Bösen erst einmal in den Köpfen der Menschen etabliert, konnten die Katzen je nach gesellschaftlicher Situation bis in die heutige Zeit für die unsinnigsten Dinge als Sündenbock herangezogen werden. Ab dem späten Zoroastrismus war das traurige Schicksal der Katze bis in die Neuzeit hinein besiegelt.

Germanien und abendländisches Mittelalter

Man weiß nicht genau, wann die Katze in West- und Nordeuropa in repräsentativer Zahl als Hauskatze Einzug hielt. Oben hatten wir bereits darauf verwiesen, dass es sich bei dem um 75 n. Chr. bei Martial auftauchenden lateinischen Terminus catta wahrscheinlich um ein germanisch-keltisches Lehnwort für Hauskatze handelte. Knochenfunde von Hauskatzen in Amsterdam bereits 2.000 v. Chr. legen eine sehr frühe Einbindung der Katze in den germanischen bzw. west- und nordeuropäischen Kulturkreis nahe. Über ihre mythologisch-kulturelle Bedeutung wissen wir jedoch äußerst wenig. Wie schon bei Diana wurde auch Freyas Wagen von Katzen gezogen und sie galt als Herrin der Katzen. Sogar die Namen ihrer Katzen, Bygul (Bienengold) und Trjgul (Baumgold), sind überliefert. Indem die nordische Göttin Freya, als Gemahlin des Sonnengottes Baldur, als Göttin der heiteren Jahreszeiten, der Ehe, der Geburt, der Liebenden und Beschützerin des häuslichen Glücks fungierte, stellen wir wieder eine interessante Übereinstimmung zu den Funktionen der ägyptischen Katzengöttin Bastet fest. Die germanischen Vandalen und Sueven führten auf ihren Kriegszügen einen Katzenkopf an ihren Fahnen, womit sie dem zerstörerischen Aspekt der Katzengöttin analog der ägyptischen Löwengöttin Sachmet Rechnung trugen. Wichtig zu betonen ist hierbei jedoch, dass die mythologische Besetzung der Katze sich im west- und nordeuropäischen Raum eher positiv gestaltete, da die der Unterwelt zugeordnete Katze spirituell eine wichtige Funktion erfüllte. So sprachen die Kelten ihr die Fähigkeit zu, mit den Geistern und Toten zu kommunizieren. Darüber hinaus galt die Katze wie schon in Ägypten auch als Wächterin über die Totenwelt. Noch in den Gesetzen des walisischen Königs Hywel Dda (880-950) waren deshalb auf die Misshandlung und Tötung von Katzen hohe Strafen ausgesetzt.

Und dennoch beginnt der fast 2.000 Jahre andauernde Leidensweg der Katze im Mittelalter gerade im germanisch-christlichen Kulturraum, obwohl die Negativierungen der Katze aufgrund des Fehlens irgendwelcher historischen Belege offensichtlich nicht germanischen oder keltischen Ursprungs sind. Anderseits waren alle später im abendländischen Mittelalter auftauchenden Negativbilder von der Katze mehr oder weniger bereits in der orientalischen Welt vorgeprägt. Dies betrifft insbesondere den haarsträubenden Aberglauben um die Katze und die damit verbundenen unsinnigen magischen bis satanistischen Rituale, Rezepturen und Grausamkeiten, auf deren Benennung wir hier bewusst verzichten. So liegt ein Transfer dieser Vorstellungen vom Orient in Richtung Okzident nahe, nicht zuletzt, da er nachweislich z.B. auch in den mittelalterlichen Wissenschaften stattgefunden hat. Begünstigt wurde dieser orientalische Import durch die Ähnlichkeiten des Zoroastrismus mit bestimmten Spielformen der jüdischen und christlichen Religion, bei denen ebenfalls das komplexe Weltgeschehen auf einen Kampf zwischen Gut und Böse, Gott und Teufel simplifiziert wurde. Was lag da näher, als die Katze der Kategorie des Bösen zuzuordnen. Die maßlose Folterung und Tötung von Katzen bis ins 19. Jahrhundert hinein kann als ein Versuch gewertet werden, sich durch die Vernichtung eines Stellvertreters des Bösen als universalem Sündenbock seiner eigenen negativen Seiten zu entledigen. Katzen bildeten eine ideale Projektionsfläche für die eigenen inneren Defizite wie auch für die rigiden moralischen Vorgaben der Gesellschaft, denen man persönlich nicht gerecht zu werden vermochte.

In der Bibel und auch noch in der frühchristlichen Naturlehre des Physiologus im 2. Jahrhundert glänzte die Katze allerdings noch durch Abwesenheit, vermutlich weil sie den antik-christlichen Autoren einfach als nicht wichtig erschien. Das über die Jahrhundert hinweg dennoch etwas im Untergrund brodelte, zeigte sich spätesten im Jahre 1233 auf oberster kirchlicher Ebene. Denn da wurden mit dem unseligen Schreiben „Vox in Rama“ des Papstes Gregor IX. der Hauskatze urplötzlich und unverblümt dämonische, teuflische und ketzerische Aspekte unterstellt und ihr trauriges Schicksal bis in die Neuzeit auch offiziell besiegelt. Wie konnte es zu dieser Verurteilung und Ächtung der Katze kommen?

Geschichte der Verurteilung und Ächtung der Katze

Frühe Kirchenschriftsteller wie z.B. Bischof Aldhelm von Sherborne (640-709) positionieren sich in ihren seltenen Stellungnahmen noch positiv zur Katze, allerdings bereits mit einer für die Zukunft bedeutungsvollen Einschränkung. Wurde in früheren Zeiten und Kulturen immer auch die metaphysische Einbindung der Katze thematisiert, verweisen die christlichen Autoren nun nur noch auf ihren ökonomischen Nutzen. Zeigt sich hier einerseits ein im Kontext der frühmittelalterlichen Benediktinerklöster unter dem Leitspruch „ora et labora" entstandenes Ökonomisierungs- und Rationalisierungsprinzip des Lebens, das bis zum heutigen Tage immer radikaler unsere Gesellschaft bestimmen sollte, wurde anderseits durch die Unterschlagung der metaphysischen Komponenten der Katze eine spirituelle Freistelle geschaffen, die nun auf jede beliebige Weise und aus den unterschiedlichsten Beweggründen neu besetzt werden konnte. Und da bekannterweise die Rationalisierung einer Gesellschaft nicht das Ende der Irrationalität bedeutet, sondern im Gegenteil deren eigentlichen Beginn und Motor ist, war nun die Zeit der irrationalen Neubesetzung der Katze angebrochen.

Die christlichen Autoren konnten in ihrer Ablehnung des unschuldigen Tieres auf die griechisch-römischen, jüdischen und paganen Polemiken zurückgreifen, da für diese Kulturen die ägyptische Religion mit ihrem Katzenkult einen stetigen Anlass von Verhöhnungen bildete: In der ausgesprochen diesseitig-pragmatischen Götter- und Alltagswelt der Griechen und Römer war kein Platz für eine transzendente mystische Göttin wie Bastet. Sie verherrlichten lieber den Menschen und auch nur den reichen und freien. Überdies wurde Tieren generell kein hoher Wert zugestanden. Sie teilten im besten Falle das Los der Sklaven, waren also nur Objekte ohne eigene Rechte, deren man sich bedingungslos bedienen durfte. Wie wir sehen, hat sich bis heute nicht das Geringste an dieser lebensverachtenden Einstellung geändert. Tiere sind noch immer nur Objekte ohne eigene Rechte und dem Menschen vollständig ausgeliefert, womit wir uns ethisch noch immer auf dem barbarischen Stand der Römer befinden.

Die jüdische Kultur wiederum brandmarkte aus ihrer monotheistischen Weltauffassung heraus die ägyptische Religion als Götzentum und damit die Verehrung der Katze als höchst verwerflichen Götzendienst. Darüber hinaus hatte das Judentum eine ähnliche barbarisch verachtende Haltung gegenüber den Tieren wie die Griechen und Römer. Die jüdische Bevölkerung pflegte ausgiebig und in perversester Form Tieropfer. Ihre Tempel waren tagtäglich von früh bis abends blutgetränkt. Bis zum heutigen Tage wird von den Anhängern der jüdischen Religion eine der wohl grausamsten Formen des Schlachtens, nämlich das Schächten und Ausblutenlassen von Tieren ohne Betäubung betrieben, bei denen das arme Tier einem mehrminütigen Todeskampf ausgesetzt wird. Ganz offensichtlich glaubt man im Judentum an einen blutrünstigen Gott, dessen Wohlwollen durch Morde an Tieren zu beeinflussen wäre, wie es in millionenfach gesteigerter Form zum Pessach-Fest noch immer geschieht. Der Arabist und Theologiehistoriker Leonhard Rost leitet das bereits in der Bibel (Ex 12,21–23) überlieferte grausame Ritual der Tierschlachtung und des anschließenden Bestreichens der Türen der Juden mit Blut von den sogenannten Ragah- und Dabiha-Opfern ab, einem nomadischen Schutzritus, um Wüstendämonen von der Behausung fernzuhalten, wie er noch heute bei nomadischen Araberstämmen in Gebrauch ist. Der im Alten Testament im Zusammenhang mit dem Auszug des Stammes Israel aus Ägypten überlieferte Blutschutz vor Gottes Tötung der Erstgeburt der Israeliten in Ägypten wäre demnach eine Manifestierung dieses alten heidnischen Brauchs.

Angesichts dieser Vorgeschichte wundert es also nicht, dass auch frühchristliche Autoren wie Justin (100-165), Aristides (117-181), Epiphanios von Salamis (310-403) u.a. mit der Schmähung des heidnischen Götzentums der Ägypter auch die Katze diskriminierten. In diesem Zusammenhang wurde dann regelmäßig auf die göttliche Ordnung verwiesen, gemäß der die Tiere in der Hierarchie angeblich den Menschen unterstellt und dienstbar wären und nicht umgekehrt. Der Hinweis auf die Unterordnung und Dienstbarkeit der Tiere ist hierbei besonders instruktiv, da er einen weiteren Baustein für die Erklärung der im christlichen Abendland folgenden Leidensgeschichte der Katze liefert. Indem, wie eingangs bereits gezeigt, das Verhalten der Katze grundsätzlich auf dem Freiwilligkeitsprinzip beruht, eine Katze ihre Freiheit also niemals aus Angst oder zugunsten eines Vorteils aufgibt, sondern nur aus Zuneigung und Liebe, führte sie damit die jüdisch-christliche Meinung von der natürlichen Unterordnung der Tiere ad absurdum.

In der urchristlichen Auffassung jedoch, die den Tieren den gleichen Stellenwert und die gleichen Rechte wie den Menschen einräumte, bildete die Katze mit ihrem Prinzip des Handelns aus Zuneigung und Liebe ironischer Weise geradezu das Muster einer christlichen Lebensweise im Sinne der Lehren Jesu Christi.

Wir haben es hier also wieder mit einem der klassischen Beispiele für die bewusste Verfälschung und Fehldeutung der Bibel zu tun. In Genesis 1,28-29 lesen wir: „Macht Euch die Erde untertan". Dies meint jedoch weder ein Recht auf schrankenlose Ausbeutung der Natur noch ein Recht auf das Töten der Tiere. Denn „Untertan" im damaligen Verständnis bedeutete nicht das, was wir heute einseitig damit verbinden, nämlich das völlige Ausgeliefertsein der Willkür eines Herrschers. Im Gegenteil war es die moralisch-religiöse Pflicht des Herrschers als Untertan eines noch größeren Herrschers, für seine Untertanen zu sorgen und sie zu schützen. Denn nur deshalb hatte Gott als quasi oberster Herrscher den Königen, Fürsten, Menschen eine exponierte Stellung auf Erden eingeräumt. In heutiger Sprachform müsste Genesis 1,28-29 also lauten: „Schützt die Erde".

Darüber hinaus verpflichtete Gott in der Bibel die Menschen ganz klar und deutlich auf den Vegetarismus und stellte derart die Menschen den Tieren gleich. Denn unmittelbar nach der eben zitierten Passage heißt es in Genesis 1,29-31 weiter:

„Dann sprach Gott: Hiermit übergebe ich euch alle Pflanzen auf der ganzen Erde, die Samen tragen, und alle Bäume mit samenhaltigen Früchten. Euch sollen sie zur Nahrung dienen. Allen Tieren des Feldes, allen Vögeln des Himmels und allem, was sich auf der Erde regt, was Lebensatem in sich hat, gebe ich alle grünen Pflanzen zur Nahrung. So geschah es. Gott sah alles an, was er gemacht hatte: Es war sehr gut."

Und auch in den „Zehn Geboten (2. Mose, Kap. 20) heißt es ausdrücklich: „Du sollst nicht töten" und nicht etwa „Du sollst keine Menschen töten, Tiere aber darfst Du töten". Laut der Bibel verbat Gott dem Menschen also ausdrücklich das Töten jeglicher Kreatur, also auch der Pflanzen. Deshalb nämlich steht in Genesis 1,29-31 geschrieben, dass der Mensch „nur Pflanzen, die Samen tragen" zur Nahrung nehmen darf. Denn diese Pflanzen leben ja in ihren Samen weiter, weswegen es sich auch um kein Tötungsdelikt im Sinne der „Zehn Gebote" handelt. Jesus, seine Apostel und Jünger wie auch die Frühchristen waren sämtlich Vegetarier dieser besonderen Ausprägung. Der Vegetarismus, das Verbot von Tieropfern und des Tötens bildeten nachweislich eine ihrer zentralen Glaubenswahrheiten. Erst seit dem sogenannten „Häretikergesetz" im Jahre 326 des römischen Kaisers Konstantin dem Großen (270?-337), der Christen, die vegetarisch lebten und auf Alkohol und Tieropfer verzichteten, als Ketzer verurteilte und ihnen zur Bestrafung flüssiges Blei in den Hals schütten ließ, wurde das Fleischessen quasi per staatlichem Gewaltakt unter Folter „salonfähig" gemacht.

Die sanftmütige und friedfertige Einstellung Jesu und der Urchristen bringt ein Zitat des frühchristlichen Bischofs Theophilus von Antiochien (gest. 183) zum Ausdruck, der das Töten im Tierreich ursächlich von den Menschen herleitete und damit Gottes Schöpfung unmissverständlich als friedlich und gewaltlos identifizierte:

„Die wilden Tiere haben ihren Namen von ihrem wilden Wesen, nicht als ob sie von Anfang an böse erschaffen worden wären [...], sondern die Sünde des Menschen hat sie böse gemacht. Denn indem der Mensch vom Wege ablenkte, folgten auch sie ihm [...]. Wenn nun der Mensch wieder zu einem seiner Natur angemessenen Dasein sich heben und nicht mehr Böses tun wird, werden auch sie wieder zu ihrem ursprünglichen, sanften Wesen zurückkehren."

Nicht die Tiere sind also die Ursache der Verderbtheit und Bösartigkeit der Welt, sondern der Mensch. Deshalb auch sündigten laut der Bibel Adam und Eva mit ihrem Biss in den Apfel vom Baum der Erkenntnis als erste und nicht die Tiere. Natürlich werden diese Aussagen nur verständlich, wenn man sie auch in ihrer spirituellen Dimension begreift.

Die philosophische Grundlage und Rechtfertigung zum Töten von Tieren im Allgemeinen und zur Verfolgung von Katzen im Besonderen legten im frühen und hohen Mittelalter insbesondere die später heilig gesprochenen Kirchenlehrer Augustinus und Thomas von Aquin, indem sie den Tieren unverfroren die unsterbliche Seele und die Gefühle und Empfindungen absprachen. Diese theologische Auffassung wertete die Tiere folgerichtig zu einer Sache ab. Und Sachen wie Steine, Werkzeuge, Möbelstücke etc. haben nunmal kein Recht auf Leben und besondere Behandlung.

Wie wohltuend und weise klingen im Gegensatz dazu noch die Worte des Apostels Paulus im Römerbrief, 8, 19-22: „Denn das ängstliche Harren der Kreatur wartet auf die Offenbarung der Kinder Gottes. Die Schöpfung ist ja unterworfen der Vergänglichkeit – ohne ihren Willen, sondern durch den, der sie unterworfen hat –, doch auf Hoffnung; denn auch die Schöpfung wird frei werden von der Knechtschaft der Vergänglichkeit zu der herrlichen Freiheit der Kinder Gottes. Denn wir wissen, dass die ganze Schöpfung bis zu diesem Augenblick mit uns seufzt und sich ängstigt."

Und im Prediger 3,19 heißt es: „Denn das Geschick der Menschenkinder und dasjenige des Viehes, – dasselbe Geschick haben sie: wie dieses stirbt, so stirbt jener, und einen Atem haben sie alle, und einen Vorzug des Menschen vor dem Vieh gibt es nicht, denn alles ist eitel."

Angesichts der hundertprozentigen Abweichungen der christlichen Kirchen von diesen christlichen Grundsätzen muss ihnen und der westlichen Gesellschaft ein Grad der spirituellen und ethischen Verwahrlosung attestiert werden, der kaum mehr zu übertreffen ist. Die Kirche hat die Lüge zur Wahrheit erhoben, sie unterstützt mutwillig im vollen Wissen ihres Unrechts tagtäglich die Vernichtung von Gottes Schöpfung und seiner Geschöpfe.

Der Vorwurf der artifiziellen Zweitschöpfung – die mythologische Verbindung von Frau und Katze

Es ist hinlänglich bekannt, dass die christliche Kirche bis in unsere heutige Zeit hinein die Frau als minderwertig betrachtet und ihr, wie auch den Tieren, teilweise sogar die unsterbliche Seele streitig machte. Weniger bekannt ist hingegen, dass die Ursprünge jener Missachtung bereits in der vorchristlich-antiken Ära liegen und aufschlussreiche Gemeinsamkeiten mit dem mythologischen Ursprung der Katze aufweisen:

Nach dem für die abendländische Geschichte so prägenden Philosophen Plato galten die Frauen als das Ergebnis einer physischen Degeneration des Menschen, da nur die Männer direkt von den Göttern geschaffen seien und dementsprechend auch nur Männer eine Seele besäßen. Gemäß dieser absurden Theorie kehrten laut Platon „die Gerechten zu den Sternen zurück, die Feiglinge und Ungerechten hingegen wurden zur Strafe als Frauen wiedergeboren."

Und bei Aristoteles lesen wir, dass die „Frauen nur den passiven, leblosen Acker für den Samen des Mannes abgeben".

Von Natur aus seien sie nämlich „unfruchtbare Männer, da sie selbst keinen Samen zu produzieren vermögen". Einzig der Mann sei „ein vollständiger Mensch, besäße deshalb auch eine höhere Intelligenz, was die natürliche Dominanz des Mannes über die Frau erkläre aber auch rechtfertige".

Die jüdische Religion pflegt ein ebenso abstruses Frauenbild und hat es mit der biblischen Schöpfungsgeschichte, nach welcher Eva aus der Rippe Adams geschaffen wurde, religiös fundamentiert und sanktioniert. Wie schon bei Plato und Aristoteles wird die Frau als kein direktes Geschöpf Gottes betrachtet, sondern als eine artifizielle Erschaffung zweiter Instanz, quasi als eine Art Homunkulus, und damit als unvollkommenes Wesen.

Erinnern wir uns nun der muslimischen Schöpfungslegende, gemäß der die Katze auf der Arche Noahs durch das Niesen des Löwen erschaffen wurde, haben wir hier ebenfalls das Motiv der artifiziellen Erschaffung zweiter Instanz. Wie die Frau, so gilt auch die Katze als kein direktes Geschöpf Gottes. Und diese Auffassung ist keinesfalls singulär, wir finden sie in pervertiert-gesteigerter Form auch in dem bereits erwähnten persischen Mythos aus der Sassaniden-Zeit, demgemäß die Katze durch Paarung von König Dschamschids Schwester Jamak mit einem Dämon hervorgegangen sei.

Wenn also Frau und Katze gemäß dieser Auffassung nicht von Gott geschaffen sind, dann bilden sie, so der logische Folgeschluss, nur eine Art Degeneration oder auch Perversion der Schöpfung. Im harmlosesten Fall bewegen sich Frau und Katze damit in einem Existenzraum jenseits der normalen Welt, im schlimmsten Falle gar jenseits des Reichs der göttlichen Schöpfung. Letztere Sichtweise machte beide zwangsläufig zum Freiwild eines jeden angeblich „guten Gläubigen".

So verwundert es auch nicht, dass Kirchenväter wie Augustinus, Epiphanios, Hieronymus, Tertullian u.a. den antiken Vorstellungen folgten, und vehement bestritten, dass Frauen ein Ebenbild Gottes seien. Kirchenlehrer Ambrosius (333-397): „Die Frau muss das Haupt verhüllen, weil sie nicht das Ebenbild Gottes ist." Anselm von Canterbury (1033-1109): „Nichts Schändlicheres gibt es als das Weib, durch nichts richtet der Teufel mehr Menschen zugrunde als durch das Weib." Thomas von Aquin (1225-1226): „Die Frau ist ein misslungener Mann. (...) Der wesentliche Wert der Frau liegt in der Gebärfähigkeit und in ihrem hauswirtschaftlichen Nutzen. (...) Mädchen entstehen durch schadhaften Samen." Der Propagandist und Kirchenspalter Martin Luther führte dieses abwertende Frauenbild der katholischen Kirche im Protestantismus nicht nur konsequent fort, sondern verstärkte es sogar noch. Die einzige Daseinsberechtigung gewann die Frau nach Martin Luther durch das Gebären von Kindern und durch die Führung des Haushalts. Ihr Leben selbst sei nichts wert: „Ob sie (die Frau) sich aber auch müde und zuletzt zu Tode tragen, dass schadet nichts, lass sie nur zu Tode tragen, sie sind darum da. (...) Will die Frau nicht, so komme die Magd."

Im Gegensatz zur Katze durften Frauen über viele Jahrhunderte zumindest noch das zweifelhafte Glück genießen, obgleich als minderwertig eingestuft, als natürliche Dienerin des Mannes akzeptiert zu werden. Frauen ließen sich domestizieren und konnten derart eine ökonomische Funktion innerhalb der Gesellschaft übernehmen. Die Katze war da schlechter dran, da sie aus ihren natürlichen Anlagen heraus diesen Sklavendienst nicht leistete. Die Katze bildet kulturgeschichtlich das einzige Haustier, das sich freiwillig entschieden hat, beim Menschen zu leben. Doch eben nur so lange, wie sie es will. Behandelt der Mensch die Katze schlecht, läuft sie weg. Sie ist nicht domestizierbar wie der Hund.

Weitere Affinitäten von Katze und Weiblichkeit

Die Anfänge der Katzenverehrung im alten Ägypten zeigen bereits deutlich, dass die Katze als spirituelles Wesen mit dem weiblichen Element identifiziert wurde, obwohl damals ganz im Sinne des holistischen Denkens polar dazu auch der männliche Aspekt in Gestalt der Verkörperung des Sonnengottes Ra dem Kater zugeschrieben wurde. Je mehr sich nun aber in den antiken Hochkulturen, ob nun in Persien, dem griechisch-römischen oder jüdischen Kulturraum, rationalistische Denkstrukturen als prägend für die Gesellschaft zu entwickeln begannen, je mehr also die damit verbundenen simplifizierend dualistisch-dialektischen Sichtweisen sich durchsetzten, desto mehr begann auch eine Aufspaltung der Natur und Gesellschaft in die bis heute gebräuchlichen antagonistischen Dichotomien wie männlich und weiblich, gut und böse, Freund und Feind, Gott und Teufel, Geist und Körper oder auch Seele und Körper etc. Dass in einer patriarchisch strukturierten Gesellschaft dabei dem weiblichen

Part und damit auch der diese Seite verkörpernden Katze geradezu zwangsläufig die negativen Eigenschaften zugeordnet wurden, liegt auf der Hand. Der Bruch zwischen den Welten reicht aber noch weitaus tiefer.

Erinnern wir uns, wofür die Katze in den verschiedenen von uns durchschrittenen Zeiten und Kulturen stand: Über die Weiblichkeit, den weiblichen Instinkt und die weibliche Kreativität hinaus symbolisierte die Katze Freiheit, Unabhängigkeit und Unkontrollierbarkeit, die liebevolle Sorge um den Nachwuchs, Sexualität, Sinnesfreude und Fruchtbarkeit, Körperlichkeit, den psychosomatischen Einklang zwischen Geist und Körper, den himmlischen Glücks- und Seelenzustand Sakīna, der das vollständige Einwohnen Gottes im Körper darstellt, das Unbewusste und die unsichtbare Geisterwelt, die heilenden Kräfte, zugleich aber auch das Ungeordnete, Chaotische, wie bei Ra als Sinnbild des Lichts und die Wahrhaftigkeit wie bei Bastet als Göttin der Wahrheit.

Wie leicht zu erkennen, läuft das Gros der Attribuierungen der Katze auf das körperliche Element hinaus, dabei den Einklang zwischen Geist und Körper betonend. Es ist also genau jene körperliche Daseinsebene, die Aristoteles auch bei der Frau abwertend als den Acker bezeichnete, in dem der Samen des Mannes zum Embryo heranwachsen könne. Die Abwertung der Materie in der klassischen griechischen Philosophie und Gesellschaft als passivem Element zerstörte das harmonische Verhältnis von Geist und Körper, von Mann und Frau und hatte handfeste sozialgeschichtliche Hintergründe. Denn der freie Adlige arbeitete nicht körperlich, da dies als unschicklich und demütigend galt. Dies taten für ihn in der hellenistischen Ära die Sklaven.

Indem die Frau aus antiker Sicht für all jene Dinge stand, die mit dem Körper zusammenhingen, wurde sie wie der Körper selbst zwangsläufig ein Gegenstand anhaltender Diffamierungen. So wundert es auch nicht, dass Maria, die Mutter Jesu erst einmal sämtlicher körperlich-sinnlicher Elemente entkleidet werden musste, um eine breite Hochachtung vor ihr zu erzeugen. Nur eine jungfräulich empfangende Maria konnte dem akörperlich-geistigen Werteprinzip gerecht werden. Das Bild der christlichen Maria wurde erkauft durch die Abspaltung des sinnlichen, unbewussten und triebhaften Elements der Weiblichkeit von der heidnischen Muttergöttin, die ja ursprünglich diese körperlichen Elemente, ja die Natur selbst verkörperte. Bekannter Weise hat der Protestantismus in einem letzten Schritt auf diesem frauenfeindlichen Weg die Weiblichkeit und Mütterlichkeit in Gestalt der Marienverehrung vollständig aus der Kirche verbannt.

Da die Katze, wie es die ältesten Überlieferungen zeigen, seit Angedenken sinnbildlich für die Weiblichkeit stand, und Katze und Frau für die Körperlichkeit, mussten beide auch das gleiche Schicksal teilen. In der theologischen und populären Logik mutierten sie damit geradezu zwangsläufig zum dunklen Gegenstück der reinen Jungfrau Maria, in die man alle von der Kirche als negativ gebrandmarkten psychologischen Bestandteile des Weiblichen hineininterpretieren konnte. Nur deshalb waren die Opfer der Hexenverfolgung zumeist Frauen und nur deshalb liefen die Verfolgungen, Quälereien und Ausrottungen der Katzen parallel zu den Hexenverfolgungen und Hexenverbrennungen der frühen Neuzeit. So dermaßen gründlich waren diese „Säuberungsaktionen", dass es in vielen Städten und Dörfern nicht eine Katze mehr gab und man sie als Mäusefänger für den Wert eines ganzen Pferdes handelte.

Der lange Leidensweg der Katze

Begeben wir uns damit auf den langen Leidensweg der Katze vom frühen Mittelalter bis in die Neuzeit. Grundsätzlich lassen sich hierbei zwei sich gegenseitig verstärkende Grundströmungen ausmachen, auf der einen Seite die offizielle Ablehnung der Katze als vermeintlich diabolischem Wesen durch die Kirche, und auf der anderen Seite der wildwuchernde Volksglaube, gemäß dem die Katze als Zaubertier und Gehilfin der Hexen, oder gar als Zweitgestalt des Teufels und Verkörperung dämonischer Kräfte angesehen wurde. Katzen sollten Unglück bringen, waren Bestandteil schwarzer Magie und standen direkt oder symbolisch für nahezu sämtliche negativen Dinge jener Zeit, seien es nun destruktive Emotionen und Verhaltensweisen wie Neid, Hass, Gier, moralische Verbote wie Falschheit, Eitelkeit, Triebhaftigkeit, Ungehorsam, Schmeichelei oder aber auch manipulative Schicksalskräfte wie Unglück, Verfluchung etc.

Unzählige Rituale existierten, um durch Folterung und Tötung der Katze im Sinne eines Schutzzaubers das Böse auszutreiben. Die Kirche und die weltlichen Gerichte verbrannten Katzen gemeinsam mit den armen Frauen auf dem Scheiterhaufen. Der „normale Bürger" vergrub erschlagene Katzen als

Schutzzauber unter dem Fundament oder der Schwelle seines Hauses, an Feldrändern, unter Kirchenmauern. Sehr beliebt war auch das Töten der Katzen zur Austreibung des Winterdämons und des Teufels, wobei die Katze dabei als Verkörperung beider diente. Noch aus dem Jahr 1884 ist das rituelle Töten von Katzen am Ende der Ernte dokumentiert, indem man nach dem Dreschen ein Korn auf eine Katze legte, diese darauf mit dem Dreschflegel totschlug, um sie als Festbraten zu essen. Diese und ähnliche Katzenopfer waren am Ende des 19. Jahrhundert noch immer vielerorts in Europa verbreitet. Die gefährlichsten Tage für die Katzen bildeten hierbei der Fastensonntag, die Walpurgis- und Johannisnacht und der jeweilige Kirchweihtag, während derer, in mehreren europäischen Ländern belegt, Katzen in horrender Zahl verbrannt und erschlagen wurden. In Deutschland ertränkte man Katzen u.a. gern auch gemeinsam mit Kindsmörderinnen und Hexen. So schrieb die kursächsische Konstitution zum Beispiel vor, „Eltern-, Kinder- und Gattenmörder zusammen mit einer Katze in einen Sack einzunähen und zu ertränken“. In Frankreich erfreuten sich Hinrichtungen von Katzen in großen Städten wie Paris und Metz im Rahmen feierlicher Zeremonien bis ins 18. Jahrhundert hinein großer allgemeiner Beliebtheit. Eine besondere Spielart der Katzenverbrennung finden wir in Schottland ebenfalls noch im 18. Jahrhundert im Rahmen der sogenannten „Taighairms“, bei denen Katzen in großer Zahl lebendig im offenen Feuer gebraten wurden, um vor Verhexungen zu schützen oder auch um die Hellsichtigkeit zu erlangen. Diese unheilvolle Entwicklung führte insbesondere in Deutschland des 15. bis 17. Jahrhunderts zur nahezu vollständigen Ausrottung der Katze als Spezies.

Betrachten wir den achtsamen Umgang früher Kulturen wie der Ägypter oder auch Germanen mit der Katze, müssen wir uns spätestens hier fragen, wie ein solch katastrophaler Zustand menschlicher Verrohung und emotional-spiritueller Verwahrlosung überhaupt erreicht werden konnte. Weder die von den Zeitgenossen angeführten rationalen und irrationalen Unterstellungen hinsichtlich der Negativität der Katzen, noch die Verbindung der Katzen mit der Weiblichkeit können deren systematische Vernichtung über Jahrhunderte hinweg allein ausreichend erklären. Dazu ist es notwendig noch tiefer in die menschliche Psyche zu blicken. Wir müssen herausfinden, was ursächlich zur Abwertung des Körperlichen und Weiblichen in der westlichen Kulturgeschichte der letzten ca. 3.000 Jahre führte und uns damit zwangsläufig ein wenig von dem Thema Katze im eingeengten Sinne entfernen.

Der Kampf des Bewusstseins gegen den Körper

Der bereits in der hellenistischen Ära zu beobachtende Abwertungsprozess der Katze wie auch des Weiblichen hielt in der Art eines „Kulturtransfers" auch im abendländischen Mittelalter allmählich Einzug. In der jüdisch-christlichen Ethik wurde der Körper als sündig, minderwertig, als ein Gefängnis des Geistes betrachtet und damit zugleich auch eine massive Unterdrückung der natürlichen Sexualität konditioniert. Doch war es nicht nur die offizielle Kirche, welche die Abspaltung des Geistes vom Körperlichen zelebrierte. Wir finden diesen akörperlichen Zug in nahezu sämtlichen mittelalterlichen Lebensbereichen, besonders frappant in der weltlichen Minne der Ritterkultur, deren eigentlicher Sinn und Zweck gerade in der Einübung der sexuellen Enthaltsamkeit und Unerfülltheit lag – quasi eine verweltlichte Form der mönchischen Askese. Mit der religiösen Laienbewegung der Katharer beginnen schließlich über alle sozialen Schichten hinweg regional ganze Bevölkerungsteile eine asketische, körper- und sexualitätsverneinende Lebensweise zu zelebrieren.

Ein weiteres interessantes Beispiel für die Abspaltung des Geistes vom Körper bildete das im ausgehenden Mittelalter extrem gewandelte Bild des Todes, den man in keiner Zeit zuvor und auch danach mit einer solchen Vehemenz und auf eine so charakteristische Art und Weise thematisiert hat wie im 14./15. Jahrhundert. Dies geschah insbesondere im Rahmen der sogenannten Totentanz-Dichtungen und der vielen bildlichen Darstellungen, in denen der Tod als Spielmann den Verstorbenen zum Tanz auffordert. Allen diesen spätmittelalterlichen literarischen und bildlichen Todesdarstellungen ist ein und derselbe grässlich makabre Wesenszug eigen: Aus ihnen spricht der heftige Ekel vor dem toten Körper, das blanke Entsetzen vor dessen körperlicher Zersetzung und generell eine ins Extreme gesteigerte Angst vor diesem derart grausigen Ende. Doch seltsamerweise kontrastiert jene Sichtweise des Todes im stärksten Maße zu der in früheren Jahrhunderten üblichen Auffassung, in welcher der Tod mit dem sanft und friedlich Entschlafenen dargestellt wurde. Die in diesen früheren Todesdarstellungen enthaltenen positiven und besinnlichen Elemente vom Tod als dem Erlöser von irdischem Leiden, vom Sterben als Übergang zur lang ersehnten und verdienten Ruhe, von der stillen Ergebenheit in das Schicksal, von der Zufriedenheit über Vollbrachtes etc. sucht man im spätmittelalterlichen Todesbild vergebens. Alles Positive ist daraus verschwunden.

Was hier in scharfen Konturen dargestellt wird, ist ein radikales Distanz- und Fremdheitsgefühl zum eigenen Körper, das im Extremfall bis zum absoluten Ekel vor allem Körperlichen ausarten kann. Der Ekel vor dem toten Körper, der nun dem Bewusstsein, da das Leben aus ihm gewichen ist, seine „wahre" Beschaffenheit zeigt, prägt die neue spätmittelalterliche Todesdarstellung. Doch ist diese ins Extreme gesteigerte Abscheu vor dem Körper nun aber kein Phänomen, das auf die Auseinandersetzung mit dem Tod begrenzt ist. Vielmehr zeigt sich auch hier nur wieder pointiert eine generelle körperfeindliche Grundhaltung, die von der christlichen Ethik initiiert, unabhängig von dem Genre der Todesdarstellung kontinuierlich in der mittelalterlichen Literatur zum Ausdruck kommt. Bereits Odo von Cluny (878-942) verweist auf „den falschen Schein der Schönheit des Körpers, der nur in seiner Oberfläche, der Haut bestehe. Darunter wäre alles eklig. Die Frau sei in Wirklichkeit ein Dreckbeutel, sie bestehe aus Schleim, Blut, Feuchtigkeit und Galle. Überall, in den Nasenlöchern, im Bauch, in der Kehle verberge sich einzig Dreck und Unrat". Markant und symptomatisch ist hierbei wieder die Identifizierung des Körpers mit dem Weiblichen.

In der literarischen Gattung „De contemptu mundi" wie auch im Totentanz werden der Körper regelmäßig als stinkendes Kotfass, faules Aas, Wurmspeise, übelriechender

Harnkrug etc. beschimpft. Dabei ist sehr auffällig, dass gerade die bewusstseinsunabhängigen autonom-vegetativen Körperfunktionen wie Ausscheidung und Fortpflanzung besonders starken Diskriminierungen ausgesetzt sind. Den kompensatorischen Gegenmechanismus zu diesem wachsenden Entfremdungsgefühl vom Körper bilden die gleichermaßen äußerst auffälligen hochgradigen rationalen Ästhetisierungsbestrebungen des späten Mittelalters, die im 14./15. Jahrhundert in einem geradezu manischen Schönheitskult ausarteten.

Folgende Dinge sind an dem Beispiel des neuen Todesverständnisses des Spätmittelalters für unser Thema von Wichtigkeit:

Der Körper kann erst dann zu einem Objekt der Betrachtung werden, wenn sich ein reflektierendes Bewusstsein entwickelt hat. Erst mit diesem Werkzeug kann sich der Mensch virtuell in die Außenwelt projizieren und sich mit diesem Stellvertreter-Ich gewissermaßen von Außen als ein Objekt unter anderen betrachten. Wir wissen, dass Tiere diese Fähigkeit der Selbstreflektion nicht besitzen. Und Kleinkinder müssen diese spezifische Bewusstseinsfähigkeit erst noch erlernen.

Dass gerade am toten Körper das Entsetzen und der Ekel vor dem Körperlichen in voller Stärke ausbrechen, liegt daran, dass der tote Körper einer Kontrolle durch das rationale selbstreflektive Bewusstsein nun vollständig entzogen ist. Diese Angst des Bewusstseins vor dem Kontrollverlust wird künstlerisch umgesetzt in der Gestalt des Totentanzes, bei dem der personifizierte Tod den Verstorbenen gegen seinen Willen zwingt nach seiner Pfeife zu tanzen. Ein nicht willentlich ausgeführter Tanz ist eine Perversion der natürlichen Herrschaftsansprüche des Bewusstseins!

Der Grund für die Verunglimpfung und Abwertung im Mittelalter gerade der sich dem bewussten Einfluss am weitesten entziehenden vegetativen Vorgänge wie Ausscheidung und Geschlechtsakt ist ebenfalls wieder in der Angst des Bewusstseins vor dem Kontrollverlust zu finden. Denn tatsächlich sind es ja gerade jene Körperfunktionen, die beim Menschen weitestgehend autonom verlaufen und entsprechend vom Bewusstsein nicht oder nur sehr begrenzt kontrolliert werden können. Bis in unsere heutigen Tage ist diese permanente Abwertung der vegetativen Vorgänge zu beobachten.

Doch selbst scheinbar nur technische Innovationen des Mittelalters weisen auf ein radikal verändertes Verhältnis des Bewusstseins zum eigenen Körper hin. Mit dem 13. Jahrhundert ist plötzlich ein sprunghafter Anstieg in der Spiegelproduktion und -verwendung festzustellen. Und nicht nur das, auch in Literatur und Wissenschaft findet der Spiegel auf einmal umfassende Verwendung und zwar markanter Weise als Modell und Metapher für die psychologische Beschreibung der selbstreflektiven Funktionen des menschlichen Bewusstseins. Die Gründe dafür liegen auf der Hand:

Hatte der Mensch sich früher ganzheitlich als eine quasi psychosomatische Einheit von Körper und Geist und eins mit seiner Umwelt erlebt, wie es kleine Kinder in den ersten zwei Lebensjahren noch heute tun, blickt er nun durch die Entstehung des reflektiven Bewusstseins mit dem erstaunten Blick von außen auf sich. Über diesen reflektierenden Blick erscheint ihm der eigene Körper plötzlich als ein befremdliches Objekt neben anderen im Raum. Was kann dieses Bewusstseinsphänomen besser zum Ausdruck bringen als ein Spiegel. Der Spiegel ist Ausdruck und Ergebnis der Entstehung des reflektiven Bewusstseins zugleich, da erst mit der Entstehung des reflektiven Bewusstseins das Interesse an der Außensicht der eigenen Person erwächst.

Da reflektives Bewusstsein von jedem Kleinkind erst erlernt werden muss und somit eine soziokulturelle Leistung darstellt, entsteht es in unterschiedlichen Kulturen auch zu unterschiedlichen Zeiten. So fällt in allen Hochkulturen des Altertums die Herstellung von Spiegeln zeitlich mit dem Auftauchen des reflektiven Bewusstseins und der Fähigkeit zur Introspektion zusammen. Das gehäufte Auftauchen von Spiegeln im Alltag, in der Kunst, Literatur und Wissenschaft bildet ein starkes Indiz für eine evolutionäre Veränderung unseres Bewusstseins und seines Verhältnisses zum eigenen Körper.

Doch nimmt sich der Mensch mit der Entstehung des reflektiven Bewusstseins nicht nur erstmals selbst von außen wahr, sondern er sieht zum ersten Mal auch, wie ihn die anderen von außen sehen. Mit diesem Erlernen des Unterschieds zwischen der eigenen Person und der Außenwelt in Form einer rückbezüglichen Reflektion, ist die Einheit von Geist und Körper wie auch die Kontinuität zwischen Innen und Außen für alle Zeiten zerstört. Der Mensch erfährt erstmals, dass eine Differenz zwischen der eigenen Sicht von sich selbst existiert, und der Sicht, wie ihn die anderen Menschen von außen sehen. Das menschliche Bewusstsein erlebt sich nunmehr als getrennt von seinem tieferen emotional-körperlichen Selbst wie auch von seiner sozialen und physischen Umwelt. Seit dem Entstehen des reflektiven Bewusstseins in den frühen Hochkulturen vor etwa drei- bis viertausend Jahren bzw. verspätet vor etwa 800 bis 1.000 Jahren im abendländischen Mittelalter vollziehen wir westlichen Menschen diesen stammesgeschichtlichen Entwicklungsschritt als frühkindlichen Lernprozess in unserer Ontogenese immer wieder aufs Neue.

In einer Kultur wie der westlichen, die im besonderen Maße auf Wissenschaft und Technik fokussiert, liegt es auf der Hand, dass wesentliche Fundamentierungen und Legitimierungen in Bezug auf die Abwertung und Verleugnung des Körperlichen von den Wissenschaften geleistet wurden. In Absetzung zu dem Körperbild der mittelalterlichen Wissenschaften, die den menschlichen, tierischen und pflanzlichen Organismus als ein mixtum aus materia und forma und damit als von Gott beseelt betrachteten, versuchte man ab der frühen Neuzeit den lebenden Körper mit seinen komplexen psychosomatischen Lebensfunktionen in Analogie zur klassischen Physik auf einfache physikochemische Mechanismen zu reduzieren. Die Renaissance-Wissenschaften definierten Pflanzen und Tiere als seelenlos und entwickelten derart erstmalig ein radikal reduktionistisches Körperbild, das sich bis in die heutigen Tage leider als besonders erfolgreich erwiesen hat. Exemplarisch und richtungsgebend für diesen Reduktionismus war René Descartes (1596-1650), der den tierischen und menschlichen Körper als geistlose, unintelligente und damit bedeutungslose Maschine definierte. Und dies, obwohl Denker wie Heinrich Cornelius Agrippa von Nettesheim (1486-1535) noch ein Jahrhundert zuvor der gesamten Natur, selbst einer Mücke eine göttliche Seele zugestanden hatten. Da die Wissenschaften weniger Ursache als vielmehr Symptom eines Wandels der menschlichen Bewusstseinsstruktur darstellen, können wir an dieser reduktionistischen Körperauffassung ablesen, dass das Bewusstsein einzelner Menschen im 17. Jahrhundert bereits völlig von der Außenwelt, von seinem Körper, seinen Emotionen und seinem nunmehr unbewussten tieferen Selbst abgespalten war. Menschen wie Descartes hatten sich auf ihr rationales Denken und Bewusstsein reduziert und den Körper damit aus der Erkenntnistheorie verabschiedet. Deshalb lautet Descartes erkenntnistheoretisches Credo auch „ich denke, also bin ich" und nicht, was eigentlich viel naheliegender gewesen wäre, „ich fühle, also bin ich."

Dieser „Bewusstseinskult" führte Descartes auch zu der völlig absurden Annahme, dass den Tieren Wahrnehmung, Erinnerung und Willen fehlen würden, da diese Dinge angeblich sämtlich Bewusstseinsakte seien, was sie aber, wie wir heute wissen, de facto nicht sind. Dieselbe absurde Sichtweise führte ihn dazu, die Gefühle der Menschen und Tiere als völlig wertlos zu diffamieren, da diese seiner Meinung nach eben nur körperlich und keine Bewusstseinsakte seien. Während der Mensch diese Gefühle wenigstens noch bewusst verarbeiten könne, wären die Tiere zu dieser reflektiven Bewusstseinsleistung aufgrund des Fehlens von Bewusstsein nicht in der Lage und würden damit ihre Gefühle auch nicht bewusst wahrnehmen.

Indem für Descartes die Tiere arroganter Weise nichts weiter als von Gott erschaffene Maschinen darstellten und der menschliche Körper ohne das rationale Bewusstsein nur eine Maschine, glaubte er auch ernsthaft, dass Gefühle irgendwann in der Zukunft maschinell erzeugt und bei Bedarf als unnötig oder störend abgeschaltet werden könnten. Die heutige Pharmazie hat mit vielen Psychopharmaka diese inhumane Ideologie bereits in die Tat umgesetzt.

In einer Kultur, die ihre Weltanschauung und Ethik auf den vagen Behauptungen der Wissenschaften aufbaut, musste diese pejorative wissenschaftliche Körperauffassung drastische Konsequenzen für den Umgang mit Tieren haben. So verwundert es nicht, dass schon ein halbes Jahrhundert nach Descartes körper- und tierverachtenden Theorien der französische Philosoph Nicholas Malebrance (1638-1715), nachdem er eine ihm auf der Straße freundlich entgegenkommende trächtige Hündin absichtlich getreten hatte, auf den entsetzten Vorwurf seines Begleiters seine Handlung mit folgenden Worten legitimierte: „Wissen Sie denn nicht, dass sie nichts fühlt? Sie ist ja nur eine Maschine."

Die Wissenschaften lieferten also, wie zuvor schon die christliche Kirche ein Legitimationssystem für die Ausbeutung, Quälerei und Tötung von Tieren und öffneten derart nachweislich der industriellen Tierhaltung und Massentötung des 19. bis 21. Jahrhundert Tür und Tor. Deshalb auch werden bis zum heutigen Tage für diese schrecklichen Verbrechen an Gottes Schöpfung noch immer dieselben Gründe, nämlich die angebliche Verstandeslosigkeit und die Wertlosigkeit der angeblich unreflektierten Gefühle der Tiere, herangezogen.

Seit diesem lebensverachtenden Weltbild Descartes' und der Renaissance-Wissenschaften klaffte in der abendländischen Gesellschaft eine unüberwindbare Kluft zwischen Körper und Bewusstsein. Unser wissenschaftlicher Materialismus ist heutzutage so weit gediehen, dass man vermessener Weise gar glaubt, das komplexe Phänomen des Geistes aus der neuronalen Analyse simpler zweidimensionaler optischer Pattern unseres Gehirns entschlüsseln zu können –

und dies, obwohl unser Gehirn die astronomische Zahl von etwa 100 Milliarden bit/Sek. verarbeitet. Dies ist ungefähr so, wie wenn man glauben würde, mit einem Fernrohr die Unendlichkeit des Universums erkennen zu können. Doch dem nicht genug, träumen Wissenschaftler doch tatsächlich bereits von der Möglichkeit, unser Bewusstsein in absehbarer Zeit vollständig in einen Computer einzuspeisen, um durch die Eliminierung des vergänglichen menschlichen Körpers ewiges Leben zu realisieren.

Die Modelle der Frühsexualisierung von Kindern ab vier Jahren, die unter dem Anglizismus „Gender-Mainstreaming" derzeit mit staatlichem Zwang und unter großen Protesten der Eltern in den deutschen Schulen eingeführt werden, basieren auf denselben materialistisch-lebensverachtenden Körperauffassungen: Die Vertreter jener pseudowissenschaftlichen Theorie behaupten, dass Sexualität und Geschlecht nicht körperlich, sondern einzig ein Produkt des Bewusstseins seien und dementsprechend jeder Mensch selbst entscheiden könne, ob er männlich oder weiblich und damit homosexuell oder heterosexuell sei. Unter Verleugnung jeglicher körperlicher und spiritueller Faktoren wird der Mensch also auf sein blutleeres Bewusstsein reduziert, das auf der Basis einer materialistischen Tabula-Rasa-Theorie auf beliebige Weise von staatlich autorisierten Pädagogen programmiert werden darf. Drastischer kann man wohl den menschlichen Körper kaum verleugnen und erniedrigen. Was beim „Gender-Mainstreaming" geschieht, ist darüber hinaus verfassungswidrige Indoktrination, Mindcontrol und Asozialisierung des Menschen. Die zerstörerischen Folgen für Persönlichkeit, Spiritualität und Körperbewusstsein sind insbesondere in skandinavischen Ländern, die schon jahrzehntelange Erfahrungen mit dieser Art von Bewusstseinsprogrammierung haben, hinlänglich bekannt.

All diese radikal materialistischen und zugleich körperfeindlichen Ansätze sind natürlich völlig absurd angesichts der Tatsache, dass wir dem Phänomen des Lebens seit den Anfängen der Wissenschaften bis heute auch nicht einen Schritt näher gekommen sind. Der entscheidende „Quantensprung" von der organischen Substanz zu einem lebenden Organismus konnte niemals experimentell vollzogen werden. Es existiert auch nicht eine plausible, den eigenen wissenschaftlichen Standards standhaltende materialistische Erklärungstheorie für das Phänomen des Lebens und seines Ursprungs. So gilt bis heute noch immer der Leitsatz der antiken und scholastischen Wissenschaften, dass Lebendiges nur aus Lebendigem entstehen kann. Die Annahme eines intelligenten Schöpfungsaktes ist die einzige schlüssige und widerspruchsfreie Erklärung für Leben.

Der Kampf gegen die Tiere als Ausdruck der Verachtung des eigenen Körpers

Haben wir in den vorherigen Kapiteln das Phänomen der Abspaltung des Körpers vom Bewusstsein durch die Entstehung des reflektiven Bewusstseins untersucht, wollen wir uns nun den Folgen dieser Bewusstseinsabspaltung für unseren täglichen Umgang mit den Tieren und dem eigenen Körper widmen:

Ob wir wollen oder nicht, besitzen wir alle mehr oder weniger konkrete Einstellungen zu den Tieren. Sie reichen von den Gefühlen der Zuneigung, über Gleichgültigkeit, Respektlosigkeit bis hin zum absoluten Herrschaftsanspruch und zur Lust am Töten und Quälen. Doch selbst unsere Zuneigung zu Tieren entspringt nicht selten egoistischen Beweggründen. Echte, uneigennützige Liebe ist wohl eher der Ausnahmefall. Manche Menschen nutzen Tiere als Statussymbole oder willige Gesellschafter, um sich die Zeit zu vertreiben. Ihre Zuneigung beschränkt sich dabei zumeist nur auf bestimmte Tierarten und Ausprägungen, wie man auch nur bestimmte Kleidungsstücke, Produktmarken, Farben mag. Die meisten Menschen sind der Meinung, dass es einerseits „Tiere zum Lieben" gäbe in Gestalt der klassischen Haustiere, und andererseits „nicht liebenswerte, rechtlose Nutztiere", die man bedenkenlos töten, essen und überhaupt auf jede beliebige Weise verwerten dürfe. Dabei haben sie keinerlei Gewissensbisse, ihre Katze zu streicheln und eine Minute später ein Steak zu verspeisen. Es ist prinzipiell dasselbe schizophrene Verhalten, welches SS-Leute im dritten Reich tagtäglich Juden in Serie töten ließ, um dann abends im Kreis der Familie den liebevollen Umgang mit den eigenen Kindern zu pflegen. Allen diesen diffusen Einstellungen und Verhaltensweisen gemeinsam ist, dass sie zumeist unreflektiert sind, da sie schon von klein an von den jeweiligen Bezugspersonen und der Gesellschaft vorgelebt und in der Kindheit unbewusst übernommen werden.

Der lieblose Umgang mit den Tieren, ihre massenhafte maschinelle Tötung jeden Tag, die weitestgehende Rechtlosigkeit der Tiere vor dem Gesetz, die unwiederbringliche

Ausrottung von ca. 58.000 biologischen Arten pro Jahr, also 160 Arten pro Tag sind allgegenwärtig und mehr als offensichtlich. Mit Ausnahme einiger weniger, nahezu ohnmächtig agierender Tierschutzvereinigungen und Einzelkämpfer stehen die Tiere dem vernichtenden menschlichen Treiben völlig hilflos ohne Schutz und Verteidiger gegenüber. Und nicht nur das, Regierungen, Parteien, religiöse Institutionen, Gesetzgeber, Gesetze und Gerichte stellen sich schützend vor jene Menschen und Unternehmen, die dieses lukrative Mordgeschäft an den Tieren tagtäglich betreiben, anstatt die Schwächeren und das Leben zu schützen.

Nun wissen unsere Biologen, Mediziner, Pharmazeuten, Verhaltensforscher etc. sehr genau, dass Mensch und Tier physiologisch-anatomisch, genetisch und von ihrem Gefühlsleben sich extrem ähnlich sind. Sie besitzen analoge Körper und biologische Prozesse und kaum voneinander abweichende Genstrukturen, was ja auch den Grund für die vielen grausamen Tierversuche gerade an Säugetieren liefert, auf deren Basis sich die Menschen immer neue Therapieformen, Medikamente, Kosmetika erschaffen. Warum also verhalten wir uns trotz unseres Wissens über die enge Verwandtschaft mit den Tieren so schizophren und rassistisch?

Ich behaupte provozierend, dass das Quälen, Töten und Verspeisen von Tieren in letzter Konsequenz eine Form des Selbsthasses, der Verachtung und Aggression der Menschen gegen sich selbst darstellt. Die Gründe dafür liegen auf der Hand: Der einzige Unterschied, den die Menschen zwischen sich und die Tiere setzen, ist ihre menschliche Vernunft, ihr Verstand, ihr rationales Bewusstsein. Da die Tiere angeblich keinen Verstand besitzen, meinen die meisten, dass die Tiere weniger wert seien als die Menschen, was ihnen wiederum das Recht gebe, die Tiere zu töten und zu essen. Im Umkehrschluss bildet gemäß dieser abstrusen menschlichen Logik der Körper somit die einzige Gemeinsamkeit von Mensch und Tier, da ja der menschliche Körper als quasi biologische Maschine nach Meinung der Menschen ebenfalls vernunftlos ist.

Wenn der biologische Körper angeblich die einzige Gemeinsamkeit zwischen Mensch und Tier bildet und man den tierischen Körper ohne moralische oder ethische Einschränkungen töten darf, weist diese Auffassung darauf hin, welch niedrigen Stellenwert die Menschen auch dem menschlichen Körper einräumen. Denn es existiert gemäß dieser Logik prinzipiell kein Unterschied zwischen dem Töten und Manipulieren eines tierischen Körpers und dem eines Menschen! Dies aber wiederum zeigt, wie tief der Mensch seinen eigenen Körper und damit sich selbst in seinem Innersten verachtet. Denn der Mensch ist zweifellos eine psychosomatische Einheit von Körper und Geist, zumindest so lange er auf Erden lebt. Und deshalb führen die Menschen, indem sie die Tiere töten, auch einen versteckten Krieg gegen den eigenen Körper und damit gegen sich selbst.

Um zu verstehen, was viele Menschen tagein tagaus ihrem Körper Schlimmes antun, wenn sie ihn nicht ausreichend beachten und wahrnehmen, ihn nicht so akzeptieren, wie er ist, und wie sie sich damit jeden Tag selbst belügen, stellen wir uns vor, unser Körper sei unser Kind, das wir aber nur zu lieben bereit sind, wenn es sich genauso verhält und darstellt, wie wir es in den anmaßenden Vorstellungen unseres rationalen Bewusstseins wünschen. Jedem ist sofort klar, dass ein solches Verhalten egoistisch, grausam und zutiefst verwerflich ist. Denn jedes Kind verdient die rückhaltlose Liebe seiner Eltern, ohne dass es irgendwelche Bedingungen zu erfüllen oder Leistungen dafür zu erbringen hat. Und tatsächlich ist der Körper in spiritueller Hinsicht gewissermaßen unser Kind, wie es auch die Tiere für uns sind, was erklärt, warum viele Menschen ihre Haustiere wie ihre eigenen Kinder ansehen und entsprechend liebevoll mit ihnen umgehen.

Natürlich würde kaum einer den hier behaupteten Krieg gegen den eigenen Körper zugeben. Die meisten Menschen sind im Gegenteil der Meinung, dass sie ihrem Körper eine ganz besondere Wertschätzung entgegenbringen. Und tatsächlich lernen wir ja tagtäglich in der Schule, im Fernsehen, in der Werbung, in Fitnessstudios, in unserer ausufernden Sport- und Freizeitkultur, in unseren staatlich verordneten Gesundheitssystemen wie wir unserem Körper etwas Gutes tun können und sollen durch Sport, Medizin, Kosmetik etc. Doch schon auf den zweiten Blick wird klar, dass wir mit genau diesen Ansichten und Verhaltensweisen die negative Einstellung zu unserem Körper bestätigen, nämlich dass wir nicht bereit sind, den Körper bedingungslos zu akzeptieren, so wie er ist, als einen Teil von uns selbst: Denn mit sportlichen Aktivitäten versuchen wir ihn so zu trainieren, dass er noch mehr Leistung bringt. Die zahlreichen kosmetischen Mittel dienen nur dazu, die Falten und Unregelmäßigkeiten seiner Haut zu verstecken. Tabletten, Cremes und Schönheitschirurgie sollen den Körper verschönern, weil viele Menschen den eigenen Körper aus tiefstem Herzen als hässlich empfinden. Wissenschaftler und Ärzte entwickeln immer neue Arzneimittel, Operationsmethoden und Biotechnologien, um den Körper wie ein altes Auto mit neuen Ersatzteilen zu bestücken. Was ihrer Meinung nach an ihm krank ist, wird einfach herausgeschnitten, als ob es nicht zum Menschen gehört. Dabei sind es die Menschen selbst, die krank sind, allerdings zunächst nur in ihrem Bewusstsein. Doch mit diesem kranken Bewusstsein, machen sie ihren Geist krank und damit auch den eigenen Körper. Selbst den Alterungsprozess des Körpers wollen die Menschen nicht akzeptieren und versuchen mit technischen Mitteln das Alter zu beseitigen, als wäre es eine Krankheit, der man sich mit technischen Methoden entledigen könne.

Zu diesen Körperabwertungs- und Überwindungsstrategien gehören auch all unsere angeblich so segensreichen technologischen Innovationen wie die modernen Fortbewegungs- und Kommunikationsmittel zu Luft, Wasser und Land, unser Wahn der totalen Mobilität und ständigen Erreichbarkeit durch Telefon und Internet und der immer weiter ausufernde Medienkonsum. Denn all diese Technologien sind letztendlich Strategien zur Überwindung des Körpers und seiner natürlichen Grenzen und der Etablierung einer rein virtuellen und damit beliebig manipulierbaren Welt des Bewusstseins.

Die Virtualisierung der Welt und der Verlust des Körpers

Doch wir können unseren Körper zu Lebzeiten nicht überwinden, weil er unser einziges Zuhause, unsere einzige Schnittstelle zur Welt bildet. Prinzipiell steht uns ein riesiges Spektrum an Erfahrungsmöglichkeiten der psychosomatischen Wechselwirkung von Körper und Geist zur Verfügung. Negative Gedanken können körperliche Erkrankungen hervorrufen und körperliche Krankheiten beeinflussen in starkem Maße unser bewusstes Denken. Umgekehrt verursachen positive Gedanken einen gesunden Körper und selbst Spontanheilungen. Nicht zufällig heißt es, dass in einem gesunden Körper auch ein gesunder Geist wohnt. Und dennoch entsteht schon zu Lebzeiten nachweislich im Bewusstsein die Illusion einer Überwindbarkeit des eigenen Körpers. Wie ist dies möglich?

Wer seinen Körper nicht fühlt und verneint, fühlt auch nicht die Welt und kann dementsprechend auch keinen achtsamen Umgang mit ihr pflegen. Denn der Körper ist die einzige Schnittstelle zur Welt, die wir besitzen. Unter diesem Aspekt wird der aggressive Umgang der Menschen mit der Natur aber auch das systematische Scheitern von Umweltschutzmaßnahmen als ein Symptom unserer Abspaltung vom eigenen Körper verständlich. Denn was man nicht fühlen kann, nimmt man auch nicht als Realität wahr und achtet es deshalb auch nicht.

Es gibt Menschen, die von Geburt an aufgrund einer neurologischen Störung empfindungslos gegenüber Schmerzen sind. Auf dieses seltene Phänomen wurde man zuerst aufmerksam durch das zumeist aggressive Verhalten jener

Betroffenen, die bereits in ihrer Kindheit dazu neigen, ihren Mitmenschen in Kindergarten und Schule Schmerzen zuzufügen. Denn indem sie selbst keinen Schmerz fühlen, sind sie auch nicht in der Lage, die Gefühlsreaktionen ihrer Mitmenschen adäquat zu simulieren, und entwickeln somit auch kein angemessenes Mitgefühl.

Untersuchungen zur zunehmenden Gewalt bei Jugendlichen haben Erstaunliches zutage gebracht. So stellte man fest, dass der fortlaufende Konsum virtueller Medien, insbesondere von Einwegmedien seit frühester Kindheit wie Fernsehen, Videos und Videospielen, Computer, Smartphones etc. und die damit verbundene immer weitere Virtualisierung der Welt einerseits zu einem drastischen Abbau des Körperempfindens führt. Indem die Kinder durch ihr körperreduziertes Verhalten kaum mehr körperliche Erfahrungen sammeln können, werden bestimmte sensorische und sensomotorische Systeme gar nicht erst entwickelt, was wiederum zu einer extrem eingeschränkten sensorischen Wahrnehmung der Umwelt und des eigenen Körpers führt. Psychotherapeuten und Pädagogen sprechen diesbezüglich seit langem schon von einem beängstigenden neuen Krankheitsbild bei Kindern und Kleinstkindern, dessen Symptome motorische Koordinations- und Gleichgewichtsstörungen, mangelhafte Ausbildung von Körperschemata und Körperbewusstsein bis hin zu schwersten Kommunikations- und Wahrnehmungsstörungen sind. Durch den Rückzug aus der realen sozialen Welt vermittels virtueller Medien wird aber auch der hochkomplexe gerade auf Körpersprache beruhende zwischenmenschliche Informationsaustausch regelrecht verlernt oder erst gar nicht erlernt. Dies führt einerseits zu stetig zunehmenden Kommunikationsstörungen der Menschen untereinander. Durch die fehlende Körperkommunikation und das Nichtverstehen körperlicher Ausdrucksweisen stehen aber auch differenzierte Möglichkeiten der Konfliktbewältigung nicht mehr ausreichend zur Verfügung.

Unter all diesen Aspekten ist es kaum verwunderlich, dass wir in der westlichen Welt eine stetig zunehmende Gewaltbereitschaft unter Jugendlichen zu konstatieren haben, und dass viele gewalttätige Jugendliche bei psychologischen Untersuchungen angaben, dass sie zuschlagen, weil sie nur auf diese Weise sich selbst noch zu fühlen vermögen. Aufgrund der unterentwickelten körperlichen Sensorik und Körpersensibilität können nur stärkste Reize in die bewusste Wahrnehmung eindringen und derart ein bewusstes Erlebnis produzieren. Dieses Phänomen erklärt zum Beispiel auch den stetig zunehmenden Trend zu Extremsportarten, wobei der Begriff „extrem“ eigentlich falsch gewählt ist. Denn was ein vielleicht körperlich untersensibilisierter Bungee-Springer sensorisch und emotional erfährt, muss sich bezüglich der Erlebnisintensität nicht grundsätzlich von dem unterscheiden, was ein gesunder Mensch zum Beispiel bei einem normalen Waldspaziergang erlebt.

Hinter diesem nur scheinbar absurden Verhalten steht das psychosomatische Phänomen des sogenannten „optimalen Reizaktivierungsniveaus“, gemäß dem sich jeder Mensch in seinem alltäglichen Verhalten in der Grauzone zwischen zu vielen und damit Stress erzeugenden Reizen und zu wenigen und damit Langeweile und ein Gefühl der Leere erzeugenden Reizen einzupegeln versucht. Wenn sich aber dieses optimale Reizaktivierungsniveau in der abendländischen Geschichte zugunsten immer stärkerer und intensiverer Reize pro Zeiteinheit verschiebt, wie ich an anderer Stelle ausführlich gezeigt habe[3], dann ist dies ein direkter Indikator für die fortschreitende Abspaltung des Körpers vom Bewusstsein. Viele Menschen fühlen sich heutzutage nur noch lebendig durch ununterbrochenen Medienkonsum von Filmen und Videospielen mit immer kürzeren Schnitten und immer extremeren emotionalen Reizen, durch musikalische Dauerbeschallung mit immer schnelleren Beats und extremeren Sounds. Da dem Körper aufgrund der Virtualisierung und Entkörperlichung unserer Arbeits- und Lebenswelt immer weniger natürliche Reize zugeführt werden, und aus diesem Grund wie auch aufgrund der fortschreitenden Abspaltung und Desensibilisierung des Bewusstseins vom Körper das Bewusstsein immer weniger körpergenerierte Reize wahrnimmt, muss es sich kompensatorisch künstliche Reize zufügen, um das Gefühl der Unlebendigkeit und inneren Leere zu überwinden. Da aber auf der einen Seite durch den stetig fortschreitenden Medienkonsum, den zunehmenden Stress durch Konkurrenzkampf und Existenzängste, durch staatliche und globale Kriseninszenierungen immer stärkere Reize produziert werden, auf der anderen Seite durch die immer stärkere Virtualisierung der Lebenswelt, die damit verbundene Körperdesensibilisierung und aufgrund des Adaptionsverhaltens des menschlichen Körpers immer weniger Reize ins Bewusstsein dringen, haben wir hier einen zirkulären Prozess ähnlich wie bei einem Drogenabhängigen, der immer stärkere Reizdosen benötigt, um noch die gewünschte Wirkung zu

---

[3] Ulrich Taschow, Nicole Oresme und der Frühling der Moderne. Die Ursprünge unserer modernen quantitativ-metrischen Weltaneignungsstrategien und neuzeitlichen Bewusstseins- und Wissenschaftskultur, 1001 Seiten, 2 Bde., Halle 2003, S. 543ff.

erzielen. Der einzige Unterschied zu einem Drogensüchtigen besteht darin, dass in unserem Falle eine ganze Gesellschaft quasi „drogensüchtig" ist. Unter diesem Gesichtspunkt kann man die gesamte Kunst- und Mediengeschichte seit dem Mittelalter als ein kompensatorisches Produkt der Abspaltung unseres Bewusstseins vom Körper betrachten.

Doch wie konnte es überhaupt zur Entstehung eines Bewusstseins kommen, dass sich derart vom Körper entfernt, um ein ungezügeltes, lebensfeindliches Eigenleben zu führen, wo es doch so offensichtlich ist, dass Körper und Geist eine untrennbare Einheit darstellen? Wie sah ein Leben vor der Entwicklung des reflektiven Bewusstseins aus?

Das doppelte Bewusstsein

Die Antworten auf diese Fragen liegen in der Art und Weise begründet, wie wir in unserer Phylogenese und Ontogenese zu Bewusstsein kommen. Wie bereits erwähnt, ist unser reflektives Bewusstsein weder angeboren noch Ausdruck einer besonderen organischen Gehirnstruktur, sondern vielmehr eine soziokulturelle Leistung. Dies bedeutet jedoch nicht, dass der Mensch vor der Entwicklung des Bewusstseins ohne eine verlässliche Orientierungs- und Steuereinheit gewesen wäre. Im Gegenteil besitzen wir von Geburt an ein zweites, weitaus komplexeres Bewusstsein, das eins zu eins mit unserem Körper verbunden ist, und das wir deshalb auch sinnvollerweise als das Körperbewusstsein bezeichnen können. Die Psychologie bezeichnet es seit Sigmund Freud als Unterbewusstsein, was aber fälschlich den Anschein erweckt, als wäre es ein sekundäres, dem (Oberflächen)-Bewusstsein nachgeschaltetes Bewusstsein. Dies ist es natürlich nicht, denn es war vor der Evolution unseres Oberflächenbewusstseins das einzige Bewusstsein, das wir hatten.

Bereits mittelalterliche Wissenschaftler hatten Kenntnis von diesem doppelten Bewusstsein. Seit dem Physiologen Hermann von Helmholtz (1821-1894) ist diese Tatsache als wissenschaftliche Erkenntnis auch in den neuzeitlichen Wissenschaften angekommen, weshalb die Wahrnehmungspsychologen auch von dem ersten und zweiten Bewusstsein oder der ersten und zweiten Aufmerksamkeit sprechen. Und nicht nur das, seit den ersten Versuchen des amerikanischen Neurologen Benjamin Libet in den 70-er Jahren des 20. Jahrhunderts steht es außer Zweifel, dass unser sogenanntes erstes Bewusstsein, das wir in frühester Kindheit entwickeln müssen, und das wir sinnvoller Weise als Oberflächenbewusstsein bezeichnen, dem ersten tieferen Bewusstsein in der Handlungskausalität nachgeschaltet ist.[4] In jedem Falle fällt das tiefere zweite Bewusstsein die erste Handlungsentscheidung und teilt sie dem Oberflächenbewusstsein mit. Das Absurde daran ist jedoch, dass unser erstes oder Oberflächenbewusstsein uns teuflischer Weise suggeriert, dass es selbst diese Entscheidung getroffen habe.

Historisch betrachtet, können wir sagen, dass sich das als Oberflächenbewusstsein bezeichnete menschliche Bewusstsein stammesgeschichtlich erst sehr spät, etwa vor 3.000 bis

---

[4] Siehe ebda. Ulrich Taschow, Nicole Oresme und der Frühling der Moderne, S. 383-553.

4.000 Jahren in den antiken Hochkulturen des Orients und des griechisch-römischen Bereichs zu entwickeln begann und erst über die römischen Expansionen ab dem 2. Jahrhundert v. Chr. allmählich auch die germanischen Gebiete erreichte. Im Rahmen unserer Kulturgeschichte der Katze ist es leider unmöglich, auf die komplexen psychohistorischen Hintergründe jener Bewusstseinsentwicklung einzugehen, weshalb wir auf die an anderem Ort bereits geleisteten Darlegungen verweisen.[5] In unserem Zusammenhang wichtig ist nur, dass es Bewusstsein im heutigen Sinne nicht schon immer gab, es nicht angeboren ist, sondern vielmehr ein stammesgeschichtlich sehr spätes „Abfallprodukt" der Sprachentwicklung darstellt, das eindeutig nicht auf einer biologischen Entwicklung in Gestalt der Veränderung unserer Gehirnstruktur oder ähnlichem basiert, sondern auf kognitiv erlernten Mechanismen innerhalb einer stetig komplexer werdenden menschlichen Gesellschaft. Indem Bewusstsein also eine psychosoziale Leistung darstellt, muss es folgerichtig auch von jedem Kind ontogenetisch erneut erlernt, eingeübt und entwickelt werden. Ein Kind, das Bewusstsein nicht erlernt, lebt in einer sich selbst nicht bewussten Welt, wie es bei den sogenannten „Wolfskindern" zu beobachten ist, die ohne soziale menschliche Kontakte aufwuchsen. Ein Mensch, der in einer unbewussten Gesellschaft groß wird, würde entsprechend auch kein Bewusstsein entwickeln.

Im Sinne dieses späten Auftauchens des vollentwickelten Bewusstseins im Abendland war Denken vor dieser Zeit – und ist es auch heute noch – größtenteils unbewusst. Die

---

[5] Siehe ebda. Ulrich Taschow, Nicole Oresme und der Frühling der Moderne, S. 383-553.

meisten und wichtigsten Tätigkeiten unseres Menschseins üben wir ohne jegliches bewusstes Zutun aus. Unser Körper stellt einen Schauplatz der Verarbeitung zahlloser Informationen dar, von denen das Bewusstsein niemals etwas erfährt. Bewusstsein war und ist also weder notwendig für Denken noch ist es generell lebensnotwendig. Nur suggeriert uns der kleine Ausschnitt bewussten Denkens fälschlich, das Denken und Handeln generell bewusste und damit in jeder Phase kontrollierbare Willensakte seien. Doch weit gefehlt. Wie wir, basierend auf einer Unzahl experimentalpsychologischer Beweise, heute wissen, besteht ein wesentliches Kennzeichen dieses erlernten rationalen Bewusstseins in der Enge in Bezug auf seine Informationsverarbeitungskapazität: Ungefähr 15 bit/Sek. bewusster Aufmerksamkeits- und Informationsverarbeitungsleistung stehen ca. 11 Millionen bit/Sek. unbewusster Informationsverarbeitungsleistung unserer Sinne und schließlich ca. 100 Milliarden bit/Sek. unbewusster Gesamtverarbeitungsleistung unseres Gehirns gegenüber. Ein wahrhaft klägliches Resultat für unser reflektierendes rationales Bewusstsein angesichts der übertriebenen Bedeutung, die ihm im Abendland seit Jahrhunderten zugemessen wurde und wird.

Die abendländische Geistesgeschichte in ihren wesentlichen Themenkreisen zusammengefasst, ist streng genommen nicht viel mehr als eine Geschichte des „hypertrophen Bewusstseinskults", in dem das Bewusstsein fortwährend seinen uneingeschränkten Herrschaftsanspruch und somit sich selbst feiert. Doch liegt es angesichts der geringen Informationsverarbeitungsleistung unseres Bewusstseins auf der Hand, dass das Bewusstsein niemals den Körper und seine Umwelt beherrschen kann. Krankheit und Alterungsprozesse, nicht kontrollierbare Emotionen und Triebe, dem Bewusstsein unerklärliche und damit irrationale menschliche Verhaltensweisen zeigen dem Bewusstsein tagtäglich, dass es in seinen Kontroll- und Allmachtsansprüchen auf dem falschen Weg ist. Doch damit bildete der menschliche Körper mit seinen aus Sicht des Bewusstseins beängstigenden, da nicht bewusst kontrollierbaren körperlich autonomen Prozessen die größte Infragestellung seiner Allmachtsansprüche. Warum das Bewusstsein in diesen Irrglauben verfiel, der Herrscher über den Körper und die Welt zu sein, liegt auf der Hand: Es kann nur das als Bestandteil seiner Welt begreifen, dessen es sich bewusst ist. Oder um es mit einer Tautologie zu formulieren: Unmöglich kann dem Bewusstsein etwas bewusst sein, dessen es sich nicht bewusst ist. Doch dieser unbewusste Teil macht 99,999... Prozent der Lebenswelt aus. Wie aber konnte es zur Entstehung dieses doppelten Bewusstseins kommen?

Unsere menschliche Sprache beruht auf einer Verdopplung der Welt. Wir entwickeln abstrakte Begriffe und Symbole für tatsächliche Gegebenheiten der Welt und können mit diesen gedanklich operieren, als wären sie unabhängig von der Welt. Wesentlich an diesem Virtualisierungsmechanismus ist, dass die menschliche Sprache als Basis des menschlichen Bewusstseins die gleiche Informationsarmut aufweist, die wir bereits am Bewusstsein konstatiert haben. Denn das Prinzip der Sprache beruht wie auch die Arbeitsweise des Bewusstseins auf einer hochgradigen Reduktion und Abstraktion der alltäglich auf uns einströmenden Informationsflut. Bewusstsein kann mit seinen 15 bit/Sek. Verarbeitungskapazität niemals die Komplexität der Welt einfangen, sie auch nicht adäquat verstehen und schon gar nicht prognostisch ausreichend simulieren, was das weltweite Scheitern unserer bewussten Weltaneignungsstrategien hinlänglich erklärt.

Das Phänomen der zwei Bewusstseine impliziert aber auch, dass wir Menschen mit zwei grundsätzlich unterschiedlichen Strategien und Schnittstellen für den Umgang mit der Welt ausgestattet sind, einerseits der körperlich-sensorischen Strategie des Körperbewusstseins und andererseits der sprachlichen Strategie des rationalen Oberflächenbewusstseins, die wiederum zwei völlig unterschiedliche Realitätsprinzipien zur Folge haben: Die körperlich-sensorische Realität ist nicht oder nur sehr eingeschränkt manipulierbar. Denn das, was über die Sinne wahrgenommen wird, ist auch im Hier und Jetzt existent. Aus diesem Grund können wir dieses Realitätsprinzip mit vollem Recht auch als das Wahrheitsprinzip bezeichnen. Völlig anders verhält es sich mit dem sprachlichen „Realitätsprinzip", auf dem wiederum unser erstes bzw. Oberflächenbewusstsein beruht, und das den Namen „Realität" nur sehr eingeschränkt bis gar nicht verdient. Um dies zu verstehen, ist ein kurzer Ausflug in unsere eigene Ontogenese vonnöten:

Spätestens ab Ende des zweiten Lebensjahres lernen wir Menschen in unserer Sprachentwicklung das Wort „nein" und den kognitiven Mechanismus der Verneinung. Es ist die Phase, in dem es dem Kleinkind gelingt, sich in seinem Bewusstsein ein abstraktes kognitives Symbol für einen Gegenstand, einen Vorgang etc. zu schaffen und diesen in seinem Gedächtnis zu bewahren. Die Entwicklungspsychologen nennen diese Phase der endgültigen symbolischen oder besser sprachlichen Verdopplung der Welt treffend das Stadium der Objektpermanenz: Entfernt man z.B. einen Ball aus dem Gesichtsfeld des Kleinkindes, kann es sagen „Ball weg“. Das im Tierreich vorherrschende Ökonomieprinzip aus dem „Auge aus dem Sinn“ ist damit überwunden und das „Nein“ wie auch die Null in die Welt des Kindes gekommen.

Von dem Zeitpunkt an hat der Mensch den ersten Schritt in eine wahrhaft virtuelle, auf Sprache basierende Bewusstseinswelt vollzogen. Er kann diese virtuelle Welt mit immer neuen Begriffen und Begriffszusammenhängen füllen, selbst mit Begriffen, für die es in der realen Welt kein Gegenstück gibt. Die Hinterhältigkeit und Gefährlichkeit der Doppelexistenz dieser zwei Bewusstseine, des tieferen körpergebundenen und des virtuellen Oberflächenbewusstseins, liegt nicht nur in der Virtualität und damit inflationären Beliebigkeit der Wirklichkeitsmodelle des Oberflächenbewusstseins, im Extremfall auch gegen den eigenen Körper und gegen die Welt, sondern vor allem in der grundsätzlichen Inkompatibilität beider Bewusstseine und den damit verbundenen Verständigungsschwierigkeiten.

Sagt der Mensch zum Beispiel mit seinem Oberflächenbewusstsein „ich bin nicht krank“, versteht sein tieferes Körperbewusstsein und damit auch der Körper leider das Gegenteil, nämlich „ich bin krank“ und wird dementsprechend im schlimmsten Falle auch krank werden. Die Erklärung für diesen versteckten Psychomechanismus ist einfach: Das tiefere Körperbewusstsein und der Körper verfügen nicht über die selbstreferentiellen Fähigkeiten des auf Sprache beruhenden Oberflächenbewusstseins. Denn jede Aktion und Reaktion des Körpers stellt eine ganz spezifische Bewegung dar, die niemals durch eine andere Bewegung simuliert oder ersetzt werden kann. Jede Körperhandlung ist also im Hier und Jetzt immer mit sich selbst identisch. Da der Körper also nicht die Welt verdoppeln kann, ist er auch nicht zur Verneinung fähig, versteht also kein „Nein“ der Sprache des Bewusstseins, und ist somit auch nicht zur Lüge fähig. Denn die Lüge setzt ja voraus, dass der Mensch zeitgleich etwas anderes zu denken vermag, als er gerade sagt. Aussagen wie „ein Baum“ und „kein Baum“ werden unterbewusst als Ausdruck ein und desselben Sachverhaltes, nämlich des positiven Seins des Baumes interpretiert. Dieses Phänomen liefert zum Beispiel auch den Grund dafür, warum Menschen, die unter Ängsten leiden, durch die Verneinung der die Angst erzeugenden Dinge ihre Ängste nur noch mehr fundamentieren, anstatt sie zu beseitigen. Psycholinguistisch versteckt sich also hinter jedem Wunschgedanken des Oberflächenbewusstseins ein zweiter tieferer Gedanke. Und es liegt im Realitätsprinzip unseres Körperbewusstseins, dass eben nur dieser tiefere Gedanke vom Körper wahrgenommen wird. Wünscht man z.B. seinen Körper schöner und leistungsfähiger, als er tatsächlich ist, dann versteckt sich dahinter aus der Sicht des Körperbewusstseins als zweiter Gedanke der Mangel, nämlich dass man den Körper schwach und hässlich findet. Und betreibt der Mensch dieses hintergründige Spiel über längere Zeit, wird der Körper tatsächlich das, was man ihm unterstellt, nämlich schwach, hässlich und krank. Dieses unbestechliche Wahrheitsprinzip des Körpers erklärt zum Beispiel auch den Erfolg des Lügendetektors, mit dem bekanntlich vermittels der Aufzeichnung körperlicher Reaktionen das Oberflächenbewusstsein der Lüge überführt werden kann. Plastischer lassen sich der Kampf und die Unvereinbarkeit beider Bewusstseine kaum veranschaulichen.

Das Bewusstsein als Instrument zur Täuschung und Lüge

Doch ist die Lüge mit dem Oberflächenbewusstsein nicht nur auf die Welt gekommen, die Lüge ist ein wesentlicher Grund für die Entstehung des reflektiven Bewusstseins. In einer vorbewussten Gesellschaft vermochten die Menschen analog den Tieren noch nicht geplant zu täuschen und zu lügen. Die langfristige Lüge setzt reflektives Bewusstsein voraus, also die Konstruktion eines „Ich's" oder virtuellen Stellvertreters des Menschen, der etwas ganz anderes zu denken und zu tun vermag, als das, was die Person aus der Sicht ihrer Mitmenschen im Moment tatsächlich tut. Und folgerichtig gehört dazu auch ein gedanklicher, rein virtueller Simulationsraum, in dem sich das „Ich" gedanklich bewegen kann. Wer im Extremfall seine direkte Handlung bei Gefahr zurückzuhalten vermochte, um gegebenenfalls einen günstigeren Moment abzuwarten, gewann in einer Welt, die asozialer Weise auf dem Prinzip „Jeder gegen Jeden" agiert, einen bedeutenden Überlebensvorteil. Ein Mensch ohne diesen dem Bewusstsein wesenseigenen Täuschungsmechanismus wäre in unserer heutigen Gesellschaft kaum mehr überlebensfähig. Deshalb grenzt es tragischer Weise an „Schizophrenie", wenn Eltern ihre Kinder heuchlerisch zur absoluten Wahrheitstreue anhalten, wo diese doch tagtäglich erleben müssen, wie jenes neunte Gebot der Bibel unaufhörlich gebrochen wird und seine Einhaltung geradezu selbstzerstörerische Wirkungen zur Folge hat!

Da dem Mensch aber nicht bewusst ist, wie im Alter von ca. zwei Jahren in der Phase der „Objektpermanenz" das „Nein" in seine Welt gekommen ist und wie sich die äußere Welt auf unheilvolle Art virtuell verdoppelt hat, da er sich selbst noch nicht bewusst war, weiß er weder, wie er mit seinem Körper richtig kommunizieren, noch wie er mit seinem Bewusstsein und dem Phänomen der Lüge adäquat umgehen soll. Je älter man aber wird, desto schwieriger ist es, sich dieses Bewusstseinsgefängnisses bewusst zu werden. Dies liegt daran, dass unser „Ich" wie auch unsere rationalen Gedanken ja konstitutive Bestandteile unseres Bewusstseins sind, selbiges Bewusstsein immer weiter aufbauen und verfestigen, und damit nicht unabhängig vom Bewusstsein agieren können. Es ist nicht übertrieben zu sagen, dass wir derart in einem teuflischen circulus vitiosus gefangen sind. Denn wollten wir versuchen, mittels bewusstem Denkens den manipulativen Gefahren unseres Bewusstseins auf die Spur zu kommen, dann wäre dies ungefähr so, wie in der Geschichte von Münchhausen, der sich bekanntlich an seinem eigenen Zopf aus dem Sumpf zu ziehen versuchte.

Das Bewusstsein als Wahrnehmungsorgan – der Verlust der Wirklichkeit

Und es wird noch schlimmer, denn dieses Oberflächenbewusstsein fungiert überdies auch noch als ein sehr primitives Wahrnehmungsorgan, welches es sich in all seinen Funktionen und insbesondere im Umgang mit der Welt unverschämt leicht macht. Das begriffliche Inventar, das es sich von der Welt anlegt, bestimmt im Wesentlichen, was jeder Mensch als Welt erlebt und wie er sie erlebt.

Mittels seiner Gedanken erzeugt das Bewusstsein also eine Art Cyberspace, eine komplett virtuelle Realität, mit dem einzigen Unterschied, dass dieses Cyberspace-Programm nicht in einem Computer steckt, sondern im Menschen selbst, um ihn als quasi Hardware zu steuern. Es trennt die Menschen, die von ihrem natürlichen Ursprung her mit allen Dingen und Wesen verbunden sind, künstlich voneinander und ersetzt diese derart verlorene Wirklichkeit durch seine eigenen virtuellen Cyberspace-Realitäten. Und aus diesen künstlichen Gedankenwelten tritt das Bewusstsein so gut wie nie heraus. Es ist eine Art Faulenzer, dem auch der kleinste Schritt aus seinem Bett in die wirkliche Welt zu viel ist. Der Haupttrick des Oberflächenbewusstseins besteht also darin, Wirklichkeitsbereiche auszublenden und sie durch seine eigenen virtuellen Welten zu ersetzen. Dadurch erzeugt das Bewusstsein den Eindruck, Erklärungstotalitäten zu liefern und damit das erstohlene Gefühl seiner eigenen Allmacht. In Wirklichkeit ist das Bewusstsein jedoch nur ein kleiner Schmarotzer, der ständig in großer Angst lebt, entdeckt und von der Unendlichkeit des Universums verschluckt zu werden.

Man könnte auch sagen, das Bewusstsein wirkt wie eine Art Brille, die je nach Farbe ihrer Brillengläser bestimmte Wellenlängen oder Wirklichkeitsbereiche vollständig wegfiltert, um sie stattdessen durch seine eigenen Konstruktionen und Gedanken zu ersetzen. Die Funktionsweise jener Brille als Filter resultiert dabei einerseits aus der extrem geringen Informationsverarbeitungskapazität des Bewusstseins von 15 bit/Sek., dementsprechend das Bewusstsein systemimmanent das Gros der Informationen der Außenwelt wie auch des eigenen Körpers zwangsläufig wegfiltern muss. Zum anderen fungieren die Gedanken als konstitutive Bewusstseinsbestandteile in einer perfiden Doppelfunktion sowohl als Fokussierungssystem wie auch als Filter. Damit sind die Gedanken also hinterhältiger Weise Filter und Wirklichkeit in Einem, da das Bewusstsein immer nur das in der Wahrnehmung finden kann, was es selbst zuvor als Gedanken konstruiert hat. Das Bewusstsein nimmt sich also in erster Linie selbst wahr.

Spätestens an dieser Stelle wird offensichtlich, dass diejenigen einer Gesellschaft, denen es gelingt über Politik, Medien, Autorisierungs- und Erziehungssysteme die Hoheit über die Gedankenwelt der Bewusstseine zu erlangen, die Menschen in jede x-beliebige Richtung zu lenken vermögen. Die grundsätzliche virtuelle Beliebigkeit der Wirklichkeitskonstruktionen des Oberflächenbewusstseins bildet die Basis sämtlicher Massenmanipulationen. Es wird hier aber auch verständlich, dass in dem Maße, wie sich das Bewusstsein in seinen Wirklichkeitskontruktionen ausbaut, der Bezug zur Realität des Körpers und damit der Außenwelt immer weiter verloren geht.

Die Entstehung des Oberflächenbewusstseins und seine hier nur punktuell angedeutete Abspaltung vom Körper in der Kulturgeschichte der westlichen Welt ist also tragischer Weise einem gewaltigen Realitätsverlust gleichzusetzen, da der Körper mit seinen sensorischen Daten und Emotionen das einzige Wahrheitskriterium bildet, dessen wir Menschen uns bedienen können. Eine rationale Vernunft ohne die emotionale und sensorische Stimme unseres Körpers als Führer geleitet uns in die völlige Beliebigkeit und Inflation der rationalen Weltkonstruktionen, Werte und Meinungen. Dies zeigt sich nirgendwo so deutlich wie in den politischen und sozialen Gesellschaftsentwürfen der Gegenwart, in denen immer mehr traditionelle Werte preisgeben und durch Pseudowerte wie Konsum, Wirtschaftswachstum etc. ersetzt werden, da diese nicht mehr gefühlt und erlebt werden. Wahre Werte entspringen jedoch immer nur aus einer Quelle, dem in der göttlichen Seele verankerten untrüglichen Gewissen, das wiederum über den Geist agiert, der mitfühlend und liebend in einem Körper wohnt und damit auch in der Welt. Der Geist spricht nicht nur mit Worten, sondern vor allem über den Körper zu uns und ist derart absolut wahrhaftig.

Suizid – Der Krieg gegen die Wirklichkeit

Und spätestens an diesem Punkt wird es Zeit, den Faden zum Thema unseres Verhältnisses zur Katze wieder aufzunehmen. Denn wir haben nun verstanden, welch elementare psychohistorische Veränderungen in der Entwicklung der Menschheit der letzten drei- bis viertausend Jahre vonstatten gingen. Unser sich stetig wandelndes Verhältnis zu den Tieren im Allgemeinen und zur Katze im Besonderen ist ein Spiegel unseres sich stetig verändernden Verhältnisses zum eigenen Körper wie auch zur Weiblichkeit unter dem Einfluss der Evolution des Bewusstseins. Unsere eingangs erwähnte, sehr differenzierte Beziehung zu den Tieren kann evident als eine Projektion unseres gestörten oder auch gesunden Verhältnisses zum eigenen Körper auf das Tier begriffen werden. Wenn wir Tiere verleugnen, verleugnen wir auch unseren eigenen Körper. Denn der menschliche Körper und die Natur und damit alle der Meinung der Menschen nach vernunftlosen Dinge bilden die größte Infragestellung der Allmachtsansprüche des menschlichen Bewusstseins, da sie unabhängig und autonom von selbigem existieren. Die menschliche Vernunft kann diese Dinge entsprechend nur bedingt manipulieren, denn die Natur ist unendlich, das menschliche Bewusstsein aber nur endlich in seinem Sein. Und damit bekommt die größenwahnsinnige Vernunft der Menschen jeden Tag vor Augen gehalten, wie klein, jämmerlich und machtlos sie im Vergleich zur Unendlichkeit des Universums ist, obwohl sie doch am liebsten der Herrscher dieser göttlichen Welten wäre.

Das Bewusstsein hat sich zur Verschleierung seiner Ohnmacht wie auch als Symptom derselbigen zahlreiche Kulturtechniken geschaffen, die auf zweierlei Kriegsstrategien hinauslaufen, einerseits auf die Verleugnung einer höheren, geistigen und göttlichen Welt, anderseits auf die Herabsetzung und Überwindung des Körpers und seines Realitätsprinzips. Für beide Kriege benutzt das Bewusstsein dieselben Werkzeuge, nämlich den Materialismus, die Rationalität und Virtualität. Scheint der Kampf gegen die geistige Welt über Jahrhunderte allmählich von Erfolg gekrönt zu sein, so erweist sich doch die Körperwelt als weitaus widerspenstiger. Wir erleben diese Widerspenstigkeit tagtäglich im Scheitern unserer aggressiven Wirtschafts- und Wachstumspolitik, die sich in der irreparablen Zerstörung unserer Umwelt, in den zunehmenden Kriegen um die letzten Ressourcen etc. manifestiert – Aktivitäten, die einem planmäßig durchgeführten Suizid gleichkommen. Denn mit der Zerstörung unseres Planeten entziehen wir uns und unseren Kindern die einzige Lebensgrundlage. Doch wie ein abgespaltenes Bewusstsein, das seinen Körper nicht mehr spürt, sich gegen seinen eigenen Körper richtet, so richtet sich ein Bewusstsein, das nicht mehr die Lebendigkeit der Natur spürt, gegen diese Natur.

Der Ausweg über das Tier zurück zum Körper

Doch gibt es Auswege aus diesem Dilemma. In der Psychotherapie ist die heilsame Wirkung der Tiere auf den Menschen hinlänglich bekannt. Denn Tiere ermöglichen dem Menschen ein Zurück zu seinen eigenen emotionalen Bedürfnissen, sensorischen Aktionen und Reaktionen und damit zum Verständnis des eigenen Körpers. Diese Tatsache wird verständlicher, wenn wir uns die bedeutende Rolle vor Augen führen, die Tiere gerade innerhalb der Entwicklung der kindlichen Psyche spielen. Das Kind, das die stammesgeschichtliche Bewusstseinsevolution ontogenetisch in Gestalt eines Lernprozesses jedes Mal aufs Neue nachvollziehen muss, baut zu seiner Katze, seinem Kaninchen, Hamster, Meerschweinchen etc. ein ganz besonders intensives und inniges Verhältnis auf. Dieses definiert sich nicht vernunftgemäß über das rationale Bewusstsein, sondern über engsten Körperkontakt durch liebevolles Streicheln, Kuscheln, durch das Spüren der Wärme des kleinen Körpers, dem Fühlen des klopfenden Herzens, durch aufmerksames Beobachten sämtlicher Körperfunktionen. Das Haustier ist der Spiegel seines eigenen Körpers. Die Kommunikation mit dem Tier hilft dem Kind in einem ganz wesentlichen Abschnitt seines Lebens auf eine elementare Weise, den schwierigen Schritt vom Es zum Ich, die langsam heranschleichende unheimliche Trennung von Körper und Bewusstsein, die Etablierung der Differenz von Innen und Außen, dem Ich und den Anderen zu bewältigen. Bekannt sind auch die vielen positiven Effekte der Behandlung der verschiedensten Erkrankungen Erwachsener unter Hinzuziehung von Katzen, Hunden, Pferden etc. selbst bei so schweren Krankheiten wie Alzheimer. Das Tier ist dem Menschen eine Brücke, um mit seinem Körper auf eine harmonische Weise wieder in Kontakt und Fühlung zu treten. Diese Tatsache wirft ein ganz neues Licht auf das Wesen vieler angeblich rein organischer Krankheiten.

Doch wird die ganze Tragweite dieser Brückenfunktion nur verständlich, wenn wir ganzheitlich Körper, Seele und Geist in die Betrachtung mit einbeziehen. Die Seele, welche einer rein spirituellen Welt entstammt und unsere wahre Identität darstellt, kann nur in der materiellen Welt agieren, wenn sie sich vollständig mit einem Körper verbindet. Der Körper bildet für die Seele die Schnittstelle und das Fenster zur Welt. Der Geist als ein Werkzeug der Seele, der zumindest partiell auch mit dem oben erwähnten tieferen Bewusstsein zu identifizieren ist, benötigt nun aber umgekehrt wiederum den Körper, um mit der Seele zu kommunizieren. Die Emotionen und sensuellen Erfahrungen des Körpers bilden in diesem Verständnis die gemeinsame Sprache von Seele und Geist zur Interaktion mit der Körperwelt. Unter diesem Gesichtspunkt wird verständlich, warum der Kampf des Oberflächenbewusstseins sich primär gegen den Körper und die damit verbundenen Emotionen richtet: Verliert der Mensch den Kontakt zu seinem Körper, verliert er letztlich auch den Kontakt zu seiner Seele und seinem Gewissen und lebt von dem Augenblick in einer illusionären Scheinwelt.

Und hier wird es Zeit, noch einmal auf das Phänomen der Lüge zurückzukommen. Lüge und Selbstbetrug können nur entstehen, wenn die gesunde Fühlung von Körper und Seele zerstört und damit das Wahrheitskriterium in Gestalt der inneren Stimme des Gewissens außer Kraft gesetzt ist. Doch auch hier zeigt sich die immense Bedeutung der Tiere für unser Leben, da diese aufgrund des fehlenden Oberflächenbewusstseins nicht zu lügen vermögen. Tiere handeln eins zu eins nach ihren Gefühlen und sind derart auf natürliche Weise ehrlich und wahrhaftig. Und je nachdem, wie wir selbst zu Lüge, Täuschung und Selbstbetrug stehen, ob wir uns nach Ehrlichkeit und Wahrhaftigkeit sehnen, oder aber unser verlogenes Verhalten zu verdrängen und zu verstecken suchen, wird auch unser Verhalten den Tieren gegenüber völlig unterschiedlich sein. Dem einen wird seine Katze wie ein Retter erscheinen, der einzig wahrhafte Freunde in einer Gesellschaft der Lüge und Verstellung. Dem anderen sind die Tiere wie eine Verkörperung seines eigenen schlechten Gewissens. Doch unsere Gesellschaft macht es den Menschen leider sehr leicht, sich des eigenen schlechten Gewissens zu entledigen.

Viele Menschen leben mit Katzen, Hunden und anderen Haustiere zusammen, um damit ihre Einsamkeit zu vertreiben. Auch für unsere Einsamkeit ist unser Bewusstsein verantwortlich, da erst mit der Entstehung des reflektiven Bewusstseins, seiner Konstruktion des „Ichs“ oder Individuums und damit mit der Erschaffung eines privaten Innenraums und öffentlichen Außenraums die Vereinzelung und Einsamkeit der Individuen in die Welt kam. In einer vorbewussten Gesellschaft konnte es diese Vereinzelung noch nicht geben. Die Psychen der Menschen waren vor der Entstehung des Oberflächenbewusstseins noch in der Art eines Kollektivwesens unauflöslich miteinander verbunden – gewissermaßen ein aus vielen Einzelpsychen bestehendes „Superhirn“. Und wie in einem Gehirn die unterschiedlichsten Module arbeitsteilig zusammenwirken, ohne dass sie sich dazu selbst bewusst sein müssen, so auch die Einzelpsychen einer vorbewussten Gesellschaft. Da ihnen ein Bewusstsein im heutigen Sinne fehlte, hatten sie auch keinen privaten Innenraum und erlebten sich derart als untrennbaren Bestandteil des Ganzen.

Vor diesem Hintergrund beginnen wir zu verstehen, warum Tiere uns tatsächlich helfen können die Einsamkeit zu überwinden. Denn das Tier lebt noch immer in der Ganzheit, Verbundenheit und Friedfertigkeit der vorbewussten Gesellschaft, dementsprechend auch keine Mauern und Barrieren zwischen Mensch und Tier existieren, außer jenen, die der Mensch selbst aufgebaut hat. Tiere sind wie eine Erinnerung an eine längst vergangene Zeit der Unschuld. Sie signalisieren dem Menschen ganz klar und deutlich auf einer sehr tiefen emotionalen, körpergebundenen Ebene, das er nicht allein ist!

Mutige Katzenliebhaber

Sind wir denn aber in der Lage, diese Angebote der Tiere zu erkennen und die Tiere als gleichberechtigte Wesen und echte Gefährten anzuerkennen? Sind wir über die Jahrhunderte bessere Menschen geworden? War die Bösartigkeit und Härte, mit der die Ausrottung der Katzen seit dem europäischen Mittelalter bis ins 19. Jahrhundert hinein betrieben wurde, nur ein extremer „Ausrutscher"?

Tatsächlich leben wir noch immer in keiner wirklich besseren Welt. Sind auch die Katzen bei den meisten Menschen als Haustiere nunmehr rehabilitiert, abgesehen von wenigen Ausnahmen wie der eines israelischen Zoologen, der die völlige Ausrottung der Katzen durch Einschläfern forderte,[6] werden andererseits weltweit Tiere in einer Größenordnung tagtäglich maschinell getötet, wie nie zuvor in der Geschichte. Und dies, obwohl wir Menschen nachweislich mit dem Verzicht auf fleischliche Nahrung nicht nur spirituell und ethisch besser, sondern auch weitaus gesünder leben würden. Im Vergleich zur heutigen Mordmaschinerie erscheint das Kapitel der abendländischen Katzenverfolgung geradezu „harmlos". Doch nicht nur die kapitalistische Fleischlobby hält diese zerstörerische Haltung zu den Tieren in Gang. Selbst in den eigentlich dem Schutz der göttlichen Schöpfung und des Lebens verpflichteten christlichen Kirchen finden die Tiere noch immer keinen Anwalt. So heißt es im Katholischen Katechismus 1997, Nr. 2418 missachtend: „Man darf Tiere gern haben, soll ihnen aber nicht die Liebe zuwenden, die einzig Menschen gebührt." Menschen, die

---

[6] Heinrich Mendelssohn, in der israelischen Tageszeitung „Ha-Aretz" vom 07.01.2000.

Tieren Liebe schenken, sündigen also im Verständnis der katholischen Kirche! Und im Evangelischen Erwachsenenkatechismus werden auf über tausend Seiten die Tiere als wesentlicher Bestandteil der Schöpfung nicht einmal erwähnt. Der arrogante Menschenzentrismus der christlichen Kirchen ist geradezu unerträglich. Ich möchte unsere Kulturgeschichte der Katze dennoch mit einem versöhnlichen Ausklang beenden in der Hoffnung, dass so, wie sich das Verhältnis zur Katze allmählich zum Guten wendete, alle Tiere den ihnen gebührenden Schutz, volle Anerkennung und Liebe von den Menschen erfahren werden:

Angesichts der Verteufelung der Katze im Mittelalter und der frühen Neuzeit hatten es die wenigen mitfühlenden Menschen schwer, den Tieren zu helfen, geschweige denn gar eine freundschaftliche, liebevolle Beziehung zu einer Katze aufzubauen. Derartige Verhaltensweisen machten sie augenblicks den Nachbarn verdächtig und lieferten sie zumeist durch Denunziation in die Hände der kirchlichen und weltlichen Inquisition. Galt doch bereits die Freundschaft zu einem Tier als Gotteslästerung und war das Denken der Menschen völlig vergiftet von den unzähligen Horrorgeschichten über Katzen. Dennoch hat es zu allen Zeiten Menschen gegeben, die der Stimme ihres Herzens und Gewissens mehr vertrauten, als den Einflüsterungen und Manipulationen der Meinungsbildner der Gesellschaft. So finden wir einerseits im Volkstum noch manche Spur echter Tierliebe. Eine alte polnische Legende zum Beispiel lässt eine Katze darüber klagen, dass ihr grausamer Herr ihre Jungen in den Fluss geworfen hat. Vor Rührung und aus Mitgefühl neigten die Weiden am Fluss darauf ihre Äste ins Wasser, damit sich die jungen Kätzchen daran festhalten und herausklettern konnten. Seitdem haben die Blüten der Weiden ein weiches Fell und werden „Weidenkätzchen" genannt.

Viele mutige Katzenverteidiger sind zweifelsohne in der Anonymität der Geschichte versunken. Dass es sie gegeben haben muss, sehen wir an den aufgrund ihres hohen gesellschaftlichen Ranges überlieferten berühmten Katzenfreunden wie Dante Alighieri, Francesco Petrarca, Torquato Tasso, dem Kardinal Richelieu, dem französische König Ludwig XIV. u.a., die der Katze nicht nur heimlich Zuneigung und Achtung entgegen brachten, sondern sich auch öffentlich zur ihrer Katzenliebe bekannten, was selbst dem französischen König den Spott seiner Mitmenschen einbrachte.

Einen ganz besonderen Fall bildet der überzeugte Vegetarier Leonardo da Vinci (1452-1519), von dem nicht nur bewundernde Äußerungen zur Katze, sondern neben anderen Katzenzeichnungen auch der Plan und mehrere Entwürfe zu einer Madonna mit Katze überliefert sind: Maria hält auf der Zeichnung das Jesuskind und dieses wiederum schützend eine Katze in den Armen. Einen größeren Affront der katholischen Kirche und ihrer Verteufelung der Katze konnte man wohl zur damaligen Zeit kaum begehen. Und so wird verständlich, warum Leonardo da Vinci diese Skizzen niemals als öffentliches Gemälde ausführte. Leonardo war aber auch ein außergewöhnlich früher und radikaler Naturschützer, der massiv gegen Tierhaltung, Tierquälerei und das Töten von Tieren vorging. Gemeinsam mit seinem Jugendfreund kaufte er diese armen Geschöpfe in großem Maße von ihren grausamen Tierhaltern los, um sie entweder in die freie Natur zu entlassen, oder aber da, wo dies nicht mehr

möglich war, eigene Schutzgehege für die Tiere einzurichten, in denen sie bis zu ihrem natürlichen Tod liebevoll gepflegt wurden. In Leonardos Tagebuch findet sich der tiefblickende

Eintrag: „Ich erwachte, nur um zu sehen, dass der Rest der Welt noch immer schläft."

Erst im 17. Jahrhundert finden wir in einem religiösen Gemälde des Malers Philippe de Champaigne (1602-1674) erstmals die positive Darstellung einer Katze in der Öffentlichkeit. In der Abbildung des auferstandenen Christus beim Mahl mit den Jüngern in Emmaus fungiert die Katze als Zeichen für die Auferstehung Christi, womit der Maler die altägyptische Identifizierung der Katze mit dem sich stetig erneuernden Mond wiederbelebte. Diese Darstellung stürzte in der Folgezeit nicht nur das vorherrschende negative Paradigma der Katze, sondern ebnete ihrer breiten positiven Darstellung in der Kunst den Weg.

Wenige Jahrzehnte später tauchten im Jahr 1697 mit Marie-Catherine d'Aulnoy dann auch in der Literatur erste zag-

hafte Ansätze einer echten Positivierung der Hauskatze auf. In der in unserem Buch präsentierten Erzählung „Die weiße Katze“ wird die Hauptakteurin markanterweise zur Strafe in eine Katze verwandelt, deren Eigenschaften dann aber in der Folge positiv besetzt werden. Madame d'Aulnoy versuchte zeitlebens aus dem hierarchischen System der höfischen Gesellschaft mit seiner systematischen Unterdrückung der Frau auszubrechen und bediente sich dabei ganz bewusst des Katzenmotivs. Der natürliche Freiheitsgeist der Katze wie auch deren traditionelle Verbindung mit der Weiblichkeit, beides vordem negative bewertete Attribute, wurden durch Madame d'Aulnoys Umwertung zum symbolischen Vehikel für die Befreiung aus sozialen Klammern.

Symptomatisch für eine sich verändernde Gesellschaft stellte man im 18. Jahrhundert auch das traditionelle Verhältnis von Hund und Katze allmählich auf den Kopf, stand doch über Jahrhunderte der Hund für die Treue und die Katze für das Diebische und Verlogene. In einem Stich des Malers William Hogarth (1696-1764) „Der Poet im Elend“ finden wir Hunde und Katze in einer verwahrlosten menschlichen Umgebung. Doch während der Hund ein Stück Fleisch stiehlt, säugt die Katze als soziales Wesen inmitten asozialer Menschen fürsorglich ihre Jungen.

Im Aufklärungszeitalter kam es aber auch erstmals in der abendländischen Geschichte zu einem breiten öffentlichen Diskurs für und wider die Würde und Rechte der Tiere. Während Personen wie der Freiherr Adolph Franz Friedrich Ludwig Knigge (1752-1796) einen achtsamen und rücksichtsvollen Umgang mit den Tieren einforderte, der Philosoph Gottfried Immanuel Wenzel (1754-1809) zwei ganze

THE DISTREST POET.

Abhandlungen zur Liebesfähigkeit wie auch zur Sprache der Tiere schrieb und sie derart den Menschen gleichstellte, sprachen herzlose Rationalisten wie Immanuel Kant den Tieren noch immer jegliches Recht auf eine ethische Behandlung ab.

Die an Hund und Katze nur angedeutete Gesellschaftsentwicklung kulminierte schließlich in der französischen Revolution. Der Hund als ideales treues und Ordnung bewahrendes Wesen stand nun mehr symbolisch für das alte, kranke Staatssystem, das es zu überwinden galt. Und natürlich fand man die Revolutionsziele und gesellschaftspolitischen Ideale der Erringung von Freiheit und Unabhängigkeit allegorisch in der Katze als Feind des Hundes auf ideale Weise eingelöst. François-René de Chateaubriand (1768-1848), einer der Begründer der literarischen Romantik, pries die Unabhängigkeit der Katze, die sich niemals zur Schmeichelei für den Preis der Freiheit erniedrige und führte sie derart allegorisch in die romantische Literatur des 19. Jahrhunderts ein. War diese grundsätzliche Lanze für die Katze erste einmal gebrochen, konnten ihr nun auch weitere positive Eigenschaften zugestanden werden. In Heinrich von Loebens romantischer Erzählung „Das Kätzchen und das Mäuschen" verkörpert die Katze in direkter Entgegensetzung zu ihrem früheren diabolischen Stigma das gute, göttliche Prinzip gegen die Verführungen des Teufels und fungiert derart als metaphysische Beschützerin der Liebenden. In „Anna und ihre wundersamen Kätzchen" betont Rudolph Müldener die fürsorglichen Eigenschaften, die Intelligenz und die soziale Kompetenz der Katze als Beschützerin der kleinen Anna. Und in Amalie von Seebachs „Kater Rosaurus und die kleine Prinzessin" wird der Kulturkonflikt zwischen dem wilden, freien Leben der Katze und der menschlichen Zivilisation auf der Bühne eines artifiziell hochgezüchteten Fürstenhofes durchgespielt, bei dem die Katze allerdings, vermutlich in Folge der ernüchternden Ergebnisse der Französischen Revolution, klar unterliegt.

***

Wir haben gezeigt, was für ein weiter Weg durchschritten werden musste, bis der Katze nach Jahrtausenden menschlicher Kulturgeschichte und Unterdrückung endlich wieder Gerechtigkeit widerfuhr. Wir konnten aber auch sehen, in welchem Maße unser Umgang mit den Tieren tieferen psychischen, sozialen, politischen, ethischen etc. Voraussetzungen und Wandlungen entspringen. Doch liefe unser kleiner geschichtlicher Abriss zu kurz, würden wir das Los der Katze nicht exemplarisch für das generelle Schicksal der Tiere begreifen. Indem wir sehen konnten, dass radikale Änderungen der Menschen im Umgang mit der Katze möglich sind, besteht die berechtigte Hoffnung, dass endlich auch das Quälen und Töten sämtlicher Tiere durch den Menschen ein Ende finden wird. Erst wenn wir alle Geschöpfe Gottes als völlig gleichberechtigte Wesen erkennen und ihren Schutz ethisch und rechtlich auf das gleiche Niveau heben wie dem des menschlichen Lebens, dürfen wir uns als humanitär betrachten. So lange dies jedoch nicht der Fall ist, sind wir nichts weiter als menschliche Ungeheuer und die wohl schlimmste Plage unseres Planeten.

Ulrich Taschow
Leipzig, den 4. März 2015